I0692774

HARRY WOLF

Laura Sanz

© 2018, Laura Sanz

ISBN: 978-84-09-04777-2

Diseño de cubierta: Mónica Gallart
de www.bookcoverland.com

Diseño interior y maquetación: Nerea Pérez Expósito
de www.imagina designs.com

Para Paco, mi Harry

«La vida solo puede ser comprendida mirando hacia atrás,
pero debe ser vivida mirando hacia delante».

Søren Kierkegaard

Índice

Prólogo

Duisburgo, 17 de agosto de 1977

Entró en la casa y cerró la puerta a su espalda con cuidado. La canción *Both Sides Now* de Joni Mitchell resonaba en el salón a gran volumen. Se dirigió hacia allí con una expresión fatigada en el semblante. Sabía lo que iba a encontrar. Un rápido vistazo le confirmó sus sospechas: la estancia estaba vacía. El disco de vinilo giraba en el tocadiscos esparciendo los melancólicos acordes de la melodía por el ambiente. Se acercó al mueble y levantó el brazo de la aguja poniéndolo en su soporte y acallando la triste voz de la cantante.

Nada más hacerlo se arrepintió. El silencio retumbó estruendoso en la gran casa, más estruendoso incluso que la propia música.

Su mirada se dirigió a la escalera que conducía a la planta superior. Durante unos instantes vaciló, pero terminó por suspirar y comenzó a subirla arrastrando los pies. Una vez frente a la puerta del dormitorio se detuvo brevemente, cogió aire y lo expulsó con lentitud antes de acceder al interior. A la tenue luz que entraba por una rendija en las cortinas se podía apreciar que la habitación estaba hecha un desastre. Había ropa y zapatos tirados por todas partes, de los cajones sin cerrar asomaban diversas prendas y las puertas del armario se encontraban abiertas de par en par. Las sábanas de una cama sin hacer, arrugadas y desordenadas, se hallaban encogidas al pie de la misma.

Apenas dirigió una mirada desinteresada a su alrededor. Se quitó la chaqueta y la corbata y las arrojó a una silla, sin preocuparse de recogerlas cuando cayeron al suelo. Luego se sentó en el borde del colchón y se quedó quieto, con la vista perdida en algún punto sobre la pared, escuchando la calma que no era tal.

No se oía nada. Ningún ruido llegaba del exterior y mucho menos del interior. Solo hacía dos semanas esa casa había sido una casa llena de gritos, de algarabía y de risas infantiles.

Ya no había nada de eso.

Nada.

Con parsimonia, como si arrastrase consigo el peso del mundo, se levantó de la cama y contempló su imagen en el espejo que había sobre la cómoda. Incluso en la penumbra pudo ver sus mejillas hundidas y sus ojeras oscuras. Estaba demacrado y sus ojos habían perdido cualquier tipo de brillo. Había envejecido diez años en diez días. Apoyó las manos sobre el mueble y hundió la cabeza en los hombros, huyendo de su reflejo. De nuevo se quedó allí parado sin moverse, sin saber qué hacer. Pasaron unos segundos o quizá más tiempo... Imposible calcularlo.

Terminó por erguirse con cierta reticencia.

—¿Nina? —llamó en voz baja.

No obtuvo respuesta.

—¿Nina? —volvió a intentarlo.

Nada.

Se alejó de la cómoda y atravesó el dormitorio, encaminándose al baño. La puerta se encontraba entornada; la empujó suavemente con la mano.

Había un camisón azul −su camisón− en el suelo de baldosas blancas.

Y en la bañera...

En la bañera estaba ella. Una de sus piernas sobresalía por el borde, pero el resto estaba sumergido en el agua. Su pelo claro flotaba alrededor de su cara pálida.

El impacto de aquella imagen le dejó petrificado y la sangre se le heló en las venas, mas no tardó en reaccionar y se abalanzó sobre ella con precipitación.

−¡Nina! −gritó.

La agarró por debajo de las axilas y tiró con energía, provocando que el agua se desbordara y lo empapase todo. Resbalándose, la sacó con cierta dificultad; su cuerpo se le escurría, pesaba mucho más que de costumbre.

−¡No! ¡No! −farfulló mientras la tumbaba sobre la alfombrilla. Tenía la piel fría y lívida.

−Nina..., no puedes hacerme esto... no puedes... −La voz le salía entrecortada y extraña, como si no fuera suya.

Le colocó la cabeza hacia atrás y le abrió la boca. No había agua en ella. Le tapó la nariz y trató de hacerle la respiración artificial. Le insufló aire de sus propios pulmones y después comenzó a presionarle el pecho, practicándole un rudimentario masaje cardiaco con vigor, alternando ambos métodos.

−No puedes hacerme esto, Nina... ¡Despiértate! ¡Vamos!

Con el corazón desbocado y los ojos clavados sobre la inerte figura, siguió adelante, incansable. A pesar de la falta de reacción no se detuvo. ¡No podía perderla! Era lo único que le quedaba después de haber perdido todo lo demás.

−Nina... Nina... Despierta... Despierta... −sollozaba de vez en cuando.

Ni siquiera sabía si lo estaba haciendo de manera correcta. Unas veinte compresiones y dos o tres respiraciones. Y repetía. Así, una y otra vez. Todo el rato. De vez en cuando pegaba la oreja a su tórax, buscando desesperadamente el latido de su corazón.

No había nada.

Mucho tiempo después, agotado y con las lágrimas corriéndole por las mejillas, se detuvo y la contempló. No se movía. Su rostro no mostraba expresión alguna. Parecía una muñeca de trapo, desmadejada, con el cuerpo muy blanco, el pelo rubio pegado a la cara y los ojos azules abiertos, mirando al vacío sin ver.

Cerró los ojos y se llevó las manos a las sienes, apretando con fuerza y clavándose los dedos en el cuero cabelludo. Una mueca angustiada le desfiguró las facciones. Cuando volvió a abrirlos, ella seguía igual, en la misma posición.

Sabía que no podía hacer más.

Había llegado tarde.

Otra vez.

Un lamento desgarrador se escapó de su boca. Terminó por cogerla entre sus brazos y apretarla contra su pecho con fuerza. Los laxos músculos de su cuello no fueron capaces de sostener su cabeza que cayó hacia atrás, rota. Llorando, la sujetó por la nuca y enterró la cara en su cuello, hundiendo la nariz en su cabello empapado. Comenzó a acunarla al tiempo que de su garganta salían palabras ininteligibles... Un dolor lacerante y profundo se expandió por su cuerpo, llenándolo todo.

Murmuró algo que retumbó en el silencio del cuarto de baño. Quizá fue su nombre. Quizá fue el nombre de alguno de sus hijos.

Nadie podía escucharle ya.

Estaba solo.

Harry, han pasado ya tres meses y seguimos sin saber nada de ti. Tu hermano Walter ha ido a buscarte a casa varias veces y no le has abierto la puerta. Estamos muy preocupados. Tu madre necesita saber que estás bien.

Lo que te ha sucedido es un golpe tremendo, hijo, pero no estás solo. Somos tu familia y estamos aquí para cualquier cosa que necesites. Por favor, ponte en contacto con nosotros, al menos dinos que estás bien.

Febrero de 1978

Ayer estuve en Duisburgo otra vez. Como no me abriste la puerta, y parece ser que también has desconectado el teléfono, fui a ver a tu abogado. Steiner me ha dicho que sigues en contacto con él por escrito. Es un alivio saber que al menos estás vivo.

No te escribo esta carta para presionarte, pero las cosas ya han llegado demasiado lejos, Harry. Entiendo que necesites tu espacio para asimilar todo lo sucedido. Nos hemos mantenido al margen todo el tiempo que hemos podido, pero ya ha pasado medio año y seguimos sin tener noticias tuyas. Mamá está destrozada y papá, aunque pretenda fingir que está bien, también lo está.

Fue una desgracia de la que todos vamos a tardar en recuperarnos, pero no tienes que pasar por todo esto tú solo, Harry. Tienes a papá y a mamá. Nos tienes a mí y a Patricia, y también a Miriam y a Ralf. Solo queremos ayudarte.

Por favor, llámame y hablamos. Siempre tengo tiempo para ti y lo sabes. Por favor.

Walter

Septiembre de 1978

Hola Harry,

Ulrich ha vuelto a llamarme. Me ha dicho que te echan de menos en el despacho y que esperan que te puedas reincorporar cuanto antes. Eras su mejor arquitecto. ¿Por qué no intentas volver a trabajar? Seguro que mantenerte ocupado con nuevos proyectos te ayudaría.

Si no quieres seguir trabajando con Ulrich, aquí en Hamburgo hay muchos arquitectos que estarían encantados de tenerte o también puedes montar tu propio estudio. Nosotros te ayudaríamos en todo. Además, así estarías cerca de tu madre y de mí.

Sé que es absurdo todo esto que te estoy escribiendo y que ni siquiera lo vas a considerar, pero no puedo evitar decírtelo. Todavía tengo la esperanza de que vuelvas con nosotros. Te queremos, Harry. Siempre vas a poder contar con tu familia.

Sé que económicamente no necesitas nada. Steiner ya nos ha informado de eso. No dudaba de que invertirías todo el dinero que te dejó la abuela de forma cabal. Siempre has sido el más juicioso de los tres. Pero aunque tu situación financiera no sea un problema, no es manera de vivir, Harry. No entendemos qué te está pasando. Solo queremos estar a tu lado para ayudarte. ¿Por qué no te dejas ayudar? Por favor, llámanos.

Tu madre y yo te queremos.

Julio de 1979

No sé si habrás leído mis cartas anteriores o quizá las has tirado sin abrir. Espero que leas esta. Han pasado casi dos años y te añoro, Harry. Cada vez que nos reunimos en familia para celebrar algún cumpleaños o cualquier otra fiesta no puedo evitar que se me caigan las lágrimas al ver un asiento vacío, el tuyo.

Eras mi hermano mayor, el que siempre se preocupaba por mí y me defendía en el colegio, el que me enseñó a subirme a los árboles y a atarme los cordones de los zapatos. El que me acompañó al altar el día de mi boda. Te echo mucho de menos.

Quizá no debería decirte esto, pero siempre nos lo hemos contado todo. El año pasado fui mamá. Tuve una niña. La hemos llamado Anja. No hay nada que desee más en este mundo que la conozcas, que le enseñes a subirse a los árboles y a atarse los cordones.

Por favor, Harry, habla con nosotros. No necesitas venir ni nada de eso, pero al menos llama o contesta a alguna de las cartas. Levanta el auricular del teléfono y di que estás bien. Con eso me conformo. Después, si quieres, vuelve a encerrarte en ti mismo.

Pero por favor, ¡llámame!

Tu hermana que te quiere
Miriam

Septiembre de 1980

Harry, tiro la toalla. Es la última puñetera carta que te escribo. Cuando quieras hablar con nosotros ya sabes dónde estamos. Espero que en algún momento saques la cabeza del agujero donde la tienes metida y reacciones antes de que sea tarde.

Walter

Capítulo 1

El autobús frenó con suavidad y Sara, que iba sentada al fondo, se puso de pie y se dirigió a la puerta que el conductor acababa de abrir. Se despidió de este con un gesto de la mano y descendió los dos escalones con rapidez. Era la última parada de la línea y no había más pasajeros, así que cuando el vehículo se alejó, se quedó sola en medio de la calle que, a esa hora, se encontraba desierta. Era una avenida ancha, flanqueada a un lado por casitas unifamiliares y al otro por una finca con altos muros.

Se ajustó los cascos a las orejas y le dio a la tecla del *play* de su *walkman*. Los primeros acordes de *Total Eclipse of the Heart* de Bonnie Tyler inundaron sus oídos. Se miró el reloj de pulsera a la tenue luz de la marquesina antes de echar a andar. Era un poco tarde, pero le había resultado imposible escaparse antes. Trabajaba en una agencia de viajes y los días previos a la Navidad había más trabajo que de costumbre; mucha gente se iba fuera a pasar los días festivos con la familia.

Atravesó la avenida y se alejó de la zona de casitas para dirigirse hacia la acera donde se encontraba la propiedad amurallada. Era un palacete de estilo renacentista que llevaba ya unos años deshabitado y comenzaba a presentar muestras de deterioro y de suciedad; algún chaval se había entretenido también en adornar la pared de ladrillo con grafitis de colores que desentonaban profundamente con la antigüedad de la edificación. Tenía que rodearla para llegar al callejón por el que se podía acceder a la casa de su abuela. Lo hizo, teniendo cuidado de no resbalarse en el pavimento. Aunque ahora ya no nevaba, el día anterior lo había hecho copiosamente y las pruebas de ello permanecían en el suelo en forma de restos de nieve sucia. Hacía frío y soplaba algo de viento por lo que se abrochó el abrigo hasta el cuello y se subió la capucha, cubriéndose la cabeza. No era una prenda demasiado caliente, pero la adoraba porque la había tejido su abuela a mano. Era de lana y de un llamativo tono rojo.

Pensar en su abuela la entristeció. Llevaba casi un mes en la cama con neumonía y no mejoraba. El médico le había aconsejado que no hiciera esfuerzos y que guardase reposo pero, aunque seguían sus instrucciones al pie de la letra, ese invierno en Alemania estaba resultando ser muy frío y la calefacción de la casa donde vivía no funcionaba como debería. Sara le había suplicado que se trasladase con ella a su apartamento, pero su abuela era cabezota como una mula y se había negado. Así que no le quedaba otra opción que ir a visitarla todas las tardes cuando salía del trabajo, aunque tuviera que atravesar media ciudad para llegar hasta allí. Vivía en un municipio algo alejado del centro, en una urbanización propiedad de la cooperativa de la fábrica de electrodomésticos donde había trabajado más de veinte años.

Su abuela y sus padres habían pertenecido a esa hornada de emigrantes españoles que llegaron a Alemania a principios de los sesenta, buscando una vida mejor. Los tres encontraron trabajo en la misma fábrica y se establecieron en Duisburgo. Mientras que sus padres alquilaron un piso en el centro, su abuela prefirió ocupar una de las casas que la dirección de la empresa ponía a disposición de los empleados y que, a cambio de un módico alquiler, podían seguir ocupando incluso después de jubilarse.

No era un mal barrio. Estaba muy cerca del Rin, rodeado por un bosque de hayas. La misma Sara había vivido allí un tiempo, después de la muerte de su padre. Ahora, sin embargo, esa zona tan tranquila y silenciosa se le antojaba algo inhóspita, comparada con las bulliciosas calles del centro. Para colmo, las farolas del callejón que estaba atravesando estaban apagadas y la oscuridad era absoluta.

> *"... Once upon a time*
> *I was falling in love,*
> *but now I'm only falling apart.*
> *And there's nothing I can do.*
> *A total eclipse of the heart..."*[1]

Iba tarareando en voz baja, preguntándose si ese año harían algo especial en Navidad, aunque lo dudaba. No era una buena época para ellas. Su padre las había dejado por esas fechas hacía ya cinco años, y la noche del veinticuatro de diciembre, mientras todo el mundo se reunía alrededor del árbol y cantaba villancicos junto a la familia, su abuela y ella se limitaban a comerse un sándwich frente al televisor, viendo algún programa de variedades o una película antigua. El año anterior

---

[1] "... Hace un tiempo estaba enamorada, pero ahora simplemente me derrumbo. No hay nada que pueda hacer. Es un eclipse total del corazón..."

ni siquiera habían cenado juntas. Ella había estado demasiado ocupada estudiando y se había quedado en su diminuto apartamento con la nariz enterrada entre libros.

No obstante, era difícil eludir esos días y pretender que no eran diferentes. En la zona donde ella vivía, la Navidad se encontraba por todas partes: en la decoración de los balcones, en los mercadillos navideños y en las luces que colgaban de los árboles. En cada esquina había puestecitos que vendían *Glühwein*[2], y dulces típicos de esa época del año, y Sara se descubría a sí misma mirando con una agridulce melancolía las caras de las personas que relucían de ambiente festivo. Recordaba la Navidad de su infancia junto a sus padres y se entristecía. Una pequeña parte de ella hubiera deseado volver a celebrarla; recuperar de nuevo aquellos días que en su niñez habían significado tanto. Ya habían guardado luto demasiados años...

Llevaba andados unos trescientos metros, cuando el alto muro de piedra dio paso a la valla de metal cubierta de enredadera de la finca de Harry Wolf, el ermitaño: su destino. Hacía semanas se había aventurado por aquella calle buscando un atajo que le ahorrase la caminata hasta la urbanización donde vivía su abuela, que era de difícil acceso por la avenida principal y, casi por casualidad, había descubierto un agujero en la verja, medio escondido entre las plantas trepadoras. A pesar de que su instinto le había aconsejado que no lo hiciera, que no atravesara la propiedad de la familia Wolf, su temeridad había ganado. Lo hizo. Y su sorpresa fue mayúscula y muy agradable cuando descubrió que el terreno lindaba exactamente con el patio trasero de su abuela. Ese atajo le ahorraba

---

[2] Bebida navideña típica alemana, consiste en vino especiado con canela que se bebe caliente.

al menos quince minutos de precioso tiempo. Se acostumbró a utilizarlo, y ahora lo hacía siempre.

Como hacía todas las noches antes de adentrarse de lleno en el jardín, primero introdujo la cabeza y contempló con desconfianza la enorme edificación que siempre permanecía sumida en la oscuridad. Aunque ella misma nunca había visto a su morador, era muy consciente de los rumores que circulaban por ahí sobre los desgraciados sucesos acaecidos seis o siete años atrás. Sara no tenía muy claro qué había pasado, solo sabía que la mujer y los hijos de la familia habían fallecido en trágicas circunstancias. Eso llevó al señor Wolf a recluirse dentro de la casa y a no volver a mostrarse en público. Vivía dentro del caserón completamente solo, como un eremita, sin contacto con el mundo exterior. No se le había vuelto a ver desde entonces. Jamás.

La propiedad, en el transcurso del tiempo, se había ido viniendo abajo y la que antes había sido una bonita villa de tres plantas de color rojizo con el tejado negro presentaba ahora un aspecto lamentable. Su fachada estaba sucia y descuidada, llena de manchas de humedad —al menos eso parecía a la luz de la luna—, algunas tejas se habían desprendido y yacían sobre el suelo del porche; y el que otrora debía de haber sido un hermoso y cuidado jardín estaba cubierto por malas hierbas y ramas caídas de los árboles sin podar.

Sara se adentró en él procurando no rozarse en la oxidada alambrada. Avanzó despacio. Ya de por sí era peligroso deambular por allí, pero más con toda aquella nieve acumulada que no dejaba ver lo que había debajo. Los árboles proyectaban siniestras sombras por doquier convirtiendo toda la escena en algo lúgubre y sombrío.

Desde la primera noche que atravesó el jardín, a pesar de que no había visto ni oído nada extraño, tuvo la sensación de que alguien la observaba. Una sensación que había ido intensificándose a medida que pasaban los días. Esa noche no fue una excepción. Se detuvo, pulsó la tecla de *stop* del *walkman*, acallando la rasgada voz de Bonnie, y escudriñó la oscuridad, nerviosa. Se estremeció y se abrazó a sí misma con algo de reparo. No se oía ningún ruido ni se apreciaba ningún movimiento. Nada. No obstante, la casa y el lóbrego jardín ejercían un perturbador efecto sobre ella.

A veces se preguntaba si su ocupante todavía seguiría vivo o si habría muerto allí dentro, solo. Al pensar en que su cadáver quizá pudiese estar a unos metros de distancia dentro de ese caserón, descomponiéndose, se le revolvió el estómago.

«No seas tan macabra», se reprendió a sí misma.

No había ningún cadáver allí. Su abuela se había enterado por el cartero, con el que tenía muy buena relación, que Harry Wolf seguía recogiendo el correo del buzón.

Un aullido lejano llegó hasta sus oídos, haciéndole dar un respingo. Pudo oírlo incluso a través de las almohadillas de espuma de sus cascos. Se quedó petrificada. Las manos, que llevaba dentro de unos gruesos guantes de lana, comenzaron a temblarle. Seguró que era uno de esos perros callejeros que tanto abundaban por esa parte de la ciudad, se dijo, pero no pudo evitar lanzar miradas recelosas a su alrededor.

«¿Y si no es un perro?», sonó una vocecita dentro de su cabeza. «Pero ¿qué otra cosa puede ser?».

Las imágenes de aquella película de terror que fue a ver con Heike, en la que aparecía un hombre lobo, se mostraron vívidas frente a ella... ¿Cómo se llamaba? ¿*Un hombre lobo americano en Londres*? En la primera escena, los dos amigos iban caminando por el bosque en la oscuridad cuando de pronto algo oscuro los atacaba y...

«¡Basta! Qué fantasiosa eres».

Intentó ahuyentar ese absurdo pensamiento. ¿Hombres lobo? Estaba loca. Ni siquiera lobos... ¿Lobos? ¿En Duisburgo? ¿En pleno siglo veinte? ¡Qué bobada! Hacía años que no se había vuelto a avistar ninguno por la zona. Y, sin embargo, no pudo evitar que una conversación que había tenido con su abuela hacía días acudiese a su memoria. Cuando le confesó que para acortar camino atravesaba la parcela de los Wolf, le había hecho un comentario singular: *¿No te parece curioso? Él llamándose Lobo de apellido y tú con tu abrigo rojo viniendo a visitar a tu abuela. Es como en el cuento de Caperucita...*

Una risa ahogada surgió ahora de su garganta. ¡Caperucita roja! ¡Hombres lobo!

–¡Qué tontería! –murmuró con cierta sorna, pero no fue capaz de reprimir la desazón de la que fue presa al escuchar de nuevo aquel aullido.

Una ráfaga de viento frío le arrancó la capucha dejando su pelo al descubierto y haciendo que volara en todas direcciones. Se apresuró a ponérsela con energía. Por el rabillo del ojo creyó atisbar un movimiento en una de las ventanas del piso superior, pero cuando alzó la cabeza y agudizó la vista no vio nada. Todo seguía igual. No había más que oscuridad detrás de aquellos cristales.

«Seguro que ha sido un mero efecto óptico», se dijo.

Rodeó la casa con rapidez y llegó a la parte trasera, la que lindaba con el pequeño jardín de su abuela. Ese pedazo de terreno tenía todavía peor aspecto que el resto de la propiedad. Cerca del muro divisorio, en un montón descuidado, se apilaba una gran cantidad de muebles rotos y desvencijados, entre ellos una mesa y varias sillas. Algunas ramas y hojas podridas los cubrían, creando una especie de enorme escultura informe y triste. Mas a pesar de su fea apariencia, a Sara le había sido de gran ayuda durante esas noches de allanamiento de morada. Se encaramó a una de las sillas, luego a la mesa y, en menos de un santiamén, estaba al otro lado del muro. Respiró más tranquila. El recelo que siempre la embargaba en el jardín de Harry Wolf desaparecía en el mismo momento en que saltaba la pared de piedra.

Dejó escapar una risita nerviosa y atravesó los metros que la separaban de la casa de su abuela con ligereza. Volvió a darle al *play* y la música inundó sus oídos.

> *"... Turnaround bright eyes,*
> *every now and then I fall apart..."*[3]

* * *

¡Había regresado!

Como cada noche a la misma hora, la chica del abrigo rojo había vuelto a cruzar su jardín.

Cuando desapareció detrás de la casa, Harry se apartó de la ventana y recostó la espalda contra la pared. Estaba temblando y le sudaban las manos. Se las secó en el pantalón y, extraviando la mirada, recordó la primera vez que la vio, hacía ya unas semanas.

Estaba sentado a oscuras en su dormitorio, como de costumbre. Solía tomar asiento en el sillón frente a la ventana y se quedaba allí durante horas, mirando al vacío. A veces, era primavera y las flores blancas, apenas visibles entre la maleza, destacaban contra el oscuro suelo de tierra. Otras ve-

---

[3] *"... Date la vuelta, ojos brillantes, cada cierto tiempo me derrumbo..."*

ces, era otoño y las hojas de los árboles comenzaban a caerse, se amontonaban... y terminaban descomponiéndose. Si había nieve significaba que era invierno, y si no la había y los trozos de césped que todavía sobrevivía a duras penas se secaban, era verano. Pero a pesar de esas pequeñas diferencias, todas las noches eran iguales.

Sombrías. Vacías.

Pero aquella noche fue diferente porque ella apareció en medio de su jardín.

Al ver una sombra deslizándose por él, se había levantado precipitadamente. Al principio pensó que era una alucinación, un producto de su enfermiza imaginación, pero a medida que transcurrían los segundos, se dio cuenta de que la figura era real. Trató de distinguir quién era esa persona que invadía su parcela sin permiso. No tardó en vislumbrar que era una chica vestida con un llamativo abrigo de color carmesí.

Se sintió furioso. No. Colérico. Quiso bajar las escaleras, abrir la puerta y encararse con ella. Increparla. Asustarla. Echarla de allí, en definitiva. ¿Cómo osaba molestarle en su autoimpuesto retiro? ¿Quién narices era esa intrusa y por qué violaba su privacidad? Nadie se había atrevido a acercarse a su propiedad desde que él había decidido enclaustrarse hacía años. Nadie. ¡Y esa... esa chica estaba ahí en medio, pisando el jardín como si fuera suyo...!

Rugió con rabia y los ojos comenzaron a arderle de ira mientras seguía sus movimientos. ¡Ella no pertenecía allí! ¡Tenía que irse!

Pero según la veía avanzar con prudencia para no caerse, una especie de morbosa curiosidad pudo con él y se quedó inmóvil, sin hacer nada. Protegido por la oscuridad de su dormitorio, se dedicó a observarla con atención. Era joven. Calculó que tendría unos veintidós o veintitrés años. A pesar de que se desplazaba sigilosa, se movía con esa gracia típica de las mujeres que ya no son adolescentes, pero que tampoco han alcanzado la completa madurez.

De pronto se sintió como un viejo. Por primera vez en años y al ver a esa muchacha en su jardín fue consciente de que el tiempo había pasado. No estaba seguro de cuánto, quizá seis o siete años, quizá más. No llevaba la cuenta exacta de los días. Tampoco tenía muy claro cuál era su edad. Quizá tuviese treinta y seis años ¿o ya eran treinta y siete? El peso que le aprisionaba el corazón y a ratos la vida entera le había impedido llevar la cuenta de cosas tan banales como esa. No eran importantes.

Ella no tardó en desaparecer detrás de la casa, pero Harry permaneció largo rato allí, mirando por la ventana, preguntándose adónde habría ido, sin encontrar respuesta.

Esa noche se acostó dándole vueltas al misterio de la chica del abrigo rojo. Su mente, después de tanto tiempo en conflicto, encontró una distracción y le hizo olvidar por unos minutos su propia tragedia.

Al día siguiente, acicateado por la curiosidad, bajó al jardín y buscó el rastro de su visitante nocturna. Durante la noche, casi se había convencido de que esa figura era un mero espejismo y de que realmente no existía en otro lugar que no fuera en su cabeza. El ostracismo había terminado por enviarle visiones. Pero inspeccionando el terreno, descubrió dos cosas: una, que había un hueco en la valla de metal que daba al exterior, y dos, que la chica atravesaba su propiedad para llegar a casa de su vecina; las huellas del suelo así lo confirmaban. No tardó en llegar a la conclusión de que la misteriosa joven era, con toda seguridad, la nieta de la señora Julia. Trató de recordar si la había visto alguna vez, pero cada vez que intentaba echar la vista atrás, a aquel verano, todo se desdibujaba y el dolor sordo se mudaba a su interior dejándole entumecido y exhausto.

Se pasó toda la tarde cavando un profundo agujero en el patio que había detrás de la casa, agotándose hasta la extenuación. Después volvió a llenarlo y el terreno quedó nivelado de nuevo. Solía hacer aquello varias veces a la semana, cuando la intranquilidad le invadía y era incapaz de estar quieto y centrado. Ese patrón rígido de funcionamiento se había convertido en su salvavidas.

Cavar y rellenar. Cavar y rellenar.

La escena se repetía noche tras noche, y Harry adquirió una nueva rutina. A la misma hora, todos los días, la chica se colaba en su jardín y lo atravesaba. Él la observaba desde la ventana. Pronto comenzó a depender de aquellas visitas, que terminaron por convertirse en una obsesión. Se descubría a sí mismo pensando en ella a lo largo de sus monótonos días y recorriendo la casa en paseos interminables, lleno de nerviosismo. Había recuperado un viejo reloj de pulsera que llevaba años sin usar y le había dado cuerda, ahora lo utilizaba para calcular el momento en el que ella iba a aparecer. Lo vigilaba impaciente y contaba las horas que había de esperar para volver a verla.

La tragedia que había marcado su vida llevándose a su mujer y a sus hijos tan repentinamente había sido devastadora. Deseó morir, marcharse con ellos..., pero la vida se había agarrado a él con fuerza y no lo había consentido, a pesar de todos sus intentos por ponerle fin. Así que resolvió estafarla. Jugársela a esa vida demandante y pertinaz y no volver a tener contacto con nadie nunca más, confinarse en aquella casa y desaparecer del mundo. Morir... de algún modo.

Y lo consiguió. Había muerto.

Mas entonces y, después de todos esos años de soledad, había llegado esa chica, alterándolo todo, cambiando las cosas y... ¡obligándole a sentir algo! Llevaba semanas en un estado de febril excitación y todo era debido a esa... esa muchacha del absurdo abrigo rojo.

¡Y esa noche, por vez primera, había conseguido verle la cara!

El viento le había arrancado la capucha de la cabeza y mechones de pelo oscuro habían salido volando, arremolinándose en torno a su rostro. Él había apoyado las manos en el cristal de la ventana con la garganta encogida por la emoción. A pesar de la oscuridad pudo distinguir sus facciones. Unos ojos enormes, una nariz recta y una boca de carnosos labios destacaban sobre un pálido rostro ovalado.

Solo unos segundos después, ella había vuelto a desaparecer detrás de la casa.

Quizá se había imaginado aquellas facciones suaves. Seguro que había idealizado su imagen, se decía. Se llevó las manos a los ojos y apretó con fuerza, tratando de recordar qué era lo que había visto, mas, de pronto, todo se difuminó y ya no supo si tenía el pelo oscuro o claro, si sus labios eran carnosos o su nariz recta. Agitó la cabeza con violencia y se golpeó la frente un par de veces con el puño cerrado. ¿Qué le estaba sucediendo? ¿Por qué sentía ese calor abrasador en el pecho? Se echó el pelo hacia atrás, que después de tantos años de desatención le crecía salvaje y descuidado, e intentó concentrarse.

«Tiene el cabello oscuro. La nariz recta. Los labios carnosos y los ojos grandes», se dijo. Y volvió a repetírselo varias veces para no olvidarlo.

No sabía si esa sensación que comenzaba a formarse en su interior cada vez que pensaba en ella le gustaba o no. Él no quería volver a sentir nada por nadie. ¡Nunca!

Y ahora eso...

No podía estar pasando. ¡No lo deseaba!

Pero pronto se halló junto a la ventana, otra vez, esperando a que ella retornase. No siempre conseguía verla regresar, pero esa noche estaba decidido a aguardar con paciencia. Solo quería verla un instante, se decía.

Solo un instante para comprobar que su pelo era oscuro.

Nada más.

Capítulo 2

Al ritmo de Eurythmics y su *Sweet Dreams*, Sara saltó el muro. Iba sonriendo. Su abuela se encontraba mucho mejor. Apenas si había tosido en las tres horas que había pasado con ella. Era maravilloso. Había estado muy preocupada, pero el reposo y las medicinas iban haciendo su efecto, por fin.

Llena de euforia, atravesó el jardín del ermitaño casi corriendo, sin preocuparse demasiado por la nieve derretida o por las ramas caídas. Su buen humor le dio alas y en unos segundos había abandonado la propiedad y se encontraba al otro lado de la valla, tarareando en voz baja.

Pero nada más plantar los pies sobre la acera creyó atisbar un movimiento por el rabillo del ojo en el extremo de la calle. Se detuvo sobresaltada y pulsó la tecla de *stop*, acallando la música. Se quitó los cascos, dejando que colgasen de su cuello y miró a la izquierda con los ojos entornados, tratando de focalizar con más precisión, pero no vio nada inusual, solo la misma calle desierta de siempre. Frente a ella se alzaba el bosque de hayas y aunque trató de atisbar algo entre los troncos de los árboles, no descubrió nada. No obstante, echó a andar deprisa, arrebujándose bien en el abrigo. No volvió a poner la música.

Solo había avanzado unos cuantos pasos cuando oyó el inconfundible sonido de un recipiente de cristal resbalando por el asfalto. Se giró con precipitación y escudriñó la oscuridad. No había nada. Para sus adentros, maldijo a los servicios municipales que no se ocupaban de arreglar el alumbrado público. Se quedó inmóvil, agudizando el oído. Pero solo había silencio.

«Quizá haya sido el viento que ha hecho rodar una botella...», se dijo, poco convencida.

Siguió andando, esta vez más rápido, lanzando miradas furtivas a su espalda de vez en cuando. Su falta de atención la llevó a tropezar y tuvo que agarrarse al tronco de un árbol para no caerse al suelo. Apoyó la frente sobre la rugosa corteza y sonrió, mientras se llamaba tonta por el miedo irracional que la dominaba.

Una carcajada rompió el silencio de la noche, haciendo que los pelos de su nuca se erizasen. Había sonado muy cerca. Demasiado cerca. Se incorporó súbitamente y echó a correr como alma que llevaba el diablo. El ruido de pasos apresurados tras ella hizo que volase sobre el mojado asfalto, a pesar de que las botas que llevaba tenían tacón y no eran las más adecuadas para correr. Sabía que si conseguía llegar hasta la calle principal, que estaba a unos trescientos metros, ya no se hallaría en peligro. Allí habría gente. Seguro.

Se esforzó al máximo, reprochándose haber dejado de acudir a clases de aeróbic. Notaba que le faltaba el aire y que el dolor comenzaba a manifestarse en su costado. A lo lejos pudo distinguir las luces de un autobús aproximándose a la parada y un rayito de esperanza anidó en ella. Casi sollozó por el alivio.

En ese instante, sintió un empujón en la espalda y estuvo a punto de caer al suelo. Soltó un grito ahogado al tiempo que trataba de conservar el equilibrio, pero alguien la agarró por el talle con fuerza y su espalda chocó contra lo que parecía ser un pecho duro como una roca. Ahora sí que gritó con toda la fuerza de sus pulmones. Una mano ruda y helada la acalló, tapándole la boca y la nariz. Pataleó, histérica.

—¡Cállate! —bisbiseó una furiosa voz junto a su oído—. Si gritas va a ser peor.

Sara se retorció como una anguila en brazos de su agresor, pero pronto se dio cuenta de que era inútil; era demasiado fuerte. Tampoco estaba solo. Otras dos figuras oscuras se habían situado a su lado. De nuevo, la risa que había oído antes llenó el silencio, pero esta vez a solo unos centímetros de distancia de su cara.

—Pero qué chica más guapa —murmuró otro, acercándose a ella.

A pesar de la oscuridad pudo distinguir que tenía barba y bigote oscuros. Vio cómo alargaba la mano y trataba de acariciarle el cabello. Giró la cabeza para evitar que la tocase, pero el que la tenía sujeta por detrás se lo impidió, apretándole la boca y la nariz con más fuerza, cortándole el suministro de aire. Dejó de resistirse. Notaba la garganta estrecha y los ojos ardientes por lágrimas que no tardaron en rodar por sus mejillas. El de la barba consiguió su objetivo. Cogió un mechón de su pelo y tiró con fuerza mientras sonreía. Ella le observó con los ojos desorbitados.

—Si te portas bien con nosotros, en un rato todo habrá acabado y podrás marcharte a casa —le dijo el tipo que la estaba ahogando.

No le creyó, por supuesto que no.

Y menos todavía cuando, por el rabillo del ojo, vio que el que todavía no había hablado sacaba una navaja de generosas dimensiones de su bolsillo. Volvió a escuchar la risa de antes.

Trató de zafarse, de chillar, a pesar de esa mano que la ahogaba. Se retorció como una fiera. Le asestó una débil patada al que tenía frente a ella, que comenzó a reírse, haciendo que se sintiera impotente.

—Voy a por el coche —dijo entonces el de la barba, y se dio media vuelta.

A Sara la inundó la desolación.

En ese momento, todo sucedió muy deprisa y de manera caótica. Como surgida de la nada, una sombra negra y enorme se abalanzó sobre el que acababa de pronunciar la frase, haciéndole caer al suelo. Se escuchó un ruido extraño, como el de un objeto blandido a toda velocidad cortando el aire, y luego una exclamación ahogada. Y eso fue todo lo que Sara pudo percibir. De pronto, ya no era prisionera de nadie; su cuerpo chocó contra el suelo y su captor desapareció. A su derecha, alguien tosía. Hasta ella llegó el sonido de un impacto seco, como cuando algo muy pesado cae al suelo de golpe. Y otra vez aquel ruido siseante y más gritos de dolor. Se apartó el cabello de la cara y trató de vislumbrar algo en medio de toda aquella oscuridad, pero solo veía sombras que se movían con rapidez. Escuchó un quejido desgarrador muy cerca de ella y sintió que algo le rozaba la pierna. Chilló, aterrorizada.

No esperó más. Se apresuró a levantarse, resoplando. Sin mirar atrás, ignorando lo que pudiese estar pasando a solo unos metros, echó a correr hacia la calle principal, como había hecho hacía solo unos minutos. No se giró, a pesar de que continuó escuchando alaridos y golpes. Corrió los metros que le faltaban como nunca en su vida había corrido antes.

Completamente sofocada, alcanzó la avenida y la parada del autobús. Apenas si podía coger aire y tenía todo el cuerpo empapado en sudor. Se apoyó en el borde de la marquesina con una mano mientras que con la otra se sujetaba el costado y emitía una mezcla de sollozo y gemido. Una pareja de mediana edad, que se hallaba sentada en el asiento de madera, se la quedó mirando con curiosidad. Durante una milésima de segundo se planteó contarles lo que había sucedido, pero decidió no hacerlo. ¿Qué iba a decirles? ¿Que unos hombres habían intentado asaltarla en un callejón oscuro y que una sombra había llegado para liberarla?

Sonaba ridículo.

Las luces del autobús acercándose la deslumbraron. Temerosa y todavía sin haber recuperado el aliento, echó un vistazo hacia la entrada de la calle que acababa de abandonar. Estaba en tinieblas y muy tranquila. Como si nada hubiera ocurrido.

Se estremeció.

Algo había sucedido, lo que no sabía con exactitud era el qué.

Cuando el autobús echó a andar, pegó la cara al cristal y siguió observando la oscuridad.

* * *

Harry se desplomó sobre el desgastado sofá de cuero del salón. Dejó caer el *stick* de *hockey*, que había mantenido sujeto en su mano agarrotada, que resonó con fuerza sobre el suelo de madera.

Le costaba respirar. Le costaba incluso pensar en hacerlo. Era la primera vez que abandonaba la casa en años. ¡Y había tenido que ser en esas endemoniadas circunstancias!

Estaba tan acostumbrado a vivir a oscuras que, incluso desde la distancia, había podido distinguir con claridad a los tres tipos que merodeaban al fondo de la calle. Iban fumando y se empujaban con violencia, como si hubieran consumido alcohol o alguna otra sustancia y no estuviesen demasiado sobrios. Supo lo que iba a pasar en cuanto la vio atravesar su jardín a toda prisa y salir por el hueco de la valla. Al principio se quedó paralizado, como si una extraña fuerza le mantuviera enraizado al piso. Comenzó a sudar y notó que le temblaban las manos y las piernas. Deseó abrir la ventana y gritar. Advertirle a voces de lo que iba a suceder. Pedirle que volviera, que no se alejase. Pero llevaba años sin hacer uso de su voz; con toda seguridad ni siquiera sería capaz de activar sus oxidadas cuerdas vocales.

Impotente y petrificado, había visto cómo ella echaba a correr y los tipos la seguían. Había apretado los párpados con fuerza y un gemido ronco se abrió paso a través de su boca que resonó como un aullido animal y grotesco. La ira le había abrasado por dentro y, sin detenerse a pensar, había conectado el piloto automático y bajado las escaleras de dos en dos, como poseído. Cogió lo primero que halló al alcance de su mano: un antiguo palo de *hockey* que había junto a la puerta de la entrada −quizá llevase en el mismo sitio años y él ni siquiera lo sabía− y había abandonado la casa, sin abrigo y descalzo, con una furia asesina en la mirada.

La escena que estaba teniendo lugar al fondo de la calle le provocó tal cólera que ni siquiera sintió el frío del pavimento helado en la planta de los pies. Avanzó con más velocidad, emitiendo un bufido gutural con el *stick* de madera en alto, presto para golpear.

Y lo hizo.

Como un *berserker* cayó encima del primero, asestándole un golpe en la espalda que le dejó fuera de combate de inmediato. Luego blandió el palo en el aire y se encaró con los otros dos, que aunque trataron de abalanzarse sobre él, no lo consiguieron. A pesar de que ambos eran más fornidos, Harry contaba con la ventaja de la oscuridad −en la que se movía como pez en el agua−, la sorpresa, el *stick*... y la adrenalina que se le había disparado convirtiéndole en un salvaje. Apenas se detuvo un segundo para, de reojo, comprobar que la chica estaba fuera de peligro, y luego continuó usando el palo como un bate, lesionando a quién se puso en su camino. Al menos un brazo y una rodilla quedaron destrozados. Pudo escuchar perfectamente cómo los huesos se quebraban.

Pronto, los tres asaltantes se hallaban tirados en el suelo, dos de ellos inconscientes y el tercero gimiendo lastimeramente. Harry se enderezó y, respirando con mucha dificultad debido al esfuerzo, buscó a la chica. Vio su silueta oscura abandonando la calle y accediendo a la avenida. Se apoyó contra el muro y notó cómo una enorme pesadez se adueñaba de él.

Estaba exhausto, de repente, como si toda su fuerza le hubiera abandonado.

Se dio la vuelta y, trastabillando, se dirigió a su propiedad, ignorando a los tres tipos que dejaba atrás tirados sobre el asfalto. No le importaban una mierda. Accedió a su jardín por el mismo agujero en la valla que ella empleaba para colarse y lo atravesó con rapidez. Entró en la casa y se dejó caer sobre el sofá.

Estaba confundido.

Nunca había sido una persona iracunda. Al menos, no en el pasado. Ahora ya no sabía ni quién era ni cómo era. Este Harry Wolf que acababa de dejar fuera de combate a tres hombres y había actuado como un verdadero energúmeno era un desconocido para él. Era un animal rabioso.

A medida que pasaban los minutos y su respiración se regularizaba, la cordura fue retornando poco a poco a su mente y con ella llegó también la vergüenza. ¡Había estado a punto de matar a tres hombres! Apoyó los codos sobre las rodillas y enterró la cara en las manos. Comenzó a mecerse de atrás hacia delante. ¿Qué había hecho? ¿Qué había hecho? Si Nina le hubiera visto..., si hubiese sido testigo de ese comportamiento.

«Nina no está. Nina está muerta», le dijo una voz que no deseaba escuchar.

Se incorporó y comenzó a dar paseos agitados por el desnudo salón mientras se pasaba las manos por la descuidada melena, enmarañándosela y convirtiéndola en un revoltijo salvaje.

«Esa chica te necesitaba. No podías dejarla sola».

Esa chica no tenía que haber salido a la calle, sola y de noche. Ella es la culpable de todo.

«No es culpable de que la hayan atacado».

No tenía que andar por aquí a estas horas.

«Si no hubieras intervenido, la habrían violado o algo peor».

La imagen de los tres maleantes forzando a la muchacha le estalló en el cerebro y le hizo resollar. Cabeceó con energía.

«Has hecho lo correcto».

¿Seguro?

«¡Claro que has hecho lo correcto! Incluso Nina lo habría entendido y disculpado».

Volvió a dejarse caer sobre el sofá y se retorció las manos. Clavó la mirada en la pared que había frente a él, sobre la chimenea apagada, y reflexionó sobre la chica. Había huido despavorida. No era de extrañar. Primero había sido atacada por tres tipos con malas intenciones y luego, un hombre semejante a una fiera había aparecido de la nada y había comenzado a repartir golpes.

Se preguntó si alguna vez podría contemplar su rostro de cerca. Seguramente no. No creía que ella volviera por allí después de lo sucedido. Si estaba en lo cierto, y era la nieta de su vecina, vendría a visitarla de día y por otro camino, el más largo, el que daba a la calle principal, mejor iluminada, ese que no pasaba por delante de su parcela.

Rechinó los dientes.

Una sensación de vacío vino a instalarse en su pecho cuando llegó a la conclusión de que no iba a volver a verla.

Capítulo 3

Sabía que no estaba sola, a pesar de que no veía a nadie. Pero tenía el presentimiento de que alguien la seguía.

No le había contado nada de lo ocurrido a su abuela para no intranquilizarla, de más tenía con su neumonía; no necesitaba otra preocupación. Además, si se hubiera enterado, no le habría consentido que fuese a verla de noche, pero era el único momento en que Sara podía hacerlo; y no habría descansado tranquila sin poder estar junto a ella, al menos un par de horas al día.

El día posterior al ataque había comprado un bote de espray de pimienta, que ahora llevaba en el bolsillo de su abrigo y que agarraba con firmeza. Su uso contra personas no era legal y solo se podía utilizar para ahuyentar animales —eso ponía en la etiqueta—, pero era sabido por todos que muchas mujeres llevaban esos botecitos en el bolso como arma defensiva.

La primera noche después de lo sucedido, había optado por tomar el camino más largo, el de la avenida. Pero eso le había supuesto tener que reducir el tiempo que estuvo con su abuela al mínimo para no perder el último autobús. Así que, al día siguiente, armándose de valor, había vuelto a coger el mismo oscuro camino que atravesaba la propiedad de Harry

Wolf. Lo había hecho con el estómago encogido y con todos sus sentidos alerta, sobresaltándose ante cualquier ruido y con el espray en la mano, dispuesta a usarlo a la mínima oportunidad. No era una chica cobarde, al menos eso había pensado siempre, pero después del asalto, el terror se le había metido en los huesos y no había conseguido sacárselo de ahí.

Y fue esa misma noche, de camino a la parada del autobús, cuando se percató de que alguien o «algo» la seguía. Su primer instinto había sido echar a correr, pero al no escuchar pasos tras ella se detuvo y exploró la oscuridad. No había nada. Estaba tan histérica que probablemente se lo había imaginado, se dijo.

Pero habían pasado ya tres noches y en todas ellas sucedía lo mismo. No obstante, y aunque la sensación hacía que se le erizasen los pelos de la nuca, había dejado de tener miedo. Resultaba curioso, pero de alguna retorcida manera se sentía protegida. Había llegado incluso a pensar, en un momento poco lógico, que la sombra que la había rescatado de sus agresores velaba por ella y la acompañaba durante todo el camino. Desde que ponía un pie en esa calle oscura, notaba esa presencia a su alrededor, pero por más que se había esforzado en tratar de localizar su procedencia, no había podido.

Con el espray en la mano, abandonó el oscuro jardín. Miró a izquierda y a derecha, alerta. A unos cientos de metros, en las casitas al otro lado de la avenida brillaban luces navideñas de modo intermitente. Eso le trajo a la cabeza que todavía no había hablado con su abuela sobre la noche del veinticuatro que era en dos días. Deseaba hacer algo especial, quizá cocinar un plato sencillo o adornar un pequeño árbol para romper la rutina que se había establecido entre ellas, pero no sabía si eso le agradaría.

Echó a andar, pegada a la pared. ¡Allí estaba de nuevo! Se le pusieron los pelos de punta al notar la singular presencia, que poco a poco iba convirtiéndose en algo habitual. Anduvo más deprisa, casi corrió. Solo tenía un pensamiento en la cabeza, alcanzar la avenida iluminada cuanto antes. Quizá, desde allí, podría descubrir qué era lo que había en las tinieblas, protegiéndola.

Casi sin aliento llegó al final de la calle y se giró sin demora. Nada. No había nada.

Una ráfaga de viento amenazó con arrancarle la capucha de la cabeza y se envolvió bien en su abrigo. Con cierta desilusión se encaminó a la parada del autobús.

* * *

Harry se ocultó detrás del ancho tronco de un árbol. Ella no le había visto. Esa noche tampoco. Y ya iban tres. Se quedó quieto, sin moverse, con la vista fija en su figura que se alejaba. El viento estuvo a punto de quitarle la capucha del abrigo. Y él lo hubiera dado todo en ese instante por poder ver sus facciones. Pero ella se la sujetó a tiempo y se alejó. Unos segundos después había desaparecido.

Se metió las manos en los bolsillos de la chaqueta, que era demasiado grande para él. En los últimos años había adelgazado tanto, que ninguna de sus prendas le servía. Al menos el calzado sí era de su talla. Se miró los pies, enfundados en botas de cordones. Las había encontrado en su armario, junto a muchos otros pares de zapatos que languidecían por falta de uso. Dado que nunca salía al exterior, solía ir descalzo o con unas viejas zapatillas azules de estar por casa, que su mujer le había regalado. Sus pies se habían sentido raros dentro de esas botas, como prisioneros. Todavía lo hacían.

Se dio la vuelta y se dirigió a su propiedad. El seguirla comenzaba a convertirse en una rutina. Otra más, como había sido observarla por la ventana.

Cuando la vio aparecer de nuevo a través del hueco en la valla, hacía tres noches, su primera reacción fue de enfado. Había apretado los puños y golpeado el cristal de la ventana con la frente. ¿Qué hacía allí otra vez y a esas horas? ¿Se le había olvidado lo sucedido? ¿Acaso no recordaba que había estado a punto de ser violada... o algo peor? ¡Era una inconsciente! ¿Cómo era posible que tuviese tan poco sentido común? Pero poco después, el alborozo le había invadido al comprender lo que aquello significaba para él.

¡La chica del abrigo rojo había regresado!

Se había apostado en las sombras de su jardín y, después de esperarla allí durante lo que le parecieron horas sin sentir el frío, la había visto regresar. Esforzándose por controlar el nerviosismo que le provocaba el abandonar la seguridad de su casa, la siguió, con cuidado de no hacer ningún ruido y no asustarla. Lo hacía a distancia y siempre oculto entre los árboles del hayedo que había al otro lado de la calle. No deseaba que ella supiera lo que hacía. No quería llamar su atención. Solo quería asegurarse de que no le pasaba nada, que llegaba hasta la parada del autobús sana y salva.

No obstante, ella parecía saber que él estaba ahí. Su forma de comportarse, de mirar hacia atrás todo el rato, de otear la oscuridad, así lo indicaban.

No sabía durante cuánto tiempo ella seguiría yendo a ver a su abuela, pero esperaba que no dejara de hacerlo. Sus visitas nocturnas se habían convertido en una parte muy importante de su vida. Algo que empezaba a necesitar... como el aire.

También esperaba que ella no descubriera jamás quién era él ni lo que hacía todas las noches.

Capítulo 4

Saltó el muro y miró al cielo, más claro de lo habitual para aquella hora. Se habían formado unas nubes sospechosas y parecía que iba a comenzar a llover en breve. Soltó una imprecación y apresuró sus pasos. ¡Solo le faltaba eso! Estaba agotada y deseaba llegar cuanto antes a su apartamento, prepararse una taza de leche caliente e irse a dormir. Había sido un día agotador en el trabajo, y su abuela tampoco estaba muy animada. El alivio la embargó al recordar que tenía tres días libres por delante. Los necesitaba de veras.

Rodeó la casa y, justo cuando había llegado a la parte delantera, unos ladridos cercanos rompieron el silencio de la noche, sobresaltándola. Cometió el error de apartar la vista del suelo y no prestó atención adónde pisaba. Resbaló aparatosamente y se cayó de bruces lastimándose el tobillo derecho.

—¡Ah, no! —gimió.

Permaneció unos segundos tirada en el suelo, recuperando el aliento que la caída le había robado. Mas no tardó en girar sobre sí misma y, apretando los dientes, intentó levantarse, pero en cuanto cargó el peso de su cuerpo sobre el tobillo, un dolor insoportable viajó por su pierna de arriba abajo y la obligó a permanecer sentada.

Maldijo su mala suerte para sus adentros. ¿Por qué a ella?

En ese instante, y para agravar la situación, las nubes se abrieron y una lluvia pertinaz empezó a descender del cielo. En menos de un minuto, su inapropiado abrigo de lana se encontraba empapado. El agua no tardó en traspasar el tejido, mojándola a ella también. Un temblor le recorrió el cuerpo al sentir esa humedad congelada sobre su piel.

«¡Solo me faltaba esto!».

La deslumbrante luz de un relámpago iluminó el jardín, transformando el entorno y la desolada casa en una escena terrorífica, y Sara no pudo evitar chillar, pero su voz quedó ahogada por el formidable trueno que retumbó sobre ella. Trató de incorporarse de nuevo, pero su pie volvió a ceder.

—¡No, no, no! —farfulló.

Entonces, lo que hasta el momento había sido una fina llovizna se convirtió en litros y litros de agua que descargaron sobre ella con fuerza.

Se llevó las manos a la cabeza y se la cubrió con ellas en un absurdo intento de protegerse. ¿Qué podía hacer? No creía que nadie escuchase sus gritos de ayuda. Otro rayo rompió el cielo por la mitad acompañado de un trueno casi inmediato que la llenó de angustia. Lanzó una mirada de soslayo hacia la casa. Quizá pudiera buscar refugio allí, o al menos bajo el porche, se dijo, desesperada. Apretando los dientes con fuerza, comenzó a gatear hacia la inhóspita y poco invitadora edificación, pero no había avanzado ni dos metros cuando algo se le clavó en la palma de la mano. Una mueca de dolor le desfiguró la cara. A través de la lluvia y la suciedad pudo ver que se había hecho un corte en el dedo y que un reguero de sangre resbalaba hacia su muñeca.

Se quedó inmóvil, mirando anonadada el líquido rojo que manaba de la herida. La tensión que llevaba acumulando las últimas semanas y el encontrarse allí tirada, dolorida y calada hasta los huesos... le pasaron factura. La barbilla comenzó a temblarle. Estaba exhausta. No podía más. Y mientras el agua seguía cayendo con fuerza, se sentó en el suelo con torpeza, hundió la cabeza en los hombros y comenzó a llorar de impotencia. La capucha se le deslizó hacia atrás dejando su pelo al descubierto y las lágrimas y las gotas de lluvia se mezclaron sobre sus mejillas. Se cubrió la cara con la mano que no tenía herida y su cuerpo se vio sacudido por violentos sollozos.

«¿Por qué yo? ¿Por qué?».

Y mientras se preguntaba aquello, su llanto se hizo más potente y hondo.

Súbitamente, unos brazos fuertes la levantaron del suelo, cogiéndola por sorpresa. Al recordar la escena que había tenido lugar hacía unas noches, se retorció histérica e intentó liberarse.

¡Otra vez no!

Forcejeando, alzó la mirada para encarar a su agresor, pero nada, absolutamente nada la había preparado para la imagen que se mostró ante sus ojos. El miedo se le aferró a la garganta enmudeciéndola y dejándola paralizada, sin fuerzas para resistirse.

Desdibujada por efecto de la lluvia y la noche, vislumbró a... *la cosa* que la sostenía con firmeza entre sus brazos. Era un ser mitad humano, mitad animal; al menos eso le pareció. Tenía el rostro cubierto de pelo mojado y sus ojos −que en ese momento iluminó un relámpago− centelleaban de forma demoníaca.

Se le cortó la respiración.

Y entonces *ese ser*... ¡habló!

−No... temas... Yo te cojo −le dijo al oído con una voz cavernosa y chirriante al tiempo que la apretaba contra su pecho y echaba a andar hacia la casa.

«¡Dios mío! ¡Es como en aquella película! Es un hombre lobo y me ha cogido...», pensó, horrorizada, y sintió como si una mano helada le oprimiera el corazón.

Después, todo se volvió negro a su alrededor.

* * *

Harry dejó a la chica sobre el sofá y se apartó unos metros. La contempló indeciso sin saber cómo proceder. Era la primera vez que tenía contacto físico con un ser humano desde hacía años.

Cuando la vio tumbada en el suelo, empapada por la lluvia y llorando de dolor no se lo pensó dos veces, había abandonado la seguridad de su casa para ir a buscarla, pero ahora que la tenía ahí delante, no sabía qué hacer con ella.

El antiguo Harry lo hubiese sabido, pensó. El antiguo Harry, el arquitecto, padre de familia, hubiese sabido lo que tenía que hacer. Pero ese Harry se paseó inquieto por la habitación ignorando que estaba empapado y que ponía todo perdido, intentando decidir cómo actuar.

«No tenías que haberla cogido».

¿Y qué tenías que haber hecho? ¿Haberla dejado ahí tirada, a merced de la lluvia y sin poder andar.

«Esta chica no es asunto tuyo».

Hace semanas que la convertiste en tu asunto. Así que, ahora, ocúpate de ella.

Se detuvo y la observó con el ceño fruncido. Estaba muy pálida. El contraste de los mechones de pelo negro pegados a sus blancas mejillas era muy llamativo. Parecía tan frágil allí tumbada... Un charco de agua comenzaba a formarse en el suelo junto al sofá y Harry comprendió que tenía que hacer algo. No podía dejar que esa muchacha a la que acababa de rescatar de la tormenta cogiese una pulmonía.

Con más vitalidad de la que había mostrado en los últimos años, subió al piso superior y se quitó los pantalones y el jersey empapados. Sin molestarse en secarse el mojado cabello, se puso ropa seca y cogió mantas y varias toallas del baño.

Ella no se había movido. Seguía en la misma posición que él la había dejado. Se acercó y, levantándola con torpeza, le quitó el empapado abrigo, arrojándolo a un lado. Debajo llevaba unos vaqueros y un jersey negro que también parecían mojados. La contempló, cohibido. No sabía si iba a poder hacer aquello. Quitarle el abrigo había sido fácil, apenas si había tenido que rozarle la piel, pero desnudarla... Comenzó a sudar. Se irguió y se alejó hasta la pared. Apoyó la espalda en ella y la miró desde la distancia.

«No es buena idea quitarle la ropa».

Pues déjala morir congelada.

Terminó por acercarse otra vez a regañadientes. Se arrodilló a su lado y le quitó el jersey. Debajo llevaba una camiseta blanca, que hacía que el encaje de su sujetador blanco se transparentase. Harry apartó la vista, avergonzado. Arrojó el jersey al suelo, junto al abrigo, y procedió a desabrocharle los pantalones. Cuando el borde de sus bragas de color azul quedó al descubierto tuvo que volver a apartarse. Esa chica a la que llevaba semanas espiando y que, para él, había sido algo etéreo e incorpóreo a lo que admirar desde lejos, iba metamorfoseándose en un ser humano de carne y hueso según le iba quitando la ropa. Y no sabía si eso le agradaba o le molestaba...

Cabeceó, inquieto, y la observó a través de las pestañas. Si ella se convertía en mujer y dejaba de ser la chica del abrigo rojo, no sabría muy bien cómo encararlo. No creía ser capaz de lidiar con algo así.

Huyendo de sus turbios razonamientos que no le iban a llevar a ninguna parte, se apresuró a quitarle las botas y los calcetines. Su tobillo derecho no tenía buen aspecto. Luego le quitó los mojados pantalones, evitando mirarle las piernas o su ropa interior o su estómago plano y terso... La tapó con la manta y se acarició la barba, meditabundo. No recordaba qué era lo que tenía que hacer en casos así. En su vida anterior habría sabido cómo actuar, pero ¿ahora? No tenía ni idea. Un vívido y poco bienvenido recuerdo le asaltó. Su hijo Michael se había torcido la muñeca una vez y su mujer había utilizado una pomada blanca... Meneando la cabeza para apartar esas dolorosas imágenes de su mente, fue a la cocina y rebuscó en un cajón hasta que encontró el tubo de pomada. Era más que probable que estuviese caducada, pero decidió utilizarla de todas maneras. También se hizo con alcohol, algodón y unas vendas, para curarle la mano.

La herida del dedo, aunque sangraba copiosamente, no era muy profunda. Ella se estremeció cuando la desinfectó con alcohol, pero no se despertó. Luego se concentró en sus pies, eran pequeños y delicados y no llevaba las uñas pintadas. Le untó la pomada en el tobillo con mucho cuidado y se lo vendó con torpeza. Cogió un cojín y se lo puso debajo. La arropó y se alejó a toda prisa.

«¿Qué hago ahora?», se preguntó.

Titubeante, cogió una toalla y procedió a secarle el pelo, mechón por mechón, admirando lo sedoso que era al tacto. El olor de su champú alcanzó sus fosas nasales y cerró los ojos, fascinado, pero los abrió con rapidez y se deleitó con sus facciones; por fin podía verlas de cerca. Tenía la frente amplia pero no demasiado. Unas cuantas pecas sobre su nariz interrumpían la pureza de su cutis. Sus labios eran carnosos y de un tono sonrosado.

Y era joven... muy joven...

Y él se sintió viejo... muy viejo...

Sin poder evitarlo, alzó la mano y la acercó a su cara. El contraste de la tersura de su mejilla y la tosquedad de sus dedos manchados, con las uñas rotas y descuidadas, le hizo retirarse avergonzado incluso antes de haberla rozado. Se alejó tambaleándose. Estaba mareado y no sabía qué hacer ahora. ¿Debía quedarse allí y vigilarla o debía marcharse y dejar que ella descansase tranquila?

Murmuró algo en sueños y él le lanzó una mirada ávida, lleno de curiosidad. Eran palabras ininteligibles pronunciadas en otro idioma. Español, dedujo. ¿Su abuela no era española? La observó durante unos minutos, hasta que se dio cuenta de que había comenzado a tiritar. Se maldijo a sí mismo por no haberse fijado antes. Se acercó y cogió otra de las mantas que había dejado en el suelo, y la arropó, deteniéndose más de lo necesario en hacerlo. No parecía ser capaz de permanecer lejos de ella por mucho tiempo.

Sin quitarle la vista de encima, arrastró un sillón y lo colocó junto al sofá. Después tomó asiento y se dispuso a pasar la noche despierto, velando el sueño de la muchacha que había irrumpido en su vida de aquella manera tan inesperada.

Capítulo 5

Sara se despertó lentamente. Había tenido un sueño muy raro. Soñó que se caía y se lastimaba y que, en medio de una horrible tormenta, aparecía una criatura y la llevaba con ella. Se revolvió inquieta y notó un pinchazo en el tobillo. Abrió los ojos, aturdida, y apartó las mantas que la cubrían, tenía el pie vendado, reposando sobre un cojín.

¡No había sido un sueño!

Se incorporó y su sobresalto fue mayor al darse cuenta de que no llevaba ropa. Solo sus bragas y su camiseta interior la cubrían. Miró a su alrededor, frenética, tratando de adivinar dónde se encontraba. Se hallaba en un salón muy amplio, de altos techos; no había muebles y las paredes estaban desnudas, como si alguien se acabara de mudar allí. Debía de haber dormido durante horas, porque la luz de un día grisáceo entraba por un enorme ventanal a su izquierda, iluminando la estancia pobremente.

Sujetando la manta contra su pecho, giró la cabeza, buscando alguna pista más que le desvelara su paradero y cómo había llegado hasta allí.

Y entonces le descubrió.

Se tapó la boca con las manos para ahogar un grito. A solo unos metros de distancia, en un sillón de ajado cuero, dormía la *criatura* que la había rescatado la noche anterior. Pero la criatura no era tal. Se trataba de un hombre, un hombre desaliñado y con aspecto salvaje, pero un hombre al fin y al cabo.

Con miedo pero llena de curiosidad, aprovechó que él dormía para examinarle con libertad. Tenía la cabeza echada hacia atrás en el respaldo. Sus facciones quedaban ocultas por una espesa barba de color castaño y una melena desarreglada llena de trasquilones que le caía sobre la frente. Era difícil calcular su edad, aunque múltiples canas surcaban tanto su barba como su cabello. Un jersey marrón de aspecto lamentable cubría su torso, sobre el que reposaban unas manos grandes de dedos fuertes. Era muy alto, al menos eso le pareció al observar sus largas piernas enfundadas en unos vaqueros desgastados. Tenía los pies descalzos y manchados de barro seco.

Estaba claro quién era esa *criatura.*

«Harry Wolf», dedujo, sin apartar la vista de su rescatador. «Así que este es el famoso ermitaño del barrio... y mi salvador».

Entornó los ojos y siguió observándole con atención. No recordaba mucho de la noche anterior, solo que se había desatado una tormenta, se había puesto a llover a cántaros, ella se había resbalado en el jardín y se había hecho daño en el tobillo y en la mano. Y *ese ser* había acudido en su ayuda. Mirándole ahora, se reprochó el haber pensado que no era humano. Tamaña estupidez. Era cierto que su barba era muy poblada y que su melena crecía salvaje, pero de ahí a confundirle con una bestia... Se recriminó a sí misma su vívida fantasía.

Un nuevo pinchazo hizo que su atención se centrase en su pie. Trató de moverlo, pero un dolor agudo se lo impidió.

Debía de haberse hecho un esguince al caerse. Gracias a Dios, esa noche era Nochebuena y la agencia iba a permanecer cerrada unos días; podría utilizarlos para recuperarse antes de tener que volver a trabajar, pensó aliviada. Flexionó la mano, que también llevaba vendada de manera poco profesional. No le dolía demasiado.

Un ruido a su espalda la sobresaltó y le hizo darse la vuelta.

Dos impresionantes e inesperados ojos azules la recibieron. Harry Wolf había despertado y la observaba en silencio con una expresión indescifrable. Sara tragó saliva nerviosa y carraspeó. Intentó decir algo, pero la voz se le quedó atascada. El brillo de esa mirada parecía haberla hipnotizado. Se olvidó del dolor y trató de leer en esos penetrantes ojos el estado de ánimo de su propietario. Sin éxito.

Transcurrieron varios segundos sin que ninguno de los dos dijese nada. Seguía mirándola de aquella peculiar forma, haciendo que se sintiera insegura e incómoda. Finalmente, él apartó la vista primero y se levantó. Se acercó a ella y se detuvo junto al sofá. Sí que era alto. Muy alto y muy delgado. El jersey le quedaba bastante holgado. Le hizo un gesto señalando su tobillo. Ella parpadeó varias veces tratando de recuperar la compostura que semejaba haber perdido.

—Me duele un poco, pero me encuentro bien —logró balbucear al fin—. Muchas gracias por haberme traído aquí anoche y haberme curado. Siento muchísimo haber causado tantas molestias.

Él no dijo nada. Solo asintió. Un mechón de cabello irregular le cayó sobre el ojo derecho. Ni siquiera se molestó en apartárselo.

—No quería violar su intimidad allanando su propiedad, es que mi abuela vive justo ahí detrás y si atravieso su jardín me ahorro una caminata de quince minutos y por eso lo hago, pero no pretendía nada malo —habló, atropellándose con las palabras y tartamudeando por los nervios—. Es... es su vecina —aclaró.

Él seguía ahí de pie, mudo, contemplándola con tanta intensidad que hacía que articular frases le resultase casi imposible.

—Disculpe, no me he presentado. Me llamo Sara Cobo. Soy la nieta de su vecina, Julia —exclamó, alargando la mano—. Y usted es Harry Wolf, ¿verdad?

Él se quedó mirando la mano que ella le tendía como si le estuviese ofreciendo una manzana envenenada. No la cogió. Se limitó a asentir.

Sara se sintió como una estúpida y terminó por bajar el brazo. Él se erguía silencioso a su lado, sin despegar los labios. Le miró a los ojos de nuevo. Nada más hacerlo, lo lamentó. Eran demasiado intensos y perturbadores. Bajó la vista.

«¿Qué hago ahora?», se preguntó, inquieta.

—No quiero molestar, pero ¿podría usar su teléfono para llamar a un taxi? —dijo al cabo de un rato.

No obtuvo respuesta, solo una negación con la cabeza.

¿A qué se refería con eso? ¿No le dejaba el teléfono? ¿No quería que llamara a un taxi? ¿O no tenía teléfono? Si tenía en cuenta el estado en el que se encontraba la casa lo más seguro sería que así fuese.

—No tiene teléfono. —Más que una pregunta fue una afirmación.

Él asintió con lentitud.

—¿Y coche? ¿Tiene coche?

Él negó.

—Oh, bueno, pues no sé... —vaciló. No sabía si podría llegar hasta la casa de su abuela andando. Pero tenía que intentarlo. No podía quedarse allí. Apretó los dientes y bajó el pie al suelo.

Trató de apoyar el peso sobre él, pero el dolor la privó de poder hacerlo.

La mano de él, grande y firme, la empujó del hombro y la obligó a reclinarse de nuevo.

—Pero tengo que...

Él agitó la cabeza con energía.

Ella se dejó caer sobre el sofá y suspiró.

—¡Pero no puedo quedarme aquí! Tengo que decírselo a mi abuela. Se preocupará. Quizá usted pueda ayudarme a llegar a su casa —propuso, avergonzada.

Fue como si le hubiera abofeteado. Su rostro se contrajo y abrió los ojos de manera desorbitada. Dio un paso atrás con ímpetu, pasándose las manos por el pelo y enmarañándoselo todavía más. Sara le siguió con la mirada, perpleja, mientras él daba paseos agitados por el diáfano salón. Iba desde la puerta que estaba a su derecha, hasta el ventanal que estaba a su izquierda, y no dejaba de retorcerse las manos.

Los nervios que le acuciaban a él, la asaltaron a ella también. Su actitud era enigmática y comenzaba a asustarla. De pronto se dio cuenta de la situación en la que se encontraba: a solas con un hombre que quizá estuviera un poco desequilibrado, y sin apenas ropa sobre el cuerpo... Por mucho que él la hubiese rescatado la noche anterior, su comportamiento le indicaba que quizá no fuese de fiar. Se mordió el labio inferior y se hundió más en el sofá.

—Esta noche es Nochebuena y supongo que usted querrá... no sé, hacer algo... o quizá... —se interrumpió. Nada más decir aquello se dio cuenta de lo estúpido de sus palabras. Dudaba mucho de que Harry Wolf, el ermitaño, celebrase algo alguna vez, mucho menos la Navidad. Nada en aquella desolada casa daba muestras de que esos fuesen días especiales. No había adornos, ni luces, ni árbol... No había nada.

Él se detuvo y se acercó al sofá. Tenía la frente arrugada como si estuviera librando una importante batalla consigo mismo. Con toda seguridad no era consciente de ello, pero la expresión que mostraba su semblante era tan adusta y siniestra, que la aterrorizó, y ese terror debió de dibujarse en sus facciones porque él se apartó y alzó las manos, haciendo un gesto tranquilizador con ellas. Luego se dio media vuelta y abandonó la estancia con rapidez.

Sara dejó escapar el aire que había estado conteniendo y se irguió en el sofá. En el suelo, pulcramente colocadas, estaban las prendas que había llevado puestas la noche anterior. Alargó el brazo y cogió los pantalones y el jersey. Estaban algo húmedos, pero no le importó. Vestida se sentiría algo más segura. Tapándose con la manta, se puso el jersey, luego, a duras penas logró ponerse también los pantalones, a pesar del dolor. Cuando terminó, estaba exhausta por el esfuerzo y se recostó en el respaldo, acalorada.

De repente, él apareció a su lado y, antes de que pudiese abrir la boca, dejó un libro junto a ella en el sofá. Después se marchó con tanta rapidez como había llegado. Sara contempló el libro, intrigada, antes de cogerlo y leer el título: *Arquitectura moderna en la Alemania del siglo XX*. Arqueó las cejas. ¿Arquitectura? ¿Por qué le daba un libro? ¿Para qué? ¿Dónde había ido él? No tenía sentido. No entendía nada.

Impotente y con el libro apretado contra su pecho, esperó a que regresara.

* * *

Desde el mismo instante en que abrió los ojos y la vio despierta, perdió toda su calma. Durante un segundo había considerado la posibilidad de fingirse dormido para ganar algo de tiempo, pero la desechó con rapidez. ¿De qué le iba a servir? De nada. Entonces ella le había mirado con esos expresivos y enormes ojos color miel, dejándole atónito. La había contemplado con fijeza, intentando leer en su rostro qué podría estar pensando. Vio sorpresa, turbación, miedo incluso y también reconocimiento.

Ella sabía quién era él. Probablemente, habría escuchado cientos de historias sobre su persona.

Tratando de mantener la compostura, se había acercado y le había señalado el tobillo y ella había hablado y él había podido escuchar su voz. La tenía melodiosa, cargada de matices. Siguió mirándola encandilado. ¡Era tan expresiva! Todo un abanico de emociones se reflejaba en su rostro y un atractivo rubor se extendía por sus mejillas. Aguantando el súbito deseo de acariciárselas, se había apartado, desconcertado. No sabía qué le sucedía...

Y le había dicho su nombre: Sara.

Sara. Un nombre precioso y delicado, como ella misma. Por primera vez en mucho tiempo deseó decir algo en voz alta. Decir su nombre, dejar que su boca formara las sílabas y se llenase con ellas. Comprobar cómo sonaba pronunciado por él.

No lo hizo, por supuesto.

La noche anterior, cuando la rescató de la tormenta, había emitido quizá su primera frase en años, y el sonido de su propia voz le dejó perplejo. No recordaba que hubiese sido tan ronca y tan... desagradable. No deseaba que ella la oyese.

Luego, ella le había tendido la mano y él la había rechazado, incapaz de internarse en las emociones que, estaba seguro, su roce provocaría en él. Se había mostrado algo dolida, haciéndole sentir miserable. Entonces había comenzado a hacerle preguntas y se había sentido ridículo confesándole que no tenía teléfono ni coche. ¿Quién demonios en esa época no tenía teléfono ni coche? Había tenido ambos, antes. Ahora, el teléfono debía de estar en algún lugar de su patio trasero, lo había arrancado de la pared hacía tiempo; y el coche lo abandonó a unas calles de allí poco después de lo que ocurrió. Dudaba de que todavía siguiese en el mismo sitio.

Y aun plagado de inseguridades, molesto e incómodo por la situación y porque no sabía cómo actuar, reconocía que estaba disfrutando de cada segundo que ella pasaba a su lado. La escuchaba con avidez y analizaba hasta el mínimo gesto que hacía con las manos o cómo le cambiaba la expresión del rostro. Estaba completamente seducido. Embelesado, más bien. Así que cuando ella habló de marcharse, sintió cómo si le hubiesen quitado el suelo de debajo de los pies y una sensación de pérdida le invadió. ¿Ya se iba a marchar? ¿Tan pronto?

El muro que se había construido con tanto tesón durante los últimos años se desmoronaba con lentitud encima de su cabeza por causa de esa muchacha.

Sintió el irrefrenable deseo de irse al patio trasero, coger la pala y ponerse a cavar. Ignorar que ella estaba allí y sumergirse en el rítmico movimiento de agacharse y sacar tierra, y volverse a agachar y sacar más tierra, olvidándose de todo, llenando ese vacío interno que le consumía. Pero un resto de cordura que todavía le quedaba le impidió hacerlo. A cambio se paseó nervioso por el salón, sin saber qué hacer con ella. Deseaba que se quedara y deseaba que se fuese y le dejase solo. Quería ambas cosas. La había mirado a hurtadillas y, desolado, había descubierto el miedo brillando en sus ojos. ¿Cómo no?, se preguntó con amargura. ¿Cómo no iba a tener miedo de un hombre con su aspecto que la mayor parte de los días ni siquiera sabía quién era?

Se había acercado a ella y había tratado de tranquilizarla con un ademán. Ella no entendía lo difícil que le resultaba relacionarse con otras personas. Quiso que lo comprendiese y la miró intensamente, como si así, sin necesidad de palabras, pudiera comunicarle lo que había dentro de su cabeza.

Por supuesto no lo consiguió. Le miró, desconcertada.

Frustrado, se dio la vuelta y se fue a su dormitorio. No podía pensar en su presencia. Sabía qué era lo que tenía que hacer, pero iba a necesitar tiempo para hacerse a la idea. No era fácil. No. No lo era. Sacó un libro de una de sus estanterías y con él en la mano se dirigió al salón. De un rápido vistazo se dio cuenta de que ella había aprovechado su ausencia para ponerse la ropa. Huyendo de su mirada inquisitiva, dejó el libro a su lado y se marchó de nuevo.

Una parte de él se moría por que ella se quedase, por conservarla un rato más, una hora más, unos minutos más..., por tenerla en su sofá y poder contemplarla en silencio como había hecho gran parte de la noche. Pero aquello que, mientras dormía había sido simple, ahora que estaba despierta y le observaba con esos ojos suyos que le abrumaban, se había convertido en algo imposible. Descabellado.

Tenía que deshacerse de ella. No podía conservarla.

Capítulo 6

Se miró el reloj de pulsera por enésima vez. Había pasado una hora desde que él había desaparecido después de dejarle el libro. Lo había ojeado, intentando entretenerse, pero tenía la cabeza demasiado ocupada con conjeturas varias como para distraerse con las fotografías en color que ocupaban la mayoría de las páginas.

El sol había ido entrando poco a poco por el ventanal y ahora, pasado el mediodía, se encontraba en el punto más alto del firmamento y dibujaba un rectángulo que casi alcanzaba el sofá, sobre el suelo de madera. Contempló el cielo que resplandecía en un tono azul precioso; no quedaba ni rastro de la tormenta. Comenzaba a impacientarse. Le había dado mil vueltas al comportamiento del dueño de la casa sin llegar a ninguna conclusión satisfactoria. Le estaba agradecida por haberla rescatado la noche anterior, pero ahora ya solo quería regresar a casa. No quería estar allí. No se encontraba cómoda con todo ese silencio.

Volvió a coger el libro y lo abrió por la mitad. Una foto a todo color de un edificio de oficinas ocupaba ambas páginas. Ya la había visto antes y no le había llamado mucho la atención. Lo cierto era que, para ella, esas construcciones no tenían el menor encanto. Pasó otra página y un edificio de aspecto extravagante que parecía una pirámide invertida y ondulada la hizo detenerse. Casi con desgana, leyó la leyenda que aparecía bajo la foto y se quedó de piedra. *Arquitecto: Harry Wolf*, rezaba allí. Interesada, de pronto, recorrió las líneas del edificio con los ojos, tratando de apreciar su belleza. No lo consiguió. Solo veía una rara y deforme mole de hormigón y acero con múltiples ventanas. Era la Biblioteca Municipal de una ciudad lejos de allí. Pasó más hojas, deteniéndose a leer el nombre del arquitecto en cada foto. Encontró otra imagen más de un edificio diseñado por él, el de un hotel a las afueras. A pesar de que no tenía ni idea de arquitectura, sí pudo reconocer ciertas semejanzas en ambas construcciones. El diseño era vanguardista y algo arriesgado, poco común; dañaba al ojo acostumbrado a las líneas rectas y las figuras geométricas.

Trató de recordar todo lo que había oído sobre Harry Wolf, pero aparte de que había sido un arquitecto importante y la prueba la tenía ante ella, solo se acordaba de los rumores sobre la tragedia. ¿Cuántos años habrían pasado ya de aquello? ¿Seis? ¿Siete ya? Por aquel entonces ella iba al instituto y estaba en época de exámenes y no prestó mucha atención a lo sucedido. No recordaba qué había pasado exactamente. Tendría que preguntarle a su abuela.

Era una lástima que un hombre joven, porque a pesar de que aparentaba más edad no debía de tener más de treinta y cinco o treinta y seis años, se hubiese abandonado así. Una verdadera pena.

No entendía cómo podía sobrevivir allí sin contacto alguno con nadie. ¿De dónde sacaba el dinero? ¿Cómo conseguía la comida? ¿Cómo iba al médico cuando enfermaba? ¿No tenía parientes que se preocupasen por él? ¿Amigos? No se podía subsistir en el mundo apartado de todo y de todos, ¿no?

Aunque al parecer sí se podía. Él era la prueba viviente de que algo así era posible.

Oyó un ruido y levantó la cabeza, sobresaltada. Él se encontraba frente a ella, mirándola con el ceño fruncido. Había estado tan ensimismada que no le había oído llegar. Se había cambiado de ropa, ahora llevaba unos vaqueros algo más nuevos, un jersey azul y botas de cordones. Su pelo estaba mojado y peinado hacia atrás, dejando su cara al descubierto. Tenía unos ojos preciosos, y no solo por el color azul, sino por su forma algo rasgada, y porque sus pestañas eran largas y espesas. Multitud de arrugas se formaban en sus contornos. Se preguntó qué aspecto tendría sin todo ese vello facial y con un corte de pelo más moderno.

De pronto y, como un fogonazo, la idea de que quizá había sido él el que la rescató de los tres asaltantes hacía días le explotó en la cabeza. Entrecerró los ojos y le miró con fijeza. ¿Sería eso posible? ¿Harry Wolf la habría salvado? No pudo seguir con esa línea de pensamiento porque él le tendió una hoja de papel, que cogió, aturdida. Había una frase escrita en ella con una letra de trazos firmes y potentes.

Voy a llevarla a casa de su abuela.

¿Por qué no hablaba? Recordaba que la noche anterior le había dicho algo en el jardín. No se acordaba de qué había sido, pero había pronunciado algunas palabras. No entendía por qué no quería hablar con ella.

—Muchas gracias —le dijo, incorporándose y apartando las mantas—. No sé si podré ponerme las botas con el vendaje...

Él no dejó que siguiera hablando. Se arrodilló frente a ella y, con rapidez, procedió a ponerle el calcetín en el pie que no tenía herido. Luego, con muchísimo cuidado, le puso el otro. Sara se mordió el labio y él la miró, preocupado.

—Está bien —se apresuró a decir—. No... no me duele mucho.

Ladeó la cabeza, como si no la creyera, pero pasados unos instantes en los que ella le sostuvo la mirada, se levantó y cogió el abrigo que seguía en el suelo y se lo dio, animándola a ponérselo con un gesto. Lo hizo. Después cogió las botas y se las entregó. Ella las sujetó en su regazo. Acto seguido se quedó quieto a su lado. Sus ojos se posaron brevemente sobre el libro que ella había dejado sobre el sofá.

—He visto las fotos —dijo Sara. Hubiera dicho cualquier cosa para romper la incomodidad de aquella situación—. He visto sus diseños. Los edificios son muy... —¿Qué debía decirle? ¿Que le resultaban un poco raros? ¿Que no encontraba su belleza por ningún sitio?—. Son muy... interesantes y bonitos —concluyó con tibieza.

Él la miró con las cejas arqueadas y lo que quizá fuera un atisbo de sonrisa. Sus labios no se movieron, permanecieron cerrados en una línea, pero sus ojos chispearon y las arruguitas que había en torno a ellos se multiplicaron por mil.

«Me ha sonreído con los ojos», pensó ella, asombrada.

Entonces él se agachó y, sin dejarle tiempo a reaccionar, le pasó un brazo por la espalda y otro por debajo de las piernas y la izó en el aire, al igual que había hecho la noche anterior, pero si entonces ella había estado muerta de miedo y se había desmayado, esta vez estaba más alerta y era muy consciente del calor que desprendía su cuerpo, incluso a través de la ropa. Como ya había constatado antes a simple vista, era delgado pero fuerte. Notaba los músculos fibrosos de sus brazos rodeándola. Se agarró a su cuello con firmeza y clavó la vista sobre su espesa barba.

—No lleva usted abrigo —comentó en voz baja—. Va a resfriarse.

Él no dijo nada. Se limitó a echar a andar con pasos firmes y seguros. Recorrieron un largo pasillo pobremente iluminado que desembocaba en la cocina. Sara no se fijó en nada, estaba demasiado pendiente del hombre que la llevaba en brazos como si no pesase más que una pluma. Atravesaron la puerta que llevaba al exterior, que él debía de haber dejado abierta, y descendieron los escalones que daban al patio trasero. A la luz del día todavía tenía peor aspecto que por la noche, pensó Sara, dirigiendo la vista a la montaña de muebles y trastos que se apilaba junto al muro. No pudo evitar que sus ojos curiosos se posasen también en la tierra del suelo. Aparecía removida, como si alguien hubiese estado cavando recientemente.

Un ligero aroma a champú llegó hasta ella y, con disimulo, aspiró algo más hondo y su nariz se llenó de un suave olor a salvia. Le observó a hurtadillas, pero solo pudo ver su poblado mentón y nada más.

Él se encaminó al otro lado del patio. Al fondo había una casi invisible puerta metálica cubierta de enredadera que comunicaba con la parcelita de su abuela y que se hallaba entornada.

—¡Hay una puerta! —exclamó.

Él bajo la vista y asintió con energía. Parecía querer decirle algo con la mirada, pero ella no supo interpretarlo. Una expresión frustrada le oscureció el semblante. Apretó los labios y empujó la puerta con el hombro, accediendo al jardín contiguo.

En el mismo momento en que traspasaron la otra propiedad, él se puso rígido. Seguía andando, sin vacilar, pero algo en su actitud había cambiado. Apenas era perceptible, pero ella se dio cuenta de que los músculos de su cuello se tensaban y de que un color rojizo comenzaba a extenderse por su cara. Hasta ese instante no se había percatado del enorme esfuerzo que suponía para él aquello que estaba haciendo. Llevarla hasta allí debía de estar costándole un mundo. Harry

Wolf, que no había abandonado su casa en años, ni había hablado con nadie en mucho tiempo, ahora se encontraba fuera de la seguridad de sus cuatro paredes.

—Déjeme aquí —le pidió cuando se acercaron a la puerta trasera. Señaló un banco de madera que su abuela tenía allí, rodeado de enanitos de jardín—. Déjeme ahí, llame a la puerta y márchese. Mi abuela puede ayudarme a entrar.

La mirada de gratitud que él le dirigió no iba a olvidarla jamás. La calidez que desprendían esos ojos azules la dejó sin aliento. Con mucho cuidado la depositó sobre el banco y luego se apartó unos pasos. Permaneció allí, quieto y en silencio.

—Muchísimas gracias por todo —comenzó ella—. Ha sido muy amable. Se ha portado muy bien conmigo y no sé... cómo agradecérselo, de veras. Y lamento haberle molestado. Sé que traspaso su propiedad y que eso no está bien...

Él detuvo su perorata con un gesto enérgico de la mano; luego se la pasó por el pelo, que se secaba poco a poco dejando que los mechones volvieran a caerle sobre la frente. Dio un paso en su dirección, pero pareció arrepentirse y se detuvo. Volvió a mirarla con esa intensidad que conseguía perforarle hasta las entrañas, y luego llamó con los nudillos a la puerta con energía. Se dio la vuelta, dispuesto a irse.

—¡Señor Wolf! —le llamó.

Se detuvo, pero no la miró.

—Muchas gracias —repitió.

Él echó a andar, alejándose con rapidez, y ella pensó que se había imaginado que respondía *De nada*. Estaba claro que no había sido así.

Quizá el viento le había jugado una mala pasada.

* * *

Apoyó la espalda contra el muro y se llevó una mano al pecho donde el corazón le palpitaba enfurecido. Con los ojos entornados se irguió y buscó la grieta que sabía se encontraba a su izquierda. Apoyó las manos en las piedras y espió el jardín de su vecina.

Sara seguía donde la había dejado, en el banco, con su abrigo rojo y rodeada de absurdos enanos de jardín de diferentes colores. Si la situación no hubiera sido tan triste, la imagen habría resultado graciosa. En ese instante, se abrió la puerta y su vecina, Julia Montes, a la que hacía años no veía, apareció en el umbral. Había envejecido. No la recordaba mucho, pero sí tenía la imagen de una mujer delgada con el pelo castaño surcado de hebras grises. Ahora, su pelo era casi blanco y parecía haber cogido peso. Se acercó a su nieta haciendo aspavientos con las manos. Desde donde él estaba no pudo discernir las palabras que intercambiaron, aunque le pareció que no hablaban alemán. Ayudó a Sara a levantarse y, juntas, con cierta dificultad porque la joven solo apoyaba un pie en el suelo, entraron en la casa. La puerta se cerró tras ellas.

Harry respiró ruidosamente. Su pequeña aventura con la chica del abrigo rojo se había acabado. Apretó los puños al sentir el vacío apoderándose de él. No había vuelto a sentirse tan vivo como en las últimas horas desde hacía mucho tiempo.

Se había lamentado de su torpeza mientras la llevaba en brazos. En secreto se había deleitado con el olor que desprendía su pelo, respirándolo con cautela para que ella no se diese cuenta. El haber tenido el cuerpo suave de Sara apretado contra el suyo le había dejado aturdido. No sabía lo que le estaba pasando, pero ese hombre que reaccionaba así al contacto con otra persona −con *ella*−, no era él. Se había pasado los últimos años de su vida entumecido e inmerso en un dolor sordo y, de pronto, esa chica −esa *mujer*− se había cruzado en su camino y él había comenzado a hacer y a sentir cosas que creía que nunca más iba a volver a hacer o a sentir.

Pero ya se había terminado.

Le echó un vistazo a la puerta que separaba ambos terrenos. La dejó abierta. Así ella tendría más fácil el poder acceder a casa de su abuela y no necesitaría saltar el muro. Luego atravesó el patio con los hombros caídos y arrastrando los pies. Subió los escalones que daban a la cocina y se quedó allí un buen rato. La cabeza le bullía, rebosante de imágenes.

Ella, durmiendo con la boca entreabierta y el pelo tapándole la mitad de la cara.

Ella, mirándole con los ojos oscurecidos por el temor.

Ella, con las cejas arqueadas por la sorpresa.

Ella, con la cabeza ladeada y los ojos entornados, desconfiada.

Ella, observándole con curiosidad.

Ella, inmersa en las fotos del libro que él le había dado.

Ella, mintiendo mientras le decía que sus edificios eran bonitos.

Sonrió. Y esta vez la sonrisa no se limitó a sus ojos, dejó también sus dientes al descubierto. Fue amplia y genuina. Sorprendido se llevó la mano a la cara y se tocó una mejilla que, debajo de la barba, se sentía rara al curvarse sus labios. Hacía tiempo que no hacía aquello y notó la piel alrededor de su boca acartonada y tirante.

Había estado un buen rato observándola desde las sombras del pasillo, recreándose en sus movimientos y expresiones mientras ella ojeaba las páginas del libro. Sabía el momento exacto en que había descubierto la foto de la Biblioteca y había leído su nombre debajo. Había podido leer la sorpresa y el interés en su rostro. Era tan transparente...

Le había hecho gracia que ella tratara de no herir sus sentimientos fingiendo que le gustaban sus edificios. Le traía sin cuidado que a Sara no le importase la arquitectura. A él mismo tampoco le interesaba gran cosa ya. Nada lo hacía, en realidad.

«Mentira. Ella te interesa».

Ha sido algo momentáneo. Es probable que no volvamos a vernos.

«No te engañes. Vas a seguir vigilándola por las noches».

Solo por su seguridad.

«En el fondo quieres que ella vuelva a visitarte».

No. No la necesito. Estoy bien así.

«Mentira. Esa chica te interesa».

No es verdad. ¡No la necesito! ¡No la necesito!

Por más que se repitió esa frase una y otra vez dentro de su cabeza, no consiguió imprimirle suficiente fuerza. Sonaba completamente falsa.

Capítulo 7

Habían transcurrido tres días y no sabía nada de Sara. Nada. Permanecía de pie junto a la ventana de su dormitorio durante horas, envuelto en sombras, observando el jardín, pero ella no había vuelto a atravesarlo. También había paseado entre las hayas, con la vista clavada en la oscura y desierta calle, esperando infructuosamente. La lógica le decía que su pie todavía no estaría recuperado y que quizá, por eso, seguiría en casa de su abuela. No habría ido a trabajar. Otra parte de él, menos coherente, le bisbiseaba al oído que a lo mejor no deseaba volver a verle y que prefería tomar otro camino para evitarle.

Y así, en un mar de dudas, pasaba los días y las noches, obsesionado con ella, sin poder alejarla de sus pensamientos. Recorría la casa, inquieto y falto de paz. El día anterior, se había acercado incluso al muro que separaba ambas propiedades y había espiado la casa de su vecina por la grieta que había en él, pero no había descubierto movimiento alguno. Frustrado y lleno de ira por no poder dejar de pensar en ella, se había pasado la tarde cavando como un loco hasta que las palmas de las manos se le cubrieron de ampollas y el dolor de espalda se convirtió en algo insoportable. Al menos, esa noche se había librado del insomnio y había caído en la cama, destrozado; la extenuación le había regalado un sueño profundo y pesado del que había amanecido con una persistente migraña.

Estaba en la cocina, tomando una taza de café y una aspirina, cuando oyó un ruido en el patio trasero. Se le erizaron los pelos de la nuca mezcla de la ansiedad y de algo parecido a la esperanza. Dejó la taza en la encimera y se dirigió a la puerta. La abrió. No había nadie. Miró a derecha e izquierda y registró cada rincón, pero nada. Dio un paso y su pie chocó con algo. Bajó la mirada. Era una caja envuelta en papel de regalo con motivos navideños y un lazo plateado. Sintió un pellizco alborozado en el estómago. Se agachó y la cogió. No pesaba mucho. Volvió al interior de la vivienda y se encaminó al salón con rapidez. Se sentó en el sofá con la caja sobre el regazo y la contempló durante largo rato.

No ponía nada en el exterior, pero estaba convencido de que solo Sara podía haberle dejado el paquete frente a la puerta.

Con las manos temblorosas, desató el lazo y lo dobló con pulcritud. Luego desenvolvió el papel de regalo con cuidado de no romperlo. Una caja de cartón apareció ante su vista. La abrió, conteniendo la respiración. Encima había un sobre blanco en el que ponía su nombre y debajo, una fiambrera marrón. La sacó y abrió la tapa. Estaba llena de galletas con forma de estrella, recubiertas de chocolate. Un lejano recuerdo de otras galletas trepó por su mente como una enredadera y tuvo que cerrar los ojos y agitar la cabeza con vigor para ahuyentarlo. Apartó el recipiente a un lado y abrió el sobre. Dentro había una felicitación navideña. En el frontal de la tarjeta aparecía un árbol de Navidad de colores. La abrió y leyó las tres líneas.

Espero que le gusten las galletas. Es la primera vez que las hago y no soy muy buena cocinera. Solo quiero agradecerle todo lo que hizo por mí y desearle una Feliz Navidad. Muchas gracias, de nuevo. Sara.

No supo qué hacer. Se quedó mirando las galletas y la tarjeta como hipnotizado y sin pestañear. Terminó por levantarse y dirigirse a la cocina. Abrió un cajón y guardó allí el lazo, el papel de regalo y la tarjeta, no sin antes pasar el dedo índice por los trazos que aparecían en el sobre y que representaban su nombre. Luego puso las galletas en un plato y lavó la fiambrera. Tras dudar unos segundos, cogió una y se la llevó a la boca. La masticó con mucha lentitud. Además de a chocolate tenía un ligero regusto a canela; estaba buena. Comió dos más antes de tapar el plato con una servilleta y abandonar la cocina.

Se sentía ligero, de repente. Y esa ligereza fue en aumento a lo largo del día. Lejos quedaba esa tristeza y esa preocupación que había sentido las últimas setenta y dos horas, imaginando que nunca más iba a volver a saber nada de ella. Pasó la tarde jugando al ajedrez, en una interminable partida contra sí mismo que nunca nadie ganaba ni perdía y que duraba ya un par de años.

Tenía el presentimiento de que esa noche ella volvería a aparecer y la ligereza se convirtió en euforia. A la misma hora que de costumbre se apostó junto a la ventana de su dormitorio y aguardó pegado al cristal mientras pasaban los minutos. La luna creciente iluminaba escasamente el oscuro jardín, creando sombras y extrañas formas sobre el terreno.

Una de aquellas formas llamó su atención. Se movía.

¡Era ella!

Al igual que siempre, llevaba el abrigo rojo con la capucha puesta, pero en ese momento se giró y se la quitó, dejando que cayera sobre sus hombros y mostrándole sus facciones. Harry pudo distinguir que estaba sonriendo y, en un acto reflejo, le devolvió la sonrisa. Ella alzó el brazo y le saludó.

¡Sara sabía que él estaba allí!

Aturdido, la vio marcharse y deslizarse por el agujero de la valla. Cojeaba ligeramente. No se paró a pensar. Se apresuró a calzarse las botas y cogió su anorak y su gorro que tenía sobre la cama. Bajó la escalera tomando los escalones de dos en dos y en unos segundos estaba en la calle. La atravesó silencioso y se internó en el bosque. A unos cien metros, la figura de Sara se recortaba apenas contra el muro de la propiedad contigua a la suya. La siguió con sigilo, como hacía siempre. No le molestaba la oscuridad, pero internamente maldijo la falta de alumbrado. No era una zona segura para una chica joven y sola, como ya se había demostrado.

La escena del ataque le sobrevino como un chispazo. Hasta ese día no había vuelto a desperdiciar ni un solo pensamiento en los tres hombres que dejó lesionados en el suelo. ¿Qué habría sido de ellos? Ojalá les quedaran secuelas de aquella noche.

Se detuvo al darse cuenta de que ella también lo había hecho. Se ocultó tras el tronco de un árbol y la observó, esperando a que siguiera caminando, pero la sorpresa le invadió al ver que ella se daba la vuelta y comenzaba a andar hacia donde él se encontraba. Se echó hacia atrás, camuflándose en las sombras.

Sara se detuvo a unos metros de su escondite, junto a la linde del bosque. Escudriñaba la oscuridad con atención. Por fin pareció darse por vencida y suspiró. Se metió las manos en los bolsillos de su abrigo.

—Señor Wolf, ¿por qué no camina conmigo?

* * *

Sabía que él estaba ahí. Lo sabía. Desde que puso un pie en la calle y se alejó de la casa tuvo el presentimiento de que la seguía. El mismo presentimiento que había tenido en ocasiones anteriores, y si bien antes no había estado segura de si era él, ahora lo sabía con una certeza imposible de explicar. A pesar de que sospechaba que él hubiera preferido seguir en el anonimato, una morbosa curiosidad la poseyó. Quería que él supiera que ella sabía que la seguía.

Y si era sincera, pese a que sonara muy pueril, también deseaba saber si le habían gustado sus galletas. Era la primera vez que se atrevía a hacerlas, y aunque su abuela lo supervisó todo, estaba orgullosa porque había sido ella la que hizo todo el trabajo.

Decidió arriesgarse e ir a buscarle. Si estaba equivocada y no había nadie en el bosque, volvería por dónde había venido. Y si lo que había tras ella no era Harry Wolf, emplearía el espray de pimienta. Agarró el botecito con firmeza en la mano derecha y se encaminó al hayedo.

No logró verle, estaba demasiado oscuro, pero podía olerle, eso sin lugar a dudas. No era perfume ni gel ni nada por el estilo, pero algo en el aire estaba impregnado con su aroma. Estaba segura al cien por cien.

—Señor Wolf, ¿por qué no camina conmigo? —preguntó al vacío.

Pasaron unos segundos, quizá todo un minuto, pero ella se armó de paciencia, resuelta a esperarle. Y al fin obtuvo su recompensa.

Una sombra se separó del tronco de un árbol y se acercó lentamente. La luz de la luna le iluminó por completo cuando estuvo a un paso de distancia y ella tuvo que alzar la cabeza para poder mirarle a la cara. Era la primera vez que estaban uno frente al otro, en igualdad de condiciones, y Sara se dio cuenta de que era bastante más alto que ella. Llevaba unos vaqueros gastados, unas botas y un anorak oscuro. Su pelo, esta vez, desaparecía bajo un gorro de lana negro. Estaba serio, contrariado incluso, como si el que ella le hubiera descubierto no le agradase en absoluto.

—Hola —le saludó.

Él hizo un gesto vago con los hombros, mas no despegó los labios.

Echó a andar, despacio, confiando en que él la seguiría. Así fue, se percató por el rabillo del ojo. Su presencia la ponía nerviosa y no solía sucederle. Era una persona vivaz y abierta que tenía multitud de amigos y era muy sociable, pero Harry Wolf la abrumaba, con todo ese silencio y esas emociones contenidas. Imponía.

Él le rozó el brazo y ella se detuvo, sorprendida. Le señaló la mano y luego el pie.

—Estoy mejor, gracias —respondió—. El corte de la mano era superficial y la torcedura del pie está muy bien. Ya apenas me duele.

Le vio asentir. Luego continuó andando y ella tuvo que apresurarse para alcanzarle.

—¿Le han gustado las galletas? —inquirió al cabo de un rato de incómodo mutismo.

Él dejó escapar algo parecido a un soplido y ella le miró. Estaba asintiendo de nuevo. Hundió las manos en los bolsillos del abrigo, algo frustrada. ¡Qué complicado era comunicarse con él!

—Muchas gracias por dejar la puerta abierta de su patio. Así me resulta más fácil —volvió a intentarlo.

La luna se ocultó tras una nube, y ella, que estaba más pendiente de su acompañante que de dónde ponía los pies, tropezó con un adoquín suelto. Se hubiese caído de bruces, si no hubiera sido por unas manos fuertes que la sujetaron por el talle. El contacto no le resultó desagradable.

—Gracias, señor Wolf —murmuró.

—Harry —dijo él con una voz extrañamente cavernosa; sonaba como si alguien frotara una piedra contra otra.

Sara se quedó estupefacta, mas se recompuso enseguida y volvió a dirigir la vista al frente. Trató de no darle mucha importancia a lo que acababa de suceder, pero en su interior saltaba de júbilo.

—Gracias, Harry —repitió. Su nombre sonaba bien en voz alta.

Siguieron andando en silencio, más despacio. Las luces de la avenida principal se hallaban a unos metros de distancia y Sara ralentizó sus pasos. No deseaba llegar hasta la parada del autobús y tener que despedirse de él. Notaba sus ojos clavados sobre ella y trató de buscar un tema de conversación que distendiese el ambiente.

—¿Sabe que mi abuela piensa que estamos viviendo el cuento de Caperucita? —dijo con una risa algo nerviosa.

Él la animó a continuar con un gesto.

—Usted se llama Wolf, *Lobo* en español, y yo llevo un abrigo rojo con capucha y cruzo su jardín para ir a verla a ella, a la abuelita... —dijo y soltó una carcajada—. ¿A que tiene su gracia?

Él no compartió su risa. Ella volvió a hundir los puños dentro de los bolsillos del abrigo con nerviosismo. Mientras le contemplaba, la asaltó una ridícula idea: quizá no estuviesen viviendo el cuento de Caperucita, sino el de La Bella y la Bestia. Sí, sin duda era más apropiado... Él parecía más bestia que lobo, a pesar de su apellido.

Continuaron avanzando con mucha lentitud, uno al lado del otro. La manga izquierda de su abrigo apenas rozaba la manga derecha de su anorak. Sus pasos se igualaron y Sara tuvo la estúpida sensación de que también respiraban al unísono. Le miró de reojo. Su perfil, en la oscuridad, no delataba gran cosa. Se devanó la cabeza tratando de buscar algo que decir, de nuevo. El final de la calle se acercaba a ellos inexorablemente.

—Mi abuela está mucho mejor. No creo... que venga ya a verla en los próximos días.

Él se detuvo bruscamente justo cuando la luna decidió aparecer de nuevo. Su rostro quedó iluminado y Sara contuvo el aliento al ver su expresión. Parecía tan... desolado. No sabía si por lo que ella había dicho o quizá por otro motivo. No le gustó ver tanta tristeza en esos ojos.

Pasaron unos segundos hasta que él apartó la vista y continuó andando. Ella se apresuró a seguirle. Deseó decirle que no fuese tan rápido, pero apretó los dientes y no lo hizo. ¿Para qué? Solo un par de metros antes de llegar al final de la calle, él volvió a detenerse y ella lo hizo a su lado. Parecía tenso y tenía la mirada perdida.

Sara se mordisqueó el labio inferior con nerviosismo. No tenía ni idea de cómo comportarse. Si era sincera consigo misma, la asustaba un poco. Sabía que no tenía malas intenciones y que no le haría daño, pero su comportamiento y su retraimiento le resultaban desconcertantes.

—Bueno, Harry... Muchas gracias por acompañarme. Ha sido un placer...

Solo recibió silencio. Alzó los ojos y vio que él seguía con la mirada vacía, como si se encontrase a años luz de allí y no fuese consciente de su presencia. Se sintió desilusionada. Se subió la capucha del abrigo y echó a andar, abandonando la calle oscura y accediendo a la avenida. Él no la siguió. No pudo evitar detenerse más adelante y darse la vuelta. Él permanecía en las sombras, quieto. Ahora sí que la miraba. Con intensidad.

—Gracias por las galletas y la tarjeta, Sara —susurró.

Notó cómo el rubor teñía sus mejillas de una manera ridícula. No fue la frase; fue su nombre saliendo de sus labios. Carraspeó nerviosa.

—De nada —contestó.

Luego se dio la vuelta y anduvo los metros que faltaban hasta la parada del autobús. Cuando llegó a la marquesina, volvió a girarse, buscándole.

Pero ya no estaba.

Donde antes había estado su alta figura, solo había oscuridad.

Capítulo 8

Cuatro días sin saber nada de ella. La eternidad era más corta.

Permaneció unos instantes con la mirada perdida y la imagen de Sara danzando por su cabeza. Una gota de sudor le resbaló por la frente, se detuvo en su ceja y terminó por deslizarse hacia su mejilla rozando la comisura de su ojo. Se la secó con la manga del jersey antes de que desapareciera del todo debajo de su espesa barba. Luego se agachó e, ignorando el dolor de espalda, siguió arrancando hierbajos.

Llevaba todo el día limpiando el jardín delantero. En un impulso, esa mañana se había levantado y había decidido hacerlo. No sabía muy bien por qué, pero ya había llenado cinco bolsas grandes de plástico con las ramas y las hojas que se habían ido acumulando allí a lo largo de los años. Y ahora había comenzado a limpiar las malas hierbas que crecían por todas partes, incluso entre las piedras que conformaban el camino que llevaba de la verja a la casa, ocultándolo por completo. Estaba anocheciendo y, a pesar de llevar trabajando arduamente más de doce horas, las mejoras no eran muy perceptibles. Tendría que pasar varios días limpiando para que el jardín volviera a tener un aspecto aceptable.

De nuevo, por enésima vez, se preguntó el porqué de todo aquello. A duras penas conseguía mantener limpia la casa, y ahora eso... ¿De qué le iba a servir desbrozar el terreno? ¿Para qué quería él tener un jardín presentable?

No había vuelto a ver a Sara desde la noche que le sorprendió siguiéndola. Se había sentido tan violento cuando ella le descubrió... Sin embargo, el corto paseo que habían dado juntos le había gustado mucho. Había hablado en voz alta, nervioso por su reacción ante su voz, pero a ella había parecido no desagradarle. Y por primera vez la había escuchado reír y se había sentido fascinado por su sonrisa. Una sonrisa de dientes blancos y hoyuelos en las mejillas. Al verla había sentido cómo si le hubiesen pegado un golpe en la cabeza; se había quedado paralizado como un imbécil, incapaz de apartar la mirada de su boca.

Le hubiera gustado alargar más aquel breve lapso de tiempo que compartieron, pero al igual que la calle, el paseo llegó a su fin. Ella se despidió y se marchó. La observó partir en la oscuridad, hasta que alcanzó la parada del autobús. Después se dio media vuelta y regresó a su casa sintiéndose mucho más ligero que hacía tiempo.

Sara no había regresado, pero él sabía que volvería. Era insólito, pero muy dentro de él, sabía que ella aparecería por allí cuando menos lo esperase.

Quizá por eso arreglaba el jardín.

Tiró de un matojo de hierbajos y se hizo daño en la palma de la mano. Se la miró con desinterés. La tenía llena de ampollas. No era de extrañar; no había utilizado guantes. La otra tenía también un aspecto bastante similar. Se las sacudió, quitándose la capa superficial de tierra que se había adherido a ellas, y se planteó hacer una pausa. Aunque mejor que eso sería dejarlo para el día siguiente. La oscuridad avanzaba a pasos agigantados y, en breve, sería difícil distinguir las malas hierbas de las buenas.

Cogió la botella de agua que había dejado apoyada en el tronco de uno de los árboles y la vació casi de un trago. El líquido le chorreó por la barba y se le introdujo en el cuerpo por el cuello. A pesar de que el agua estaba congelada, no le importó. Se sentía acalorado después de aquellas horas de duro trabajo físico y aunque, probablemente, la temperatura ambiental fuera de dos o tres grados, no tenía frío.

Se dirigió a la casa y dejó las botas llenas de barro junto a la puerta. Luego, descalzo, fue a la cocina y levantó la servilleta que cubría el plato de galletas. Todavía quedaban unas cuantas. No quería que se le acabaran, por lo que se las racionaba y solo se permitía comer dos al día, una por la mañana y otra por la noche.

Pueril.

Muy pueril.

Cogió una y se la llevó a la boca. Se la comió con mucha lentitud, saboreándola y pensando en su dueña.

¿Dónde estaría? ¿Qué estaría haciendo? ¿Con quién estaría?

* * *

—¿En serio? No me lo creo. Pero si llevas meses, no ¡años! esperando que te lo pida —dijo Heike, al tiempo que se sujetaba el párpado inferior y se aplicaba raya de ojos negra.

—Me da igual ya. —Sara se encogió de hombros. Estaba sentada en el borde de la bañera mientras su amiga se inclinaba sobre el lavabo y se miraba al espejo, retocándose el maquillaje.

—No lo entiendo. Hace solo tres semanas habrías matado por conseguir una cita con Klaus, y ahora que es él el que quiere salir contigo, tú no quieres.

Sara se encogió de hombros. Era cierto aquello que decía Heike, llevaba detrás de Klaus desde hacía unos años, pero él siempre había estado saliendo con otras chicas y nunca se había fijado en ella. Al menos no hasta ahora. Klaus le había dicho a Peter, el novio de Heike, que quizá algún día podían organizar una doble cita los cuatro. Algo así, solo un par de semanas antes, la habría llenado de júbilo. Y, sin embargo, cuando su amiga se lo había contado, llena de ilusión, hacía solo media hora, la había dejado fría.

«¿Qué te pasa, Sara? Klaus Gössler, el chico con el que has soñado durante meses quiere salir contigo y a ti te da igual».

No es que le diera igual, se sentía halagada, pero desde hacía días había otra persona que ocupaba la mayor parte de sus pensamientos.

Harry Wolf.

Su salvador.

Porque estaba segura de que había sido él el que la había rescatado de aquellos tipos esa noche. Era él el que llevaba días siguiéndola en la oscuridad y guardándole las espaldas. No podía ser nadie más. Lo que no sabía era el porqué. ¿Por qué un hombre que hacía tantos años se recluía en su casa, de repente, había optado por abandonarla y protegerla? A ella... No tenía sentido. No la conocía. Pero no podía negar que saber que él se preocupaba de aquel modo le resultaba... reconfortante.

—Oye, ¿qué estás pensando? Se te ha puesto cara de imbécil. —La voz de Heike la trajo de regreso a la realidad.

—Nada —respondió con vaguedad.

—No me digas que has conocido a alguien y por eso pasas de Klaus. —Se dio la vuelta y se apoyó en el lavabo al tiempo que se cruzaba de brazos con una muda interrogación en los ojos.

—No..., exactamente.

—¡Es eso! —exclamó, acercándose y acuclillándose frente a ella—. Cuéntamelo todo. Ahora mismo.

Sara puso los ojos en blanco. Heike era su mejor amiga desde que su profesor de lengua en quinto grado las había emparejado para hacer un trabajo, y no solía guardarle ningún secreto, pero lo de Harry Wolf... no era para compartir con nadie. No. Era un tema que prefería guardarse para ella. No podría soportar que Heike dijera algo negativo sobre él.

—De verdad que no hay nada que contar. Y si lo hubiese tú serías la primera en enterarte, lo prometo.

Recibió una mirada escéptica por respuesta.

Unos fuertes golpes en la puerta las interrumpieron.

—¿Os falta mucho? —Se oyó una voz ahogada por la hoja de madera y la música que sonaba con fuerza al otro lado.

—No soporto a Anne —dijo Heike, incorporándose.

Sara tampoco la soportaba. Era la típica chica que se creía especial por el simple hecho de estar con Johann, uno de los chicos con más dinero de la ciudad. Esa fiesta de Nochevieja estaba teniendo lugar en la casa que él acababa de comprarse —con ayuda de sus padres—, y Anne se comportaba como si fuera la señora del castillo, a pesar de que solo llevaba saliendo con él unos meses y ni siquiera vivía allí.

—Ya vamos —gritó Heike, y se miró una última vez en el espejo—. ¿Qué tal estoy?

Sara la miró de arriba abajo. Su amiga estaba muy guapa aquella noche. Había tratado de emular a su actriz favorita, Debra Winger, en la película *Oficial y Caballero* —que habían visto seis veces seguidas en el cine hacía un par de meses—, y se había hecho con un vestido similar al que llevaba la actriz en la escena del baile, además de recogerse el pelo del mismo modo. El resultado era muy favorecedor.

—Estás preciosa —le dijo—. Peter es un hombre afortunado.

—Lo sabe —repuso con fingida arrogancia. Luego se echó a reír—. Tú también estás muy guapa. No entiendo por qué te has arreglado tanto si luego, cuando al fin un chico se interesa por ti, decides que ya no lo quieres.

Sara no dijo nada, solo sonrió. Era cierto que se había esmerado con el maquillaje y con la ropa. Llevaba un vestido azul sin tirantes con falda de vuelo, que le sentaba bastante bien. E incluso se había cardado el pelo para darle volumen. Sabía que el esfuerzo había merecido la pena, había visto las miradas que le dirigían algunos chicos al llegar a la fiesta.

La realidad era que no se había arreglado para ninguno de ellos. Mientras se encontraba frente al espejo de su apartamento y se maquillaba solo había pensado una cosa: ¿La encontraría guapa él?

¡Qué tonta era!

Abandonaron el baño, ignorando la mueca de desprecio que les dirigió Anne, que parecía haberse bañado en un bote de laca, a juzgar por el volumen de su cabello, y se internaron en la fiesta, que estaba en plena efervescencia. Eran las diez y media de la noche y, poco a poco, el sótano de la casa de Johann iba asemejándose más y más a una discoteca. Dos enormes altavoces que había al fondo de la sala escupían una música atronadora y el humo de incontables cigarrillos empañaba el ambiente. El inconfundible olor a marihuana flotaba por todas partes, mezclado con otro, el del alcohol, que hacía rato había empezado a consumirse a raudales. Heike y Sara se abrieron paso a través de un grupo de gente que bailaba al ritmo del *Let's Dance* de Bowie y alcanzaron el sofá en el que se hallaba Peter con unos amigos, entre ellos, Klaus. Se sentaron y, rápidamente, alguien les ofreció bebida.

Los chicos estaban comentando algo sobre la próxima reunión que iba a tener lugar en el *Finkenkrug*. Peter, el novio de Heike, y sus amigos pertenecían al Movimiento Pacifista que había ido creciendo y creciendo en los últimos años hasta convertirse en un ente a tener en cuenta dada su gran capacidad de movilización. Utilizaban el *Finkenkrug*, un bar cercano a la universidad que ponía su trastienda a disposición de grupos estudiantiles, como base para sus reuniones que cada vez eran más frecuentes. Desde allí, se organizaban para hacer todo tipo de protestas. Las chicas también solían participar en aquellos encuentros. Al principio, Sara lo había hecho solo para acompañar a Heike, que se quejaba de que su novio siempre estuviera liado con todo aquello. Finalmente, después de acudir a unas cuantas reuniones, se habían ido involucrando y tomándoselo más en serio, acudiendo también a las manifestaciones.

—Estoy harta. No tienen otro tema de conversación —le dijo Heike mirando a su novio con enfado—. Al menos hoy, que es un día especial, podían hablar de otra cosa.

Sara asintió. Era cierto. Cada vez que se juntaban siempre terminaban hablando de lo mismo. Era un poco aburrido.

No llevaba ni un minuto sentada en el reposabrazos del sofá, cuando sintió una presencia a su lado. Klaus. Se había separado del grupo de chicos para situarse cerca de ella. Era un chico guapo, con el pelo castaño rizado y los ojos azules. Le sonrió y se dio cuenta de que sus ojos no eran tan azules como otros que tenía muy presentes en su memoria.

—Estás muy guapa esta noche —le dijo él al oído.

Tenía que pegar la boca mucho a ella para hacerse oír, y Sara notó su aliento cálido junto a su cuello. No le resultó desagradable, pero echó de menos las cosquillas que había esperado que se despertasen en su estómago.

—Gracias —le contestó.

Él le apoyó la mano sobre su hombro desnudo y la dejó allí.

Ni frío ni calor.

¿Cómo era posible? Se había pasado mucho tiempo anhelando que aquello ocurriese. Recordaba todas esas ocasiones en las que había visto a Klaus con otras chicas y en secreto había deseado ser una de ellas. Mil veces había fantaseado con él y soñado que la besaba. Y ahora que parecía que sus deseos podrían convertirse en realidad, le importaba bien poco.

Bebió un sorbo del vaso que antes le había dado Peter. Era un cubalibre y estaba demasiado cargado para su gusto. Dejó pasear la vista por la habitación; al menos cuarenta o cincuenta personas se apiñaban allí y, con toda probabilidad, más irían llegando durante la próxima hora. Algunas bailaban, otras se reunían en grupitos y hablaban a gritos, mientras lo que parecía ser un porro, iba cambiando de manos. Era tradición para la gente de su edad, juntarse en casa de alguien para recibir el Año Nuevo, brindando con Sekt[4] Todos los años, desde que tenía dieciséis, iba a alguna fiesta parecida. Solía divertirse.

Ese año, por el contrario, no estaba disfrutando demasiado. Estaba distraída. Sus pensamientos se hallaban lejos de allí, en otro lugar, en otra persona... ¿Qué estaría haciendo él? Seguramente nada. Dudaba siquiera que supiese que era una noche especial o que le importara.

Estaría solo en su casa...

Le había insistido a su abuela unas cuantas veces en que le hablara sobre la tragedia de los Wolf, pero no había querido

---

[4] Vino espumoso alemán. Semejante al cava español.

contarle nada. Lo sucedido tenía que haber sido algo muy terrible para que, incluso su abuela, no quisiera ni mencionarlo.

Cerró los ojos cuando notó que una apabullante congoja se le alojaba en la garganta. Y estuvo a punto de apartarse con brusquedad, huyendo del roce de esa mano que no se había movido ni un milímetro de su carne y que cada vez le resultaba más pesada e incómoda.

—¡Sara! —chilló Heike, a su lado, sobresaltándola. Se había levantado y la cogía de la mano. Tiró de ella con fuerza—. Es *la* canción. Vamos a bailar.

Los primeros acordes de *Girls Just Want to Have Fun* acababan de inundar el ambiente, y Sara se vio arrastrada por su amiga a la improvisada pista de baile. Apenas tuvo tiempo de dejar su vaso sobre una mesita lateral, repleta de otros vasos.

—¡Amo esta canción! —Heike se agarró la falda del vestido y la agitó con desenfreno.

Sara, contagiada por el entusiasmo de su amiga, soltó una risa y se dejó llevar por su buen humor y por la conocida melodía. Bailaron juntas, cantando el estribillo a voz en grito. Otras chicas se unieron a ellas. Pronto, todas las integrantes femeninas de la fiesta estaban junto a ellas, dándolo todo.

Y mientras estaba en el centro de aquella sala, rodeada por sus amigas, cantando, saltando y moviéndose a un ritmo delirante, con los ojos de Klaus posados sobre ella, tomó una decisión.

Iba a ir a buscar a Harry y llevarle un trocito de Nochevieja. Sí. Iba a hacerlo.

Cuando la canción terminó, antes de que su amiga pudiera dirigirse de nuevo al sofá, la tomó del brazo y la detuvo.

—Voy a marcharme —le dijo al oído.

Heike la miró con los ojos muy abiertos.

—Pero, ¿qué dices? Si esto no ha hecho más que empezar.

—Lo sé, pero estoy preocupada por mi abuela —respondió, bajando la vista. No le gustaba mentir a su amiga, pero tampoco podía decirle la verdad. Pensaría que estaba loca.

—Creí que ya estaba mejor —repuso con el ceño fruncido.

—Y lo está, bastante mejor..., pero preferiría estar con ella esta noche.

—Eres una aguafiestas y hay algo que no me cuentas... que te conozco. —Le examinó el rostro de modo inquisitivo—. Pero si de verdad tienes que irte, vete. Por mí no te preocupes. Estoy con Peter.

—Lo sé —dijo—. Si no fuera así no habría pensado en marcharme.

—¿No vas a despedirte de Klaus? Te está comiendo con los ojos —añadió Heike, mirando hacia el sofá sin ningún disimulo.

Sara también lo hizo y comprobó que tenía razón.

—Mejor no —repuso—. Despídeme tú. Mañana te llamo y hablamos.

Le dio un rápido abrazo a su amiga y luego se alejó, abriéndose paso con dificultad. Llegó a la escalera del fondo, la que conducía al piso superior, y miró por encima del hombro. A través del humo alcanzó a ver a Heike hablando con Klaus, que parecía contrariado. No se quedó a averiguar si él la buscaba con la mirada. Se agarró a la barandilla y subió los escalones, esquivando a dos parejas que llegaban para incorporarse a la fiesta. Llevaban gorritos de cartón y collares de tiras de brillantes colores y la saludaron con efusividad.

Le costó encontrar su bolso y su abrigo en el montón que se había acumulado sobre la cama de Johann. Esa noche había prescindido del rojo y se había puesto uno más discreto y elegante, negro. Todavía tenía que buscar al dueño de la casa, despedirse y pedirle un pequeño favor. Le encontró en la cocina, junto a dos amigos suyos. Estaban sacando botellas de un armario.

—Johann —dijo—, vengo a despedirme.

Él se dio la vuelta.

—¡Pero si esto acaba de empezar! —exclamó.

—Lo sé. Pero mi abuela está sola y voy a pasarme por su casa. —No le costó demasiado engañarle. Se llevaban bien, pero no era Heike—. Necesito tu teléfono para llamar a un taxi.

—Claro. Está en el salón —dijo él.

—Muchas gracias y pasadlo bien. ¡Feliz Año! —Se despidió.

Los tres chicos le respondieron de igual manera.

En el salón, que lindaba con la cocina, sacó su agenda del bolso y buscó el número de la compañía de taxis. Mientras esperaba a que alguien atendiera la llamada, sus ojos recorrieron la estancia, comparándola con el saloncito de su propio apartamento. No había comparación posible. Todo su piso de treinta y cinco metros cuadrados cabría dentro de esa sala y todavía quedaría sitio para bailar un vals con comodidad. Su mirada se posó sobre la mesa que aparecía repleta de botellas de *Sekt* y unos cuantos recipientes con dulces y aperitivos.

Una idea comenzó a adquirir consistencia en su mente.

Por fin le cogieron el teléfono y pidió un taxi. Llegaría en media hora, se disculparon por la tardanza, pero siendo Nochevieja, les era imposible mandar uno antes. Colgó y se aproximó a la mesa. Contempló la comida de las bandejas con el ceño fruncido. Finalmente, cogió unos puñados de pasas y los envolvió en una servilleta de papel que se guardó en el bolsillo del abrigo. Se quedó mirando las botellas con indecisión antes de echar un vistazo hacia la puerta. No había nadie. Estaba sola.

«¿Lo hago o no lo hago?», se preguntó.

No creía que nadie se fuera a dar cuenta. El arsenal que había allí, más todo lo que había visto en la cocina, le daban una idea de que en casa de Johann había munición de sobra para pasar esa noche, e incluso unas cuantas más.

Resuelta, cogió una botella de *Sekt* y se la escondió dentro del abrigo. Luego, con paso rápido y las mejillas sonrojadas, atravesó el corredor que conducía a la puerta de salida. Y así, perseguida por la culpabilidad y el estribillo de la canción *I will survive*, que llegaba amortiguada desde el sótano, abandonó la casa.

Se le había disparado la adrenalina.

Capítulo 9

Estaba sentado junto a la ventana de su dormitorio. En contra de su costumbre, había encendido una pequeña lámpara que iluminaba la mesa sobre la que tenía su tablero de ajedrez. Le tocaba mover a las negras. En realidad le tocaba mover a las negras desde hacía días, pero cada vez que se sentaba delante de las figuras que todavía quedaban de pie sobre el tablero, sus pensamientos se alejaban del juego de estrategia y se iban a buscar otros derroteros menos complicados y más agradables. Con nombre de mujer.

El ruido del motor de un coche le hizo levantar la cabeza y fijar la vista en la ventana. Se incorporó con precipitación y apagó la lámpara. No solían pasar vehículos por allí y menos a esas horas. La única casa que tenía acceso por esa calle era la suya y él jamás recibía visitas. Pegó la frente al cristal, pero la enredadera que cubría toda la verja que rodeaba la parcela no le permitía ver qué había justo frente a la entrada, aunque se distinguían las luces de unos faros junto a su puerta de acceso. Segundos más tarde, esas luces se alejaron y con ellas, el motor del coche.

Frunció el ceño, contrariado. ¿Qué significaba aquello?

Y entonces la vio en su jardín. Y aunque no llevaba su típico abrigo rojo, supo que era ella.

Por cómo se movía.

Porque lo había deseado, y allí estaba.

Ella no trató de atravesar su propiedad y dirigirse a casa de su abuela, como hacía siempre. Se quedó quieta, mirando a su alrededor. Luego alzó la vista y le saludó con la mano. Y esperó.

En un primer momento se quedó paralizado, pero no tardó en recobrarse y se alejó de la ventana. Sin preocuparse por ponerse calcetines, se calzó unas botas y bajó las escaleras con rapidez. Antes de abrir la puerta se detuvo y cogió aire. No sabía muy bien qué hacía ella allí... Apenas se atrevía a conjeturar que hubiera venido a verle a él. Abrió y una bocanada de aire gélido le recibió.

—Hola —le saludó su voz. Estaba a unos metros de distancia. No se había acercado a la puerta—. Ha limpiado esto. —Sonaba sorprendida.

Él vaciló. No sabía qué debía hacer ahora. ¿Invitarla a pasar? Su casa no era adecuada para recibir visitas, aunque ella ya había estado ahí con anterioridad y lo sabía. Por otro lado, hacía bastante frío; tampoco podía dejarla ahí de pie en el jardín. Incapaz de tomar una decisión, no tomó ninguna y se limitó a esperar a que ella diera el primer paso. La contempló con avidez. Parecía cambiada. No solo su abrigo era diferente, también era la primera vez que la veía sin pantalones y con zapatos de tacón. Y se había hecho algo en el pelo.

Ella se acercó y subió los tres escalones que conducían al porche. Semejaba estar algo insegura. Cuando la tuvo a solo un paso se dio cuenta de que iba maquillada —sus labios destacaban en un llamativo color rojo—, y un aroma a perfume la envolvía. Tenía un aire elegante y sofisticado que la hacía parecer más mayor..., menos la chica que él conocía.

—Es... es Nochevieja y he pensado... que quizá..., no sé... He traído algo —concluyó, sacándose una botella de dentro del abrigo.

Él se quedó tan estupefacto al escuchar aquello, que el propio asombro le hizo retroceder y cederle el paso. Mientras ella accedía al interior de su casa, la cabeza le dio vueltas como una peonza. ¿Nochevieja? Ni siquiera había sido consciente de ello. ¿Y ella había decidido venir y traerle una botella de algo? Por eso iba tan arreglada, debía de haber estado en alguna fiesta... Pero ¿qué demonios hacía allí?

La siguió en silencio. Ella se dirigió al salón y luego se dio la vuelta. La luz de la luna entraba por los ventanales, iluminando su silueta tenuemente.

—Faltan diez minutos para las doce. Quizá podríamos tomar una copa de *Sekt*. Y he traído pasas —titubeó—. Verá, es una tonta tradición... en mi país... digo, en España... se comen doce uvas con las doce campanadas de Año Nuevo..., y he pensado que quizá... —se atropellaba con las palabras—. Que a lo mejor usted... —se interrumpió—. Es una estupidez por mi parte, lo sé. No tenía que haber venido sin avisar...

—Voy... a buscar vasos —musitó él.

Se marchó a la cocina dejándola sola. Si su cabeza antes se había comportado como una peonza, ahora se había convertido en todo un maldito tiovivo. ¿*Sekt* y pasas? ¿Tradición en España? No entendía nada. Y aun así, su instinto le llevó a abrir una de las alacenas y sacar dos vasos. Con ellos en la mano, regresó al salón. Ella seguía de pie en medio de la estancia, ni siquiera se había quitado el abrigo. Hacía frío. Sus ojos se dirigieron hacia la chimenea, que llevaba años sin ser encendida. No solía pasar mucho tiempo allí.

—Espere —susurró.

Dejó los vasos en el suelo, al lado del sofá. Luego abandonó el salón y subió las escaleras que llevaban al piso superior. De un armario del pasillo sacó unas mantas y de su habitación cogió el pequeño calefactor eléctrico que a veces usaba cuando helaba por las noches. De regreso y, mientras ella le observaba, dejó las mantas sobre el sofá y conectó el aparato a la corriente. Pronto, sus dos resistencias comenzaron a brillar desprendiendo una luz rojiza, que iluminó el ambiente de forma cálida. Sara se acercó y su rostro quedó bañado en esa luz también, convirtiendo su habitual tono blanco de piel en uno más anaranjado. Levantó la vista y le sonrió, dejando sus hoyuelos al descubierto.

Harry sintió cómo un calor inesperado —que no tenía nada que ver con el del calefactor— le recorría las extremidades.

Entonces ella se quitó el abrigo y lo que había debajo de aquella prenda convirtió el calor en frío en cuestión de milésimas de segundo. Se quedó helado. Mucha piel quedó al descubierto en la zona del cuello, los hombros y los brazos. Demasiada piel dorada. Sus ojos apenas distinguieron una estrecha cintura y tela azul ajustándose sobre un busto delicado y cayendo con suavidad sobre unas redondeadas caderas, antes de apartar la vista, azorado. Acababa de sentir, por primera vez en muchos años, un vergonzoso tirón en la entrepierna.

—Espero que no le moleste que me haya presentado aquí, a estas horas y sin avisar —dijo ella, sentándose en una esquina del sofá, ignorante de que él estaba luchando por respirar con normalidad a solo dos metros de distancia—. Estaba en una fiesta y he pensado que quizá... bueno, lo que le he dicho antes.

Cada vez entendía menos. ¿Sara había abandonado una fiesta para venir a verle? Insólito. La miró a hurtadillas. Había dejado el abrigo en el reposabrazos y la botella de *Sekt* en el suelo, junto a los vasos. Se había tapado con una manta y tenía un bulto blanco en la mano.

—En España, es tradición comer doce uvas cuando entra el Año Nuevo. Con cada campanada se come una uva —volvió a repetirle lo que le había contado antes—. No he encontrado uvas porque lo de venir ha sido una decisión de última hora y no lo había planeado, pero tengo pasas. Valdrán igual.

Él terminó por sentarse a una distancia prudencial. Seguía en silencio. Le gustaba escucharla hablar. Le gustaba el timbre de su voz y la riqueza de los matices que vibraban en ella.

—Cuando era pequeña y mis padres todavía vivían, lo hacíamos siempre así. Después de que fallecieran, dejamos de hacerlo. Mi abuela prefiere no seguir con estas tradiciones. Dice que le recuerdan demasiado a lo que hemos perdido.

La tristeza se filtró en sus palabras y él sintió un aguijonazo de angustia en el pecho al pensar en todas aquellas cosas que él mismo había perdido. Pero no se permitió caer en la nostalgia y endureció la mandíbula.

—Tome —le dijo ella, tendiéndole algo.

Él alargó la mano y dejó que depositara allí lo que había en el bulto blanco, que resultó ser una servilleta de papel. Dentro había doce pasas diminutas. Alzó la vista. Ella le sonreía.

—Son casi las doce —dijo, mirándose el reloj de pulsera—. Vamos a prepararnos. ¿Puede abrir el *Sekt*?

Una orden sencilla y clara, en forma de pregunta, que le sacó de su imbecilidad. La situación se salía tanto de lo ordinario que todavía no tenía muy claro cómo reaccionar. Se agachó, cogió la botella y se concentró en abrirla. La excusa perfecta para no mirarla embobado mientras ella no paraba de hablar de la fiesta que había abandonado y de una tal Heike. Hacía tantos años que no abría una botella de *Sekt*, que por un instante no supo qué hacer, pero se sobrepuso con rapidez y el corcho no tardó en salir despedido con un fuerte plop. Lo detuvo con la mano. Luego llenó los dos vasos y le tendió uno.

—Gracias —murmuró ella.

Continuaba mirándose el reloj. Y él aprovechó para seguir las líneas de su perfil con los ojos. Llevaba un peinado diferente, se había recogido los laterales del pelo en la parte trasera, dejando sus orejas al descubierto. Eran pequeñas y delicadas y unos pendientes dorados colgaban de sus lóbulos. Tenía las pestañas muy oscuras y largas. Y sus labios... No pudo seguir porque ella giró la cabeza y sorprendió su escrutinio. No hizo ningún comentario al respecto, pero incluso a la débil luz de la estufa él se percató de que se sonrojaba.

—Es la hora —dijo.

Él se sintió como un estúpido.

Entonces ella se llevó una pasa a la boca. Él la imitó. Luego se llevó otra. Y él hizo lo mismo. Y así sucesivamente. No fue hasta la sexta pasa que él se dio cuenta de que no las estaba masticando. Lo hizo, y el sabor dulzón de las uvas secas le estalló en el paladar. Ella le sonreía mientras seguía comiendo pasas con lentitud, hasta que llegó a la última. Él estuvo a punto de devolverle la sonrisa. Quizá lo hizo sin darse cuenta porque a ella le cambió la expresión de la cara, convirtiéndose en una de estupor.

—Ya —anunció lo evidente. Luego se inclinó y cogió su vaso del suelo y lo alzó en su dirección—. Feliz mil novecientos ochenta y cuatro.

Él también cogió su vaso e imitó sus movimientos.

—Feliz Año Nuevo.

La frase, que no había pronunciado en años, sonó bien en el silencio de la noche y dirigida a ella. Por primera vez en semanas, su voz no le pareció desagradable. Bebió un trago de *Sekt*, que no estaba muy frío, y dejó que el líquido burbujeante se le deslizara por la garganta y se llevase los restos del sabor a pasas que todavía quedaban allí.

El estallido de luz que entró en la estancia a través del ventanal le desconcertó. Miró hacia allí, y vio los restos de una palmera dorada diluyéndose poco a poco en el oscuro firmamento. Restos que fueron sustituidos por otra palmera, y otra. Y después por una cascada...

Fuegos artificiales.

Lo había olvidado. Había olvidado que el Año Nuevo se celebraba así.

—¡Oh, me encanta! —exclamó ella a su lado, girándose en el sofá y apoyando las manos en el reposabrazos. Su movimiento implicó que la manta que la tapaba se deslizase, dejando al descubierto su cadera y parte de su pierna.

A Harry se le contrajo el estómago. Su atención quedó dividida entre su desnudo hombro, sobre el que caía un mechón de su pelo y que brillaba a la luz de los innumerables fuegos, y su pantorrilla, cubierta por una media transparente, que apenas se encontraba a unos centímetros de distancia de su propia pierna enfundada en vaqueros.

Al cabo de solo un segundo, se levantó con precipitación y se dirigió a la ventana, con la excusa de ver los fuegos más de cerca. Todos los músculos de su cuerpo estaban en tensión. Agarró el vaso de *Sekt* con fuerza y lo vació de un trago.

Demasiadas sensaciones, demasiadas emociones, demasiados sentimientos...

Notó su presencia a su lado. No la miró. No hacía falta. El calor que emanaba de su cuerpo llegó hasta él, asaltándole como una bofetada en plena cara. O quizá se lo imaginó.

—Es precioso —dijo ella en un hilo de voz, con admiración.

La observó de soslayo. Había apoyado las manos sobre el cristal y su rostro resplandecía. No por efecto de los reflejos de los fuegos. No. El resplandor venía de dentro de ella.

—Sí. Es precioso —dijo, secundándola, incapaz de apartar la mirada.

No se refería al espectáculo que tenía lugar en el exterior.

* * *

Abrió los ojos y, a pesar de que en un primer momento dudó, rápidamente adquirió conciencia sobre dónde se encontraba. Se había quedado dormida en el sofá, arropada por las mantas, al calor del calefactor eléctrico que todavía seguía encendido. Se giró y descubrió a un durmiente Harry a su lado. Tenía la cabeza apoyada en el respaldo y las piernas estiradas frente a él. Avergonzada, se dio cuenta de que había terminado poniéndole los pies en el regazo. Se apartó con sigilo, tratando de no despertarle. Si se guiaba por la claridad que entraba por el ventanal, debía de ser mediodía. Le sorprendió haber dormido hasta tan tarde, pero tampoco era tan extraño; habían pasado la noche en vela, hablando. Bueno, ella había hablado y Harry había escuchado. La última vez que se miró el reloj eran las seis de la mañana y comenzaba a amanecer. Debían de haberse quedado dormidos poco después.

Recostó la cabeza de nuevo sobre el reposabrazos y una sonrisa curvó sus labios al recordar lo sucedido. La visita había comenzado de manera muy singular, con un Harry taciturno e inquieto. Sabía que no le había dado tiempo a reaccionar y se había sentido un poco culpable al arrollarle así. Pero solo deseaba que él pasara un rato agradable, se había dicho, justificándose. La realidad era que, de un modo morboso, se sentía atraída por él y por el aura de desamparo que le rodeaba. Su tristeza y su soledad la desgarraban. Y estaba convencida de que podía ayudarle, de que, si él la dejaba, su vida podía mejorar.

Y así había sido.

Al menos, durante las horas que estuvieron juntos, ella había conseguido que él se relajase. No había estado solo en Nochevieja. Y aunque apenas pronunció palabra, Sara sabía que había disfrutado con su presencia. La expresión de su cara, satisfecha y placentera, le había delatado. La había animado a hablar sobre sí misma y ella había terminado relatándole episodios de su infancia y su adolescencia. Le habló de sus padres y de su abuela. Le contó que su madre había muerto de cáncer siendo ella muy niña, y cómo su padre, que nunca pudo superar la muerte de su esposa, encontró consuelo en el alcohol. Fue muy duro ver cómo se deterioraba lentamente sin poder hacer nada para ayudarle. Terminó por fallecer unos años después de una insuficiencia hepática. Su abuela se había ocupado de ella desde entonces. Mientras él la escuchaba con atención, le había contado lo difícil que les resultó todo al principio y cómo habían conseguido salir adelante, por eso se mantenían tan unidas, a fin de cuentas solo se tenían la una a la otra.

Le habló también de su trabajo, con el que no estaba muy contenta, y de sus amigos y de las reuniones del Movimiento. Incluso le confesó su sueño imposible de viajar y conocer otros lugares, algo que su sueldo no le permitía.

Una hora se convirtió en dos, y luego dos en tres y, poco a poco, la botella de *Sekt* se fue vaciando. Había sentido sus ojos sobre ella toda la noche; la había contemplado sin despegar los labios. De vez en cuando le hacía alguna pregunta, con esa voz baja y ronca que a ella había comenzado a parecerle de lo más interesante. Al principio, pensó que sonaba así porque no había hablado en mucho tiempo, pero según pasaban las horas, se convencía de que esa aspereza en su tono era innata en él.

En algún momento se había quitado los zapatos y se había acurrucado bajo las mantas. Y se había dormido.

Le miró de reojo ahora, a través de sus espesas pestañas. Seguía durmiendo y, como ya pensó la primera vez que le descubrió dormido a su lado, el sueño le dulcificaba la cara y le hacía parecer más joven. Volvió a preguntarse, como ya había hecho en infinidad de ocasiones, qué le habría movido para ir tras ella y salvarle la vida aquella noche. No pudo evitar que un brillo admirativo centellease en sus ojos al contemplarle.

Realmente, era un héroe. Al menos así se había comportado con ella.

Pero, ¿por qué?

Una guedeja de pelo le caía sobre el ojo izquierdo y estuvo tentada de alargar la mano y retirarla, pero se lo pensó mejor. Harry Wolf era una persona peculiar, y aunque habían compartido unas horas de complicidad, sabía que con él tenía que andar con pies de plomo. Lo mejor sería marcharse, se dijo.

Retiró las mantas con cuidado y se inclinó para ponerse los zapatos. Se abrochó las hebillas a los tobillos y luego se incorporó.

Él la estaba mirando.

—Buenos días —le dijo con suavidad. El despertarse junto a un extraño, de repente, la llenó de inseguridad.

—Buenos días —respondió, y a la ronquera habitual de su voz se sumó un tono somnoliento.

—Voy a marcharme. Mi abuela me espera para comer.

Él asintió.

Sara se levantó y, aunque quería ir al baño y tenía la necesidad de adecentarse un poco —seguro que su aspecto era deplorable—, prefirió no hacerlo y no alargar más aquella rara situación. Si bien la noche había estado cargada de confianza y cercanía, la luz de la mañana hacía que todo eso quedara muy lejano y se desdibujase.

Se puso el abrigo y se mordió el labio inferior sin saber qué decir. Así que no dijo nada. Le dirigió una breve sonrisa antes de echar a andar. Él se puso de pie y la escoltó hasta la puerta. Ella se detuvo con la mano apoyada en el tirador y titubeó, pero terminó por darse la vuelta y tenderle la mano.

Él la cogió, con esa expresión inescrutable que le resultaba tan difícil de leer. El apretón de su mano era firme y su palma, áspera. Se sentía bien, envolviendo la suya, más pequeña y tersa.

—Adiós, Harry.

—Adiós, Sara.

Luego, casi con reticencia, se apartó y abrió la puerta. Salió al exterior y se abrochó el abrigo al sentir la helada temperatura sobre su piel. Se alejó, rodeando la casa. No se detuvo a comprobar si él seguía ahí... Podía sentir sus ojos sobre su espalda.

Y eso le gustó.

Mucho.

Capítulo 10

Enero de mil novecientos ochenta y cuatro fue un mes frío.

Muy frío.

Nevó la mayor parte de los días.

Y en ese enero sucedieron muchas cosas en el mundo.

En Nigeria tuvo lugar un golpe de estado.

Paul McCartney y su mujer fueron detenidos en Barbados por posesión de cannabis.

El Vaticano y los Estados Unidos reanudaron sus relaciones diplomáticas después de cien años de silencio.

John McEnroe ganó a Ivan Lendl en un torneo de Nueva York.

Falleció Johnny Weissmuller, el actor que interpretaba a Tarzán.

Y Harry y Sara se fueron conociendo.

Todos los domingos ella comía en casa de su abuela y luego se iba a pasar las frías tardes con él. Se sentaban en el sofá del salón, delante de la chimenea encendida, y hablaban —ella mucho, él poco— o solo guardaban silencio.

Una de aquellas tardes, él sacó una vieja radio que había reparado y ella trajo galletas que había hecho. Y mientras el sonido de la música flotaba en el ambiente, el olor a canela llenaba el aire.

Otra tarde, él bajó su tablero de ajedrez y deshizo la partida eterna que llevaba durante años para empezar una nueva. La enseñó a jugar. Le cedió las blancas y dejó que ganara.

Los silencios cada vez eran más cómodos y las palabras menos necesarias.

Así, poco a poco, siempre manteniendo las distancias, cada vez se encontraban más cerca.

Enero de mil novecientos ochenta y cuatro fue un mes frío, pero no les importó gran cosa.

Comenzaron a tutearse.

Capítulo 11

Y entonces llegó febrero, y ella le regaló un gato sordo.

Al ver el cartel en la puerta del veterinario que había cerca de su casa, Sara tuvo una revelación. Se buscaba a alguien que quisiera adoptar un gatito que había perdido el oído por culpa de una infección. En un impulso, había entrado y hablado con la chica que atendía el mostrador. Dos horas después era la flamante nueva propietaria de un gato común de tres meses, de pelaje gris atigrado y ojos verdes. Se lo llevó a casa y cuidó de él esa noche. Al día siguiente pensaba regalárselo a Harry.

Quizá algo así era lo que él necesitaba para terminar de salir del cascarón: un ser que dependiera de él; algo a lo que cuidar y proteger.

Se pasó casi toda la noche en vela, observando al gatito, que era extremadamente silencioso y muy quieto. En el veterinario le habían dicho que todavía estaba un poco desorientado y no se había acostumbrado a su sordera. La miraba todo el rato con sus enormes ojos y no emitía ningún sonido. Era adorable.

Estaba segura de que Harry también lo adoraría.

Pensar en él la llenaba de confusión. No podía negar que sentía una tremenda atracción hacia ese hombre, que cada día y cuanto más tiempo pasaba con él, se iba haciendo más y más profunda. Pero eso también la asustaba. No él. Él no le causaba ningún temor, sino el pensar que nunca iba a volver a ser un hombre normal. Que esa tragedia que le había destrozado se iba a quedar para siempre en su interior, condicionándole. Que jamás lo superaría y seguiría prefiriendo sobrevivir a vivir.

Eso la aterraba.

Y no solo era terror lo que sentía, también una tristeza enorme, al ver el tipo de persona que se ocultaba bajo esas capas de hostilidad, soledad y desinterés que había ido construyendo a lo largo de los años. Harry Wolf era un hombre maravilloso. Lástima que se esforzase tanto por escondérselo al mundo.

A pesar de que llevaban semanas compartiendo momentos llenos de complicidad y confidencias, cada vez que llegaba a la parada del autobús, después de haberse despedido de él en la oscura esquina, echaba la vista atrás y se daba cuenta de que la única que se había abierto había sido ella. Él seguía hermético. Jamás mencionaba a su familia ni nada que tuviera que ver con su pasado. Ni siquiera hablaba del futuro, como si no existiera. Solo el presente existía para él.

Y Sara quería un futuro. Quería vivir.

Por eso le asustaba tanto sentirse atraída por un hombre que no deseaba vivir más allá del hoy.

Quizá el gato sirviera para resquebrajar ese muro que le rodeaba. Y tampoco perdía nada por intentarlo, se decía.

El gatito necesitaba a Harry y Harry —aunque todavía no lo sabía— necesitaba al gatito.

Su abuela había anulado la comida de ese domingo porque iba a encontrarse con unas amigas españolas que hacía tiempo no veía, así que Sara se presentó en casa de Harry antes de lo previsto. Llevaba un pequeño transportín de mimbre con el gatito sin nombre dentro y, en una bolsa, diversos utensilios y comida que había comprado en el veterinario.

Mientras esperaba a que él abriera la puerta, dejó vagar la mirada por el jardín y la fachada. Ambos tan inofensivos. Se mordió la parte interna de la mejilla tratando de contener una sonrisa al recordar cuáles habían sido sus primeras impresiones de aquella propiedad. La había aterrado. Se había imaginado cosas horribles y escenarios de película de miedo. Había sido tan tonta... Meneó la cabeza ligeramente, reprendiéndose en silencio.

Harry abrió la puerta con una expresión desenfadada en el rostro. Sonreía con los ojos. Al menos, ahora, esas peculiares sonrisas no le causaban destrozos en el estómago como había sucedido al principio. Seguían pareciéndole hermosas, pero se había acostumbrado a ellas.

—Tengo una sorpresa para ti —le dijo, entrando.

—Una cesta —dijo él, cerrando la puerta tras ella.

Sara accedió al salón. La habitación había cambiado desde la primera vez que estuvo en ella. Ahora, había una alfombra delante de la chimenea, en la que crepitaba un fuego y, además del sofá, también había una mesa a la que le faltaba una pata y dos sillas. No era una gran mejora, pero era un progreso, y todos esos cambios habían sido cosa de él. Ella no le había pedido nada.

—No es una cesta. Es otra cosa. Y dentro está tu regalo. —Dejó el transportín en el suelo y se quitó el abrigo. Luego se dio la vuelta.

Él la observaba interesado desde la puerta. Llevaba, como siempre, sus viejos vaqueros y un jersey azul de cuello vuelto. Iba descalzo. Se había recogido el pelo en una suerte de coleta, pero sin mucho éxito, ya que algunos mechones se habían soltado y le caían sobre las mejillas.

—Ven. —Le hizo un gesto—. Acércate.

Él lo hizo. Tenía una ceja arqueada.

Ella se agachó y abrió la puerta de madera del transportín, en la que había varios agujeros. Con cautela, el pequeño inquilino asomó su naricita. Olisqueó el aire antes de sacar la cabeza entera y luego el cuerpo.

—Es un gato —murmuró Harry sin entusiasmo.

—No es un gato —dijo ella, alzando la vista—. Es *tu* gato.

—No lo quiero.

—¡No puedes rechazar un regalo!

—No es un regalo. Es una carga —masculló él.

—Está sordo y necesita atención especial y tú estás todo el día en casa. Nadie más va a adoptarlo. —Sabía que le estaba presionando y se sintió un poco culpable.

Él arrugó la frente mientras observaba al pequeñín que había avanzado hasta situarse junto a su pie. Permaneció inmóvil un rato hasta que por fin alzó la mirada.

—Yo no puedo hacerme cargo de un animal —musitó, y en su voz se había colado un tinte de consternación.

Por un segundo, solo por un segundo, Sara sintió pena por él y estuvo a punto de decirle que no pasaba nada, que ya encontraría otro hogar para el gatito, pero no lo hizo.

—Tampoco es tan difícil, de veras. Me lo han explicado todo en el veterinario. Tienes que tener cuidado de que no salga al exterior. Sería peligroso. Y no sirve de nada que le llames. Tienes que comunicarte con él a través de las vibraciones y de tus expresiones faciales. Por ejemplo, prueba a pisar el suelo con fuerza. —Sara miró sus pies desnudos con algo de escepticismo—. Y si estás enfadado, frunce el ceño. Si estás contento, sonríe... —Según hablaba su tono de voz iba descendiendo. La barba de Harry ocupaba la mayor parte de su cara. ¿Cómo iba a ver el pobre gato si sonreía o si estaba enfadado?

Él se había sentado en el sofá y no le quitaba ojo al felino, que le había seguido y se había recostado sobre uno de sus pies.

—Le gustas —dijo Sara con firmeza.

La miró. Sus ojos mostraban tanta aflicción que a ella se le encogió el corazón. Maldijo su inaccesibilidad y su reserva. Odiaba que él no se abriese y no le dijera qué le pasaba por la cabeza. Le veía sufrir y no sabía qué hacer. Quizá lo del gato había sido una pésima idea. Se sentó a su lado.

—Puedo volver a llevármelo —ofreció con desgana.

Una tormenta de emociones se reflejó en el azul de sus ojos. Volvió a bajar la vista hacia el gato. Terminó por inclinarse y cogerlo con una mano. El minino se mantuvo silencioso, una copia diminuta del propio Harry, el mudo. Lo colocó a la altura de su cara, a solo unos centímetros, y ambos se miraron con fijeza. El gatito olisqueó el aire como queriendo impregnarse del olor que desprendía aquel ser que le mantenía sujeto. Harry le sopló suavemente sobre la cara y, entonces, el pequeño, en lugar de molestarse como quizá otro gato hubiese hecho, emitió un curioso gorjeo. Era el primer sonido que Sara escuchaba saliendo de su boquita.

—Se queda —dijo Harry en voz baja, al cabo de unos instantes.

A Sara se le llenaron los ojos de lágrimas. Era una tonta, pero la escena la había emocionado. Verle interactuar con el gatito... había sido algo muy tierno... Pestañeó tratando de recomponerse y se levantó, apresurada.

—He traído una bandejita para que haga sus necesidades. Cualquier cosa que necesites yo te la puedo conseguir —se atropelló con las palabras mientras se dirigía a la mesa donde había dejado la bolsa con las cosas del gato. Sacó la bandeja y la arena y comenzó a prepararlo todo—. La bolsa de arena te durará unas tres semanas. Los gatos son muy pulcros así que cuando la use, límpiala rápidamente. Hay que cambiarla cada cinco o seis días. La próxima vez que venga te traeré más. Y también he comprado comida para gatos. Es mejor que no le des lo que tú comes. Y cuando haya que llevarle al veterinario, yo puedo hacerlo, por eso no te preocupes. Y como ya te he dicho, no dejes que salga al ext...

—Gracias, Sara.

De pronto él estaba justo a su espalda y ella se giró, sobresaltada. Se encontraba tan cerca, que sintió cómo su brazo le rozaba el pecho sin querer, y un escalofrío le recorrió la columna vertebral. Solían guardar las distancias y no había contacto físico entre ellos, exceptuando algún apretón de manos. No sucedía con frecuencia que estuvieran tan cerca el uno del otro, y Sara llegaba a olvidar la atracción que sentía por él, pero en ese momento fue muy consciente de que Harry era un hombre y ella, una mujer. Supo, sin lugar a dudas, que sus mejillas se habían sonrojado. En los ojos de él también había una chispa que nunca antes había visto.

—Déjame que termine con esto y jugamos una partida de ajedrez. —Se echó hacia atrás y rompió la magia.

Él asintió y también se apartó. Pareció querer decir algo, pero terminó por darse la vuelta y dirigirse a la puerta; el gatito le siguió. Él se agachó y lo cogió. Luego abandonó el salón.

Sara apoyó las dos manos sobre la mesa y meneó la cabeza. Las cosas se complicaban. Y no tenía ni idea de qué hacer. Tenía que mantener una conversación consigo misma y responderse unas cuantas preguntas. Tomar una decisión...

Harry no tardó en regresar con una mantita de color rojo, que extendió cerca de la chimenea, y dos cuencos; en uno había agua, el otro estaba vacío. Se lo dio, para que lo llenara de comida. Ella se dio cuenta de que evitaba mirarla a los ojos.

Una vez que la bandeja estuvo colocada al otro extremo del salón, Harry se la enseñó al gatito, luego situó los cuencos cerca de la manta.

Sara cogió el tablero de ajedrez y lo puso sobre la alfombra. Comenzó a montar las piezas de madera, mientras él ponía la radio. Era una rutina que seguían casi al pie de la letra la mayoría de los domingos. Había sintonizado un canal que emitía música a todas horas, y la famosa canción *Der Kommissar* de Falco no tardó en inundar la habitación.

Harry tomó asiento en el suelo frente a ella. Le observó de reojo, pero toda la atención de él estaba centrada en el gato, que había encontrado un hilo suelto en la manta y jugaba con él, tratando de mordisquearlo.

—Te cedo las blancas —dijo, magnánima, haciendo que él se volviera.

—Las blancas son tuyas.

—¿Por qué siempre me dejas ganar? No lo niegues. —Hizo un gesto enérgico con la mano al ver que él iba a negarlo—. Llevas años jugando al ajedrez y yo apenas unas semanas y soy bastante mediocre... y te gano la mayor parte de las veces.

—Está bien —capituló él sin darle ninguna explicación, y se inclinó sobre el tablero. La luz del fuego le iluminó el lado derecho de la cara, dejando el izquierdo en sombras—. Yo empiezo.

Jugaron al ajedrez en silencio durante unos minutos. Ella no solía esforzarse demasiado en sus movimientos, no los pensaba. Le gustaba el ajedrez porque sabía que a él le apasionaba, pero no era un juego para ella. No tenía paciencia. Acercó la mano a su torre y antes de tocarla le miró. Él, como siempre que ella estaba a punto de cometer un error, negó imperceptiblemente. Entonces ella cogió el alfil, sonriendo para sus adentros. La mirada de aprobación que él le dirigió estuvo a punto de arrancarle una pequeña carcajada.

Siempre la dejaba ganar...

Siguieron jugando y al cabo de un rato ella empezó a tararear en voz bastante alta la canción que sonaba en la radio. Era *Deshalv spill' mer he* de BAP. Él le dirigió una de esas sonrisas oculares que siempre la desarmaban.

−Oh, perdona... −Se sonrojó−. Es que me encanta esta canción. Es BAP, ¿sabes?

La miró sin comprender.

−BAP −repitió ella−. El grupo.

Él se encogió de hombros.

−¡Pero si son muy famosos! Han sido teloneros de Rod Stewart y han hecho una gira y dado un montón de conciertos. Yo estuve viéndolos el año pasado, cuando tocaron en Colonia. −Su entusiasmo pudo con ella−. No puedo creerme que no los conozcas. Llevan años ya tocando. Seis años... −Se cortó, de repente, y se llevó una mano a la boca. La mirada de él se había oscurecido. Le observó largo rato con los ojos muy abiertos, sin saber qué decir−. Lo... lo siento.

−No te disculpes. No tienes nada que sentir.

Ella bajó la vista al tablero. Había metido la pata. Era tan fácil hacerlo con él. Había tantas cosas que no se podían mencionar, que a veces resultaba extenuante.

−Puedes seguir cantando −dijo él al cabo de unos minutos, rompiendo el incómodo silencio que se había creado.

−¿No te molesta?

Negó con la cabeza y un nuevo mechón de pelo se soltó de su poco práctica coleta. Se lo apartó con la mano y se lo puso detrás de la oreja.

−Me gusta −confesó, mirándola con intensidad−. Pareces feliz... y me gusta verte feliz.

Sara sintió cómo el pecho se le expandía. Él no solía decir demasiado, pero de vez en cuando decía cosas así que le llegaban muy adentro y le provocaban el deseo de acercarse y abrazarle.

El aire se cargó de intimidad.

Ese fue el momento que eligió el gatito para pasearse sobre el tablero de ajedrez y tirar varias de las piezas que había sobre él.

—¡No! —exclamó ella con una risa contenida.

Harry ni se inmutó. Siguió las andanzas del pequeño felino con interés, que había comenzado a pelearse con la reina negra y la atacaba con una de sus patas.

—Ya sé cómo se va a llamar —anunció él de pronto.

—¿Cómo?

—Kárpov —repuso—. ¿Sigue siendo el campeón mundial de ajedrez? —inquirió, inseguro de repente.

—Eh, sí, creo que sí.

—Entonces ese será su nombre.

—Suena... muy rimbombante para una cosita tan pequeña.

—Crecerá.

—Pues Kárpov será —dijo ella—. Quizá deberíamos llamarle Kár hasta que se haga un poco más grande —sugirió.

Él le dirigió una rápida sonrisa de dientes blancos que la dejó sin aliento.

De fondo se escuchaba una antigua canción de la Creedence, *Have You Ever Seen the Rain*, y la voz rasgada del cantante se mezcló con el sonido del crepitar de las llamas y el de las figuras de madera rodando sobre el tablero.

Y mientras él miraba al gato, ella le miraba a él y se sentía... eufórica.

Capítulo 12

Y entonces llegó marzo, y él la vio bailar en su jardín.

Solo hacía una semana que había comenzado la primavera y la nieve ya se había derretido casi del todo. Esa tarde de domingo ella se presentó con un veraniego vestido blanco, desafiando a la temperatura. Resplandecía el sol y en el jardín habían comenzado a asomar algunas flores silvestres.

Mientras Harry ponía comida en el cuenco de Kárpov, que había crecido mucho en el mes que llevaba viviendo con él, la observó de reojo. Estaba sentada en el sofá y ojeaba uno de sus libros de arquitectura con interés. Sabía que lo hacía por él, que a ella esas fotos de edificios no le interesaban lo más mínimo. Pretendía que sí y, de vez en cuando, le hacía comentarios y preguntas que él trataba de evitar.

No quería hablar del pasado ni recordar nada que tuviese que ver con el periodo de antes de haberla conocido.

Una vocecita interna le cuestionaba que eso fuera verdaderamente así. Si de veras no quería seguir recordando nada de su pasado y pretendía olvidarlo como si no hubiera existido, ¿por qué conservaba todos aquellos libros? ¿Por qué los había sacado y se los ofrecía a ella? Cuando llegaba a ese punto en sus cavilaciones, dejaba de pensar y se concentraba en otra cosa. Como ahora. Se centró en llenar el cuenco de comida de Kárpov y apartó la vista de Sara.

—¿Sabes qué me apetece? —le preguntó ella.

Se había puesto de pie y se alisaba la falda, distraída. Llevaba unas botas marrones que le cubrían las pantorrillas y una chaqueta de lana de color azul oscuro que le tapaba los brazos. La interrogó con la mirada y esperó a que continuase.

—Quiero tomar limonada en el jardín. ¿Has visto las flores que han salido junto a la verja? Me parecen preciosas. Deberíamos aprovechar que hoy no hace frío y pasar la tarde fuera —concluyó.

Le miró como esperando su aprobación, lo cual era absurdo; él siempre decía que sí. No parecía ser capaz de negarle nada. Si hasta le había obligado a quedarse con un gato. Sus ojos se dirigieron a Kárpov que se acercaba a comer. Emitió uno de sus peculiares gorjeos antes de inclinar la cabeza y hundirla en el comedero. Le había cogido cariño al pequeño maestro de ajedrez. Ambos eran igual de silenciosos y, a pesar de su dolencia, era un gato fácil de llevar. Era muy independiente. No obstante, si él golpeaba el suelo con el pie, daba igual en qué lugar de la casa se encontrase, siempre acudía y se dejaba acariciar.

—Vamos fuera —aceptó.

Ella hizo una pequeña cabriola antes de dirigirse a la cocina a buscar la limonada casera que había preparado su abuela. Al poco volvió a aparecer con dos vasos llenos hasta arriba. Le dirigió una sonrisa por encima del hombro y él la siguió de buena gana.

Tomaron asiento en el primer escalón del porche y bebieron en silencio. Un par de rayos de sol se filtraban entre las ramas, dibujando formas sobre la hierba y calentando el jardín con tibieza. Las florecillas silvestres parecían inclinarse y buscar con avidez esos haces de luz. El ambiente olía a primavera y se respiraba una gran paz.

Harry la contempló a hurtadillas. Se abrazaba las rodillas y había apoyado la barbilla en ellas. Parecía muy pensativa. Le hubiese gustado saber qué le rondaba por la cabeza, pero no iba a preguntárselo. Sabía que solo tenía que esperar, y ella no tardaría en contárselo. Siempre lo hacía. Envidiaba esa capacidad suya de abrirse con tanta facilidad. No le costaba un ápice. Le miraba y le decía lo que había dentro de ella. Así de fácil.

—Estaba pensando —comenzó ahora—, en que la próxima vez que venga voy a traer mi vídeo y algunas películas. Quizá pueda conectarlo a tu televi... —se interrumpió de repente—. Sabes lo que es un vídeo..., ¿no?

Él asintió. Recordaba a Nina pidiéndole que compraran un reproductor de películas las últimas Navidades que pasaron juntos. No lo hizo y le regaló otra cosa. Ahora no recordaba el qué... Bajó los párpados, tratando de borrar las imágenes del pasado y de centrarse solo en Sara y en lo que le había propuesto. Realmente, ¿qué podía decir? La idea de ver una película con ella le resultaba fascinante y dolorosa a un tiempo. Le gustaba pasar el rato con ella, pero algo tan hogareño como ver la televisión juntos le hacía sentirse incómodo, como si estuviese traicionando a su familia volviendo a hacer cosas tan... normales.

—¿No quieres? —Sus grandes ojos mostraron confusión.

—Está bien —respondió al cabo de unos segundos, dubitativo.

Volvió a beber, concentrándose en su vaso, y deseó que ella dejara de observarle con esa expresión decepcionada en el semblante. Muy consciente de su escrutinio, apartó la vista y la posó sobre las flores que crecían junto a la verja y que ella había mencionado antes. Eran blancas y apenas asomaban la cabeza con timidez entre la hierba. No recordaba haberlas visto con anterioridad, ¿o sí? El sonido de un mechero le sacó de su ensimismamiento. Se giró y la vio encendiéndose un cigarrillo. Era la primera vez que lo hacía delante de él y le sorprendió.

Le miró con una ceja arqueada mientras le ofrecía el paquete de Camel. Él negó. No había vuelto a fumar desde hacía mucho tiempo...

Sara dejó la cajetilla en el suelo junto al encendedor y dio una honda calada. La punta del cigarro se tornó roja.

—No fumo mucho, pero a veces me apetece. Me relaja. —Fue expulsando el humo poco a poco, mezclado con las palabras—. ¿Tú nunca has fumado?

—Sí. Antes.

No tuvo que explicar nada más. Ambos sabían a qué antes se refería él.

Ella volvió a aspirar y él no pudo apartar la mirada de sus labios; se quedó prendado del círculo que formaban alrededor del filtro del cigarro. Luego el humo blanquecino se fugó de su boca, difuminando su contorno y sus mejillas hasta desaparecer en el aire. Sus ojos no pudieron huir del extremo del cigarrillo que, cuando lo apartó, brillaba húmedo. El calor se le instaló en el vientre, en el estómago, en el pecho..., en realidad, por todas partes, y su frente se perló de sudor. Inconscientemente, alargó la mano sin quitar la vista de sus labios que volvían a acariciar el filtro de color naranja.

—¿Quieres? —le preguntó ella al ver su gesto.

Asintió.

Y mientras el humo salía de su boca de nuevo, desdibujando su cara, le pasó el cigarrillo. Harry lo cogió casi con reverencia. Contemplando, algo excitado, el rastro de saliva que había quedado adherido en él, se lo llevó a la boca y aspiró. La quemazón que sintió en el pecho no fue muy agradable, pero se vio compensada por la inapropiada imagen que acudió a su mente: estaba posando los labios donde los había posado ella hacía meros segundos.

Era como un beso íntimo.

Se estremeció.

Sin gracia alguna expulsó el humo, que se perdió por encima de su cabeza. Luego observó el casi consumido cigarro con una mezcla de disgusto y arrobamiento al tiempo que tosía.

Una risa contenida llegó hasta sus oídos. Sara se tapaba la boca y los ojos le refulgían con picardía.

—Dámelo —le dijo, quitándole al causante de su malestar y su deleite. Lo apagó en el suelo de tierra y lo depositó al lado del vaso de limonada—. Tenías que haber visto tu cara —se rio.

—Es peor de lo que recordaba —murmuró.

Sí, fumar lo había sido, pero lo otro... no. Volvió a mirar la apagada colilla. Ya no había humedad en ella. Cualquier resto de saliva, tanto de ella como de él, había desaparecido. Se retorció las manos, nervioso. Para Sara, el compartir un pitillo había sido algo gracioso. Para él había sido mucho más.

—Lo único que no me gusta es el sabor de boca que deja después, pero tengo la solución —dijo ella.

Harry levantó la vista y vio cómo se sacaba un caramelo del bolsillo de la chaqueta de lana. Era un caramelo de tofe de la famosa marca *Werther's Echte*. Hacía siglos que no veía uno. A Michael y a Jens les encantaban. Los ingratos recuerdos reptaron por sus adentros y trataron de abrirse paso en su memoria, pero cerró los ojos y no lo consintió.

—¿Quieres la mitad? Solo tengo uno —le propuso ella, ajena a los sentimientos que el absurdo caramelo había despertado en él.

Él no respondió de inmediato. Se mantuvo quieto aferrando el borde del escalón con las manos como garras. Inspiró y espiró un par de veces muy concentrado. El sabor del cigarrillo todavía le danzaba en la boca. Intentó enfocarse solo en ese momento y ese lugar y en la persona que estaba con él. Ladeó la cabeza y descubrió que Sara le observaba con los ojos muy abiertos. Se había llevado una mano al pecho mientras que la otra permanecía extendida en su dirección con el caramelo en ella. Lo había desenvuelto, y el tonto dulce ovalado de color café con leche parecía muy inocente allí sobre su palma.

Harry asintió a la pregunta que ella le había hecho, vacilante.

—Está un poco duro, pero tengo una dentadura fabulosa —dijo ella, y se lo llevó a la boca.

Siguió sus movimientos con morbosa fascinación. Si el compartir un cigarro le había parecido lo más sensual del mundo, ahora, al ver cómo ella se esforzaba por dividir ese caramelo en dos mitades con sus dientes, se sintió morir. Creyó vislumbrar incluso la punta de su rosada lengua asomando entre sus labios. Notó cómo el pulso se le aceleraba y el estómago se le encogía.

—Déjalo —logró articular.

—¡No! Espera... ¡Ya está! —exclamó triunfal, ofreciéndole la mitad del dulce mientras que la otra mitad desaparecía en el interior de su boca.

Harry tendió la mano. Le temblaba ligeramente. Rezó en silencio por que ella no se percatara de ello. Lo cogió y se apresuró a comérselo, como si fuera un trozo de pan y él un hombre hambriento. El sabor dulce y cremoso era como lo recordaba. Delicioso. Sara, a su lado, debía de estar experimentando lo mismo que él porque pudo oír un murmullo de aprobación. Apretó los párpados con fuerza, tratando de alejar de su cerebro las imágenes que este se empeñaba en conjurar una y otra vez...

Sara fumando un cigarrillo...

Sara chupando el caramelo...

Se puso en pie con brusquedad, sobresaltándola. Se le quedó mirando, sorprendida, mientras él se frotaba las manos en los gastados vaqueros y sus ojos huidizos intentaban encontrar algún lugar sobre el que posarse que no fuera ella.

—Voy a... voy a... —tartamudeó— poner la radio.

Y huyó, dejándola sola en el porche. De reojo pudo ver que la expresión de su rostro era de puro desconcierto.

Él mismo también estaba desconcertado. No era la primera vez que sentía algo parecido al deseo sexual cuando la contemplaba. Ya le había sucedido en Nochevieja, cuando se presentó con el elegante vestido y los zapatos de tacón. Pero lo que acababa de suceder iba más allá. Las emociones que había experimentado eran más parecidas al anhelo que al deseo.

Cerró la puerta con violencia y apoyó la espalda en ella. Su fuerte y errática respiración resonaba de manera desproporcionada en la silenciosa casa.

«¿Qué estará pensando Sara de ti?».

Que estás desquiciado.

Meneó la cabeza, disgustado con la respuesta. Pero en el fondo sabía que era muy probable que tuviera razón.

Se adentró en el pasillo y accedió al salón. Cogió la radio, que estaba en el suelo junto a la chimenea, y la acercó al ventanal. Lo abrió, dejando una rendija, y conectó el aparato. Una canción alegre y demasiado estruendosa para su gusto rompió la calma de la casa y del jardín. Se escondió detrás de las cortinas de grueso tejido azul. Las había rescatado del patio trasero hacía unas semanas y había vuelto a colgarlas después de lavarlas. Las apartó con cuidado, creando solo un pequeño espacio entre ellas, y espió el exterior. Sara seguía sentada en el escalón y le daba pequeños tragos a su bebida. Desde donde él estaba podía ver su perfil derecho. Llevaba el pelo suelto, pero se lo había puesto detrás de las orejas dejando sus mejillas al descubierto. Un tenue rayo de sol la alcanzaba de lleno, iluminando su pómulo y el pendiente ovalado que pendía del lóbulo de su oreja. Había cerrado los ojos y disfrutaba de ese pequeño haz de luz con fruición mientras movía los pies al ritmo de la música.

Harry dejó que pasasen los minutos. Le hubiera gustado poder detener el tiempo. Congelar ese instante para siempre. Sara con la cabeza ladeada para robarle al sol su último destello de la tarde, bebiendo limonada con parsimonia y con las piernas inquietas por efecto de la melodía, mientras él era mudo espectador de toda esa belleza.

Observarla desde la distancia era... menos peligroso.

La estridente canción terminó y dio paso a otra más melódica, cantada por una voz femenina. La actitud de Sara, al escuchar los primeros acordes, cambió radicalmente. Depositó el vaso con precipitación sobre el escalón y se puso de pie. Profirió un gritito exaltado al tiempo que se dirigía al centro del jardín.

Harry la siguió con los ojos, cautivado.

De repente, el tono de la melodía cambió y se convirtió en algo más rápido y movido. Los sonidos de una guitarra y de una batería entraron en juego... y Sara se volvió loca, dando pequeños saltos y elevando los brazos en el aire mientras las ondas de su cabello se desplegaban deshechas... La solista empezó a cantar mucho más deprisa, y ella siguió la letra alzando la voz y girando sobre sí misma exultante.

Harry se descubrió sonriendo con los ojos, con la boca, con todo el rostro... Abrió más las cortinas para poder verla mejor y pegó las manos al cristal. Una parte de él hubiese deseado salir al jardín y unirse a ella, celebrar esa explosión de alegría que parecía haber estallado dentro de su cuerpo y dejarse llevar por su entusiasmo...

La otra parte, la oscura y triste, prefería contemplarla desde lejos, protegido por la ventana y la gruesa tela.

Ella siguió danzando como poseída. Una carcajada febril se fugó de su boca mientras daba vueltas con la cabeza echada hacia atrás y los brazos haciendo raros movimientos carentes de ritmo. Se despojó de la rebeca de lana y la tiró a un lado, sin preocuparse de dónde caía. Y gritó. Fue uno de esos gritos de felicidad plena que a veces emiten las personas llenas de dicha.

Harry soltó una risa confundida. El sonido de su voz le sobresaltó y se llevó una mano a la boca. Estaba completamente desbordado por lo que su presencia le hacía sentir. Siguió sus movimientos con embeleso, tratando de no perderse ni un solo detalle, queriendo impregnarse de todo aquello y guardarlo en su memoria para no volver a olvidarlo jamás.

La melodía se tornó de nuevo lenta y armoniosa. Y Sara dejó caer los hombros hacia delante, cerró los ojos y se meció con abandono, repitiendo en voz baja las palabras que recitaba la cantante. Se giró y le descubrió. Una enorme sonrisa curvaba sus carnosos labios. Agitó la mano y le saludó en el aire. Él le devolvió el saludo. El corazón le latía con tanta fuerza que podía competir incluso con los últimos acordes que emitía el altavoz de la radio.

La vio acercarse a él con sentimientos encontrados.

—Es Nena —le dijo, casi sin aliento, una vez hubo subido los escalones del porche. Seguía sonriendo.

La miró sin comprender.

—Es Nena, la cantante. Y su canción 99 *Luftballons*. Es muy famosa —explicó—. Me encanta.

Él no dijo nada. Se limitó a contemplar cómo se humedecía los labios con la lengua y soltaba una risa feliz.

Hubiese deseado besarla.

Dio un paso atrás y se alejó.

Capítulo 13

Julia Montes contempló a su nieta con preocupación. Llevaba tiempo dándole vueltas a algo que quería decirle, pero no sabía cómo enfocar el tema. Sara era bastante cabezota y no le gustaba demasiado que se inmiscuyesen en su vida.

—¿Esta tarde vas a volver a casa del señor Wolf? —le preguntó en voz baja.

Sara alzó la cabeza sobresaltada. Estaba sentada a la mesa y tenía la vista dispersa sobre el mantel.

—Sí. Sí —respondió, y volvió a abstraerse.

Julia no dijo nada. Se limitó a seguir con lo que estaba haciendo. Echó dos cucharadas de café en el filtro de la cafetera y la conectó. Luego sacó un par de tazas del armario y el azúcar de la alacena.

—¿Cómo está?

Le costó preguntarlo, a pesar de que tenía mucho interés en que su nieta le hablara de su vecino y de lo que estaba sucediendo entre ambos. Sara no le había proporcionado demasiada información sobre el señor Wolf. Solía contarle todo, pero su amistad con el habitante de la casa de al lado era un asunto un tanto tabú. Y eso hacía que la curiosidad de Julia creciese. Y también la preocupación.

—Está bien... Bueno, supongo que todo lo bien que se puede estar viviendo allí solo y sin hablar con nadie.

Julia no dijo nada. Solo se dio la vuelta y se apoyó en la encimera. Observó a su nieta con atención, tratando de leer en sus facciones algo más que lo que sus palabras expresaban. Parecía nerviosa, estrujándose las manos. El silencio se alargó entre ambas. La mirada de Sara, huidiza, se posó sobre la ventana que daba al patio y Julia frunció el ceño. ¿Qué se le estaría pasando por la cabeza? Últimamente estaba más retraída que de costumbre, aunque también parecía más... ilusionada y se sonrojaba con frecuencia. Ojalá no fuese debido a... ¡No! Mejor no pensar en ello.

Sirvió el café y se aproximó a la mesa con las dos tazas humeantes. Tomó asiento y clavó sus oscuros ojos sobre la cara de su nieta. Quizá era hora de hablarle sobre lo que pasó.

—No he vuelto a verle desde aquel verano. Me pregunto si habrá cambiado mucho...

Sara arqueó las cejas.

—No sé qué aspecto tendría antes, solo puedo decirte que está muy delgado y que lleva el pelo largo y la barba descuidada... No creo que le importe mucho su apariencia.

—Era un hombre tan guapo... —dijo Julia con la mirada extraviada, rememorando aquellos días de hacía seis años—. Recuerdo cuando se trasladaron aquí. Eran la familia perfecta. El prestigioso arquitecto, su bella mujer y los dos hermosos niños. Solo los vi unas cuantas veces, pero tenían el típico aspecto de gente bien. Él era alto y tenía ese porte elegante y esos modales cuidados de quién se ha educado en buenos colegios. Y ella... —Se detuvo y arrugó la frente—. Su mujer se llamaba Nina... y era muy guapa. Tenía el pelo largo y rubio y los ojos claros. Era alta y delgada y siempre iba muy bien vestida. Parecía muy enamorada. —Hizo otra pausa y bebió un sorbo de café–. Él no era... tan cariñoso... No sé, era más retraído... más frío... Al menos con ella...

Sara la escuchaba casi sin respirar. Julia se fijó en que apretaba la taza con excesiva fuerza, como si fuera presa de la ansiedad. Volvió a fruncir el ceño. Esa actitud en su nieta no le agradaba mucho. Al menos no si se debía a lo que ella sospechaba.

–¿Más frío? –inquirió, confundida.

–Tampoco los traté mucho, la verdad. Pero ella siempre le miraba tan amartelada y se agarraba a su brazo... y él... –Hizo un gesto vago con la mano–. No sé. No me hagas caso. Ahora tú tratas más con él. Tú sabrás si es un hombre frío y distante. –Lo dejó caer así, sin mucho interés, pero en el fondo sentía curiosidad.

Sara no contestó. Pensativa, miró por la ventana al tiempo que se tiraba del labio inferior con el índice y el pulgar de la mano derecha.

–No sé –dijo al fin–. Le cuesta mostrar sus sentimientos. Quizá frío no sea la palabra más indicada para describirle.

Julia bebió un sorbo de café. Estaba amargo pero no se molestó en echarle azúcar.

–¿Cómo eran sus hijos? –le preguntó Sara al cabo de un rato en voz queda.

–Los niños eran preciosos. –Fue lo primero que le vino a la cabeza nada más pensar en ellos. Cerró los ojos y la vívida imagen de los pequeños acudió a ella como si los hubiera visto el día anterior y el tiempo no hubiese pasado–. El pequeño se parecía a su madre con ese pelo rubio casi blanco y los ojos enormes y azules... El mayor tiraba más a su padre, era más serio y menos dicharachero... Una vez, no llevaban más de un par de días viviendo aquí, se colaron en el jardín y se pusieron a jugar a la pelota –sonrió, recordándolo–. Me rompieron un enanito y me enfadé con ellos. Pero el pequeño se disculpó con tanta gracia que terminé por darles galletas... Creo que esa fue la última vez que los vi −se le quebró la voz y los ojos se le empañaron−. Solo una semana después... ya no estaban...

Se cubrió la boca con la mano, tratando de contener un sollozo. ¡Qué espantoso había sido aquello! Esos pequeños tan dulces, tan graciosos, tan llenos de vida... y de pronto... Era duro recordarlo.

Sintió la mano de Sara agarrando la suya, la que había dejado sobre el mantel. Su nieta tenía los ojos húmedos y una mueca acongojada le deformaba el rostro. Se esforzó por mantener la compostura y seguir hablando.

−Una tarde de verano, la madre los dejó jugando en el jardín, y cuando salió a buscarlos, ya no estaban allí. Se habían ido... Tú no participaste en la búsqueda porque estabas de exámenes, lo recuerdo. Además, vivías en el centro con tu padre. Todo el mundo se volcó en aquello. Vino hasta gente de fuera para ayudar a la policía a peinar el bosque. Todos los árboles de la zona tenían carteles pegados con la cara de los dos niños... Me acuerdo de la foto que aparecía en ellos tan bien...

De nuevo ese pinchazo de angustia le atravesó el corazón. Sí, recordaba aquella fotografía en blanco y negro. Era un primer plano de los dos niños; el mayor le pasaba el brazo por encima de los hombros al pequeño y ambos miraban a la cámara sonrientes.

−Fue terrible −dijo con voz trémula−. Tres días después de su desaparición, los cadáveres fueron hallados en el río, enganchados en una vieja red de pesca. No había signos de violencia y la conclusión fue que se habían metido en el río y se ahogaron... Un desgraciado accidente. Esa pobre mujer... Los gritos... cuando... cuando...

No pudo seguir adelante. Se cubrió los ojos con las manos, abrumada por todos aquellos recuerdos.

—No hace falta que sigas, abuela, de verd...

—Estoy bien —la interrumpió, secándose una lágrima furtiva que se le había deslizado por la mejilla. La miró de frente y carraspeó—. Fue un entierro muy emotivo. Acudió mucha gente. Yo fui también... Era sobrecogedor ver el dolor de aquella mujer. Parecía una sombra de sí misma. Yo soy madre y también he perdido un hijo..., pero esas circunstancias... —Otra lágrima se desprendió de sus pestañas y rodó hasta la comisura de sus labios. No se molestó en limpiársela—. Solo unos días antes había sido tan guapa y tan elegante... y aquel día, frente a las tumbas de sus hijos... apareció derrumbada y... apenas si podía sostenerse sola. El señor Wolf tenía que cargar con ella. Y él... —Cerró los ojos y echó la vista atrás de nuevo—. Él estaba muy serio, pero impecable. Solo cuando te acercabas a darle el pésame te dabas cuenta de su verdadero estado de ánimo. Estaba destrozado, pero se mantenía firme y tan entero..., estrechando las manos de todos con firmeza... —Meneó la cabeza—. No sé qué me impresionó más, si ella con ese dolor tan visible... o él, con esa entereza...

Sara había cerrado los ojos y se abrazaba a sí misma, como si estuviese helada. Durante un instante, Julia dudó sobre si seguir hablando de aquello, pero algo en su interior le dijo que Sara necesitaba escucharlo todo, saber lo que pasó. No creía que el señor Wolf le hubiera contado nada.

—Y luego —continuó—, tan solo una semana después, como si el perder a los niños no hubiera sido suficiente..., ella se suicidó. —Levantó la vista y cabeceó levemente—. No quiero ni imaginarme lo que estaría pasando esa pobre mujer para hacer aquello... y ese pobre hombre que tuvo que encontrársela allí en el baño...

—¿En el baño? —preguntó Sara con los ojos muy abiertos.

—Eso dicen, aunque no te lo puedo asegurar. Se tomó un bote de pastillas y se metió en la bañera. Cuando él llegó... ya era tarde... para hacer nada... Qué horror —musitó para sí misma—, encontrársela así.

Un incómodo y espeso silencio se adueñó del ambiente después de esas palabras. Incapaz de soportar no hacer nada, Julia se incorporó, se acercó a la encimera y vertió los restos de su café en el fregadero. No había vuelto a hablar con nadie de la tragedia desde hacía mucho tiempo, pero todo seguía estando igual de fresco que hacía años y la afectaba sobremanera. Los protagonistas de aquella historia no tenían mucho que ver con ella y apenas si los había tratado, y aun así... Algo de tal magnitud como era la muerte de dos niños tan pequeños y el suicidio de su madre, marcaba muy hondo a todo el que lo hubiera vivido de cerca.

Miró de reojo a Sara y comprobó que tenía los ojos bajos y se agarraba al extremo de la mesa con fuerza.

—La última vez que vi al señor Wolf fue en el entierro de su mujer. Recuerdo que vino su familia, creo que sus padres y sus hermanos, pero no me hagas mucho caso. Y después de aquello ya no volví a saber nada de él... —concluyó con un suspiro fatigado—. Solo rumores.

Sara siguió sin decir nada. Parecía estar tratando de recomponerse. Alzó la vista y sus miradas se encontraron. Los ojos le refulgían de forma casi antinatural. Julia, que la conocía bien, sabía que estaba empleando toda su fuerza de voluntad para no llorar.

—Es... es horrible... —dijo al fin con la voz estrangulada—. Casi puedo llegar a entender que decidiera encerrarse y no volver a salir...

Julia no replicó. Ella había pensado lo mismo en muchas ocasiones.

—¿Cómo es posible que pueda vivir ahí solo sin tener contacto con nadie? —Sara se puso de pie y se acercó a la encimera, situándose frente a la ventana—. ¿Quién le hace la compra? ¿De qué vive?

—Viene de familia de dinero —respondió—. Debe de tener ahorros o algún fideicomiso. No lo sé. Y respecto a quién se ocupa de él, eso sí lo sé. Dieter, el cartero, es bastante parlanchín y me ha contado que, al menos una vez cada dos semanas, el señor Wolf escribe a un despacho de abogados del centro. Él es el que le recoge las cartas. Supongo que les dará instrucciones. Y también me ha dicho que todos los lunes viene un repartidor del supermercado y le deja bolsas en la entrada.

Sara asintió.

—Pero ¿por qué no le preguntas a él? —inquirió Julia con las cejas arqueadas.

—Harry es... muy introvertido... No habla sobre sí mismo —repuso, titubeante—. No sé cómo reaccionaría si le preguntase algo personal. Le cuesta abrirse.

—No es de extrañar. Después de tantos años sin hablar con nadie, cavando agujeros en el patio.

Sara se dio la vuelta y se la quedó mirando.

—¿Cavando agujeros?

—Sí. Casi a diario —afirmó—. A veces por las mañanas, otras por las tardes. Incluso algunas noches.

—No lo entiendo.

—Yo tampoco. Pero cuando estoy fuera puedo escucharle. Aunque de un tiempo a esta parte ha dejado de hacerlo con tanta frecuencia —expresó tentativamente observando a su nieta de soslayo.

—Es un hombre peculiar —dijo esta con vaguedad, desviando la mirada, al parecer incómoda, lo que hizo que su inquietud se incrementara.

—Sin duda... —Cogió las tazas, abrió el grifo del fregadero y se dispuso a fregarlas.

—Voy al baño.

Julia la siguió con los ojos. Como había temido, sus conjeturas se convertían en realidades si se guiaba por la reacción de su nieta. No había querido hablar con ella sobre el señor Wolf por temor a averiguar que lo que llevaba semanas barruntando era cierto. Y lo era, aparentemente.

Sara iba a sufrir...

* * *

Cerró la puerta del baño a su espalda y se contempló en el espejo. Tenía los ojos acuosos y se había puesto pálida. ¿Cómo no? Después de todo lo que acababa de escuchar... Apoyó las manos en el borde del lavabo y hundió la cabeza en los hombros.

—Harry —murmuró en voz alta.

Como cada vez que pronunciaba su nombre una sensación cálida se le asentó en el pecho. Esta vez mezclada con algo parecido a la compasión. En solo unos minutos iba a estar frente a él, como todos los domingos, pero después de lo que le había contado su abuela, ¿cómo iba a poder mirarle a la cara sin que la pena la engullese? No lo sabía.

Hasta hacía media hora, la tragedia de los Wolf había sido un concepto abstracto, algo intangible que ahora se había transformado en realidad. A pesar de que sabía que algo así había sucedido, era la primera vez que los niños se convertían en personas de carne y hueso, que los veía como algo más que dos nombres murmurados en voz baja. Ni siquiera estando con Harry había sido consciente de lo acontecido. Para ella, él era el hombre taciturno y huraño que la había rescatado, la persona con la que jugaba al ajedrez y a la que le había regalado un gato. Le resultaba casi imposible asociarle con ese hombre, padre de esos niños que había encontrado a su mujer muerta en la bañera...

¡Qué horror!

Apenas si podía concebir cómo debía de haber sido para Harry y su mujer el perder a sus hijos tan repentinamente... Un día estaban ahí llenos de vida, y al día siguiente habían desaparecido.

Y el suicidio de su esposa...

Pobre Harry.

Cerró los ojos y se quedó allí quieta con el cuerpo tenso. Tomó aire un par de veces y terminó por alzar la barbilla y contemplarse en el espejo. Seguía presentando una expresión desconsolada. Se pellizcó las mejillas, se cepilló el pelo y se lavó la cara con agua fría tratando de recuperar algo de aplomo. Lo último que necesitaba Harry era verla llegar con aquel aspecto demacrado.

Después de dirigirle una última mirada a su reflejo, abandonó el baño y volvió a la cocina. Su abuela ya había terminado de fregar y estaba empaquetando unas galletas en una fiambrera. Al verlo, una pequeña sonrisa curvó los labios de Sara. Se había convertido en una costumbre llevarle a Harry limonada y galletas todos los domingos.

Se acodó en la encimera y miró por la ventana. Desde esa posición solo podía ver las ventanas superiores de la propiedad contigua. Sabía que en esa planta estaban los dormitorios y quizá alguna habitación más... Nunca había subido las escaleras que conducían a los otros pisos; no había sentido curiosidad y Harry tampoco la había invitado a hacerlo. Quizá una de las estancias de esa planta fuera el baño donde encontró a su mujer....

«Oh, Harry, cuánto lo siento».

—Deberías tener cuidado. —La voz de su abuela a solo unos centímetros a su derecha le hizo dar un respingo.

—¿Perdona?

—Que deberías tener cuidado... —repitió, posando sus oscuros ojos sobre ella— con el señor Wolf.

—¿Cuidado?

—No sé si es buena idea que pases tanto tiempo con él. No creo que sea muy... —vaciló, como si estuviera buscando la forma correcta de expresarse— muy saludable.

—¿A qué te refieres? No te entiendo —le dijo, alterada. Lo entendía perfectamente.

—Sara, no eres tonta y sabes muy bien a qué me refiero. No sé si es muy conveniente que pases todos los fines de semana en casa de un hombre que lleva sin tener contacto con el mundo más de seis años. No es... normal... y quizá salgas perjudicada.

A Sara le dolió escuchar aquello. Harry se había convertido en una parte muy importante de su vida y no deseaba que la persona a la que más quería en el mundo le viese bajo ese prisma.

Antes de que hubiese tenido tiempo de contestar, su abuela se aproximó más a ella hasta que sus brazos se rozaron.

—Sara, ya sabes que lo último que quiero es meterme en tu vida. Nunca lo he hecho. Siempre he pensado que eras una chica responsable y lista y lo has demostrado una y otra vez —suspiró—, pero ahora estoy preocupada.

—Harry nunca me haría nada malo —repuso.

—No es eso lo que me preocupa. No creo que vaya a hacerte daño. —Hizo una pausa y fijó la vista en el exterior—. Lo que me da miedo es que quizá tú te ilusiones más de la cuenta... y que él no pueda cumplir tus expectativas.

Sara soltó una carcajada al escuchar aquello. Hasta a ella misma la risa le sonó falsa y forzada.

—¡Abuela! ¿En serio? Pero si Harry y yo solo somos amigos. Nada más.

La mirada que recibió estaba cargada de escepticismo.

—¡En serio! —insistió con mucha energía, quizá más de la necesaria—. No hay nada entre nosotros. ¡Nada! Solo amistad. Nos limitamos a hablar y jugamos al ajedrez —se atropelló con las palabras—, y me enseña sus libros de arquitectura y poco más...

«Y hemos compartido un cigarrillo y un caramelo y... he bailado para él».

Se ruborizó cuando le vino a la memoria la escena del domingo anterior en el jardín. Había sido muy consciente del insólito comportamiento de Harry con lo del tabaco y lo del dulce... Muy consciente. No se le había escapado cómo a él le temblaban las manos o cómo evitó mirarla y huyó... Y luego sonó la canción de Nena, que ella adoraba y, sin pensarlo mucho y sin saber por qué, se lanzó a bailar como una loca..., a sabiendas de que él la vigilaba desde detrás de las cortinas. Había sentido una especie de morbo al pensar que él seguía todos y cada uno de sus movimientos. Le había espiado a través de los mechones de su pelo y pudo ver la sonrisa en su cara al otro lado del cristal, así que siguió bailando sin vergüenza... en parte por ella misma, disfrutando de la música, y en parte por él, regalándole un rato de felicidad.

—Te has sonrojado.

Después de pronunciar esas dos palabras con cierta acidez, su abuela se acercó al frigorífico, sacó una botella de limonada y la dejó sobre la encimera. Luego se sentó y apoyó los codos sobre la mesa.

Sara la miró con la culpa reflejada en sus facciones, sin decir nada.

—Ya eres mayor y sabes lo que haces. Siempre lo has sabido, desde muy pequeña has tenido las cosas muy claras. No seré yo la que te diga cómo tienes que actuar... Es solo que... me dolería que sufrieras. Bastante sufrimiento hemos tenido ya en esta familia... —Su voz se fue apagando hasta casi desaparecer, al igual que la luz de su mirada.

Era en momentos como ese en los que Sara se daba cuenta de lo terrible que tenía que haber sido para su abuela perder a su hijo en esas circunstancias. Viendo cómo se deterioraba poco a poco y se destrozaba la vida, siendo testigo de todas sus malas decisiones y sin poder hacer nada.

Para ella también había sido atroz, pero su juventud y sus ganas de vivir la habían llevado a recomponerse con más rapidez. En cambio, su abuela, a medida que pasaban los años, se iba marchitando cada vez más. Y la última gota que había colmado el vaso fue esa neumonía persistente que la había tenido postrada en cama todo el invierno. Había envejecido al menos diez o quince años de golpe. Su cabello, antaño castaño y espeso, aparecía ahora blanco casi en su totalidad. Y las arrugas que surcaban su rostro y que otrora le habían otorgado carácter, se habían multiplicado y hecho más profundas. También su postura y su actitud habían acusado el paso del tiempo de manera inexorable. Si antes había andado erguida, ahora lo hacía encorvada. A Sara le dolía verla así. Lo último que deseaba era ser la causa de sus preocupaciones.

Alargó el brazo y cogió su arrugada mano.

—De verdad que no tienes que preocuparte por mí. Harry y yo solo somos amigos. De veras —añadió con voz tranquilizadora al ver que su abuela no reaccionaba.

—Espero que sepas lo que estás haciendo...

Sara asintió y fingió una sonrisa.

No era cierto, por supuesto.

Capítulo 14

Le sudaban las manos. Ella solía llegar sobre las tres y media y ya eran las cuatro. Paseó nervioso por el salón volviendo a echar un vistazo a lo que había preparado. Había instalado la televisión nueva frente al sofá, sobre una desvencijada mesita que había recuperado del montón de muebles del patio. Quizá tendría que haber dispuesto más cosas, algo de beber o de comer, pero después de pasar media hora en la cocina abriendo el frigorífico y los armarios compulsivamente, incapaz de decidir, pensó que sería mejor dejar que fuera ella la que tomara esas decisiones.

Detuvo su frenético paseo y se contempló a sí mismo con algo de desagrado. Llevaba los vaqueros de siempre, cada vez más desgastados, y una camisa blanca de manga larga. Había tratado de cortarse el pelo y arreglarse la barba, sin mucho éxito. La falta de espejos en la casa lo había hecho casi imposible. Después de darse cuenta de que los trasquilones iban en aumento, había desistido y dejado que la melena –aunque algo más corta– le cayera salvaje, como de costumbre. Bajó la mirada y la fijó en sus pies. Hacía años que no se ponía esas zapatillas deportivas azules, pero le habían parecido las más adecuadas.

Kárpov lanzó uno de sus gorjeos haciéndole levantar la cabeza. Estaba tumbado en el sofá y se lamía una de las patas delanteras.

—Tú también estás impaciente, ¿verdad?

El gato le ignoró.

Harry se acercó y se sentó junto a él. Le acarició detrás de las orejas con suavidad. Con Kárpov había que hacerlo todo así, con movimientos pausados para no sobresaltarle. Se miraron a los ojos. Los de Harry estaban cargados de afecto, los de Kárpov, atentos.

—No sé qué narices estoy haciendo —le confesó a su felino compañero—. Tengo la sensación de que todo a mi alrededor se derrumba y no sé si voy a poder soportar estos... cambios. La vida era más fácil antes de que ella llegara.

«Más fácil y mucho más insulsa. No era vida, Harry, y lo sabes».

Estaba a gusto y hacía lo que quería.

«¿Lo que querías? No me hagas reír. Estabas muerto. Ella te ha traído de nuevo al reino de los vivos».

A lo mejor no es eso lo que quiero.

«Entonces, ¿a qué juegas? ¿Por qué aceptas que ella venga todos los domingos? Dile que no quieres que venga más. Díselo».

Debería hacerlo.

Pero solo pensar en no verla más hacía que se le nublase el juicio. Había llegado a depender de sus visitas mucho más de lo que estaba dispuesto a admitir y, después del domingo anterior, tenía claro que sus sentimientos hacia ella iban mucho más allá de lo puramente platónico.

Como impelido por un resorte, se levantó del sofá sobresaltando a Kárpov, que le lanzó una mirada cargada de reproche. Comenzó a pasear por el salón, de nuevo, llegando hasta el ventanal. Apoyó las manos sobre el cristal, al igual que había hecho hacía siete días y observó el jardín, ahora vacío. Ni siquiera tenía que cerrar los ojos para evocar su imagen con aquel vestido blanco de verano. La tenía delante de él a todas horas. Se le había impregnado en las retinas y grabado a fuego en el cerebro.

Sara bailando y dando vueltas al compás de la música con una enorme sonrisa en el rostro.

¡Dios!

Le ardieron las mejillas en una suerte de febril ataque. Pero el calor no se limitó a quedarse ahí, le bajó hasta el pecho y se fijó en su estómago, llegando también a su abdomen y despertando su adormecida virilidad. Apretó los párpados con fuerza, sintiéndose excitado y culpable al mismo tiempo. Pegó la frente al helado cristal tratando de enfriar su enardecimiento. La situación se le iba de las manos a pasos agigantados.

No podía ser, se decía una y otra vez. No debía pensar en ella de aquel modo. Iba a estropearlo todo con sus estúpidos impulsos.

«Eres un hombre y ella es una mujer y pasáis mucho tiempo juntos. Es lo natural».

¡No! *No hay nada de natural en nuestra relación. Yo no soy un hombre normal.*

«Podrías serlo. Antes lo eras».

Ese hombre ha muerto. Ya no existe.

Abrió los ojos y volvió a contemplar el jardín con los dientes apretados. A fuerza de voluntad había logrado serenarse y conseguido que el ardor desapareciera de su cuerpo.

Entonces oyó unos golpes llamando a la puerta. Era Sara, claro. Solo ella le visitaba. Se pasó las manos por el pelo en un intento fútil de colocarse la irregular melena. Se dio la vuelta y se encaminó a la entrada.

Sara estaba hermosa. Llevaba unos vaqueros rojos, una blusa de flores, una chaqueta oscura y unos botines negros con cadenas plateadas. También se había recogido el cabello de otra manera, en una coleta a un lado de la cabeza. La primavera le sentaba bien. Ponía color en sus mejillas y hacía que sus ojos resplandecieran. No obstante, parecía algo triste...

—Hola. —Le dirigió una sonrisa cuando pasó por su lado.

Harry creyó percibir algo de aflicción en esa breve palabra. ¿Había pasado algo? La siguió al salón, contrariado.

—He traído limonada y galletas, como siempre —dijo, depositando la botella y la fiambrera que llevaba debajo del brazo sobre la mesa—. Y también el vídeo y unas películas, como acordamos. —Dejó la bolsa de deporte de generosas dimensiones en el suelo, se quitó la chaqueta y se dio la vuelta.

Harry trató de leer la expresión de su rostro. No lo consiguió.

—Voy a intentar conectar el vídeo —añadió ella, arrodillándose en el suelo. El aparato que sacó de la bolsa era grande y pesado. También extrajo unos cuantos cables.

Él se acercó y se arrodilló a su lado. La miró de soslayo y volvió a constatar lo perfectos que eran el lóbulo de su oreja y la curva de su mandíbula. Ella, ajena al examen visual del que estaba siendo objeto, comenzó a desenroscar uno de los cables.

—Déjame ayudarte —ofreció él.

—No te preocupes —repuso con fingida jovialidad—. Lo tengo controlado. No es muy difícil. Lo he hecho antes. Mi amiga Heike no tiene vídeo y algunas veces lo llevo a su casa para ver películas allí.

Hablaba pretendiendo estar muy concentrada en su tarea.

—Sara, ¿ha pasado algo? —No pudo contenerse más y le cogió la muñeca.

Ella se quedó quieta y bajó la mirada para posarla sobre sus manos. Él también lo hizo. Ya se había fijado antes, pero siempre volvía a sorprenderle la gran diferencia que había entre su mano, grande y fuerte, y la de ella, más pequeña y pálida.

Ambos alzaron la vista al mismo tiempo y sus ojos se entrelazaron. Los de ella, de ese precioso color miel, mostraban congoja, y él pestañeó, aturdido. ¿Por qué estaba tan triste? Dominó el impulso que le sobrevino de inclinarse y besarle la frente con ternura. No quería verla así.

—No ha pasado nada, Harry. Estoy bien —repuso.

No la creyó. Claro que había pasado algo. Mas no insistió. No era quién para seguir preguntando cuando él mismo guardaba cientos de secretos. La soltó con lentitud, liberando su muñeca; en el acto, echó de menos la calidez de su piel. Ella le sonrió fugazmente antes de seguir con lo que estaba haciendo.

El corazón de Harry había empezado a interpretar un solo de tambor en su pecho. Incapaz de acallarlo, se incorporó y, mascullando algo parecido a un *Voy a la cocina*, abandonó el salón.

No fue a la cocina. Fue al baño. Se lavó la cara y las manos con agua fría, agradeciendo que allí tampoco hubiera un espejo sobre el lavabo. Lo había descolgado hacía años porque no soportaba ver su reflejo. Ahora tampoco era algo que le apeteciese ver.

«¿Qué haces? ¿Por qué reaccionas así?».

Esta vez no hubo respuesta de ningún tipo. Ni siquiera su otro yo lo sabía.

Se entretuvo allí el tiempo suficiente para hacerse miles de estúpidas preguntas que quedaron sin contestación. ¿Había hecho algo mal? ¿Por eso ella estaba triste? Volvió a lavarse las manos dos veces más, sin necesidad.

Al fin, regresó al salón. Ella ya había instalado el vídeo y presionaba los canales del mando a distancia del televisor buscando señal, al parecer. Cuando le oyó acercarse, se giró.

—He podido —comentó triunfal. Su anterior tristeza parecía haberse esfumado—. Creía que no iba a ser posible, pero este modelo sí que es compatible y tiene entradas para los cables. —Sonaba algo sorprendida.

Harry no dijo nada, se limitó a asentir. La única televisión que había en la casa era la de su dormitorio, un modelo antiguo en el que no creía que se pudiera instalar un reproductor de vídeo. Tuvo una más moderna, en el salón, pero la destrozó en un ataque de ira hacía unos cinco años. Así que el mismo lunes, después de que Sara le hubiera hablado de sus planes para el domingo siguiente, había escrito a su abogado para que le consiguiera un aparato nuevo. El día anterior, un enorme paquete había aparecido frente a su puerta. Steiner era muy eficiente.

—¿Qué película quieres ver? —Se puso de pie y se acercó a él con varias cajas en las manos—. He traído un poco de todo. A ver..., tenemos de guerra, *El submarino*. No la he visto, pero dicen que es buenísima. —Se la dio—. Luego he cogido también una de ciencia ficción, *Blade Runner*. Sale Harrison Ford así que seguro que es fantástica. Ah, y esta es genial, es una comedia, *Tootsie*. Te mueres de risa, es un hombre que como no consigue trabajo como actor se disfraza de mujer y así sí que le dan un papel. La vi en el cine —se rio, como si estuviera recordando algo muy gracioso, y le tendió las cajas—. Y también he traído dos románticas, *Oficial y caballero* y *Flashdance*, que además es musical. También las he visto —añadió—. No he podido evitar alquilarlas porque me encantan, pero tú decides.

Bajó la vista y miró las carátulas que aparecían en las cajas sin tener ni idea de cuál escoger. No conocía ninguna y jamás había oído hablar de ese tal Harrison Ford. Nunca había sido un visitante muy asiduo de los cines. Apenas si recordaba cuál había sido la última película que fue a ver. *Love Story*, creía. Por aquel entonces, Nina y él todavía no se habían casado y ella se había empeñado en ir. No se acordaba del argumento, solo sabía que alguien moría al final. Nina salió del cine hecha un mar de lágrimas.

—¿Cuál eliges? —insistió Sara.

—Deberías decidir tú —suspiró.

—No —negó con rotundidad—. Siempre lo hago yo. Te toca a ti.

Ella parecía inflexible, así que terminó por entornar los ojos y empezó a pasar el índice por las cajas, observando su reacción. Cuando se detuvo sobre *El submarino*, el gesto de ella se tornó desanimado. Siguió adelante y volvió a pararse sobre *Tootsie*. Su expresión se avivó. Lo repitió un par de veces, pasando por todas ellas, hasta estar seguro de cuál era su favorita. Las chispas que desprendían sus ojos cada vez que tocaba la caja acertada le hicieron tomar una decisión.

—Esta —dijo, tendiéndosela.

—¿Estás seguro? —Le regaló una sonrisa increíble.

Nunca había estado más seguro de algo en su vida.

Ella introdujo la cinta en el vídeo y lo accionó. Luego cogió las galletas y la limonada y las puso en el suelo junto al sofá. También había traído dos vasos. Debía de haber ido a la cocina mientras él se escondía en el baño.

—Vamos —le llamó, dando una palmadita sobre el asiento a su lado.

Kárpov se había marchado cediéndoles toda la superficie y se había tumbado en su manta junto a la chimenea.

Harry se sentó, cuidándose de mantener una distancia apropiada. Tenía los nervios a flor de piel y no creía que el contacto físico fuese lo más indicado en esos momentos. El título en rojo se mostró sobre un fondo negro. Pronto fue sustituido por la imagen de una chica en bicicleta recorriendo las calles de una típica ciudad norteamericana al tiempo que una canción movida salía de los altavoces.

—Te va a encantar —dijo Sara, quitándose los botines y subiendo los pies al sofá—. Es preciosa.

«Tú sí que eres preciosa», pensó, algo atormentado.

Luego se concentró en la película.

Solo cinco minutos después ya sabía que iba a tener problemas. Se revolvió inquieto en el sofá. La escena de la protagonista bailando al trasluz en esa silla... y luego el chorro de agua cayendo sobre ella le dejó descolocado. Era lo más erótico que había visto desde hacía años. ¡Se había empalmado! Rezó en silencio para que Sara no se diera cuenta. La miró a hurtadillas. Tenía los ojos fijos en la pantalla y había echado el cuerpo hacia delante, muy atenta a la película.

Menos mal...

Diez minutos más tarde, la protagonista se ponía a entrenar en su casa con una malla negra ajustada y calentadores... y nada más... y... ¡Cómo bailaba! ¡Qué movimientos! Harry comenzó a sudar mientras conjeturaba que, quizá, esa película había sido una elección pésima.

Pero Sara parecía tan feliz...

Se armó de paciencia y de contención y siguió atento a la historia, intentando ignorar las escenas más comprometedoras. Cosa harto difícil, ya que cada vez que se mostraba una escena de baile, la temperatura en la habitación subía varios grados. Tampoco era para tanto, se dijo, pero su cuerpo llevaba demasiado tiempo sin ningún tipo de estímulo sexual... El remate llegó cuando la chica se sentó frente al chico y se despojó del sujetador sin quitarse la camiseta. La cara del actor al verla haciendo aquello debía de ser parecida a la que se le quedó a él. Tampoco pudo analizarla demasiado porque entonces llegó el primer beso... y el jadeo ahogado de Sara con él.

¡Mierda!

Gracias a Dios, un fundido a negro puso fin a la tórrida escena de cama, dejándola a la imaginación del espectador. Y Harry acababa de descubrir que tenía muchísima imaginación.

—¿Te está gustando? —le preguntó ella.

—Sí..., sí... Mucho —soltó con voz estrangulada. Carraspeó y se irguió en el sofá, luego le regaló una sonrisa rápida.

—Estás raro. No lo parece.

—Sí, sí —volvió a repetir, avergonzado.

—Si quieres la quito y pongo otra...

—No. Esta está bien.

Le lanzó una mirada escéptica, pero no dijo nada más. Volvió a centrarse en la película.

—Verla en televisión no es lo mismo —dijo al cabo de un rato—. En el cine es mucho mejor. En unas semanas estrenan otra que quiero ver, *Footloose*. No pienso perdérmela. Me apasiona ir al cine. Cuando las luces se apagan y empieza a sonar la música... Ese ambiente me encanta. Es... genial. Lo mejor del mundo... —Su voz rezumaba entusiasmo.

Sus palabras, tan cargadas de pasión, penetraron en el interior de Harry de golpe, despertándole con violencia del singular letargo en el que parecía vivir desde que ella había entrado en su vida. Se quedó petrificado. Se le encogió el estómago y la imagen que tenía frente a sus ojos se desdibujó y perdió todo el significado...

Verla en televisión no es lo mismo.

Claro que no lo era. Lo que él podía ofrecerle, esa pantalla diminuta, ese sofá raído y ese hombre amargado, resultaban insignificantes al lado de lo que ella anhelaba.

Eso que compartían y que no tenía nombre no podía durar para siempre, era algo pasajero y fugaz. Llegaría el día en que ella querría otra cosa, no se conformaría con estar con él allí entre esas cuatro paredes, sin tener contacto con nadie. En algún momento le pediría ir al cine o salir a pasear o cualquier otra cosa, y él no podría dárselo.

Se pasó el resto de la película sumido en sus pensamientos, cada vez más lúgubres y sombríos. De vez en cuando la miraba y su alegría, en lugar de contagiarle como solía suceder, le parecía cada vez más deprimente. Poco a poco su humor fue tornándose mustio e incluso irascible. Cuando los créditos finales aparecieron, ya solo tenía una idea en la cabeza.

Quería que se marchara.

Quería estar solo.

−¿Te ha gustado? ¿No te ha parecido fantástica? Me encanta Jennifer Beals, es guapísima y la música es una pasada. Tengo que hacerme con la banda sonora... −hablaba con gran regocijo y mucha rapidez, ajena al tortuoso estado de ánimo de su acompañante.

Se puso de pie y, sin esperar a que él contestara, se dirigió al televisor. Casi había anochecido y solo la luz que emitía la pantalla iluminaba el salón y sus facciones, creando un curioso reflejo en su cara.

−¿Quieres que veamos otra? −le preguntó sin darse la vuelta.

−Creo... que será mejor que te vayas −respondió con gravedad después de unos instantes.

Sara se irguió con precipitación.

−¿Cómo?

Harry cerró los puños y los apretó a los lados de su cuerpo. Notaba cómo la sangre se le aceleraba dentro de las venas, si es que algo así era posible. Desvió la mirada y la clavó en Kárpov, que se había quedado dormido sobre su manta.

—Creo que será mejor que te vayas —repitió, tratando de imprimir firmeza a su voz—. Deberíamos dejar de vernos...

Sara se había quedado inmóvil. Una expresión de desconcierto se mostraba en su rostro.

—No lo entiendo. ¿He hecho algo mal?

Él negó violentamente.

—Entonces... ¿qué es lo que pasa? —Sonaba tan decaída que estuvo a punto de levantarse, acercarse a ella y darle un abrazo.

—No pasa nada, pero necesito estar solo —logró articular. Terminó por ponerse de pie, darle la espalda y alejarse de ella y del desconsuelo que comenzaba a embargarles a ambos.

—Pero... pero Harry... —No continuó.

Él lo agradeció. No quería que ella le hiciera preguntas. No quería que le pidiese explicaciones. No sabría qué decirle.

El silencio creció y creció y se convirtió en una masa informe y enorme que los engulló a ambos al mismo tiempo que los iba separando. Transcurrieron los segundos y la distancia entre ellos se fue haciendo cada vez más grande. Las sombras del crepúsculo se adueñaron de la estancia reflejando con exactitud la naturaleza de sus emociones. Harry trató de ignorar las absurdas ganas que tenía de gritar y el todavía más absurdo deseo que le acometió de irse al patio, coger la pala y remover la tierra hasta quedar exhausto.

Sara había comenzado a desconectar el aparato de vídeo, al menos eso fue lo que interpretó de los sonidos que llegaron hasta él. Algo pesado golpeó el suelo y se escuchó un gemido ahogado. Él se mantuvo impertérrito, a fuerza de voluntad.

—Me voy, entonces —dijo su voz, que sonaba mucho más resuelta que antes, aunque todavía se podía apreciar un ápice de inseguridad en su tono.

Deseó girarse y decirle que no se marchara.

—Sí. Vete.

—El domingo que viene...

—¡No! —casi gritó, para luego continuar con más sosiego—. Pienso que es mejor que no nos veamos... más...

Sara no dijo nada, pero tampoco se marchó. Él seguía sintiendo su presencia a solo unos metros. Terminó por darse la vuelta y enfrentarse a ella, algo que, cobardemente, había intentado evitar. Estaba lívida, debido a la furia o debido a la congoja, no supo discernirlo. Tenía los ojos turbios y los labios apretados en una fina línea blanca. Parecía buscar en su cara alguna explicación a su comportamiento.

—Si eso es lo que quieres —repuso al fin, y se colgó la pesada bolsa de deporte al hombro—. Adiós, Harry.

Y se fue, andando muy erguida.

Él observó su partida con una extraña mezcla de dos emociones: alivio y aflicción. La primera desapareció en cuanto oyó la puerta de entrada cerrándose, y solo quedó la segunda, que además fue engordando y aumentando de tamaño hasta que no hubo nada más. Sentía que le faltaba el aire y boqueó un par de veces como un pez fuera del agua. Se llevó una mano al esternón y apretó con fuerza.

«¿Qué narices has hecho?».

Lo que tenía que haber hecho hace mucho tiempo. Alejarla de mí.

«Eres un imbécil. Esa chica te hacía bien».

No la necesito y ella a mí tampoco.

«Te vas a arrepentir».

¡He dicho que no la necesito!

Gruñó furioso, acallando esa voz interior que trataba de guiarle por un camino por el que no deseaba ir. Comenzó a sudar y terminó por abrirse los puños de la camisa, que había mantenido abotonados, y subirse las mangas. Paseó la mirada por la habitación, deteniéndose en todos los cambios que la habían transformado en los últimos meses. Cambios que habían llegado junto con Sara. Las cortinas, la alfombra, la mesa y las sillas, la leña acumulada junto a la chimenea, la mantita... y Kárpov... Se le opacaron los ojos al clavarlos sobre el felino, que seguía durmiendo como si no hubiera sucedido nada.

—Pequeño maestro de ajedrez —murmuró con la voz rota—. Ya solo quedamos tú y yo.

Capítulo 15

—Toma, dale una calada. —Heike le pasó el porro que acababa de encenderse.

Lo rechazó con un gesto. Llevaba tiempo sin fumar hierba y no creía que esas fueran las circunstancias más adecuadas para retomar esa costumbre; siempre que lo hacía se ponía melancólica. No era lo que más necesitaba, algo que echase todavía más leña al fuego de su tristeza.

—No. Prefiero un cigarrillo.

Abandonó la cama en la que se hallaban tumbadas y se dirigió al sofá, donde estaba su bolso. Sacó el paquete de Camel y extrajo un pitillo. Lo encendió y regresó junto a su amiga, se echó a su lado y subió las piernas, apoyándolas en la pared, mientras daba una larga calada.

Era sábado por la tarde de un fin de semana atípico, ya que no trabajaba. No solía suceder, pero era el aniversario de la agencia de viajes y el dueño, extrañamente magnánimo, había decidido cerrar y darles a sus empleados un día libre extra. Sara hubiese preferido estar trabajando, la verdad. Mientras se mantenía ocupada con reservas de vuelos, cancelaciones de viajes y todo tipo de faenas administrativas, no se entretenía demasiado pensando en él.

Harry...

Cuando Heike se presentó de improviso delante de su puerta hacía unas horas, estuvo a punto de besarla. Había estado toda la mañana limpiando el apartamento con la televisión a todo volumen, tratando de distraerse en vano. La amarga despedida —por llamarla de alguna manera— de hacía dos semanas se representaba en su cabeza una y otra vez. Imaginaba que había dicho o hecho algo que había causado esa reacción en Harry, pero por más que se devanaba los sesos, no era capaz de recordar el qué. Era desesperante.

Le añoraba.

Mucho.

El domingo anterior, el primero sin ir a visitarle desde Navidad, había sido una tortura. Había cancelado la comida con su abuela, incluso. Se pasó el día encerrada en casa viendo películas y —sí, no le importaba reconocerlo— llorando. No había sabido cuánto dependía de él hasta que le perdió. Dolía saber que no quería volver a verla.

—Ya llevo un montón de horas aquí y todavía no me has contado qué pasa. En algún momento tendrás que soltarlo o terminarás explotando, ¿sabes? —dijo Heike, expulsando el humo lentamente, antes de girarse y prestarle toda su atención—. Cuéntamelo.

Sara la contempló con el ceño fruncido. El olor dulzón que emanaba del porro había comenzado a llenar la pequeña estancia y pronto todo quedaría impregnado de él, las cortinas, los muebles, su ropa... todo. Deseó decirle a su amiga que lo apagara, pero terminó por levantarse, fue a la ventana y la abrió de par en par. Se sentó en el alféizar y paseó los ojos por el parquecito de abajo. Unos niños se entretenían en los columpios bajo la atenta supervisión de sus madres. Dio una honda calada a su cigarro y dejó que el humo le penetrase por la garganta hasta llegar a sus pulmones, abrasándola por dentro. El recuerdo del cigarrillo que compartió con Harry la asaltó. Cerró los ojos y cuando volvió a abrirlos los tenía húmedos. Pestañeó para hacer desaparecer esas estúpidas lágrimas que no deseaba que estuvieran allí.

—¡Joder! Me pones de los nervios cuando no hablas —escuchó la voz de Heike a su espalda. Unos instantes después sentía su presencia a su lado—. Sé que hay un tío de por medio. Todo este secretismo... y esa tristeza...

—Tienes razón. He conocido a alguien —reconoció al final.

No tenía ni idea de cómo iba a reaccionar Heike cuando se enterara de quién era el hombre con el que había pasado todos los domingos desde hacía cuatro meses. Todo el mundo en la zona sabía quién era Harry Wolf, y la opinión sobre él era unánime: estaba loco.

—Ya era hora de que lo soltaras.

—¿Me lo apagas y me das un caramelo? —le pidió, tendiéndole el resto de su pitillo casi consumido.

Heike lo cogió y lo apagó en un cenicero que había en el suelo junto al sofá, también apagó el porro y se acercó a ella. Se sentó en el otro extremo de la ventana y le dio un caramelo de limón que se sacó del bolsillo de los vaqueros.

—Nos conocimos en Navidad, más o menos —comenzó Sara—. Y he pasado con él casi todos los domingos desde entonces.

—¡No me puedo creer que me lo hayas ocultado tanto tiempo! —exclamó la otra casi a gritos—. Por eso ya no vienes al *Finkenkrug* a las reuniones...

—Es que no era fácil...

—¡Mis narices! *Hola Heike, he conocido a alguien y hemos empezado a salir. ¿Te parece tan complicado?* Once palabras de nada. —Sonaba enfadada y sus ojos azules despedían chispas.

—Tampoco es que estemos saliendo, pero tienes razón. Tenía que habértelo contado antes, es verdad, pero es que... —vaciló—, no sé si te va a gustar mucho...

—¿Es alguien conocido? No me digas que estás con Klaus y no me habías dicho nada... o peor... ¿No habrás vuelto con Holger? —El desprecio tiñó su voz.

Sara sintió algo parecido a la repulsión al escuchar aquel nombre. Holger había sido su primera relación seria, el chico con el que había perdido su virginidad y con el que se había hecho bastantes ilusiones, hasta que descubrió que se estaba acostando con otra. De eso hacía ya tres años.

—Ni Klaus ni Holger —respondió, haciendo un gesto desdeñoso con la mano.

—Entonces, ¿quién? ¿Es alguien de la panda? ¿De tu trabajo?

—No, no. Deja de intentar adivinar y escúchame. Quiero que me dejes hablar hasta el final y no me interrumpas.

—Me estás asustando. —Heike se levantó y se plantó frente a ella.

Sara se incorporó y la cogió de las manos. La condujo hasta el sofá y la empujó para que tomase asiento, luego se dejó caer a su lado.

—Sabes lo de la neumonía de mi abuela.

—Sí.

—Sabes dónde vive.

—Claro. He estado allí contigo varias veces.

Sara se retorció las manos.

—También sabes que desde la parada del autobús hasta su casa hay un buen trecho y que se tarda bastante en llegar a la urbanización.

—Sí. —Heike la miraba sin comprender.

—Bueno, pues... resulta que, de casualidad, tratando de acortar camino encontré un atajo que me ahorraba bastantes minutos.

—Es fantástico, Sara, pero ¿eso qué tiene que ver con todo esto?

—Bueno, pues el atajo atravesaba el terreno de Harry Wolf —soltó con prisas. Alzó la vista y trató de leer algo en la expresión de Heike, pero esta seguía mostrándose desconcertada. El nombre de Harry apenas si había encendido un destello de tibio interés en sus ojos.

—¿Y?

Sara bajó la mirada. Sus vaqueros azules comenzaban a clarear en las rodillas. Se acarició la zona con nerviosismo.

—Llevo unos meses viéndome con él.

—¿Con él? ¿Qué él?

—Con Harry. Harry Wolf.

No hubo reacción de ningún tipo, solo silencio. Sara alzó la vista. Heike tenía los ojos muy abiertos y la alarma se reflejaba en su rostro.

—Harry Wolf —repitió casi sin voz, reaccionando al fin—. El ermitaño.

Sara asintió.

—Creía que había muerto.

—No. Está muy vivo.

Heike se llevó las manos a la frente y las dejó ahí, como si no supiera qué hacer con ellas.

—Pero ese hombre... ¿no es un desequilibrado?

A Sara le ardieron las mejillas al escuchar aquello.

—No lo es —repuso con ímpetu.

—¿No es un viejo? —Heike parecía escandalizada—. Tendrá al menos cuarenta o cincuenta años...

—Como mucho treinta y seis o treinta siete —objetó.

—Sigue siendo muy mayor. —Negó con la cabeza—. No entiendo nada. Nada. Creía que nunca abandonaba su casa y que no hablaba con nadie. Y tú me dices que tienes una relación con él... Es... es... de locos. Con ese hombre...

Sara soltó un suspiro. Su amiga estaba reaccionando como había temido. Por eso no había querido contarle nada a nadie. Tenía la impresión de que eso que ella y Harry compartían se convertiría en algo feo en boca de los demás.

—Heike, Harry es un hombre... normal. —Nada más decirlo y ver el escepticismo con el que su amiga recibió esas palabras se arrepintió. Quizá normal no era la palabra adecuada—. Vivió una tragedia terrible y tomó la decisión de aislarse del mundo. —Alzó la mano, al ver que iba a ser interrumpida—. Ya sé que desaparecer y encerrarse en casa durante todos estos años no parece muy normal. Lo sé. Pero si le conocieras, si hablaras con él, te darías cuenta de que lo es.

«Te estás engañando y la estás engañando a ella», le dijo su voz interna.

—Pues si es tan normal —repuso Heike con retintín—, ¿por qué os escondéis? ¿Por qué no me lo has presentado?

Sara volvió a retorcerse las manos, inquieta. No era tan sencillo. Nada era sencillo con Harry.

—No es tan simple.

Heike se levantó súbitamente y se fue a la ventana. Sara se quedó en el sofá con el estómago encogido de preocupación. No tenía ganas de dar explicaciones y defender a Harry cuando ella misma no le entendía ni la mitad de las veces. Y mucho menos desde que él había decidido poner fin a sus visitas. No obstante, reconocía que tenía deseos de hablar con alguien, de desahogarse, de referirse a él en voz alta...

—Háblame de él. Cuéntame qué es lo que hay entre vosotros. —Heike, como si le hubiera leído los pensamientos, se dio la vuelta y se sentó en el amplio alféizar–. ¡No me digas que ya lo habéis hecho y no me has contado nada! –chilló de repente.

–No, no hemos llegado a eso...

–He leído hace poco un artículo en el *Spiegel* de un médico que hablaba sobre el SIDA. Dice que se transmite por vía sexual, ¿sabes?

–¿Y eso a qué viene?

–A nada. Hablaba en voz alta. –Se quedó pensativa–. Ni Harry ni tú estáis dentro de los grupos de riesgo, la verdad. Los más afectados son los miembros de la comunidad homosexual, los que consumen drogas en exceso y los que tienen una alta actividad sexual con diferentes parejas –recitó como si lo estuviera leyendo.

–Entonces, ambos quedamos descartados, ¿no? –Sara torció el gesto. Cada vez se hablaba más sobre la misteriosa enfermedad que llevaba un par de años haciendo estragos, y cada vez eran más los contagiados, pero en su círculo cercano no había nadie que se hubiera infectado.

–En el reportaje también decían que se podía descartar lo del contagio por la saliva.

–Harry y yo ni siquiera nos hemos besado –reconoció en voz baja.

–¿En serio? Yo alucino... Es verdad que no eres muy lanzada, pero ¿ni un beso?

Ambas guardaron silencio. Heike la miraba como si le hubieran salido cuernos y Sara comenzó a sentirse como una tonta.

–Estás tomando la píldora, ¿verdad? –preguntó al cabo de un rato–. No queremos un Harry pequeñito danzando por ahí. Aunque si todavía no os habéis besado... no me quiero ni imaginar cuándo llegaréis a lo otro. En los años noventa, quizá...

—¡Claro que me tomo la píldora! —replicó y luego continuó exasperada—. ¿Quieres que te cuente lo que ha pasado entre nosotros o prefieres seguir diciendo tonterías?

—Cuenta.

Trató de no dejarse nada y le habló del ataque que había sufrido a manos de esos tres energúmenos y de que estaba convencida que él fue quien la rescató. Le contó cómo la recogió en su jardín cuando se hizo daño en el tobillo. También mencionó los paseos en la oscuridad hasta la parada del autobús y las partidas de ajedrez y cómo él siempre dejaba que ganase. Se explayó hablando de Kárpov y, algo abochornada, le relató el episodio del baile en el jardín. Terminó contándole la conversación que había tenido con su abuela y lo que había pasado en su casa, después de haber visto *Flashdance*. Con desagrado, comprobó que la voz le fallaba al referirle cómo él le había dicho que no quería volver a verla.

—Pero entonces... ¿ya se ha acabado? —preguntó Heike en cuanto Sara terminó de hablar. Parecía muy sorprendida.

—Ni siquiera ha empezado. No tengo ni idea —añadió con impotencia—. Ni idea —repitió, enterrando la cara en las manos.

—¿Qué quieres que te diga? A mí me suena como que se acojonó.

Sara alzó la cabeza. Heike se había cruzado de brazos y tenía la nariz arrugada.

—¿A qué te refieres?

—Vamos a ver... un tío mayor... Es mayor —repitió de nuevo no dejando que Sara la interrumpiera—. Un tío que lleva tanto tiempo encerrado en su casa con una depresión por causa de... una tragedia..., de pronto conoce a una chica preciosa y joven que no tiene problema en pasar los fines de semana con él jugando al ajedrez y escuchando música y viendo pelis, y que además le regala un gato... Pues es obvio, ¿no?

Sara la miró sin comprender.

—A ver, está claro. Ese tío lleva seis años recluido sin ver a nadie y de repente llegas tú y lo trastocas todo. —Alzó la voz y se acercó al sofá—. Es evidente que siente algo por ti y se ha asustado.

—¡Eso es una tontería! —protestó Sara, pero un curioso timbre esperanzado se filtró en sus palabras.

—¡Pero si está claro como el agua! Poco a poco se ha ido enamorando de ti y cuando se ha dado cuenta se ha cagado de miedo porque eso significa que va a tener que volver a salir al mundo y eso le asusta —terminó triunfal. La satisfacción se reflejaba en su cara.

Sara trató de encontrar algún sentido a todo aquello. Heike no era una lumbrera, pero a veces tenía una intuición prodigiosa. ¿Sería así en ese caso? Ella había sido la primera en advertirle que Holger no era trigo limpio.

—No conoces mucho a Harry.

—Bah, nadie le conoce —la interrumpió—. Ni siquiera tú. He tratado de ver la situación desde fuera y buscar una explicación lógica a por qué te ha dicho que no quiere verte más. ¿Tienes tú una explicación mejor?

—No —repuso, dudosa, al cabo de unos segundos.

—La otra explicación sería que como está majara toma decisiones sin sentido, pero tú misma has dicho que no es un desequilibrado.

—No lo es. Es muy introvertido y callado, pero no está loco.

—Pues entonces ya está. Es como yo digo.

Sara no contestó. Comenzó a mordisquearse la uña del dedo meñique y a pasar revista —otra vez— a todo lo que había ocurrido durante el visionado de *Flashdance*. Él había estado incómodo. Se había notado mucho. Y luego ella había mencionado algo sobre que ir al cine era mejor que verla en la televisión. ¿Habría sido por eso?

Heike se tiró a su lado en el sofá, distrayéndola.

—Y ahora, hablemos en serio —dijo en tono conspirador—. Por favor, me parece súper romántico que se presentara en medio de la oscuridad dando golpes como un salvaje y que te salvara de los tipos esos. Y que te rescatase de la tormenta y te llevase a su casa en brazos. ¡Madre mía! Es como en las pelis...

Sara no pudo evitar que una sonrisa le curvara los labios. Heike era una romántica incurable y su obsesión por las películas de amor era legendaria.

—Es como la escena final de *Oficial y caballero* cuando él va a la fábrica a buscarla y la saca de allí en volandas. ¡Muero de amor! —exclamó dando palmas como una niña pequeña.

—Bueno, ni él llevaba ese uniforme blanco deslumbrante que lleva Richard Gere en la película, ni yo estaba tan entera como Debra Winger..., más bien estaba bastante perjudicada —replicó Sara con una risita. Con Heike era imposible estar triste.

—Pequeñeces. —Agitó la mano restándole importancia al comentario—. Dime que es guapo. Que se parece a Richard Gere.

Sara negó con energía.

—¿A Travolta? ¿A Harrison Ford? ¿A Sam Jones, el de *Flash Gordon*? —Las preguntas iban surgiendo una tras otra como si la boca de Heike se hubiera convertido en una metralleta—. ¿A Rambo? Puf, ese me gusta menos...

—Para, para... —la instó alzando las manos con la risa danzándole en la voz—. No se parece a ninguno de ellos. De verdad.

—¿Es rubio? ¿De qué color tiene los ojos?

—Tiene el pelo castaño con algunas canas y lo lleva largo, y tiene barba y los ojos azules... —suspiró al recordar la intensidad de su mirada. Se echó hacia atrás en el sofá—. Tiene los ojos azules más impresionantes del mundo —volvió a suspirar.

—¿A quién se parece? Necesito visualizarlo.

—No se parece a nadie... Es único... —En cuanto pronunció esa palabra y vio cómo Heike la miraba, supo que había sonado bastante sensiblera, pero le dio igual—. Quizá se parezca a... bueno, no se parece en nada, solo que sus ojos son semejantes...

—¿A quién? —insistió su amiga con avidez.

—¿Te acuerdas de Christopher Reeve?

—¡No me digas que se parece a Superman porque me muero!

—¡No! ¡No! Solo los ojos...

Heike la ignoró. Se puso de pie y, como si estuviese completamente loca, empezó a dar saltos por la habitación dejando escapar absurdos grititos.

—¡Mi amiga tiene un lío con Superman! ¡Mi amiga tiene un lío con Superman! —No paraba de repetir.

Sara puso los ojos en blanco, arrepintiéndose de haber dicho nada. Torció la boca y esperó a que Heike recuperara la cordura. A su pesar, soltó una carcajada que ahogó con las manos para no darle más alas a la descerebrada de su amiga.

Al cabo de unos minutos, una vez que la calma hubo regresado a su pequeño apartamento y Heike volvió a encenderse el porro y se sentó junto a ella, Sara se permitió retornar a la tristeza que el arranque de su amiga había conseguido disipar durante unos minutos.

—Tengo miedo —confesó en voz baja.

—¿Miedo?

—Sí. Miedo porque me siento muy atraída por él y no creo que sea capaz de sentir lo mismo por mí. Es como si sus emociones se hubiesen... atrofiado... No sé si me explico.

—Yo creo que él tiene más miedo que tú todavía.

Tardó en reaccionar y se quedó mirando a su amiga, aturdida.

—No sé qué hacer —confesó al fin.

—Te importa mucho, ¿verdad?

—Sí —reconoció—. Con él... me siento preciosa.

—¡Es que eres preciosa!

—No. No lo entiendes. Con él me siento preciosa por fuera... y por dentro. —Quizá aquello no tenía sentido, pero no sabía de qué otro modo expresarlo.

Heike guardó silencio.

—¡Mierda! —masculló al cabo de un rato.

—¿Qué hago? —le preguntó Sara desesperanzada ignorando su exabrupto.

—No me gustaría estar en tu lugar. ¿No te podías haber pillado por Klaus? No deja de preguntar por ti.

¿Klaus? No había vuelto a desperdiciar ni un solo pensamiento en él desde que había conocido a Harry. No había color entre uno y otro.

—Quiero volver a verle. Echo de menos esas tardes frente a la chimenea jugando al ajedrez. Le echo de menos... —Notó que la voz se le quebraba y los ojos comenzaron a arderle.

—Pues ve y habla con él. No sé. Pídele una explicación.

Sonaba tan fácil en boca de Heike, tan sencillo...

—No creo que quiera verme. Fue muy claro conmigo.

—No le des opción. Preséntate allí cuando menos se lo espere y enfréntate a él. Has estado meses haciéndole compañía. Lo menos que puede hacer es explicarte sus motivos. Te lo debe.

—Con Harry las cosas no funcionan así. —Negó con la cabeza—. No es como los demás.

—¡Por fin admites que no es normal! —Se levantó y, volviendo a dar una honda calada que estuvo a punto de hacer que tosiera, se plantó delante de ella–. Cualquier persona normal, después de seis años, habría mejorado o estaría en tratamiento psicológico o algo así. –Expulsó el humo con lentitud–. No estaría encerrado en su casa. Te has metido en un buen lío.

Sara se quedó pensativa. Su amiga tenía toda la razón del mundo. Estaba metida en un buen lío, pero ¿qué podía hacer ahora? Ya era demasiado tarde para salir indemne de todo aquello. La barbilla comenzó a temblarle.

–¡No! No llores, por favor –exclamó Heike apagando el porro de nuevo en el cenicero y sentándose a su lado. Le pasó un brazo por encima de los hombros–. Eres la persona más juiciosa que conozco y si has decidido meterte en esto es por algo.

–Yo no he decidido nada –soltó, agitada–. Ha pasado y punto.

–Lo sé. Lo sé. Está claro que sobre el corazón no se manda. –Le dio un beso en la mejilla–. Tiene que ser una persona muy especial para que tú te hayas fijado en él. No eres de las enamoradizas.

–Es muy especial. –Quizá lo más especial no fuese él, sino lo que ella sentía cuando estaba a su lado.

Heike se puso de pie y comenzó a dar pequeños y erráticos paseos por el diminuto apartamento. Se acariciaba la barbilla todo el rato mientras lo hacía, señal de que estaba tramando algo. Sara también se incorporó y se acercó a la ventana. Comenzaba a caer la noche. El parquecito estaba desierto ahora.

–Tienes que sorprenderle. –La voz de Heike la sobresaltó–. Hacer algo que no espere. Solo ibas a visitarle los domingos, ¿no? Pues hoy es sábado. Deberías plantarte en su casa.

Sara se dio la vuelta.

—No sé si será una buena idea.

—No tienes nada qué perder. Nada. Solo tienes cosas que ganar. Si te abre la puerta podréis hablar. Y si no te la abre, pues entonces estarás como estás ahora. Yo te llevo y te espero. Si no te abre, nos largamos al *Finkenkrug* a tomarnos unas cervezas y si te abre, me voy a buscar a Peter. Yo salgo ganando, sí o sí.

Sara entornó los ojos mientras intentaba tomar la decisión correcta. Heike tenía razón; no tenía nada que perder... y, sin embargo, sí que tenía mucho que ganar: ver a Harry era la mejor motivación de todas.

—Di que sí, por favor..., es que mi coche se me ha estropeado y Peter me ha dicho que puedo coger el suyo si lo necesito... ¡y me muero de ganas! —Heike hizo unos pucheritos.

Sara sonrió sin poder evitarlo. Peter se acababa de comprar un Opel Manta último modelo que era la envidia del mundo entero.

—Vale...

No tuvo tiempo de decir nada más. El torbellino Heike entró en acción.

—Déjame que te maquille, que te peine y que te busque otra cosa que ponerte. No puedes ir así.

Sara se examinó con ojo crítico. Llevaba unos vaqueros y una amplia camisa rosa.

—Pero si estoy bien.

—Calla y déjame a mí. Lo primero es poner la música adecuada.

Se acercó al mueble de la televisión y se agachó para sacar un vinilo del armario de abajo. Aunque Sara no vio cuál era, sabía cuál había cogido. Luego lo puso en el tocadiscos. Tres segundos después los acordes de *Treat me right* llenaban el apartamento.

«Esta obsesión que tiene con *Oficial y caballero* no es normal», pensó. Con los nervios estrujándole el estómago se dejó guiar por su amiga hasta el baño mientras la ronca voz de Pat Benatar las seguía.

"...You want me to leave, you want me to stay
You ask me to come back, you turn and walk away
You want to be lovers, and you want to be friends
I'm losing my patience, you're nearing the end..."[5]

---

[5]   "... Quieres que me vaya, quieres que me quede. Me pides que vuelva pero te das la vuelta y te vas. Quieres que seamos amantes, quieres que seamos amigos. Estoy perdiendo la paciencia, te acercas al final..."

Capítulo 16

Yacía desmadejado en el lecho de un río seco. A pesar de eso, todo estaba empapado, la tierra sobre la que se encontraba, su ropa, su piel, su pelo... Estaba solo, aunque no tendría que haber sido así, él tenía una familia, ¿no?... Abrió los ojos y todo era acuoso, como cuando uno bucea sin gafas protectoras y las cosas llegan distorsionadas a la retina, desdibujadas y equivocadas... Cogió aire por la boca y el agua invisible le penetró, le bajó por la garganta y le llegó hasta los pulmones, impidiéndole respirar, sofocándole, asfixiándole, robándole el aliento y la vida. Tosió y boqueó, histérico, y solo consiguió que más agua se introdujera dentro de su cuerpo. Y más... y más con cada bocanada... A medida que transcurrían los segundos, la sensación de ahogo se multiplicó, se intensificó, adquiriendo proporciones inmensas, y sintió una horrible presión en el pecho y en la cabeza. Todo se enturbió. Y llegó el dolor, agudo y profundo... Y esa angustia... Esa soledad... Esa negrura pesada y espesa envolviéndole a él... envolviéndolo todo... Inhaló de nuevo con fuerza y la muerte, traicionera y mojada, se le coló dentro... extinguiéndole...

Se despertó sobresaltado y empapado en sudor. En un primer instante no supo dónde se encontraba y la voz le brotó del pecho chirriante.

—¡Nooo...!

Fue el propio eco de ese monosílabo, retumbando en la soledad del dormitorio, lo que le trajo de vuelta a su realidad. Parpadeó hasta que su visión se aclaró. Se quedó quieto mientras sus latidos se iban ralentizando. Terminó por llevarse las manos a la frente y echarse el pelo hacia atrás. Cerró los ojos, tratando de olvidar la maldita pesadilla que acababa de tener y que le había arrancado del sueño de esa forma tan abrupta.

Sí, las pesadillas habían regresado. Esas pesadillas en las que se ahogaba una y otra vez. No recordaba exactamente las imágenes, pero la sensación de asfixia siempre era la misma. Después de más de dos años de calma, desde la noche en que le dijo a Sara que no quería verla más, esos abominables sueños habían retornado para atormentarle.

Se incorporó y abandonó la cama, tambaleándose. No se molestó en encender la luz a pesar de que ya había caído la noche. Arrastrando los pies, salió del dormitorio y fue al baño que había en el pasillo. En ocasiones como esa, en las que su mente se encontraba en ese estado debilitado y vulnerable, prefería no usar el de su cuarto. No quería volver a tener visiones como las que le habían visitado en el pasado cada vez que contemplaba la bañera.

Abrió el grifo del lavabo y metió la cabeza debajo. El chorro de agua helada resbalando por su nuca, sus mejillas, su barba, introduciéndose en el cuello de la camiseta y empapándole los hombros e incluso el pecho, terminó por despejarle definitivamente. Se quedó allí hasta que la baja temperatura del líquido le insensibilizó la piel, deseando que ese adormecimiento que notaba en la cara pudiera extenderse por todo su cuerpo y por su alma.

El roce de un pelaje suave en el tobillo le sacó de su parálisis. Se apartó del lavabo, cerró el grifo y bajó la mirada.

Kárpov le observaba muy serio, pegado a sus pies descalzos. Unas cuantas gotas de agua le cayeron encima y le hicieron alejarse con cierto reproche.

—Lo siento —murmuró, cogiendo una toalla y secándose superficialmente.

Echó un vistazo al reloj. Eran las ocho. No había pretendido quedarse dormido; solo había deseado descansar un poco después de haberse pasado la mayor parte del día en el patio trasero cavando como un demente. Se había duchado y dejado que el agua caliente se llevara el sudor, la tierra y la sangre de sus manos. Luego se había recostado en la cama y cerrado los ojos... un rato nada más, se había dicho.

Se durmió.

No tenía que haberlo hecho.

Salió del baño, seguido por el silencioso gato, y se encaminó a la planta inferior. Se dejó caer en el sofá de cuero del salón, frente al aparato de televisión. No había vuelto a encenderlo y seguía ahí, como un estático y absurdo recordatorio de las últimas horas que habían pasado juntos.

Gimió con suavidad al pensar en ella.

¡Cómo la añoraba!

Había llegado a necesitarla tanto que su ausencia le provocaba dolor físico; se le concentraba en el pecho y le impedía coger aire. Creyó que cuando pasaran los días su recuerdo iría borrándose de su memoria, pero no había sido así. Su imagen cada vez era más vívida y clara. Todo, absolutamente todo, le recordaba a ella. Había maldecido mil veces el haberla dejado entrar en su vida. Toda su calma —aunque artificial— se había desvanecido.

Kárpov se encaramó al sofá de un salto y se subió a su regazo. Se hizo un ovillo y comenzó a ronronear. Harry le acarició el cuello, distraído.

El peor momento de todos lo había vivido el domingo anterior. Aun a sabiendas de que le dijo que no regresara, que no quería volver a verla, se había pasado todo el día espiando el jardín, sobresaltándose ante cada ruido, anhelando que ella hiciera caso omiso a su petición y se presentase allí. En tres ocasiones había salido al patio y vigilado la casa de su abuela a través de la rendija del muro, esperando verla, quizá atisbar su sombra en una ventana o algo...

En vano.

Había tratado de distraerse jugando con el gato, montando una nueva partida de ajedrez, cavando un hoyo más profundo que de costumbre... No había servido de nada. Y cuando por fin se fue a la cama con la cabeza a punto de estallar, solo consiguió hallar un sueño plagado de las estremecedoras imágenes que le habían acosado los primeros años. Cuando no soñaba que se ahogaba, revivía los dos peores días de su vida una y otra vez. El día que tuvo que identificar los cuerpos de sus hijos en el Instituto de Medicina Forense y el día que encontró a Nina en la bañera y lo que pasó después... Creía haber vencido las pesadillas hacía tiempo, pero estaba equivocado, habían regresado con la misma fuerza que antes.

Las dos semanas que llevaba sin pegar ojo habían incrementado su irascibilidad y su melancolía..., y ese estado de ánimo tan desolador en el que se hallaba conseguía que pensara más en Sara, que la echase más de menos. A veces se descubría pronunciando su nombre en voz alta mientras iba andando por la casa, como si hubiera perdido el último vestigio de cordura que todavía conservaba.

El sonido del motor de un coche frente a su propiedad le hizo erguirse en el sofá. Agudizó el oído y esperó. El gran ventanal del salón se encontraba abierto y cualquier ruido podía llegar hasta él con claridad. Escuchó voces femeninas y la puerta de un vehículo abriéndose y cerrándose.

Todos los músculos de su cuerpo se pusieron rígidos.

Cogió a Kárpov, que no se había inmutado, y lo depositó en el asiento, a su lado, luego se puso de pie y se dirigió a la cristalera.

No quería hacerse ilusiones. No quería. No obstante, en los tres segundos que tardó en alcanzar la ventana, se imaginó mil y un escenarios, a cual más ridículo. Inundado de esperanza, apartó las cortinas y escrutó el oscuro jardín.

Junto a la verja, inmóvil y apenas iluminada, había una silueta. *Su* silueta. Harry la hubiera reconocido en cualquier parte. Su corazón palpitó con potencia, golpeándole el pecho desde dentro, como si quisiera rompérselo en dos. Se le empañó la vista.

—Sara...

Por primera vez desde que la conocía hizo algo que no había hecho antes. Abrió el ventanal de par en par, salió al exterior y fue a su encuentro. Descendió los escalones del porche e, ignorando las ramitas que se le clavaban en las plantas de los pies, avanzó con rapidez. A medida que se acercaba y, a pesar de la oscuridad, fue capaz de distinguirla mejor. Llevaba un vestido claro y una chaqueta corta oscura. Tenía la cabeza inclinada por lo que no pudo distinguir sus facciones hasta que no estuvo frente a ella.

Se detuvo a solo un paso de distancia, indeciso. Todo el arrojo que había sentido al verla se diluyó y desapareció y solo quedaron las dudas y la incertidumbre. ¿Qué hacía allí?

Entonces ella levantó la barbilla..., y a él se le olvidó respirar.

Se acercó, le cogió la mano y entrelazó los dedos con los suyos al tiempo que con la otra le acunaba la cara. Su piel era tersa. Luego se inclinó y depositó un beso sobre su boca, que resultó ser dulce y tierna. Ella se pegó a él y enroscó los brazos a su cuello. Incluso pronunció su nombre expeliendo un jadeo ahogado mientras se dejaba besar. El abrazo se hizo más apretado...

En su imaginación.

La realidad fue muy diferente.

Se limitó a quedarse parado, impregnándose de su hermoso rostro, incapaz de articular palabra. No sabía qué era, pero algo había de diferente en ella. Quizá el pelo, lo tenía más rizado que de costumbre. También se había maquillado. No, era algo más sutil. Quizá sus ojos o la sonrisa insegura que dibujaban sus labios... No lo sabía. Solo sabía el efecto que todo aquello comenzaba a provocar en él. Controló el absurdo impulso de abrazarla y de besarla y esperó a que ella dijese algo.

—Hola, Harry.

Durante una milésima de segundo bajó los párpados y se recreó en su voz pronunciando su nombre.

—Hola, Sara —repuso. Los dedos le hormigueaban. Hubiera anhelado extender las manos y tocarla, un simple roce le hubiese resultado suficiente.

—Quiero hablar contigo. ¿Me invitas a pasar?

Asintió. Por supuesto que lo hizo.

—Espera —murmuró ella.

Se dio la vuelta, se dirigió a la valla y se asomó a través del agujero que él no se había molestado en arreglar. Habló con alguien en voz baja, otra mujer. Luego se escuchó de nuevo la puerta de un vehículo cerrándose y el encendido de un motor. La luz de unos faros se coló a través de los huecos de la verja, que la enredadera no había conseguido invadir. Eso le permitió ver que su vestido era de color amarillo y la chaqueta de cuero negro.

Ella regresó a su lado. Parecía muy nerviosa. Quizá tanto como él mismo. En un alarde de cortesía casi olvidada se hizo a un lado y le cedió el paso. Casi sin pensar, posó la mano en la parte baja de su espalda cuando echaron a andar. Al darse cuenta de lo que había hecho, la retiró bruscamente. Ella le lanzó una mirada algo dolida que le hizo querer disculparse de inmediato. Se dirigieron hacia la casa solo separados por unos centímetros. El aire, antes calmado, se había cargado de tensión. Estaban a punto de llegar al porche cuando ella se detuvo y él se encontró con su mirada directa y clara impactando sobre su rostro.

—Harry, si no quieres que hablemos, dímelo —empezó con algo de inseguridad, para continuar con más firmeza—. Pero dímelo ya, antes de que entre en tu casa.

Él cogió aire por la nariz y lo expulsó por la boca. Desvió la vista. Las palabras de ella habían sonado como una especie de advertencia, de ultimátum... No sabía si estaba listo para escuchar lo que tenía que decirle, pero solo pensar que pudiera marcharse le ponía enfermo, le sofocaba. Le vino a la cabeza cómo se había sentido los últimos días, sin ella..., y no tardó en tomar una decisión.

La necesitaba.

Mucho más de lo que había pensado.

—Quiero.

Capítulo 17

La oscuridad del salón era ideal para sus propósitos. La luz solo hubiera conseguido robarle la poca confianza que sentía. Se quitó la chaqueta y la dejó en el respaldo del sofá, luego se sentó y evitó mirarle de frente.

No iba a olvidar jamás ese momento en el jardín en el que, paralizada, le había visto avanzar con decisión, moviéndose con ímpetu, fluidez y gran aplomo, como nunca antes se había mostrado ante ella, enseñando quizá un pequeño rastro del antiguo Harry. Cuando llegó a su lado y le vio los ojos que refulgían cargados de algo similar al deseo..., creyó que la besaría, que la abrazaría, que haría alguna locura...

No había hecho nada, por supuesto, y ella se había llamado estúpida por anhelar algo tan poco probable... Mientras atravesaban los metros que los separaban de la casa, uno al lado del otro, había sentido sus piernas flojear y por eso se había detenido y le había dicho aquello. No quería que él volviera a hacer amago de abrir una puerta para luego cerrársela de golpe en las narices. Necesitaba suelo bajo sus pies.

Kárpov vino a saludarla emitiendo sus gorjeos. Se frotó contra su pierna, zalamero.

—¡Kár! —exclamó, inclinándose y cogiéndole en brazos—. Te he echado de menos —le dijo, enterrando la nariz en su suave cuello. Sus ojos se dirigieron hacia el dueño de la casa que permanecía de pie, algo apartado y silencioso, observando la escena.

«Y a ti mucho más», pensó.

Se entretuvo un buen rato acariciando al felino y disfrutando con su ronroneo y los lametones de su rugosa lengua; haciendo tiempo, en realidad. A pesar de que Heike y ella habían hablado largo y tendido sobre cuál sería la mejor forma de sacar el tema, ahora que se encontraba allí a escasos metros de su persona, el rudimentario guion mental que había ideado en el trayecto se había volatilizado. Harry no se había movido ni un milímetro de su posición junto a la chimenea. Parecía uno de esos guardias que custodiaban el Palacio de Buckingham.

—A lo mejor no tenía que haberme presentado sin avisar —comenzó, alzando la vista—, pero llevo días dándole vueltas a lo que pasó la última vez que estuve aquí y creo que me merezco al menos una explicación. Pensé que éramos amigos.

A pesar de la oscuridad pudo ver que él se ponía rígido y se arrepintió del tono que había empleado; había sonado demasiado demandante.

—Sé que no te gusta mucho hablar y que eres... —trató de ser más comedida al tiempo que buscaba la palabra adecuada— introvertido, pero no estuvo bien que me echaras de aquí sin decirme qué hice mal, ¿no crees? He tratado de respetarte y jamás te he pedido nada que no estuvieras dispuesto a darme. Creía que disfrutabas con mi compañía, por eso es que no lo entiendo... —Su voz se había ido perdiendo poco a poco hasta terminar siendo un mero susurro.

Harry seguía sin inmutarse, al parecer impasible. Frustrada por su mutismo, se levantó del sofá y dejó al gato en el suelo.

Dudó sobre si acercarse y tratar de leer en su rostro lo que podría estar pasándole por la cabeza o permanecer a distancia y continuar con su diatriba.

—Llevamos cuatro meses compartiendo cosas. Llámame estúpida, pero había llegado a pensar que... —se rio con amargura—, que... te importaba. Al igual que tú me importas a mí. —Hizo una pausa, esperando a que él reaccionara, que dijese algo, pero no lo hizo—. Veo que... estaba equivocada.

—Me importas.

Al escuchar aquello, alzó la mirada y la clavó en sus ojos, apenas visibles en la penumbra. Por primera vez deseó que él hubiera encendido alguna lámpara.

—¿Por qué me dijiste que me fuera entonces? —le cuestionó casi sin aliento.

—Por eso. Porque me importas —murmuró entre dientes.

Sara se quedó callada, asimilando la respuesta. ¿Y si Heike tenía razón? ¿Y si se había asustado porque había comenzado a sentirse atraído por ella? Tenía lógica. Mucha.

Dio unos pasos hacia él, envalentonada por sus palabras. Estaba decidida a poner todas las cartas sobre la mesa, pero sabía que tenía que hacerlo con mucha cautela. Harry, en cierto modo, era semejante a Kárpov. Había que tratarle con delicadeza para no espantarle. Eso era algo que había aprendido en los meses que llevaba visitándole. Se detuvo frente a él y trató de estudiar su expresión, cosa harto difícil en la oscuridad. Sí que pudo percibir la tensión que emanaba de su cuerpo.

—Nunca te he pedido nada más que lo que me das. Nada. Lo último que pretendía era ponerte contra las cuerdas, Harry. Si ha sido así, lo lamento. Tampoco sé muy bien qué hice o qué dije para intimidarte. No lo sé —suspiró—. Trato de ir con pies de plomo contigo. Créeme. Sé que no es fácil para ti y no quiero presionarte. Solo quiero que... —se interrumpió sin saber cómo continuar.

Llevaba tantas cosas dentro que le hubiera gustado decirle, pero ¿cómo? Todo sonaba demasiado apabullante para un hombre en la situación de Harry, con toda esa carga emocional que arrastraba tras de sí, y de la que ella apenas conocía una mínima parte. ¿Qué le iba a decir?¿Creo que me estoy enamorando de ti? ¿Quiero tener una relación contigo? ¿Por favor, trata de cambiar? ¿Hazlo por mí?

Era demasiado. Y quizá demasiado pronto.

No creía que él estuviese preparado para escuchar algo así, así que se lo guardó. Lo encerró bajo llave en su interior, a la espera de que llegase el momento propicio.

—Tengo miedo —soltó al fin.

Él hizo un movimiento en su dirección, fue algo casi imperceptible, pero Sara se dio cuenta; durante una milésima de segundo sintió un pellizco de júbilo en la boca del estómago, que desapareció tan rápidamente como había aparecido.

—Yo también —admitió él.

Sonaba tan fatigado que a ella le provocó una enorme tristeza. Se vio tentada de dar un paso adelante al escuchar su confesión, apoyar la cabeza en su pecho, rodearle la cintura con los brazos y decirle que todo iba a ir bien.

—Marca tú el ritmo de nuestra... amistad —dijo, en cambio, sin acercarse—. Pon tú los límites. Yo estoy dispuesta a respetarlos. —Y lo estaba, costase lo que costase—. Pero... pero no me alejes... de tu lado. —Notó que la voz le salía entrecortada y se maldijo por ello—. No lo vuelvas a hacer...

Sabía que no le había dicho nada y que al mismo tiempo lo había dicho todo. Esperó a su reacción, ansiosa, con los ojos clavados en el logotipo desteñido que atravesaba el frontal de su camiseta. Era la primera vez que le veía con ese tipo de ropa que dejaba sus brazos al descubierto. No pudo seguir esa línea de pensamiento porque él le cogió la muñeca, sorprendiéndola. Sus dedos largos y fuertes no tuvieron problema en abarcarla por completo. Lo inesperado del gesto la desarmó.

—No lo haré —contestó él.

Se había inclinado un poco y la precaria luz que entraba del exterior se reflejaba en sus facciones. La observaba con mucha intensidad y, aunque no sonreía, le brillaban los ojos.

—No lo haré —volvió a repetir, solemne.

Sonaba como una promesa; como si le diera su palabra. Y Sara quiso creerlo, aun así se preguntó con cierta pesadumbre cuánto tiempo tardaría él en romperla.

Se mantuvieron así por un breve espacio de tiempo, ella no quería que él la soltara y él también parecía reacio a hacerlo. La decisión de separarse les fue arrebatada por un pequeño intruso que comenzó a maullar a sus pies.

—Creo que es la primera vez que le oigo maullar —dijo ella sorprendida, dando un paso atrás y rescatando su mano. Se acarició la muñeca, seguía sintiendo el tacto de su piel allí, como si todavía la tuviera sujeta.

—Solo lo hace cuando quiere agua fresca —dijo él, alejándose hacia el bebedero de Kárpov.

Sara se dirigió al sofá y tomó asiento en él. La escena que acababan de protagonizar la había dejado exhausta. Demasiadas emociones sofocadas. Demasiados sentimientos a flor de piel.

—Voy a buscar agua. Luego, si quieres, enciendo la chimenea y jugamos una partida —propuso él desde el otro extremo de la habitación.

Ella asintió. ¿Cómo no hacerlo? Era una proposición tan normal, tan prosaica, tan de «pareja», que la llenó de euforia.

Se abstuvo de mencionarle que hacía demasiado calor para chimeneas.

Aprovechó que él se había marchado para alisarse la falda del vestido con nerviosismo. Era amarillo y se sentía guapa con él. Se echó el pelo hacia atrás y se pellizcó las mejillas con suavidad. Heike se había empleado a fondo en dejarla fabulosa, al menos eso le había repetido una y otra vez de camino hasta allí. Ojalá Harry pensara lo mismo.

Él no tardó en regresar con un cuenco que depositó en el suelo. Luego se afanó en encender el fuego, como le había dicho y, mientras las llamas comenzaban a lamer con timidez la leña, iluminando la estancia con ese tinte anaranjado tan especial, cogió el tablero de ajedrez que tenía algo apartado y empezó a montar una nueva partida sobre la alfombra, a sus pies. Sara observaba todos sus movimientos sin perderse detalle. Había echado tanto de menos esas pequeñas tonterías: el verle encender la chimenea, el observar con cuánta delicadeza manejaba las piezas de madera del antiguo ajedrez, el gesto nervioso con el que se apartaba el pelo de la frente...

—En realidad no hace tanto frío —le dijo, aclarándose la voz.

—No es por el frío —repuso él, siguiendo la dirección de sus ojos que se habían posado sobre los troncos que empezaban a arder alegremente.

—¿No?

—No —vaciló antes de continuar—. Es por ti.

Sara se quedó perpleja. Le miró, pero él seguía atento al tablero, colocando las piezas.

—Sé que te gusta sentarte delante del fuego y contemplar las llamas de vez en cuando. Lo has mencionado.

—¿Lo recuerdas? —Sí que se lo había dicho en alguna ocasión, de pasada. No pensaba que él fuera a acordarse de un tonto comentario como ese.

—Recuerdo todo lo que me dices.

—Oh.

No fue capaz de decir nada más. Las rebeldes mariposas que trataba de mantener dormidas en su estómago se despertaron y echaron a volar. Sintió su cara arder y se llevó las manos a las mejillas. Esperó que él creyera que era por el calor.

—Me quedo con las blancas —dijo él con gravedad—. Creo que hoy necesito algo de ventaja —añadió con un destello en los ojos.

Sara se sentó sobre la alfombra. Trató de que la expresión de su cara no mostrase nada, pero su cabeza bullía con una idea algo absurda: ¿Estaba flirteando con ella? ¿Había dicho lo de la ventaja porque ella le ponía nervioso? No pudo seguir pensando porque en el mismo instante en que se acomodó, él hizo su primera jugada adelantando el peón que protegía a su alfil.

Fue una partida peculiar. Sara se encontró a caballo entre la concentración que el juego le requería y la distracción que Harry le proporcionaba. Notó los ojos de él clavados sobre ella en más ocasiones de las que podía recordar. Cada vez que terminaba una jugada, se echaba hacia atrás, apoyaba la barbilla en su rodilla y se dedicaba a esperar su movimiento, observándola de soslayo. Y ella, bajo la luz de su mirada, se sonrojaba y movía sus piezas de modo atolondrado, sin planear estrategia alguna.

Esta vez ni siquiera todos los esfuerzos de Harry por jugar mal dieron su fruto. Él ganó, por supuesto. Lo hubiese hecho también con las negras, incluso con fichas de parchís.

Ninguno de los dos propuso empezar otra partida. Se quedaron callados mientras las llamas hacían crepitar la leña en la chimenea.

—Cuando era pequeño leí *El Manantial* de Ayn Rand —rompió él el silencio, de repente—. Ese libro fue el que me llevó a querer ser arquitecto. ¿Lo has leído?

Ella negó, muy sorprendida.

—Lo tengo arriba. Puedes leerlo, si te apetece —ofreció. No esperó a que ella contestara y continuó—: La mayor parte de la gente estudia Arquitectura por el diseño. A mí me gustaba mancharme las manos. Me encantaba ir a las obras y subirme a los andamios, hablar con el capataz sobre los materiales y pasarme horas allí, dictaminando si había que hacer cambios o si las cubiertas eran las adecuadas o los cerramientos estaban bien ejecutados. Mi asignatura favorita durante la carrera era Construcción —explicó y la miró con las cejas arqueadas, como si aquello fuera a aclararle algo del galimatías de palabras que acababa de salir de su boca.

Sara se había quedado boquiabierta. Era la primera vez desde que le conocía que había enlazado más de cuatro frases seguidas. Y también era la primera vez que le hablaba sobre sí mismo. Y lo hacía con cierto entusiasmo.

—Lo sé. Es muy aburrido —dijo ahora con un atisbo de sonrisa en los labios.

—¡No! —exclamó ella—. Quiero saber más. Cuéntamelo.

El escepticismo se reflejó en sus ojos, pero terminó por asentir y siguió hablando. En solo unos minutos, Sara aprendió más de él que en los meses que llevaba yendo a visitarle. Gran parte de la información que le proporcionó era demasiado técnica para entenderla, pero le gustaba escucharle. Su voz áspera y ronca, adquiría muchos más matices cuando iba cargada de viveza, como era el caso. Le contó que nada más licenciarse ya tenía un trabajo esperándole en el estudio de arquitectura de un amigo de su padre, y que pronto comenzó a destacar y empezaron a lloverle los encargos.

Solo tardó unos tres años en hacerse un nombre en el mundillo. Con cierto pesar hubo de renunciar a pasar tiempo en las obras y terminó por encargarse de los diseños. Le contó que había días que amanecía en su oficina y otros que no se acostaba. Su trabajo se convirtió en su obsesión. No hizo ninguna mención a su vida personal, a sus hijos o a su mujer. Solo le habló del pasado en primera persona singular, como si jamás hubiese tenido una familia. Sara tampoco le hizo preguntas, le dejó que se explayase y le contara lo que quería.

Era increíble encontrarse allí sentada mientras él... hablaba. Se quedó prendada del movimiento de sus labios a medida que estos fueron formando frases, encandilada por todo lo que salía de ellos, a pesar de que algunas cosas le resultaban incomprensibles. Quizá fuera tonto, pero el momento se convirtió en un momento... mágico.

—Creo que es la primera vez que te oigo hablar tanto —le dijo después de un rato de silencio.

—Nunca he sido muy hablador —repuso mirándola de reojo.

—Me gusta tu voz.

Él arqueó las cejas, incrédulo.

—¡Es cierto! Suena como... como... la de Darth Vader..., bueno —se corrigió—, no exactamente, pero es parecida, muy profunda...

—¿Darth Vader? ¿Es un amigo tuyo? —preguntó con curiosidad.

Sara no pudo contenerse y soltó una carcajada. Al ver la expresión de asombro que se mostró en la cara de él, otra carcajada siguió a la primera. ¡Darth Vader, un amigo suyo! Siguió riéndose. Y cuanto más lo hacía, la expresión de él cambiaba, iba pasando de la sorpresa a la incomprensión y de ahí a la extrañeza. Sara terminó por dejarse caer sobre la alfombra sujetándose el costado. La risa seguía sacudiendo su cuerpo de manera violenta.

¡Darth Vader, un amigo suyo!

Sabía que no era para tanto y que no hacía tanta gracia, pero no podía parar de reír, y cuanto más le miraba y veía su cara asombrada, más se reía. Estuvo un rato así, tumbada y riéndose como una tonta. Se percató de que él se había tendido en el suelo, junto a ella, y la observaba con fascinación. Por fin se incorporó a duras penas y se secó las lágrimas que empapaban sus mejillas con el dorso de las manos todavía con la risa burbujeándole en los labios. Él también se irguió.

—Perdóname —logró balbucear—. Es que... es que me ha parecido muy gracioso. Lo siento. No pretendía reírme de ti.

—No pasa nada —respondió.

—Darth Vader es un personaje de unas películas de ciencia ficción. Y además, es un personaje un poco especial, por eso me ha hecho gracia tu pregunta.

Se miraron a los ojos durante un breve lapso de tiempo y se sonrieron con cierta complicidad, y Sara sintió cómo el vínculo que había entre ellos se estrechaba.

En ese instante él hizo un ademán con la mano, apartándose el pelo de la cara, como de costumbre, y ella se percató de algo que no había visto antes. El corazón le dio un vuelco en el pecho mientras trataba de despegar los ojos de la cicatriz que atravesaba la parte interna de su muñeca izquierda. Bajó la vista precipitadamente. No quería que él advirtiera que ella había descubierto... eso.

No quería romper la magia.

—¿Pasa algo? —inquirió él con suavidad.

«¡Dios mío! ¿Qué le digo?».

—Siento... siento interrumpirte —tartamudeó—, pero se ha hecho un poco tarde y voy a perder el último autobús. —Se miró el reloj apresurada y se dio cuenta de que no mentía. Era pasada la media noche.

—Claro... claro. —Él se puso de pie y le tendió la mano para ayudarla a levantarse.

Sara no pudo evitar que sus ojos fueran a parar allí donde no deseaba que estuvieran. Y él se dio cuenta. Ella alzó la vista y vio cómo un brillo acerado aparecía en sus pupilas, pero no dijo nada. Se limitó a alejarse y coger su chaqueta de cuero. Se la ofreció sin mediar palabra.

—Voy a buscar unas zapatillas. Espérame —masculló, y desapareció.

No pensaba hacerle ninguna pregunta, por supuesto que no. Como bien le había dicho hacía unas horas, iba a dejar que fuese él el que marcase los tiempos de aquello que compartían, el que decidiera cuándo y cómo hablarle de sus cosas. Sin embargo, no pudo evitar estremecerse al pensar en aquella cicatriz y lo que significaba. Se abrazó a sí misma y se encaminó al ventanal, ignorando su reflejo sobre el cristal.

A pesar de todos sus avances, había todavía mucho Harry por descubrir, muchas cosas que se mantenían por debajo de la línea de flotación como en un iceberg..., tan poco a la vista y tanto oculto...

—Ya —escuchó su voz.

Se dio la vuelta y descubrió que no solo se había calzado unas zapatillas deportivas, también se había quitado la camiseta y se había puesto un jersey negro que le quedaba algo ancho y que cubría sus brazos.

Ninguno de los dos mencionó el tema de la cicatriz, pero la actitud de él había cambiado. Parecía más taciturno, como si se arrepintiese de haber sido tan locuaz con ella y de haber compartido ese momento cargado de magia. La noche oscura los recibió cuando accedieron al exterior. La luna se había ocultado detrás de unas nubes y la negrura impedía ver más allá de un par de metros por delante de ellos.

Sara se metió las manos en los bolsillos de la cazadora y avanzó despacio, muy consciente de la silenciosa presencia que caminaba a su lado. Si era sincera consigo misma, no quería marcharse. Le hubiese gustado disfrutar más rato de ese Harry conversador y entusiasta que acababa de conocer.

—¿Quieres que me acerque mañana por la tarde? —preguntó.

—Sí —repuso él. Volvía a su parquedad.

Siguieron caminando. El final de la calle aparecía cada vez más cercano y Sara deseó que se le ocurriese algo ingenioso que decir, pero su mente se había convertido en un lienzo en blanco.

—Me ha gustado saber más cosas sobre tu trabajo —soltó al fin.

Esperó en vano a que él reaccionara de algún modo. Al ver que no respondía, hizo algo que esperaba no le descolocara demasiado. Enhebró su brazo en el de él, como si fuese la cosa más natural del mundo. Notó sus músculos endureciéndose bajo su palma, pero no se apartó. Se percató de que sus zancadas, más amplias que las suyas, se hacían más cortas, como si él tampoco desease que aquel paseo llegara a su fin. No obstante, la amplia avenida iluminada los acogió solo unos segundos después. Se quedaron parados en la misma esquina donde sus caminos se separaban todos los domingos, al amparo de las sombras. Harry nunca iba más allá.

—Bueno... —dijo, sintiéndose un poco tonta. No sabía cómo despedirse. Todo había cambiado entre ambos y se descubría a sí misma deseando abrazarle o besarle, pero su actitud distante no daba pie a ninguna de esas dos cosas.

—Nos vemos mañana —murmuró él, y se apartó, soltándose de su brazo y situándose frente a ella.

—Sí, sí... Mañana.

Ninguno se movió. Ni siquiera se miraban. Él observaba la pared que había tras ella, y ella había desviado la vista hacia la parada del autobús. La luz de la marquesina iluminaba a tres chicas de su edad que charlaban animadamente mientras esperaban.

—Mañana nos vemos entonces —volvió a decir. Se apartó del muro y trató de dar un paso a la derecha, pero la mano de él sobre su antebrazo se lo impidió.

—Eso que has visto antes... —empezó en voz muy baja.

—No te sientas obligado a darme explicaciones...

—Pasó hace mucho —la interrumpió—. Ya no siento eso...

Ella entrelazó los ojos con los suyos y lo que vio en ellos la alarmó. ¡Cuánta aflicción!

—Está bien. En serio —le tranquilizó—. No hace falta que hablemos de ello ahora, de veras.

Él guardó silencio y se giró, mostrándole su perfil. Las arrugas que tenía en el contorno de su ojo se hicieron más profundas. ¿Estaba sonriendo?

—Me ha gustado hablar contigo. Y escucharte reír... —dijo al cabo de un rato, volviendo a mirarla. Sí, sonreía—. Te eché de menos el domingo pasado. Tú... me haces bien...

—Yo... yo también te eché de menos —musitó. No había nada que deseara tanto como que él la besara, pero sabía que anhelar algo así era como anhelar que se derrumbase el muro de Berlín—. Bueno, el autobús tiene que estar a punto de llegar. Mañana nos...

—Sara... —dijo él con esa voz suya tan áspera.

—¿Sí?

Él alzó las manos y le enmarcó la cara con ellas. Con mucha dulzura le acarició los pómulos con los pulgares. Sus ojos azules y preciosos refulgían más de lo habitual.

—¿Puedo besarte? —le preguntó.

Ella asintió, sin poder creer que aquello estuviera sucediendo en realidad. El muro de Berlín estaba a punto de caer. Contuvo el aliento, esperando.

Entonces él bajó la cabeza con lentitud, deteniéndose a unos milímetros de sus labios, algo inseguro. Le recorrió el rostro con la mirada como buscando su aprobación. Debió de hallarla porque acortó la distancia y posó su boca sobre la de ella. Cuando la respiración de Harry se mezcló con la suya, Sara fue capaz de respirar al fin. Cerró los ojos y durante un instante sintió como si se cayese al vacío. El beso fue tierno, mucho, como un roce de delicado terciopelo. Y no duró demasiado, pero a ella le pareció perfecto. La dejó desorientada. Sus labios eran suaves aunque no en exceso, y los pelos de su barba le hicieron cosquillas. Fue tan sorprendente y tan repentino que ni siquiera reaccionó.

Harry la soltó y le lanzó una de esas sonrisas suyas que poco tenían que ver con su boca y mucho con sus ojos, provocándole una sorprendente pero bienvenida punzada en el vientre.

—Mañana nos vemos —susurró.

Ella comenzó a andar sobre piernas gelatinosas camino de la parada del autobús, lo hacía de espaldas para no perderse ni un detalle de la oscura figura que se había metido las manos en los bolsillos y la miraba fijamente. Se detuvo y le hizo un gesto de despedida con el brazo, como si fuera una quinceañera atolondrada. Le pareció ver que él sonreía. Se dio la vuelta y comenzó a andar más deprisa, reprimiendo las ganas de volverse.

Las tres chicas que esperaban sentadas bajo la marquesina la saludaron y siguieron hablando de sus cosas. Sara apoyó la espalda en un lateral y se llevó la mano a los labios, acariciándolos con levedad.

¡Harry la había besado!

¡Y ella ni siquiera le había devuelto el beso! Estuvo a punto de soltar una carcajada, pero se controló. Se giró, buscando la boca del callejón, pero estaba desierta. Ya se había marchado.

«Mañana le vas a ver otra vez», se dijo.

Las luces del autobús que se acercaba la sacaron de su ensoñación. Se colocó detrás de las chicas y esperó a que el vehículo se detuviera frente a ellas. Retazos de su conversación llegaron hasta sus oídos, hablaban sobre cine. Una de ellas mencionó que la película favorita de su novio era Superman. Una involuntaria sonrisa curvó sus labios al recordar la reacción de Heike cuando le dijo que los ojos de Harry eran similares a los del protagonista.

Estaba a punto de subirse al vehículo detrás de las otras, cuando le sobrevino un inusual presentimiento. Un escalofrío le recorrió la espalda. Se quedó paralizada en el último escalón, bloqueando la puerta. El conductor la miró ceñudo.

—¿Va a subir? —le preguntó con cierta impaciencia.

Sara dudó. Era una tontería, pero ese desasosiego que acababa de embargarla se hacía cada vez más grande. Era la primera vez en su vida que le sucedía algo parecido, y no sabía muy bien si hacer caso a esa rara intuición o ignorarla.

—Señorita, ¿va a subir o se queda? —El tono del conductor se había vuelto más agrio.

—Me quedo... —dijo.

Se dio media vuelta y bajó los escalones. Se quedó inmóvil, mientras el sonido del autobús que abandonaba la parada llegaba hasta sus oídos.

No sabía por qué había hecho eso. De pronto se encontraba completamente sola en medio de la calle, de noche. Pero ese malestar que seguía sintiendo en el estómago era algo muy real. Sabía que algo malo estaba sucediendo. Lo percibía.

Harry.

Su nombre acudió a ella como un fogonazo.

Vacilante al principio, con más seguridad después, comenzó a desandar lo andado y se dirigió al oscuro callejón. Se metió la mano en el bolsillo de la cazadora y agarró con fuerza el bote de espray de pimienta que siempre llevaba consigo. Con el ceño fruncido y la respiración algo agitada, alcanzó su objetivo y giró la esquina. A unos cien metros pudo distinguir tres o cuatro siluetas oscuras que parecían forcejear. Con la espalda pegada a la pared comenzó a acercarse. Las nubes eligieron ese preciso instante para apartarse y cederle el paso a la luna, cuyos pálidos rayos plateados iluminaron la dramática escena que estaba teniendo lugar delante a ella. A Sara se le heló la sangre en las venas al darse cuenta de lo que sucedía.

No se paró a pensar.

Actuó por instinto, echando a correr hacia las sombras mientras gritaba como una salvaje.

Capítulo 18

Después de haber comprobado que Sara llegaba hasta la parada del autobús y que había más gente allí esperando, se dio la vuelta y se adentró en la oscura calle. Se sentía eufórico, ligero, invadido por una especie de infrecuente entusiasmo... Hacía años que no sentía algo semejante. Se llevó una mano a los labios y una incrédula sonrisa acudió a su boca.

¡La había besado!

Apenas podía creer que todo se hubiese desarrollado de aquel modo. Desde el mismo instante en que ella entró en su casa y le confesó lo dolida que estaba por su actitud, supo a ciencia cierta que no quería que se volviese a marchar. Quería que siguiera en su vida... como amiga, como persona de confianza, como... lo que fuese. Sin detenerse a pensar demasiado —y eso, quizá, había sido lo mejor de todo—, se prometió a sí mismo y a ella que no iba a volver a alejarla de su lado. Fue la decisión correcta. La serenidad que sintió después de decirle aquello lo confirmó.

Por primera vez en años tuvo deseos de hablar sobre su pasado. No había sido fácil. Quería contarle muchas cosas, pero empezar por su pasión y su trabajo le había parecido lo más conveniente. «Poco a poco», se dijo. Lo demás ya llegaría, en un futuro. Y ella había sido tan... perfecta. Escuchando interesada mientras él hablaba de materiales de construcción, como si de verdad fuera el tema más interesante del mundo.

¡Y su risa! Cómo había disfrutado escuchándola reír, a pesar de que sabía que lo hacía a su costa. ¡Qué sonido más maravilloso y melódico! Verla tumbada sobre la alfombra mientras las carcajadas sacudían su cuerpo había sido hermoso. Deseó poder compartir ese ataque de espontánea hilaridad, pero se limitó a regocijarse de su alegría de lejos, algo apartado.

Su gesto se ensombreció de repente al recordar su reacción cuando descubrió su cicatriz. Llevaba tanto tiempo en su muñeca que se había olvidado de ella. Pertenecía al pasado, pero Sara no podía saberlo. La había contemplado asustada, quizá pensando que él seguía siendo la misma persona que se hizo aquello. Al principio, la angustia y la culpabilidad habían sido tan grandes que le habían bloqueado y nublado los sentidos, llevándole a hacer cosas como esa... Fue durante el primer año, el peor, cuando su juicio se hallaba opacado por el alcohol la mayor parte del día... Más adelante, el dolor, aunque no había disminuido en intensidad, se había ido convirtiendo en algo soportable, algo con lo que había aprendido a vivir. Dejó de luchar contra él para aceptarlo y lo convirtió en su inseparable compañero. Un compañero que, desde que ella había llegado a su vida, cada vez estaba menos presente. No desaparecía, no, pero se ocultaba bajo capas de ilusión y serenidad..., eso que ella le proporcionaba...

Al día siguiente se lo explicaría, decidió. Le contaría que ese Harry ya no...

El primer golpe le pilló totalmente desprevenido. Iba tan ensimismado que no lo vio venir. Fue como si una granada de mano le hubiera estallado en la cabeza; pero en un instante de lucidez y, mientras caía al suelo de rodillas, se convenció de que eso era bastante improbable y se hallaba fuera de toda lógica. Alguien le había golpeado con un objeto pesado en la nuca. Aunque no perdió el conocimiento, se quedó tan atontado que le resultó imposible levantarse.

—Este es el hijo de puta —masculló una voz por encima de él.

—¿Estás seguro, tío?

—Sí, joder. Mira esas greñas y esa barba. Le hubiese reconocido en cualquier parte. Y está en el mismo sitio. Es él.

Harry trató de levantar la barbilla y ver quiénes eran sus agresores, pero una brutal patada en el estómago se lo impidió. ¡Mierda! La cabeza le daba vueltas como un tiovivo y ahora sentía también ganas de vomitar. Se encogió sobre sí mismo tratando de recuperar el aliento, pero un nuevo golpe en las costillas le hizo aullar de dolor.

—Cabrón de mierda —siseó el primero que había hablado—. Por tu culpa he estado cuatro putos meses en el hospital.

«Son los tipos que atacaron a Sara. Estoy jodido», pensó.

Rodó a un lado tratando de ganar algo de tiempo y de distancia y se incorporó apoyándose en el muro de piedra. Eran tres, comprobó en cuanto pudo alzar la vista; dos de ellos se acercaron e intentaron agarrarle por los brazos, pero Harry, sacando fuerzas de donde no las tenía, se retorció y lanzó un par de puñetazos al aire. La suerte se puso de su lado y uno de los golpes aterrizó sobre algo sólido. Se escuchó un alarido.

—¡Joder! ¡Me ha dado en el ojo!

Envalentonado por su éxito, se echó hacia delante, dispuesto a seguir golpeando a diestro y siniestro, pero un puñetazo o quizá fuera un codazo —no pudo precisarlo— le estalló sobre el pómulo, haciéndole ver las estrellas y lanzándole contra el muro. Trató de incorporarse, pero otro golpe encontró su nariz. El dolor fue insoportable; ahondó hasta su cerebro y le dejó atontado. Notó la sangre manando de sus fosas nasales y chorreándole por la cara. Apenas si pudo apartarse cuando vio algo que se aproximaba a él por la derecha.

–Sujetad al hijo de puta –bramó una voz sibilante y colérica–. Le voy a partir la pierna como él hizo con la mía.

Harry se retorció salvajemente cuando notó que dos pares de manos trataban de agarrarle. Un puñetazo en el pecho le dejó sin resuello y le hizo doblarse hacia delante. Sin energía apenas, no pudo impedir que los tipos le sujetaran contra la pared y le mantuvieran inmóvil. Rugiendo de ira y de dolor, incapaz de liberarse de sus agresores, vio la sombra de lo que parecía un bate acercándose a su pierna con toda rapidez. Por instinto giró el cuerpo en el último segundo y el golpe no le dio de lleno, pero sí le alcanzó en el muslo de manera brutal.

En ese momento unos gritos llegaron hasta él.

–¡Policía! ¡Policía! ¡He llamado a la policía!

De repente nadie le sujetaba y cayó al suelo, desmadejado. El muslo y el pecho le ardían, y sentía la cabeza a punto de estallar. Los ojos habían comenzado a hinchársele y la oscuridad no ayudaba, aun así pudo ver que los tres asaltantes echaban a correr a toda velocidad en dirección contraria a la entrada del callejón, de donde venía la propietaria de los gritos. Se tumbó bocarriba y bajó los párpados deseando perder el conocimiento para evadir el dolor que había tomado posesión de la mayor parte de su cuerpo, pero la suerte le había abandonado, al parecer, y se mantuvo consciente.

–¡Harry, Harry! ¡Dios mío! –La voz femenina, lacrimosa e histérica, le penetró en los oídos, espabilándole un tanto.

–¿Sara...? –logró articular.

–Sí, soy yo. ¡Oh, Harry! ¿Qué te han hecho? ¡Por Dios! No te muevas, no te muevas. Hay que llamar a una ambulancia. No te muevas. Quédate y voy a llamar a alguien. ¡Oh, Dios!

—No... llames a nadie...

—¡Hay que llamar a una ambulancia! Casi te matan... —Otro sollozo interrumpió sus palabras.

Quizá tuviera razón, quizá una ambulancia fuese lo más adecuado, pero una honda ansiedad, que trató de hacerle la competencia al dolor físico, se apoderó de él al pensar que tenía que ver a alguien, hablar con alguien que no fuera Sara.

—¡No! —exclamó con firmeza—. No quiero... que llames a nadie.

Ella se echó a llorar. Sintió el roce de sus dedos sobre el brazo, y esa pequeña caricia le hizo sentirse más fuerte.

—Escúchame, Sara... No tengo nada roto —dijo, aunque no estaba muy seguro. Por cómo se sentía, quizá sí le hubieran fracturado al menos la nariz—. Solo necesito que me ayudes a ponerme de pie y a llegar a casa...

—Pero, Harry... —trató de protestar.

—Por favor...

Sara no dijo nada más. Él, notando su inquietud y su reticencia, levantó la mano y la posó sobre su mejilla, que estaba empapada.

—Sara, estoy... bien. No pasa nada... —Nada más decirlo se dio cuenta de lo absurdo de su aseveración.

—No estoy de acuerdo. —Su voz estaba teñida por el llanto, y él pudo sentir su aliento sobre la palma de su mano. Le resultó reconfortante—. Pero... pero si es lo que quieres... Dime cómo puedo ayudarte.

—Espera —masculló.

Se puso de lado y apoyó las manos en el suelo. Se incorporó dejando escapar un gemido al sentir cómo millones de agujas —algunas del tamaño de cuchillos— se le clavaban por todas partes.

Sara, que se había hecho a un lado para dejarle espacio, volvió a acercarse y le pasó un brazo por debajo de la axila. Le tocaba con mucho cuidado como si temiese hacerle daño y él lo agradeció. Todo su cuerpo era como una herida abierta. Consiguió levantarse al fin. Un inesperado vahído le hizo apoyar todo su peso sobre ella, que trastabilló.

—Lo siento... Lo siento... —Respiró hondo un par de veces para alejar el atontamiento, lo que hizo que el pecho le ardiera.

—No pasa nada. Apóyate en mí.

La firmeza de su tono contrastaba tanto con la fragilidad que había mostrado hacía solo unos segundos, que Harry sonrió para sus adentros, admirándola por ser así. Semejaba crecerse ante las dificultades.

Comenzaron a andar con lentitud. El golpe que le habían propinado en el muslo, si bien no le había roto ningún hueso, había sido lo suficientemente fuerte como para impedirle apoyar todo su peso sobre la pierna. Dolía horrores. Y la cabeza..., de la cabeza mejor ni hablar. Podía sentir la viscosidad de la sangre manando de una fractura abierta en la nuca y empapándole el jersey.

La respiración de Sara a su lado era trabajosa. Se notaba que estaba haciendo un gran esfuerzo. A pesar de que solo faltaban unos metros para alcanzar la puerta, se detuvo y se apartó de ella, apoyando la espalda contra la valla de su propio jardín.

—¿No puedes más? —La preocupación se escuchaba en su pregunta.

—Necesito descansar, solo eso...

—Tenía que haber llamado a una ambulancia —dijo, como hablando consigo misma.

—Sara... —trató de imprimir firmeza a su voz, pero un estúpido ataque de tos lo estropeó todo. ¡Mierda! ¡Sus costillas y su pecho parecían querer explotar!

—¡Harry! —Se acercó a él y le posó la mano en el hombro con delicadeza.

En ese instante la luna le ganó terreno a las nubes y emergió vencedora. Y Harry, por fin, pudo ver a Sara. Tenía el rostro anegado en lágrimas. La inusual palidez de sus mejillas parecía querer hacerle la competencia a los plateados rayos que ahora sí iluminaban la calle y a ellos.

—¿Por qué has vuelto? —le preguntó con voz débil, una vez recuperado del ataque de tos.

—No lo sé. He tenido una sensación extraña, como una premonición o algo así. No puedo explicarlo porque no me había pasado antes, al menos no con tanta intensidad...

En silencio le dio las gracias a quién fuera que le hubiese enviado ese «aviso» a Sara. Si ella no hubiera aparecido...

—Eran los mismos tipos que me atacaron a mí, ¿verdad? De los que me rescataste...

Nunca habían hablado de ello, ni Sara ni él habían sacado el tema jamás. No obstante, tampoco era descabellado que ella lo supiera. No había que ser muy inteligente para adivinarlo.

—Sí —respondió.

—Deberíamos denunciarlos a la policía.

—No.

—Pero...

—No —volvió a repetir, esta vez con más energía.

—Pueden volver...

—No lo harán. Ya tienen lo que querían.

Ella se acercó a él con la sorpresa reflejada en la cara. Sus ojos parecían enormes.

—Querían ajustar cuentas conmigo. Ya lo han hecho.

No semejaba estar muy convencida, sin embargo no dijo nada más. Volvió a pasarse la mano por la mejilla, limpiándose un último rastro de humedad, y le dirigió una breve sonrisa. No era ni el momento ni el lugar, pero Harry sintió la necesidad de abrazarla, invadido por una enorme ternura. Apoyó la pierna magullada en el suelo, sin darse cuenta, y el dolor le hizo bufar.

—¡Harry! —De nuevo sonaba alarmada.

—Ayúdame a llegar a casa...

Ella se apresuró a pasarle el brazo por la espalda y así, renqueando y poco a poco, consiguieron sortear los pocos metros que quedaban hasta el portón y luego atravesar el jardín. Una vez dentro de la casa, lo peor fue ascender los escalones que conducían a su dormitorio. Sara intentó convencerle de que se echara en el sofá, pero él se negó. Costase lo que costase iba a tumbarse en la cama. Necesitaba un lugar cómodo y el sofá no lo era. Agarrándose a la barandilla y ayudado por ella, logró llegar a su habitación. Profirió un suspiro aliviado cuando se sentó pesadamente sobre la cama.

Sara encendió la lámpara de pie, esa que utilizaba cuando jugaba al ajedrez. Cuando la tenue luz inundó la estancia, una exclamación ahogada emergió de su pecho.

—¡Harry! Tienes... muy mal aspecto. —Parecía a punto de llorar, de nuevo.

—No estoy tan mal como aparento —mintió—. Solo necesito limpiarme las heridas y dormir un poco... Mañana estaré como nuevo.

—Eres un mentiroso —murmuró en voz baja con una mirada llena de escepticismo—. ¿Dónde tienes un botiquín?

—En el cajón de debajo del lavabo. —Señaló la puerta del baño.

Ella se dirigió allí con rapidez. No tardó en regresar con un paquete de algodón y un bote de agua oxigenada, que con toda seguridad estaría caducada.

—Esto te va a escocer —le advirtió, sentándose a su lado.

Él asintió. Estaba mareado y solo quería que ella terminase cuanto antes para tumbarse y quizá tratar de dormir.

La cura fue un suplicio. Por más cuidadosa que Sara trató de ser, la quemazón que sentía cada vez que el algodón empapado en el antiséptico le rozaba las heridas era insoportable. Al menos no eran muchas. Aparte de la hemorragia nasal, solo una brecha en la nuca, un corte en el pómulo y otro en el puente de la nariz —que gracias a Dios, no se le había roto, a pesar de que dolía como si la tuviera partida en mil pedazos—. Lo demás eran golpes y algunas magulladuras en los nudillos.

—Necesito... tumbarme —balbuceó. Notaba el cuerpo empapado en sudor y la sensación de mareo se intensificaba por momentos.

—Espera. Quítate al menos el jersey... Está lleno de sangre.

Empezó a quitárselo, pero cuando subió los brazos por encima de los hombros se detuvo al sentir cómo el dolor en el pecho se acentuaba.

—Déjame a mí.

Sintió sus manos ayudándole a desembarazarse de la prenda. Cuando se vio libre de ella, resopló agradecido. Ella se alejó con el jersey en la mano.

—No te vayas...

—No me voy. Voy a recoger esto, y luego estaré abajo. Dormiré en el sofá —dijo con suavidad.

Él la contempló a través de la hinchazón de sus párpados. Estaba tan cansado que no le importó demasiado mostrar toda su vulnerabilidad ante ella.

—Quédate conmigo aquí esta noche —musitó—. La cama es grande...

Sara se mordió el labio inferior con cierta vacilación.

—Te necesito —añadió en voz apenas audible.

Una chispa apareció en las pupilas de color miel. Se acercó un paso.

—Está bien —capituló—. Túmbate. Ahora mismo vuelvo.

Apenas ella había dicho eso, él ya se había tumbado. Lo hizo de lado para que nada le rozara la herida de la nuca. Cerró los ojos casi instantáneamente. El dolor le impedía pensar con claridad, pero si de algo estaba seguro era de que la quería a su lado aquella noche. No sabía precisar por qué, pero así era. Buscó la postura más adecuada para no cargar el peso sobre el muslo. Iba a ser complicado dormir tan magullado como estaba.

La luz del dormitorio se apagó y segundos después notó cómo el colchón se hundía bajo el peso del cuerpo de ella. Abrió los ojos y vio la silueta de su cabeza sobre la almohada. Alargó el brazo y palpó en la oscuridad hasta encontrar su mano, cálida y suave. Entrelazó los dedos con los de ella.

—Gracias, Sara... —susurró.

Ella le respondió con un breve apretón y algo parecido a un *Descansa, Harry*.

Después, debió de quedarse dormido.

Capítulo 19

Habrían pasado una o dos horas y Sara todavía no había conseguido dormirse, tenía la mente demasiado ocupada con todo lo que había sucedido. No obstante, había cerrado los ojos y trataba de encontrar al menos ese punto entre el sueño y la vigilia que le permitiera, si no dormir, al menos descansar. Harry emitió un siseo a su lado y ella agudizó el oído, tratando de discernir qué decía.

—Sara...

Su nombre se escuchó con claridad en la quietud del dormitorio, aunque apenas era un susurro. Seguramente se hallaba dormido y la palabra se le había escapado en sueños, mas poco después sintió un breve apretón en la mano que él no había soltado desde que se acostaron.

—¿Estás despierto?

—Sí. —Su voz sonaba clara y despejada, nada somnolienta. Sara se preguntó cuánto tiempo haría que se habría despertado.

—¿Te encuentras bien?

—Sí.

Era extraño notar su presencia a meros centímetros de distancia, saber que estaba despierto y poder escucharle respirar en la oscuridad, al tiempo que sentía la palma de su mano contra la suya... Muy extraño pero no desagradable. Los minutos transcurrieron despacio y Harry no volvió a hablar, también sus dedos se aflojaron y ya no la sujetó con tanta firmeza como antes. Sara esperó, atenta, pero él no volvió a moverse y su respiración se tornó regular y acompasada.

«Se ha dormido», pensó.

Ella se dispuso a intentarlo también. Tenía que reconocer que estaba muy cansada, mucho. Habían sido demasiadas emociones... La tarde a su lado, el beso... y luego la paliza...

—Jens... era igual que su madre... Michael se parecía más a mí...

La masculina voz, queda y ronca, rompió el silencio de modo inesperado y, aunque la frase había sido pronunciada en un murmullo, pareció explotar en el aire, sobresaltando a Sara y sacándola del duermevela en el que intentaba sumirse. Reconoció los nombres de inmediato.

¡Sus hijos! Jens y Michael eran sus hijos.

Se quedó paralizada, casi sin atreverse a coger aire, esperando a que continuara.

—Jens tenía una risa contagiosa —continuó Harry con gran serenidad—, de esas que cuando las oyes no puedes evitar echarte a reír. Ya de bebé se reía todo el rato. Incluso cuando se caía; se levantaba del suelo y soltaba una carcajada. —Él mismo soltó una pequeña risa teñida de amargura—. Le encantaba pintar. Siempre elegía el color azul, azul claro, azul oscuro, azul celeste..., pero siempre azul... Y lo hacía con mucha pasión, apretando las pinturas entre sus deditos con fuerza..., y cuando se salía del dibujo, se reía...

A pesar de que hablaba con mucha calma, todas sus palabras destilaban un hondo pesar. Parecía haber un lamento en cada sílaba que salía de su boca.

Sara trató de permanecer impasible y callada mientras el alma se le partía en dos al escucharle hablar de su hijo. Refrenó el impulso de alzar la mano y tocarle la cara o el pelo mientras los ojos le ardían y la mandíbula le dolía por el esfuerzo que tenía que hacer para no llorar.

—Recuerdo lo mucho que le gustaban las canicas. Tenía una caja de madera llena, pero nunca jugaba con ellas. —De nuevo una risa triste adornó su comentario—. Se limitaba a mirarlas y a limpiarlas una y otra vez. Michael siempre insistía en que las sacase, pero él se negaba. Aducía que se le podía perder alguna... —volvió a reírse con suavidad—. Era cabezota... —Hizo una pequeña pausa—. Le encantaba el helado de limón. Podía comérselo a todas horas. Decía que era su favorito porque era del color de su pelo... lo tenía rubio, casi blanco... como el de su madre... —se interrumpió como si el haber recordado a su esposa hubiera sido demasiado para él.

Sara no pudo reprimirse más. Una lágrima se fugó de sus pestañas y cayó sobre la almohada. A esta le siguió otra y otra más. Se mordió los labios para no emitir ningún sonido y lloró en silencio, protegida por la oscuridad.

—Michael era más serio —continuó él, después de un ligero carraspeo, ajeno al cúmulo de sentimientos que sus palabras despertaban en ella—. Era uno de esos niños que parecen demasiado maduros para su edad. Era introvertido y le costaba abrirse. Aprendió a leer con solo tres años y le apasionaban los libros. Su favorito era el de *Emilio y los detectives* de Erich Kästner. Creo que se lo sabía de memoria. Estuvo una semana con conjuntivitis y nos obligaba a leerle el libro una y otra vez. Si me esfuerzo todavía podría recitar algunas partes... —La nostalgia y la tristeza se mezclaron y su voz sonó curiosamente hueca—. Odiaba que su madre le peinara..., siempre llevaba el pelo alborotado...

Se calló de nuevo; era como si necesitase ir haciendo pausas para recobrar fuerzas y poder seguir hilando frases.

–Se parecía mucho a mí... –prosiguió tras un lapso de tiempo, más largo esta vez–, con esos ojos azules y el pelo castaño... Todos decían que era una miniatura mía... Cuando estaba en casa siempre venía detrás y me hacía preguntas sobre mi trabajo. A mí me sorprendía que un niño tan pequeño pudiese querer saber esas cosas... Era tan especial, tan inteligente... –suspiró–. Jens era más alocado y divertido, le encantaban las bromas. –Soltó una ronca risa genuina–. Siempre contaba chistes absurdos como ese que decía: «¿Cuáles son las últimas palabras de una serpiente? Oh, creo que me he mordido la lengua». Y luego se reía él solo todo el rato, aunque los demás no lo hiciéramos...

Sara ya ni siquiera intentaba contener el flujo de lágrimas que anegaba sus mejillas. Hubiese sido del todo imposible. Muy despacio alzó la mano que tenía libre y trató de limpiárselas, en vano, ya que pronto fueron sustituidas por otras. Que él se mantuviera tan... entero mientras le relataba esos episodios tan cotidianos de sus hijos era todavía más trágico y doloroso.

–Ambos eran perfectos... cada uno con sus cosas... y yo... yo era un padre miserable... –Su respiración resonó con fuerza, como si el hecho de coger aire y volver a expulsarlo fuera la cosa más difícil del mundo–. Nunca estaba ahí... Me pasaba el día trabajando y por las noches, cuando regresaba, estaba demasiado cansado para ocuparme de ellos... –La voz se le rompió del todo después de decir aquello.

–Harry... –intervino ella. Le partía el corazón verle así.

–No –la interrumpió, enérgico–. No digas nada. Déjame que termine. Si no lo hago ahora no sé si podré volver a hablar de esto de nuevo, a plena luz del día. Es... es más fácil así...

Transcurrieron unos segundos, quizá un minuto o dos. Ella guardó silencio como él le había pedido. Tenía el estómago encogido y un ardor imposible en el pecho. Notaba cómo la mano de él, que no la había soltado, la agarraba con más fuerza, buscando quizá apoyo o consuelo para poder seguir adelante.

—Muchas noches sueño con ellos. Sueño con sus sonrisas, con la forma de sus pies y de sus manos. Sueño que les abrazo... y que me abrazan... Y esas noches..., esas noches son las peores porque sé que cuando despierte... ellos no estarán... —soltó algo parecido a un gruñido—. El día... el día que encontraron sus cuerpos y tuve que ir a identificarlos —musitó—, al principio... no los reconocí. Llámame imbécil, pero de algún modo esperaba verlos a ellos... a mi Jens y a mi Michael... —Un gemido sofocado se trabó en la última sílaba—. A mi pequeño sonriente y a mi calco... tan serio como siempre..., pero... pero lo que vi... ¡Dios! Da igual el tiempo que pase... ¡Cómo... duele!

Sara se tapó la boca con la mano, reprimiendo un jadeo ahogado. Sentía cómo si todo a su alrededor hubiera desaparecido y solo existieran ellos dos y la voz de Harry, descarnada y atormentada, desgarrándola por la mitad con su enorme y profunda pena.

—Nunca... nunca voy a olvidar ese día... —Ya apenas se entendía lo que decía, parecía como si estuviera tratando de contener un llanto que no terminaba de salir—. Nunca...

Después de ese *Nunca* casi mudo no dijo nada más. Sara tampoco se atrevió a hacerlo. ¿Qué podía decir tras haber escuchado cómo él se desnudaba así ante ella? Cualquier cosa se quedaría corta, pequeña e insignificante y no llenaría el vacío tan abismal que había provocado su confesión y que le había dejado con el alma al aire y sangrante. Solo se atrevió a apretarle la mano, queriendo transmitirle algo de fuerza y consuelo a través de sus dedos entrelazados. Las lágrimas seguían brotando sin fin, como si sus ojos fueran una presa despojada de su dique. Enterró la cara en la almohada y se entregó al llanto, tratando de no pensar, de no imaginar a esos dos niños que él había descrito con tanta viveza. Jens, el coleccionista de canicas siempre sonriente y Michael, el ávido y serio lector...

Harry le soltó la mano y el efecto fue fulminante: en el acto se sintió como si la hubieran abandonado. Alzó la cabeza, tratando de atisbar algo, pero la oscuridad se lo impidió. No obstante, no tuvo tiempo de lamentar su falta de contacto. Notó cómo él se daba la vuelta en la cama con pesadez, al tiempo que soltaba una queja dolorida, y luego volvió a sentir su mano, buscando la de ella. La encontró y tiró de su brazo con suavidad, obligándola a acercarse. Terminó pegada a su espalda, con el brazo rodeándole el torso y la palma de la mano, envuelta en la de él, posada sobre su pecho. El vello que adornada sus pectorales le acarició las yemas de los dedos.

Sara no protesto, no se resistió. Él parecía necesitar su cercanía. No era demasiado lo que pedía. Le hubiera dado mucho más, cualquier cosa en realidad después de aquella noche. Harry le había hablado de sus hijos y eso lo significaba todo... No sabía qué podía haberle animado a hacerlo, quizá se había sentido vulnerable después de lo sucedido, quizá la oscuridad y la intimidad que estaban compartiendo le había arrastrado a sincerarse... No lo sabía. En verdad le daba igual. No importaba el porqué.

Instintivamente, se pegó más a él, apoyó la frente contra su rígida espalda y cerró los ojos, dejando que la mezcla de olores le penetrara por las fosas nasales, el de su piel, algo almizcleño, y el ácido del agua oxigenada que había usado antes para curarle. Le abrazó con precaución tratando de que se sintiese arropado y, de algún modo, también protegido. Él se dejó abrazar y le apretó el brazo con fuerza. Sara pudo sentir los potentes latidos que amenazaban con estallar su caja torácica justo debajo de su mano...

Sollozó en silencio, aferrándose a él.

Capítulo 20

Sara trató de ubicarse pestañeando repetidamente. Solo le llevó unas milésimas de segundo saber dónde se encontraba. De inmediato echó de menos su calor corporal y se giró, buscándole. Estaba a un metro escaso de ella y dormía.

Comenzaba a amanecer y una luz mortecina entraba por la ventana, otorgando forma a la figura masculina. Reprimió las ganas de acercarse más a él y le contempló con una mezcla de afecto y congoja. Tenía el pelo alborotado, como siempre, los mechones le caían sobre la ceja derecha, disimulando algo la hinchazón de sus párpados y de su nariz y el tono morado que habían adquirido sus pómulos. Bajó la vista y la fijó sobre su pecho desnudo cubierto por esos finos rizos castaños, que había podido sentir bajo sus dedos durante gran parte de la noche. Harry estaba delgado, eso era innegable, pero tenía un cuerpo fibroso y los músculos destacaban en su torso, su estómago y sus brazos. Era fuerte. Bien lo sabía ella que había sido trasladada por él en volandas y se había sentido como si fuera una pluma.

A veces, se preguntaba cómo habría sido él antes, cuando todavía era un arquitecto de éxito y la vida le sonreía. Según la versión de su abuela, era un hombre guapo y elegante, con carisma y seguro de sí mismo, aunque algo frío... Sara no sabía si se hubiera sentido atraída por el antiguo Harry. Era ese que dormía a su lado, el vulnerable e imperfecto, el que se había abierto ante ella la noche anterior y le había mostrado su dolor, el que conseguía acelerarle el corazón y le hacía desear acurrucarse en sus brazos.

Ese Harry...

Vestigios de su ronca voz cargada de angustia hablándole de sus hijos acudieron a su cabeza, al igual que había sucedido en incontables ocasiones durante toda la noche hasta que consiguió quedarse dormida. Las lágrimas volvieron a enturbiar sus ojos y parpadeó varias veces para deshacerse de ellas. Demasiado había llorado ya en las últimas horas. Buscó su mano con la mirada. Descubrió que estaba al lado de la suya, apoyada en el colchón a unos milímetros de distancia. Era morena y tenía algo de vello sobre el dorso. A simple vista no se apreciaba, pero ella sabía que era callosa y que tenía un par de cicatrices en la palma. Estiró un poco los dedos hasta que su índice entró en contacto con el de él. Un hormigueo le recorrió el brazo o quizá se lo imaginó. De lo que sí estaba segura era de que ese roce la reconfortaba sobremanera. Con mucha lentitud fue deslizando la mano hasta situarla debajo de la suya.

—Estás llorando.

La voz de él le hizo dar un respingo. Estaba tan concentrada que no había sido consciente de que él había despertado.

—No —respondió.

Nada más decir aquello, notó que una lágrima le resbalaba por la mejilla desmintiendo su aseveración. Alzó la vista. Apenas pudo atisbar un par de reflejos azules entre sus pestañas —que, por cierto, eran bastante más oscuras que su pelo— por las rendijas que formaban sus párpados hinchados.

Él movió los dedos y los posó sobre su muñeca, para luego deslizarlos hacia arriba con mucha suavidad. A Sara se le puso la carne de gallina mientras él seguía subiendo y subiendo por el contorno de su brazo hasta que alcanzó su hombro. Se mordisqueó el labio cuando la mano de él continuó su recorrido por su cuello y aterrizó sobre su mejilla, donde sus dedos le limpiaron las lágrimas que volvía a derramar de manera inconsciente.

—No llores —susurró.

—No lo hago —dijo casi sin aliento.

—Estoy bien.

Ella le contempló en silencio. A pesar de que sonaba firme y potente, su aspecto era lamentable.

—No lo parece.

—Estoy mejor de lo que aparento —dijo, y las comisuras de sus labios, enterradas en los pelos de su poblada barba, se alzaron casi imperceptiblemente.

Se quedaron allí, mirándose, solo separados por un metro de distancia. La luz del alba entraba poco a poco en el dormitorio, llevándose la oscuridad que había propiciado las confidencias a medianoche. A pesar de que las frases llenas de dolor seguían flotando en el ambiente, ninguno mencionó nada.

—¿Has dormido algo? —le preguntó él, preocupado. No parecía darse cuenta de que seguía acariciándole la mejilla a pesar de que ya no había más humedad que secar.

—No mucho, la verdad. Pero no pasa nada.

—Gracias por quedarte —dijo al cabo de unos instantes, y entonces hizo algo inesperado que terminó por confundirla del todo. Le pasó el pulgar por el labio inferior con mucha delicadeza, provocándole una sacudida que comenzó en la parte baja de su espina dorsal y culminó en la parte superior, erizándole los pelos de la nuca.

—Ayer... me besaste. —En cuanto esa frase salió de su boca fue consciente de que lo había dicho en voz alta y se sonrojó.

—Sí, lo hice. Quería... hacerlo —repuso él con gravedad.

Ella tardó en contestar, ocupada como estaba en tratar de leer sus magulladas facciones, inútilmente.

—Yo... yo... quería que lo hicieras —dijo al fin.

Luego no hubo más que respiraciones entrecortadas que llenaron el silencio del dormitorio.

—Voy a acercarme a casa de mi abuela a buscar aspirinas —dijo ella, apartándose con reticencia, huyendo de la intensidad del momento—. Ayer vi que todas las medicinas que tienes en el cajón están caducadas.

—No es necesario. Se me pasará —susurró él. Había tratado de ponerse bocarriba, pero al posar la cabeza en la almohada una mueca de dolor apareció en su semblante.

—Claro, claro —repuso con un toque de sarcasmo, levantándose y abandonando la cama. Se alisó el arrugado vestido con el que había dormido y se echó el pelo hacia atrás—. Quédate aquí, yo no tardo nada en vol...

—No me voy a quedar en la cama —la interrumpió—. Iré preparando café.

—No seas terco —protestó, encarándose con él—. No estás bien.

—Tampoco es para tanto —dijo, sujetándose las costillas y apoyando los pies en el suelo. Una ligera sonrisa se dibujaba en su boca y a Sara le dio un vuelco el corazón al verla. ¿Qué tenía aquel hombre que conseguía que se sintiera así?

—Haz lo que quieras, entonces —le dijo sin acritud. Se agachó y se puso las botas que había dejado junto a la cama. Luego cogió la cazadora que estaba en el suelo—. No tardaré en volver. Tengo ropa en casa de mi abuela. Me ducharé y me cambiaré y en veinte minutos estoy aquí. Aparte de las aspirinas, ¿traigo algo más?

—Galletas y limonada —respondió él con prontitud.

—Está bien.

Estaba sorprendida por su desenfado. No lo había esperado, pero no podía decir que no le agradase. El Harry de esa mañana parecía más... cercano, más afable... Sin volver a mirarle salió del dormitorio a toda velocidad.

* * *

Cuando Sara desapareció de su vista, la breve sonrisa que curvaba sus labios desapareció y fue sustituida por una mueca. No había centímetro en su cuerpo que no le doliera, pero no había querido que ella se percatase de cuánto en realidad.

Cuando despertó y la vio a su lado en la cama, por un instante se olvidó de las heridas y del persistente dolor que no había terminado de desaparecer. Solo la mujer que le había abrazado y le había proporcionado consuelo durante la noche le pareció importante. Había visto las lágrimas resbalando por sus mejillas y no pudo evitar limpiárselas con los dedos. Sabía que ella había pasado las últimas horas llorando. La había sentido temblar a su espalda mientras él le hablaba de Jens y Michael.

Jens y Michael...

Ambos nombres danzaron por su cabeza de una forma curiosa. Solía provocarle un gran desconsuelo pensar en ellos, pero no había sido así la noche anterior. Cerró los ojos con fuerza ignorando el dolor. Ahora, a la luz del día, no sabía qué le había impulsado a sincerarse con ella, a hablarle de sus hijos. Hacía unas horas, en la oscuridad, le había desbordado la necesidad de contarle cómo eran, qué les gustaba, qué solían hacer y cuáles eran sus manías y aficiones. Era la primera vez en años que hablaba de ellos y de aquel día... y, contrariamente a lo que había pensado, aunque no le había resultado fácil hacerlo, después de haber pronunciado sus nombres en voz alta y haber recordado todo aquello, se había sentido... aliviado. Que ella le hubiera abrazado y se hubiese dejado abrazar por él después, había sido como un bálsamo para su alma torturada. La palma de su mano sobre su pecho y la tibieza de su cuerpo envolviéndole le habían proporcionado algo que llevaba tiempo ansiando...

Paz.

Qué simple sonaba y qué difícil de conseguir... y, sin embargo, su presencia le otorgaba una serenidad que pensaba que no iba a recuperar jamás. Sara le hacía bien, le hacía querer curarse, si es que lo suyo tenía cura... Le hacía desear salir de su cascarón y convertirse en otro hombre, uno más entero, más fuerte, más como el antiguo Harry...

¡No! No como el antiguo Harry, ese había sido egoísta, arrogante y frío y Sara se merecía otro Harry más abierto, más generoso, más humilde, más cariñoso... Ella le importaba. Mucho.

Y eso le tenía aterrado.

No quería ni pensar en que quizá fuese demasiado tarde para cambiar, para volver a ser «normal»... Se retorció las manos con nerviosismo. No sabía muy bien cómo hacerlo y si iba a poder conseguirlo...

Se incorporó con pesadez y se encaminó al baño, arrastrando los pies. Se desembarazó de los vaqueros y la ropa interior y se dio una ducha, tratando de no mojarse las heridas. No era la primera vez que se sentía tan dolorido y magullado y sabía que el agua caliente podía obrar milagros.

Mientras el chorro le caía sobre la espalda recordó una situación en especial en la que había terminado así de destrozado en el pasado. Fue al principio, cuando solo podía soportar el paso de las horas con el cerebro entumecido por el alcohol. Bebía una botella tras otra de *whisky* y terminaba tumbado en cualquier parte de la casa, inconsciente, muchas veces sobre su propio vómito. En una de aquellas ocasiones en las que estaba completamente borracho, había tropezado y se había caído por las escaleras. Despertó muchas horas después, desorientado y con el pelo ensangrentado pegado a la sien a consecuencia de una brecha en la frente, y lo que parecía ser un esguince. Apenas si pudo ponerse en pie agarrándose a la barandilla. Con mucha dificultad y gimiendo de dolor había conseguido llegar hasta el baño y darse una ducha de agua caliente, como la que se estaba dando en ese preciso instante.

Las circunstancias eran distintas, por supuesto, pero las sensaciones eran las mismas. Aquella vez tardó días en recuperarse, días que pasó como un vegetal, medio tumbado medio sentado en el sofá del salón, de nuevo acompañado por su amiga la botella, maldiciendo en silencio su mala suerte por no haberse partido la crisma en alguno de los escalones al caerse. Fue después de aquello cuando empezó a plantearse lo de quitarse de en medio, lo de desaparecer...

Una semana después cogió una cuchilla de afeitar y trató de cortarse las venas.

Sin éxito.

Abrió los ojos y, a través de la cortina de agua que le resbalaba por la cara, distinguió la irregular cicatriz que adornaba su muñeca. Era una línea gruesa y blanca y destacaba demasiado contra su piel morena. No le habían dado puntos ni había sido curada apropiadamente por eso los bordes eran tan abruptos. Había sido él mismo, quizá en un momento de lucidez, el que se había ocupado de detener el flujo de sangre. Recordaba haber estado sentado en el suelo del baño con el brazo apoyado en la pierna mientras el líquido rojo iba cayendo sobre las baldosas. Había contemplado la escena con desinterés y apatía, pero, de repente, algo hizo clic en su cabeza, no podía recordar el qué... Se había puesto en pie con premura y buscado algo con lo que detener la hemorragia. Las vendas no le sirvieron de nada, así que terminó utilizando *Super Glue*; en algún lugar había leído que durante la guerra de Vietnam se utilizó para cerrar las heridas. De ahí que la cicatriz tuviese ese aspecto tan desagradable.

Todavía tenía que explicarle aquello a Sara.

Volvió a cerrar los ojos. Tantas cosas tenía que contarle... y la mayor parte de ellas no le presentaban en la mejor luz. Paso a paso, se dijo. Poco a poco.

Abandonó la ducha y se secó con dificultad. Luego se encaminó al dormitorio, sacó ropa limpia de un cajón y se vistió. Se sentía más vital que hacía unos minutos y también mucho más animado. Tenía ganas de que Sara regresara, de pasar el día con ella, de leer en su rostro todas esas emociones que siempre llevaba a flor de piel, de hablar con ella y ver cómo se le iluminaban los ojos...

Tenía ganas de volver a besarla...

Sin preocuparse demasiado por su cuerpo dolorido, descendió las escaleras; en su mente solo llevaba la imagen de Sara y de él mismo besándose en la oscura esquina la noche anterior. ¿Se atrevería a volver a hacerlo? No tenía ni idea. Las cosas entre ambos habían cambiado desde el día anterior... Una sonrisa algo insegura le curvó los labios.

Entró en la cocina y preparó el café. Mientras esperaba a que estuviese listo y contemplaba la cafetera con la mirada perdida, se acarició la nuca con cuidado. Le escocía la herida que, a pesar de toda precaución, se le había mojado en la ducha. También su dolor de cabeza seguía allí. Se llevó las manos a las sienes y se las frotó con suavidad.

—¿Te duele?

Se dio la vuelta, sobresaltado. No la había oído entrar. Estaba bajo el umbral de la puerta y le observaba, preocupada. Llevaba unos vaqueros desgastados y una camiseta blanca; el pelo húmedo le caía por encima de un hombro.

El corazón de Harry se encogió. Estaba tan guapa, así, sin maquillaje, sin arreglar... y parecía tan joven...

—He traído aspirinas, yodo, algodón, y las galletas y la limonada —continuó ella al ver que él no contestaba, adentrándose en la cocina y dejando una bolsa de plástico sobre la mesa.

—Yo estoy preparando café —repuso. De repente, estaba más nervioso que hacía solo unos instantes y se sintió torpe. Apartó la mirada y abrió la alacena para sacar dos tazas.

—¿Te has mojado las heridas? —Su voz sonaba cargada de reproche.

—He intentado no hacerlo.

—Pues sin éxito. Tienes sangre en la camiseta.

Harry se llevó la mano a la nuca, notó la humedad y se miró los dedos. Sí, estaban teñidos de rosa. Ella había sacado las cosas de la bolsa y tenía el ceño fruncido, como si estuviese enfadada. No sonrió porque creyó que se ofendería, pero le resultó divertido que se comportara con él como una madre preocupada.

—No es para tanto. —La tranquilizó—. Apenas me molesta.

—No es verdad. Cuando he entrado te estabas frotando las sienes, señal de que te duele la cabeza. Y esa herida... Te estás poniendo perdida la ropa. Déjame que le eche un vistazo.

—Vamos a tomar café primero. —Se dio la vuelta y cogió la jarra de cristal llena del negro líquido. Lo sirvió en dos tazas, puso dos cucharadas de azúcar en la de ella y se la ofreció.

—Eres cabezota, pero yo más. —Tomó la taza con una mano y la dejó sobre la mesa—. Siéntate y tómate tu café, mientras yo me ocupo de la herida. —Apartó una silla y le hizo un gesto enérgico.

Él no replicó. La obedeció. Se sentó y apoyo los codos sobre la superficie de madera. Sara se situó a su espalda.

—Deberías quitarte la camiseta —le dijo.

Solo habían sido cuatro palabras, pero Harry se dio cuenta de que había algo raro en su voz. Giró brevemente la cabeza y descubrió que ella se había sonrojado. ¿Por qué? ¿La ponía nerviosa que él se quitase la ropa? No podía ser. Habían dormido juntos, pegados el uno al otro... No lo entendía...

Se quitó la camiseta, como le había pedido. Levantar los brazos le pareció una tortura y un quejido dolorido le emergió de la garganta. Arrojó la prenda a un lado.

—Se te está poniendo morado —musitó ella rozándole las costillas con la punta de los dedos.

Como si se hubiera percatado de lo que estaba haciendo, se apartó con rapidez, pero el daño ya estaba hecho. Una descarga eléctrica había recorrido el cuerpo de Harry al sentir el roce de su mano, y el gemido que antes había sido de dolor se convirtió en uno de placer. ¡Qué delicia sentir esa caricia sobre su piel! Bajó la barbilla, avergonzado, y agarró la taza con fuerza entre ambas manos.

—Puede ser que te escueza. —La voz de ella le advirtió de lo que estaba por llegar.

En efecto, le escoció, pero no demasiado. Además, Sara fue muy rápida limpiándole la herida y colocándole un apósito. Luego dejó el yodo y el algodón sobre la mesa, pero no se movió de dónde estaba. Él sentía su presencia y también podía oír su respiración acelerada detrás de él. A pesar de que el silencio se extendía entre ellos y la situación era algo insólita, no le resultaba incómoda. Terminó por coger el bote de aspirinas y sacó dos. Se las tomó con un sorbo de café.

Entonces, la cálida mano de ella se posó sobre su hombro desnudo, provocando que una mezcla de frío y calor viajase por su espalda. Resistió el impulso de darse la vuelta y buscar su mirada. Permaneció quieto, sin atreverse a mover un solo músculo.

—Creo que nunca te di las gracias —dijo ella tan bajito que le costó entenderla.

—¿Las gracias? —La voz le salió estrangulada.

—Sabía que fuiste tú el que me rescató hace meses de los hombres de anoche, aunque nunca lo mencioné.

—Ah, eso...

—Fuiste muy valiente aquella noche.

—Tampoco fue para...

Fue incapaz de decir nada más porque Sara comenzó a mover la mano con lentitud, presionando con el pulgar sobre su zona sensible entre el hombro y el cuello. De sus labios escapó un suspiro, que se mezcló con el que emitió ella y tuvo que cerrar los ojos, asaltado por una miríada de emociones.

¿Por qué reaccionaba así, tan... alterado? Solo le estaba acariciando un hombro, nada más... El contacto físico entre ellos había sido mucho mayor hacía horas, en la cama. Ella le había abrazado y se había pegado a su espalda... ¿Qué narices le sucedía ahora?

«Anoche estabas invadido por la pena, Harry. Ahora no. Ahora estás sintiendo otras cosas».

Seguía masajeándole con extrema delicadeza, ajena a lo que su caricia provocaba en él. ¿No se percataba ella de lo que le sucedía? ¿No se daba cuenta de que estaba completamente descontrolado? Apoyó las palmas de las manos en la mesa y respiró hondo, tratando de ganar algo de aplomo..., en vano. Quería decirle que parase, que no siguiera tocándole, y al mismo tiempo deseaba que no se detuviera y que utilizase ambas manos, que recorriese cada centímetro de su cuerpo con ellas... ¡Sí!

Como si le hubiera leído los pensamientos, ella apoyó la otra mano en su hombro derecho y le acarició con ambas.

—Sara... —logró balbucear con la voz ronca.

—¿Te... te molesta?

Sacudió la cabeza.

—Puedo parar.

¡No! Agitó la cabeza con más violencia y se agarró con firmeza a la mesa, clavándose el borde en las palmas. El ardor que antes se había extendido por todo su cuerpo se concentró en un único punto y... y se sonrojó. ¡Un hombre de su edad sonrojándose!

Y ella continuaba tocándole con suavidad, como si temiera hacerle daño. Abandonó sus hombros para deslizar las yemas de sus dedos por su columna vertebral y luego volvió a ascender con ellos hasta que los enredó en los mechones de pelo de su nuca, esquivando la herida.

—Harry...

Él se puso tenso al escuchar cómo pronunciaba su nombre. No dijo nada, se limitó a esperar a que siguiera hablando. El silencio de la cocina estaba cargado de electricidad.

—¿Me... me volverías a besar...?

¡Sí!, gritó, aunque de su boca solo salió una especie de estertor ahogado. No había tenido apenas tiempo de reaccionar cuando ella se apartó y rompió el contacto. Se situó a su lado, muy cerca, y su pierna enfundada en tela vaquera le rozó. Vio que se frotaba las manos en los muslos. Quizá estuviese igual de nerviosa que él, aventuró. Alzó la barbilla y buscó su cara. Tenía las mejillas teñidas de rosa y su pecho subía y bajaba como si hubiera corrido una maratón.

No se paró a pensar. Se puso de pie con tanto ímpetu que la silla cayó al suelo provocando un ruido estruendoso. La miró, confuso, y luego volvió a mirarla a ella. Un incómodo y poco bienvenido rubor, que rivalizó con el de ella, comenzó a reptar por su cuello y acabó en su cara. ¡Qué torpe era! Se sintió ridículo y estúpido. Delante de él había una mujer que acababa de pedirle que la besara, algo que había deseado hacer todo el tiempo, y él se comportaba como un cretino. Volvió a contemplar la silla sintiendo cómo la impotencia y la vergüenza crecían dentro de él.

Entonces ella dio dos pasos al frente, adueñándose de su espacio. Apoyó las manos en su cara y él volvió a posar sus ojos sobre los de ella, que brillaban de una manera febril. Se quedó paralizado. ¡No sabía qué hacer! El anhelo de responder a su caricia era tan grande que todo su cuerpo se estremeció. Apretó tanto la mandíbula, conteniéndose, que se hizo daño. Sara se pegó más a él y la curva de sus senos quedó aplastada contra su pecho. Alzó el brazo, quizá para acariciarle el pelo o la mejilla, no lo sabía, pero cuando vio los temblores que lo recorrían, se detuvo. El calor que desprendían las manos de ella sobre su piel le estaba penetrando hasta los huesos. Bajó los párpados, mas se arrepintió en el acto; con los ojos cerrados todas las sensaciones se multiplicaban por mil. Los volvió a abrir.

Entonces ella se puso de puntillas y se acercó. La escena pareció transcurrir a cámara lenta, como en una película antigua. Harry tuvo tiempo de sobra de apartarse, de dar un paso atrás y volverse a refugiar en su zona segura, lejos de ella..., pero no lo hizo. Conteniendo la respiración, esperó a que sus bocas se encontrasen. El aliento cálido de ella le acarició la cara y luego, por fin, sus labios aterrizaron sobre los suyos...

Y él... perdió la cordura.

Todas esas emociones que llevaba dentro y que habían estado contenidas estallaron de golpe. Se abalanzó sobre ella, hambriento e impetuoso, acorralándola contra la mesa. La devoró con su boca, su lengua, sus dientes, apenas consciente de que la agarraba con frenesí y torpeza por el talle, de que la sujetaba por los hombros y clavaba los dedos en su delicada piel. Ignorando el dolor que sentía en los pómulos y en la nariz, se pegó más a ella. Pudo sentir la calidez de su cuerpo amoldándose al suyo y un zumbido se le alojó en los oídos ensordeciendo todo lo demás. Sin retirarse ni un milímetro la alzó en el aire y la sentó sobre la mesa, situándose entre sus piernas. Una dolorosa erección palpitaba con fuerza dentro de su pantalón y se restregó contra ella, gimiendo. Sus manos le recorrieron la espalda, los omóplatos, la parte trasera de su cuello, se enterraron en su largo y húmedo cabello, volvieron a descender y se aferraron a sus caderas..., y ascendieron de nuevo para sujetarle la cara con firmeza. Y su boca, áspera y ruda, en ningún momento la abandonó. Continuó besándola como poseído por una extraordinaria fuerza —como si hubiera perdido la razón—, en los labios, en las mejillas, la barbilla, el cuello, de nuevo los labios... abrasándola y dejándose abrasar... abandonándose a ese arrebato que parecía haber tomado el control sobre su persona.

¡Cuánto tiempo hacía que no había sentido nada parecido!

A través de la cortina opaca y oscura que le nublaba los sentidos, creyó escuchar un gemido. Su mente febril y excitada trató de ignorarlo, pero entonces sintió las manos de ella empujándole con firmeza. Mareado, se apartó unos centímetros y la miró con los ojos turbios y empañados por la pasión.

La imagen que se presentó ante él le llenó de espanto.

Despertando de golpe de su letargo, se echó hacia atrás como impelido por un resorte, con el cuerpo en tensión. Toda la excitación que había sentido solo unos instantes antes murió de repente, dando paso a una profunda vergüenza.

Sara tenía los labios enrojecidos e hinchados, producto de su brutal beso, y no solo los labios. Sus mejillas e incluso su cuello presentaban un tono rojizo que no era a causa del acaloramiento. Se había llevado las manos al pecho en una postura defensiva y parecía a punto de echarse a llorar. Harry posó sus erráticos ojos sobre sus brazos y, con horror, se fijó en las marcas rosáceas que sus dedos habían dejado allí.

—Sa... Sara... —logró balbucear con una voz que no le pertenecía.

Ella no dijo nada, semejaba no poder. Agitaba la cabeza de un lado a otro en una interminable negativa.

Harry alzó las manos en el aire y se las contempló como si no fueran suyas. Las giró y flexionó los dedos, incapaz de creer que las señales que mostraba ella sobre su piel las hubiera provocado él. Buscó sus ojos, impotente y aterrorizado. Ella seguía mirándole conmocionada.

—Lo... lo lamento... —Su voz se quebró en la última sílaba.

¿Qué narices había hecho? ¿Cómo había podido perder los papeles así? ¡Mierda! ¡Se había conducido como un salvaje! La había lastimado y asustado. ¡No! No podía ser cierto y, sin embargo, cuanto más tiempo pasaba, más evidentes se hacían las señales. La bilis acudió a su garganta y le entraron ganas de vomitar, asqueado por su comportamiento. Dio un paso atrás y estuvo a punto de tropezar con la silla que había tirado antes al suelo. Trastabilló, pero consiguió recuperar el equilibrio. Necesitaba marcharse. No podía seguir allí, delante de ella, sintiendo su mirada atemorizada sobre él.

Se dio la vuelta con precipitación... y, soltando un lamento apenas humano, huyó perseguido por sus demonios.

Capítulo 21

Sara observó su apresurada partida con una mezcla de aprensión y tristeza. Aun a sabiendas de que él no pretendía hacerle daño, su vehemencia había conseguido asustarla brevemente. Tenía la carne de gallina y se abrazó a sí misma tratando de entrar en calor mientras recuperaba el aliento. Sus ojos se posaron en las marcas que sus dedos habían dejado sobre sus brazos. Bajó los párpados y, sin poder evitarlo, la expresión que había aparecido en el rostro de Harry, visible incluso a pesar de la hinchazón de sus pómulos, acudió a su mente. Pobre Harry... Parecía tan hundido...

Se bajó de la mesa con cuidado. No sabía si ir tras él o si eso le mortificaría todavía más. Dio unos pasos en dirección a la puerta, pero se detuvo, insegura. Echó un vistazo a su alrededor y se dio cuenta de que las tazas se habían volcado y el café chorreaba por un lateral de la mesa hasta el suelo. Aliviada de que la decisión le hubiera sido arrebatada y de tener algo de qué ocuparse, se acercó al fregadero y cogió una bayeta. Limpió la mesa y el suelo y recogió la silla que él había volcado.

Se detuvo en medio de la cocina, sin saber qué hacer. Se llevó la mano a los labios y se los rozó con la punta de los dedos. Estaban hinchados y sensibles. El beso había sido... inesperado. Su rudeza también. Se preguntó qué le habría sucedido para que hubiese reaccionado así. Quizá demasiado tiempo conteniéndose, demasiada excitación reprimida...

«Un hombre que lleva seis años sin contacto con nadie, cuanto menos con una mujer... No podías esperar una respuesta natural», se dijo.

Se dejó caer sobre una silla y apoyó los codos en las rodillas. La reacción de Harry había sido tan desproporcionada... tan intensa... Primero le había sentido temblar bajo las palmas de sus manos, y luego toda aquella tensión había estallado de repente, como una olla a presión a la que le quitan la tapa, arrastrándola con ella. Sus besos, sus caricias, su roce, todo había sido tosco y descontrolado. Había sentido su erección clavándose contra su entrepierna incluso a través de la dura tela de los vaqueros que llevaban ambos..., y sus dedos hundiéndose en sus brazos... Se había sentido intimidada, por eso le apartó.

Era cierto que la situación se le había ido de las manos, pero no era para tanto. No lo era. Volvió a mirarse las marcas, que ya comenzaban a desaparecer. No creía que le fuera a quedar señal alguna. Gimió al recordar de nuevo la expresión de horror que vio en sus facciones cuando él fue consciente de lo que hacía. Le dolía pensar que Harry estaría atormentándose por lo sucedido. Se echó el pelo hacia atrás con nerviosismo y meditó sobre cómo actuar a continuación. No quería que eso que había pasado fuera un retroceso en su curiosa relación. Todos los progresos que habían hecho desde el día anterior no podían esfumarse debido a lo ocurrido. Con él era siempre un paso hacia delante y dos hacia atrás. No. No podía consentirlo.

Harry la necesitaba, o al menos trató de convencerse de que así era, mientras se incorporaba con rapidez y abandonaba la cocina, dispuesta a dar con él, estuviese donde estuviese. Recorrió el largo pasillo abriendo todas las puertas que encontró a su paso. En el aseo no estaba, en la pequeña habitación diáfana que había bajo las escaleras tampoco. Un simple vistazo al salón le mostró que este también se hallaba vacío. Subió al piso superior tomando los escalones de dos en dos. Cuantos más minutos pasaban mayor era la urgencia que sentía por encontrarle. Sabía, sin lugar a dudas, que él estaría reprochándose lo sucedido, sintiéndose culpable. Lo último que le hacía falta a Harry era añadir más peso todavía a la pesada carga de culpabilidad que arrastraba consigo.

Inquieta, recorrió toda la primera planta. No estaba en ninguno de los tres dormitorios, tampoco en los baños. Terminó por subir al segundo piso; nunca había estado allí antes y lo hizo con algo de reparo. La moqueta de la estrecha escalera que llevaba hasta lo que era una especie de sala abuhardillada amortiguó sus pisadas. Recorrió la amplia estancia con los ojos, tratando de discernir algo a través de la poca iluminación que dejaba pasar el casi opaco cristal de una ventana redonda al fondo, pero, exceptuando unas cuantas cajas de cartón apoyadas contra la pared de la derecha, no había nada más.

¿Dónde estaba Harry?

Se retorció las manos con nerviosismo y desanduvo lo andado, volviendo sobre sus pasos. Entró en su dormitorio. La cama estaba deshecha, tal cual la había dejado ella al marcharse hacía una hora. Era una estupidez, pero su presencia allí se hacía más tangible. Era la única habitación de la casa que parecía conservar algún rastro humano de él. Quizá porque su ropa se hallaba por todas partes, quizá porque sobre la mesilla se encontraba el libro del que le había hablado: *El Manantial*. Era un volumen antiguo y muy manoseado, ajado por el tiempo. Acarició la cubierta con cierto abandono mientras sus ojos se escurrían hacia la ventana sin pretenderlo realmente. Junto a la valla cubierta de enredadera un ligero movimiento llamó su atención y la hizo erguirse. Se acercó al cristal.

Era él.

Se hallaba medio oculto por la sombra de un árbol y seguía desnudo de cintura para arriba, tal cual había huido de la cocina. Tenía la espalda apoyada contra el tronco y la cabeza alzada hacia el cielo. Se cubría la cara con las manos. Todo su cuerpo parecía estar vibrando; incluso a aquella distancia Sara pudo apreciarlo con claridad.

Una vez, hacía mucho tiempo, cuando todavía era una niña, había visto un documental en el colegio sobre depredadores y sus presas. En aquel entonces y con sus ojos infantiles se había sentido aterrorizada al ver cómo un águila real perseguía a un pobre conejo que, lleno de miedo, había tratado de esconderse entre los arbustos, sin éxito. Nunca olvidaría el pequeño y tembloroso cuerpecito del mamífero mientras la desesperación se reflejaba en su mirada. No era quizá el símil más adecuado, pero la imagen de Harry le recordó aquella otra imagen, tantos años olvidada. Estaba segura de que si pudiera verle los ojos, mostrarían la misma angustia que mostró el conejo al verse acorralado.

Trató de mantener la calma. Al igual que el pobre animal, Harry intentaría huir si se acercaba a él por sorpresa. Tenía que tener cuidado y ser cauta. Se quedó un rato allí, observándole. Con la garganta encogida por la preocupación estudió cada uno de sus gestos, de sus ademanes, su postura y su mímica. Su pecho subía y bajaba de manera aparatosa como si cada inhalación de aire le costara un mundo. A Sara le hubiera gustado estar allí abajo, con él, abrazándole, como había hecho la noche anterior, tranquilizándole, asegurándole que todo estaba bien, pero no sabía si en verdad era así. ¿Todo estaba bien? Harry y sus reacciones eran más complejas de lo que ella había creído o esperado y, mientras le contemplaba desde la distancia y veía cómo sufría, no sabía si iba a estar a la altura de las circunstancias e iba a poder serle de ayuda. Sus heridas y sus traumas eran quizá demasiado profundos para que ella, una simple muchacha de veintipocos años que no sabía nada sobre la mente humana y sus recovecos, le pudiera sacar de su ostracismo. A veces, querer ayudar a alguien no era suficiente. No lo era... No obstante, ahuyentó esos pensamientos negativos y se convenció a sí misma de que si alguien podía hacer algo por Harry, era ella.

Pasaron los minutos y él continuaba en la misma posición. No parecía más calmado que antes. Y Sara se cansó de esperar. Resuelta, se dio media vuelta y abandonó el dormitorio. Bajó las escaleras, abrió la puerta de la casa y salió al jardín. A pesar de que estaba nerviosa, intentó que no se notase ni en su expresión ni en sus movimientos cuando se acercó a él. Harry no la oyó, el césped amortiguó sus pasos. Se detuvo y le estudió con ansiedad. Seguía tapándose la cara con las manos. Presentaba una estampa tan triste que a Sara se le llenaron los ojos de lágrimas. Parpadeó con rapidez para disolverlas. Cogió aire y trató de ganar algo de serenidad. Por ella, por él, por ambos. Con la desazón apoderándose de cada centímetro cuadrado de su cuerpo, pero resuelta a no demostrarlo, se apoyó en el árbol junto a él y cerró los ojos. De algún modo, confiaba en que él notase su presencia.

Esperó.

Con el corazón en un puño y las manos sudorosas, esperó. Con el sentido del oído alerta, escuchando cómo su respiración se iba ralentizando poco a poco. Pasaron los segundos, los minutos... El trino de un pájaro vino a interrumpir la relativa paz del jardín. Y a lo lejos, en la distancia, se oyeron los ladridos de un perro. Sara era muy consciente de su presencia a su lado, a pesar de que no había contacto físico entre ellos. Desde hacía tiempo, una especie de corriente magnética los unía, y desde la noche anterior, ese magnetismo que existía entre ambos se había convertido en algo más sólido, más fuerte, más poderoso.

—No quería hacerte daño.

Sara abrió los ojos. Harry tenía la vista fija en algún punto perdido de la valla. Su voz era grave y estaba cargada de pesar.

—Lo sé —respondió, reprimiendo el impulso de alargar la mano y coger la suya, que estaba a solo unos centímetros, apoyada sobre el tronco.

—No sé qué me ha pasado. He perdido... los estribos. Lo lamento tanto...

Ella le vio tragar saliva. Su nuez, debajo de su poblada barba subió y bajó un par de veces. Guardó silencio mientras esperaba a que él siguiera hablando; parecía querer seguir haciéndolo.

—Sé que nada de lo que pueda decir excusa mi comportamiento. Nada. Pero... pero quiero que sepas que lo último que querría es hacerte daño, Sara... Yo... —Hizo una pausa y dejó caer la cabeza hacia delante—. Yo... llevo mucho tiempo sin sentir nada parecido por nadie... y no sé qué ha pasado... Me importas mucho. ¡No quiero herirte!

—No me has herido —murmuró ella.

Él soltó una risa amarga y ronca, llena de desprecio.

—Sí lo he hecho.

—Harry. —Se apartó del árbol y se plantó frente a él, que seguía con la mirada fija en el suelo—. No me esperaba tanto... eh... entusiasmo por tu parte, por eso te he apartado —trató de imprimir calma y despreocupación a sus palabras—. Pero en ningún momento me he sentido amenazada por ti.

Él elevó los párpados. Había tanta aflicción en sus ojos que a ella se le detuvo el corazón por un instante.

—Te he dejado señales...

—¿Qué señales? Están desapareciendo. —Le mostró sus brazos, que él recorrió con la vista con avidez—. La culpa es mía por haberte presionado.

Él agitó la cabeza con violencia.

—No digas eso. Tú no tienes la culpa de nada —exclamó—. Soy yo. No estoy... listo para... esto.

Ambos guardaron silencio después de aquella frase. Sara dejó pasear la mirada por el jardín antes de retornarla a él.

—Quizá todavía no, Harry, pero yo tengo paciencia... mucha. Hay cosas por las que merece la pena esperar.

Él cerró los ojos al escuchar aquello. Apretó los labios con algo parecido al escepticismo. Un pequeño rayo de sol se coló a través de las ramas del árbol y le dio en la cara. Su rostro hinchado presentaba una original composición de colores, como la paleta de un pintor imprudente que los hubiera mezclado sin ton ni son. Desde el rojo bermellón, pasando por el lila y acabando en un intenso morado oscuro justo debajo de los ojos. Sara se vio en la tentación de alzar la mano y pasar la punta de sus dedos por aquellas magulladuras, pero no lo hizo.

—No sé si alguna vez estaré preparado —dijo él volviendo a abrir los ojos y clavándolos en los de ella—. Creí que sí, pero no sé cómo hacerlo.

—Harry, voy a pedirte algo —dijo con solemnidad.

—Lo que quieras.

—Necesito que me abraces.

La impotencia se reflejó en sus facciones. Alzó las manos y las flexionó en el aire. Después le recorrió los brazos, el cuello y el rostro con la mirada, como si buscara esas marcas de las que había hablado antes.

—No quiero hacerte daño.

—No me lo harás.

—¿Cómo puedes estar tan segura?

—Confío en ti —replicó con sencillez.

Él suspiró.

—Yo no.

—Pues tendremos que fiarnos de mi criterio —repuso.

Y no esperó más. Con mucha lentitud y sin apartar la vista de su rostro, que permanecía en tensión, dio un paso hacia delante y se dejó caer contra su pecho. Apoyó la mejilla en él y los fuertes latidos de su desacompasado corazón llegaron hasta ella, altos y claros. Enlazó los brazos a su talle con cuidado de no hacerle daño en las costillas y se recreó en el tacto de su piel, fresca y firme. Aspiró hondo y una mezcla a gel de ducha y sudor limpio le entró por las fosas nasales. Resistió las ganas de pegarse más, de acurrucarse contra él...

«Cautela, mucha cautela», se dijo.

Él no hizo nada al principio. No la rechazó, pero tampoco correspondió a su abrazo. Estaba rígido, tan duro como el mismo tronco que tenía a su espalda. Al cabo de un breve lapso de tiempo, Sara sintió sus manos posándose sobre sus hombros con timidez. El alborozo la embargó cuando notó que él se relajaba y que su abrazo se hacía más apretado y natural. Terminó por rodearla del todo con sus brazos y apoyar la barbilla sobre su cabeza. Quizá se lo imaginó, pero creyó sentir incluso el roce de un beso sobre su coronilla.

—Ah... Sara... —susurró él, y su voz arrastraba un eco de melancolía.

Se mantuvieron unidos un buen rato, sin intercambiar palabra. El sol penetró con más fuerza a través de las ramas y pronto no fue solo un rayo el que incidió sobre ellos, fueron muchos. La sensación de calma y bienestar se intensificó y

Sara se relajó y estuvo a punto de olvidarse de todo, de olvidar que las dificultades no habían hecho más que empezar y que, con toda probabilidad, el camino que tenían por delante sería largo y tortuoso. Y para nada sencillo.

—Tengo que pedirte algo —dijo él al cabo de un rato. Sonaba calmado.

—Hazlo —le respondió ella con vehemencia.

—Quiero que... —se interrumpió, como si estuviera buscando las palabras más adecuadas— te... vayas.

Ella alzó la barbilla bruscamente y buscó sus ojos, alarmada. Él la soltó para acunarle el rostro entre las manos. Sus apenas visibles iris se anclaron en los suyos con mucha fijeza.

—No, no digas nada y déjame que te explique —la interrumpió al ver que ella iba a protestar. Le puso el dedo índice sobre los labios—. No quiero que te vayas para siempre, Sara. Es solo que... ahora necesito estar solo —musitó suplicante—. Necesito hacer las paces conmigo mismo. Pensar.

Ella permaneció impertérrita, a pesar de que le hubiera gustado protestar. Mas lo entendía. Comprendía que él necesitase su espacio.

—Desde ayer han pasado muchas cosas... entre nosotros... muy deprisa. No sé si puedes entenderlo, pero esto va muy rápido y necesito... tiempo.

—Te dije que haríamos las cosas a tu manera. —Ella trató de leer en su cara alguna señal que le pudiera indicar si él se arrepentía de haber confiado en ella o de haberse dejado llevar. No la halló.

—Por eso necesito tiempo. Creo que... mi ritmo no es igual que el tuyo, en ningún sentido, Sara. —Sus ojos se perdieron en algún punto lejano e indefinido—. Llevo seis años aquí, sin salir de esta casa. A veces se me desdibujan las razones... los motivos. Y otras veces sospecho que aunque intentara abandonarla ya no podría. Lo máximo que he hecho ha sido acompañarte hasta el final de la calle y no me resulta fácil. No sé quién soy y ni siquiera sé si quiero volver a ser quién era.

Sara guardó silencio. Nunca antes él había sonado tan sincero —exceptuando la noche anterior, pero había sido protegido por la oscuridad—. Esta vez, todo parecía más real, a plena luz del día y frente a ella.

—Necesito estar solo ahora, pero quiero que vuelvas. Prométeme que vas a volver. —La urgencia se deslizó en su tono—. Hazlo... —insistió, y un destello implorante apareció en su mirada.

—Claro, Harry. Claro que voy a volver —le tranquilizó. Le soltó la cintura y elevó las manos para posarlas sobre sus pobladas mejillas. Le sintió estremecer ante su contacto—. El fin de semana que viene vendré a estar contigo.

—Ven mañana —le pidió en un susurro.

Sara sopesó los pros y los contras con rapidez. Era lunes y tenía que trabajar, apenas si podría quedarse un par de horas con él.

—Mañana después del trabajo estaré aquí.

Él soltó el aire que había estado conteniendo y el alivio pareció rebosarle por todos los poros.

—Bien —dijo al cabo de un rato.

A Sara le costó separarse de él. Terminó por hacerlo con lentitud y reticencia, dejando que sus manos se deslizasen por su cara y le rozaran el cuello antes de apartarlas del todo. No tenía ganas de marcharse, pero iba a respetar sus deseos. Dio unos pasos hacia atrás hasta que todo contacto físico se rompió entre ellos. Le sonrió con inseguridad. Él estaba muy serio y la contemplaba con una expresión grave. Mantenía las manos apretadas a los costados, como si también le costara mucho despedirse de ella.

No queriendo prolongar ese momento, se dio la vuelta y se alejó.

—Sara —la llamó él, haciendo que se detuviera cuando estaba a punto de subir los escalones del porche—. ¿Te marchas a tu casa... o vas a estar en casa de tu abuela?

Ella tardó en contestar. Lo lógico sería que se fuera a su casa después de comer, su abuela siempre tenía algo que hacer las tardes de los domingos. Y, sin embargo...

—No lo sé —le respondió con franqueza, girándose.

Harry asintió.

Ella le observó con el estómago encogido. El sol le iluminaba parcialmente, manteniendo algunas zonas de su cuerpo en sombras. La hinchazón de su rostro era evidente, también la protuberancia de sus costillas que ponía de manifiesto su acusada delgadez. Se pasó la mano por el pelo, retirándoselo de la cara y ese ademán la llenó de ternura.

Se dio la vuelta. No creía que fuera a volver a su apartamento. Se quedaría en casa de su abuela.

Quién sabía..., quizá él... la necesitara más tarde.

Capítulo 22

Habían pasado cinco horas desde que Sara se había marchado y cada vez se arrepentía más de haberle pedido que se fuese. Su casa, esa casa en la que se había acostumbrado a vivir solo, sin su presencia se sentía extraña. ¡Cómo habían cambiado las cosas en cuestión de unas semanas!

Su pérdida de control de aquella mañana le había hecho preguntarse si no se habría deshumanizado del todo, si no habría perdido la poca cordura que aún conservaba. Cuando ella le encontró en el jardín y se limitó a quedarse a su lado esperando a que él reaccionara, había estado pensando sobre si no sería mejor decirle que huyese, que se marchase de su vida, que desapareciera. A pesar de que eso era lo último que deseaba, su reacción le había asustado tanto que había llegado a considerar que sería lo mejor para ella.

¿Qué locura le había poseído para perder así la razón?

Se incorporó y se limpió el sudor de la frente con el antebrazo. Le dolía todo el cuerpo, como si le hubieran pegado una paliza. Irónicamente era cierto. Le habían pegado una paliza. Aun así, y aunque el simple hecho de levantar peso era una tortura, después de varias horas de andar por la casa como un enajenado, no había podido resistirse a coger su pala y cavar un agujero detrás de otro en el patio trasero. Era grotesco cómo aquella actividad conseguía calmarle los nervios, aunque ese día no estaba resultando tan efectiva como de costumbre.

La añoraba.

Hundió la pala en la tierra reblandecida por todos sus embates al tiempo que soltaba una maldición. ¡Quería que regresara! Esa soledad que había codiciado para poner en orden sus ideas no le había servido de gran cosa, seguía igual de confuso que antes. Bueno, mentira, sí que le había servido para algo. Se irguió y apoyó los antebrazos en el mango de la pala.

Había estado a punto de hacer algo que no había hecho en años.

Masturbarse.

Al recordarlo, un gemido, a caballo entre la excitación y la vergüenza, le brotó de la garganta.

Después de la muerte de Nina no había vuelto a tener el mínimo deseo sexual, y las pocas veces que algún pensamiento de esa índole cruzó por su cabeza lo desterró. El consumo exagerado de alcohol durante el primer año fue también una de las causas de su inapetencia. Y luego, cuando consiguió dejar de beber, la culpa por todo lo que había ocurrido había sido un gran represor de sus apetencias. A veces se despertaba en medio de la noche con una erección, otras, al levantarse por la mañana, encontraba la cama manchada, como cuando era un adolescente y tenía esos vergonzosos episodios de involuntarias eyaculaciones nocturnas. Pero, quitando eso, se había esforzado mucho por matar cualquier clase de apetito sexual.

Sin embargo, desde que Sara había llegado a su vida, ciertos instintos primarios habían regresado y cada vez le costaba más mantenerlos bajo control. Horas después de que ella se marchase, había revivido la escena del beso en la cocina una y otra vez en su cabeza, con una curiosa mezcla de rechazo y de excitación. ¡Su miembro había vuelto a endurecerse solo de pensar en ello! Había tratado de centrarse en otra cosa, reprochándose su vil comportamiento, pero en vano.

Por primera vez en seis años estuvo a punto de sucumbir...

Era incapaz de controlarse. No con Sara cerca de él.

«¿Y por qué quieres controlarte?», le había preguntado su voz interior con malicia.

No quiero hacerle daño.

«¿Y por qué ibas a hacerle daño? Te ha dicho que no lo habías hecho. Quizá le guste que seas brusco».

No sabes lo que dices. He perdido los papeles.

«Harry, antes eras un amante fogoso y eso les gustaba a las mujeres. ¿Por qué ella iba a ser diferente? Pruébalo».

Y si no le gusta. Y si pierdo el control... otra vez...

«No seas cobarde. Antes no eras así».

Antes era muchas cosas de las que no me enorgullezco.

«Antes eras un hombre y ahora eres como un niño asustado».

Tratando de huir de esa conversación a dos voces que no le llevaba a ninguna parte y de la mortificación que le provocaba su estado de excitación, se dio una ducha con agua fría que consiguió aplacar su cuerpo y su espíritu, al menos momentáneamente. Después intentó distraerse con Kárpov, que no quiso participar en sus juegos y le rehuyó. Quizá el gato notaba la tensión que había dentro de él y le esquivaba. Los animales eran más inteligentes que los humanos. Mucho más.

Había terminado en el patio trasero, como siempre, cavando de manera irracional y convulsa mientras lanzaba miradas cargadas de melancolía hacia el muro que separaba su propiedad de la de Julia Montes, ansiando que Sara siguiese allí, que no se hubiera ido a casa y que, por un milagro, volviese a buscarle. ¡Dios! ¡Cómo la echaba de menos! Su pelo oscuro y húmedo cayendo sobre sus hombros, esos ojos ambarinos, su expresivo rostro... y su cuerpo delicado pero firme que se había amoldado al suyo a la perfección...

Rugió y arrojó la pala a un lado. Ni siquiera cavar le tranquilizaba. Era como si hubiese contraído una infección que cada vez se hacía mayor y más difícil de controlar. Una infección llamada Sara. Comenzó a dar vueltas por el patio, lleno de agitación, con las manos sobre la cabeza, como un animal enjaulado. Una vena le martilleaba en la sien derecha.

¡Necesitaba verla! ¡No podía esperar hasta el día siguiente!

—Sara... —gruñó entre dientes. Y volvió a repetirlo una y otra vez—. Sara, Sara... —Seguía caminando como un poseso, con su nombre deslizándose por sus labios una y otra vez.

Y entonces, un ruido a su derecha le hizo detenerse y girarse.

Sara.

Como si su deseo de verla la hubiera conjurado, allí estaba. Se mantenía quieta junto a la puerta que separaba las dos propiedades. Llevaba la misma ropa de esa mañana, unos cascos colgando del cuello, y tenía una expresión solemne en el rostro, como si esperase algo.

El corazón de Harry realizó un *staccato* perfecto antes de detenerse un instante y luego comenzar a latir furiosamente. Su respiración era ruidosa y rompía el silencio de la tranquila tarde de primavera. Siguió mirándola con intensidad, como si no hubiese otra cosa que mirar en el mundo.

En realidad no la había.

«Y ahora, ¿qué?», se preguntó, incapaz de moverse.

* * *

—Está cavando.

Las palabras de su abuela la sobresaltaron. Las había oído con absoluta nitidez, a pesar de que llevaba los cascos puestos y la música invadía sus conductos auditivos. Se los retiró de las orejas con brusquedad y dejó que le bamboleasen del cuello. Abandonó el trapo con el que había estado secando los platos sobre la encimera y se dio la vuelta.

Su abuela la miraba con suspicacia desde la puerta que daba al jardín trasero. Habían terminado de comer hacía un rato y, mientras Sara se encargaba de fregar los cacharros, ella había salido a regar unas macetas.

—Está cavando —volvió a repetir haciendo un gesto con la cabeza hacia su espalda.

Sara no dijo nada, pero se encaminó hacia el exterior. Cuando pasaba al lado de su abuela, esta la cogió del brazo. Intentó ignorarla... Llevaba haciéndolo desde que se había presentado allí hacía horas. No a ella, pero sí sus preguntas curiosas. Le había contado lo mínimo posible, tratando de sonar jovial. No quería preocuparla. Aunque si se tenía en cuenta la expresión de su cara, que desde que había entrado por la puerta había sido de lo más adusta, no había tenido mucho éxito. De todas maneras, ¿qué podía decirle? ¿Lo de la paliza? ¿Lo de las confidencias que Harry le había hecho la noche anterior sobre sus hijos? ¿Lo del beso de aquella mañana?

No. Todo era demasiado íntimo y demasiado personal. No quería compartirlo.

—Niña —le dijo ahora con suavidad—, ¿sabes lo que estás haciendo?

—No —respondió bajando los párpados—. Solo sé que no puedo dejar de ir. Me necesita. Y yo a él...

Su abuela suspiró.

—Siempre has sido tan responsable y tan madura..., demasiado para tu edad. Y te has pensado tanto las cosas antes de tomar decisiones... y ahora...

—Ahora no quiero pensar. —Alzó la vista y se encontró con sus preocupados ojos castaños.

—Vete —capituló la otra al cabo de un breve lapso de tiempo, soltándole el brazo y acariciándole la mejilla—. Espero que todo vaya bien.

—Yo también...

Le dio un beso y un apretado abrazo antes de abandonar la cocina. Atravesó los metros que la separaban del muro de piedra con premura. Los característicos sonidos de una pala removiendo tierra llegaron hasta ella, mezclados con otros semejantes a resoplidos. Apoyó la espalda contra la pared y cerró los ojos. Saber que estaba tan cerca y al mismo tiempo tan lejos de él hacía que tuviera los nervios a flor de piel. La letra de la canción *Perdido en mi habitación* de Mecano, el grupo de moda en España, sonaba amortiguada junto a su cuello.

«Qué apropiada», pensó. Ella también estaba perdida y tampoco sabía qué hacer. No había nada que deseara más que volver a la casa contigua, pero sabía que tenía que respetar los deseos de Harry. No obstante y, mientras le escuchaba resoplar, tuvo que apretar los puños y contenerse para no atravesar la puerta que se encontraba a tan solo unos metros a su derecha.

Quería estar con él. Le echaba de menos...

Soltó un suspiro frustrado. ¡No dejaba de pensar en él! Y no de manera demasiado platónica... Sintió el rubor concentrándose en sus mejillas y sus ojos, avergonzados, se dirigieron hacia la casa, pero su abuela ya no estaba allí. Se había ido. Respiró aliviada. Se llevó las manos a la cara y se la cubrió con ellas. No podía dejar de acordarse del fogoso beso que habían intercambiado. Había sido... abrumador.

Quería que se repitiera.

Y quizá que llegasen algo más lejos...

Gimió con suavidad y ese sonido se mezcló con el grueso gruñido que llegó hasta ella desde el otro lado del muro. ¿Qué se le estaría pasando a él por la cabeza? ¿Estaría mortificándose por haber confiado en ella o por haberla besado o por haberla abrazado? Dudaba mucho de que él quisiera volver a sentirla entre sus brazos. Se habría arrepentido mil veces ya... Chasqueó la lengua con cierta amargura. ¡Qué complicado era todo con Harry!

Le oyó arrojar algo pesado al suelo −la pala, aventuró−, y el sonido de sus pasos mientras murmuraba palabras que no pudo entender. Agudizó el oído, alerta. Abrió los ojos como platos al darse cuenta de que lo que él susurraba era su nombre. Una y otra vez. Se llevó una mano al pecho y soltó una exclamación, sorprendida.

¡Él estaba diciendo su nombre!

Arrastrada por una fuerza inusual y poderosa, sus pasos la condujeron hasta la puerta, que estaba entornada. La empujó y se abrió sin hacer ruido. El patio era un desastre; había tierra removida por todas partes. La pala yacía en el suelo a unos metros de distancia y Harry daba erráticas vueltas con las manos en la cabeza. Tenía los ojos cerrados, o quizá no. La hinchazón de su rostro no dejaba apreciar si era así. La camiseta blanca que llevaba puesta estaba empapada en sudor y se le pegaba al cuerpo; estaba descalzo.

La música seguía sonando, pero ella no podía concentrarse en la letra, toda su atención estaba fija en él, que seguía murmurando su nombre.

«Estoy aquí. Date la vuelta», le gritó en silencio.

Entonces él lo hizo. Se quedó quieto en medio del patio con los brazos rígidos a los lados del cuerpo y la mirada fija en ella. La expresión de su cara era indescifrable. A Sara se le encogió el estómago. ¿Qué debía hacer? ¿Ir hacia él? ¿Esperar a que fuera hacia ella? ¿Hablar? ¿Continuar sin hacerlo? Pasaron los segundos y ninguno hizo nada. Había una tensión palpable entre ellos, una especie de corriente que sin atraerlos físicamente los mantenía unidos de algún modo.

Harry dio dos pasos hacia ella y Sara dio dos pasos hacia él. De nuevo se detuvieron. Él volvió a avanzar y ella le imitó. Pronto, solo una brizna de aire los separó.

—Te echo de menos —dijo él.

—Yo también —le correspondió ella sin aliento.

Él le tendió la mano. Tenía la palma húmeda y manchada de tierra, y estaba temblando, probablemente por la tensión contenida. Ella alzó la suya y entrelazó sus dedos con los de él, que la agarró con firmeza. No le hizo daño, pero el apretón fue férreo, cargado de algo semejante a la desesperación. La contempló en silencio con las pupilas dilatadas, como si hubiera tomado una decisión importante. Entonces y, sin decir nada más, echó a andar hacia la casa con decisión, tirando de ella que le siguió de buena gana.

A tientas, alargó la mano que tenía libre y pulsó la tecla de *stop* del *walkman* que llevaba enganchado a la cinturilla de los vaqueros. Recibió el silencio con agrado. No quería distracciones. Quería estar centrada en él y en lo que fuera a pasar a continuación entre ambos, cosa que ignoraba y que hacía que se sintiera algo mareada.

Harry se detuvo en medio de la cocina y ella estuvo a punto de chocar contra su espalda. Se dio la vuelta y la miró. Seguía con esa mueca resuelta en la cara. Sara permaneció expectante. Había decidido cederle las riendas de la situación y que fuera él el que tomase las decisiones. Con los ojos clavados sobre su pecho, que subía y bajaba desacompasadamente, cogió aire por la nariz y lo expulsó por la boca, aguardando.

—Esta vez quiero que sea perfecto —musitó él.

Antes de que hubiera tenido tiempo de preguntarle a qué se refería, había conquistado su espacio y la levantaba por el talle, sentándola sobre la mesa. Luego se situó entre sus piernas entreabiertas y le apoyó las manos sobre los hombros. La escena era como un *déjà vu* de la de la mañana, solo que ahora él era mucho más atento y actuaba con más prudencia. Incluso arqueó las cejas con una clara expresión interrogadora, como si le pidiera permiso. Su mandíbula estaba tensa y una gota de sudor le resbaló por la garganta y fue a aterrizar sobre el cuello de su maltrecha camiseta.

Sara no pudo evitar que un suspiro cargado de anhelo se le escapara de la boca al sentirle tan cerca. ¡Harry quería volver a besarla! Sintió cómo todo su cuerpo se volvía de gelatina mientras asentía con mucha lentitud.

Como si su gesto hubiera sido el detonante que había necesitado, él se inclinó y depositó un suave beso sobre sus labios, tan breve y ligero que ella apenas si pudo sentirlo.

—Hace mucho tiempo que no sentía esto —murmuró él contra su boca—. Tengo miedo de perder el control de nuevo...

Ella alzó las manos y le sujetó la cara con ellas.

—¿Y si...? —dudó antes de seguir hablando—. ¿Y si yo quiero que lo pierdas? —dijo al fin sonrojándose. Nunca había sido demasiado lanzada ni directa en sus relaciones, pero sabía que si no lo era con él, no iban a llegar a ningún sitio.

Él cerró los ojos y gimió. Luego volvió a besarla, esta vez con algo más de ímpetu, entreabriendo la boca y rozándole el labio inferior con la lengua. Se pegó más a ella y enterró los dedos en la parte trasera de su cuello, acariciándole el cabello.

—No sé qué saldrá de esto, Sara. Pero estoy cansado de ocultarme... de contenerme... —Alzó la cabeza unos milímetros—. Quiero intentarlo. Quiero que sea hoy y quiero que sea contigo.

Sara se estremeció al escucharle decir aquello. No pudo responderle, invadida por las emociones, pero le abrazó por el talle y enterró la cara en su cuello, aspirando hondo. Olía a sudor, a tierra, a cedro y a Harry. Le pareció maravilloso. Le besó justo en el espacio que quedaba libre entre su barba y la camiseta. Su piel estaba salada por la transpiración. Volvió a besarle y se aferró a él con más fuerza. Le oyó gemir y eso le hizo recordar sus costillas magulladas.

Se apartó con precipitación.

—¿Te hago daño?

Él negó. Seguía acariciándole el pelo con cierta torpeza pero también con una ternura infinita.

—Duele —repuso—. Pero no son mis costillas. —Se llevó una mano al pecho—. Es aquí. Dentro.

De pronto parecía tan desvalido y tan triste que Sara no pudo evitar echarse hacia delante y besarle impulsivamente, enlazando sus brazos en torno a su cuello. Él se dejó besar, correspondiendo con un fervor parecido. Cuando se separaron, los dos respiraban con suma dificultad y la mirada de él se había oscurecido. Su entrepierna se clavaba en la de ella, al igual que había sucedido aquella mañana.

—Debería ducharme —murmuró él entonces, apartándose.

Sara le dejó alejarse. De buena gana le habría dicho que no se duchara, que no se marchase y siguiera besándola de aquella forma tan impulsiva que la volvía loca, pero se contuvo.

—Hazlo.

Harry dudó, como si le costara la vida separarse de ella. Dio un paso hacia atrás. Su mano derecha seguía sosteniendo un largo mechón de su cabello. Lo frotó con delicadeza entre el pulgar y el índice.

—Espérame —dijo al fin. Soltó su pelo y se marchó de la cocina a toda prisa.

Sara le vio alejarse sin apenas creer lo que estaba sucediendo. Se llevó las manos a la boca y se la tapó, conteniendo el gritito jubiloso que se había gestado en su interior y quería salir de ella.

Harry.

Era la única palabra que ocupaba su mente.

Capítulo 23

El chorro de agua le entró en la herida de la nuca y fue como si alguien le hubiese clavado cientos de alfileres allí. Apretó los dientes y siguió enjabonándose, ignorando el dolor. Ese y todos los demás: el de su espalda, el de las costillas, el del pecho, el de la nariz, el del pómulo izquierdo, el de cabeza, el del muslo...

¡Qué narices importaba el dolor si Sara le estaba esperando!

Estaba nervioso. Frenético, más bien. Inseguro, aturdido, sobreexcitado..., esos solo eran unos de los pocos adjetivos que podían describir su estado de ánimo actual. Pero también estaba decidido y se sentía audaz como hacía tiempo que no le ocurría.

Quería volver a la vida a su lado. Todavía no sabía cómo, pero eso era lo que deseaba.

Se aclaró el jabón y el champú y, empapado, abandonó la bañera. Cogió una toalla y se secó con toda la rapidez que sus doloridos músculos le permitieron. Por primera vez en años deseó que hubiese un espejo sobre el lavabo y así poder evaluar su imagen. En otro tiempo había sido vanidoso y se había preocupado bastante por su aspecto físico. Luego, después de la tragedia, toda aquella vanidad se había visto reducida a la nada y no volvió a importarle su apariencia.

Hasta ese momento.

Se observó con ojo crítico. Había perdido mucha masa muscular y estaba muy delgado. Sus brazos seguían siendo fuertes debido a sus interminables horas con la pala, pero se le marcaban las costillas y los huesos de la pelvis. Algo inquieto contempló su flácido miembro, que descansaba entre sus piernas. ¿Y si no podía satisfacerla? ¿Y si lo intentaba y fracasaba? Cerró los ojos, mortificado. ¡Qué patético!

Apoyó la frente contra la pared. ¿Qué narices veía Sara en él? Un hombre amargado, muerto en vida y sin futuro, que le sacaba al menos trece años y que se comportaba como un necio... Y ella, una mujer preciosa y joven, vital y radiante... ¿Qué hacía perdiendo el tiempo con él?

«Despierta, Harry. No seas imbécil. Deja de preguntarte esas cosas. Ella te está esperando. No cometas otro error».

Como si esa voz que estaba en su cabeza hubiera tocado alguna fibra sensible de su cuerpo, se irguió y apretó los dientes. No quería volver a caer en el abatimiento. Solo hacía unos instantes, en la ducha, se había sentido fuerte y valiente. Tenía que seguir confiando en ambos. En Sara y en él.

Terminó de secarse el pelo, evitando rozarse la herida. Luego se anudó la toalla a las caderas y recogió la ropa sucia del suelo. Respiró profundamente y abrió la puerta del baño, dispuesto a apresurarse. Se cambiaría de ropa y bajaría a la cocina, donde ella le aguardaba, decidió.

Sara no estaba en la cocina.

Sara estaba en su dormitorio, sentada sobre su cama deshecha con las piernas cruzadas. Harry se quedó petrificado en el umbral de la puerta. No había esperado encontrarla allí. Se había convencido de que todavía tenía tiempo de vestirse, de que todavía tenía unos minutos antes de enfrentarse a ella. El calor reptó por todo su cuerpo y se sintió muy vulnerable, de repente.

Ella le regaló una sonrisa.

—Espero que no te moleste que haya venido aquí.

Él negó. No le molestaba. ¿O sí? Dejó caer la ropa sucia que llevaba en la mano al suelo y se quedó allí parado como un cretino. Controló el absurdo impulso que le sobrevino de cruzarse de brazos y cubrirse. Se sentía muy desnudo, mientras que ella estaba completamente vestida. Solo se había quitado las botas. Se la quedó mirando durante un largo rato, indeciso. Parecía esperar que él hiciera o dijese algo, pero él no tenía ni idea de cómo comportarse. Sara estaba en su cama, vestida, sí, pero en su cama. Y esperaba algo... La inquietud le dominó. ¿Cómo era posible que hubiese perdido todo su aplomo? La había besado en la cocina y había deseado más cosas... y ahora... no sabía qué hacer.

—Mejor te espero abajo —dijo ella, bajando las piernas de la cama. Se le había oscurecido el semblante.

—¡No! —exclamó él, reaccionando al fin. De un par de zancadas se había situado a su lado. Le puso una mano sobre el hombro y le impidió que pudiera levantarse.

Sara semejaba estar insegura, incluso más que él. Su vista se posó sobre los cardenales que adornaban sus costillas y su plexo solar.

—Estás muy magullado —dijo.

Él se sentó a su lado, hundiendo el colchón con su peso.

—Tienen peor aspecto de lo que en realidad son. Estoy bien.

Ella no respondió, se limitó a guardar silencio. Se retorció las manos en el regazo y bajó la cabeza. El pelo le cayó como una cascada sobre el hombro, ocultando sus facciones.

Ahora que se hallaban tan cerca uno del otro, Harry se percató de la inmensidad de lo que estaba a punto de suceder y notó cómo todo su cuerpo se encogía por dentro. Se aclaró la garganta y, mostrando una seguridad que para nada sentía, alargó el brazo y le apartó el pelo de la cara, poniéndoselo detrás de la oreja. Ella le dirigió una breve sonrisa entre tímida y animosa. Y esa sonrisa le dio el empujón que andaba necesitando. Le acarició la mejilla y Sara se inclinó buscando el calor de la palma de su mano. Antes de que pudiera reaccionar, ella volvió a subir las piernas a la cama y se sentó frente a él. No dejaba de mirarle con los ojos relucientes. Él vaciló, pero terminó por imitarla, con cuidado, para que la toalla no se abriera y le dejase al descubierto. Se sentía torpe y desmañado, pero estaba decidido a seguir adelante.

Entonces, ella estiró las manos y le acarició las mejillas, luego las deslizó por sus hombros y siguió bajándolas hasta que sus palmas se posaron sobre sus pectorales, enredando las puntas de sus dedos en los rizos de vello de su pecho. Siguió descendiendo con ellas por sus costados, provocándole un agradable cosquilleo en el vientre, hasta que terminó apoyándolas sobre sus desnudas rodillas. Las dejó allí y le sonrió.

Harry había comenzado a respirar más deprisa. La miró con una mezcla de sorpresa y de gozo. Su caricia le había resultado excitante y provocadora. Su miembro, que había comenzado a erguirse bajo la mullida tela de la toalla, era la prueba inequívoca de ello. Cerró los ojos y decidió hacer lo que ella había hecho. Trazó un camino desde su rostro hasta sus hombros, pasando por su cuello, en el que latía una vena que pudo sentir bajo las yemas de sus dedos. Se detuvo unos segundos allí y luego continuó descendiendo hasta su pecho. En el silencio de la habitación, el jadeo que emergió de los labios de ella cuando él posó las manos sobre sus senos resultó estruendoso.

Sara se estremeció.

Ambos lo hicieron.

A ciegas, se recreó en su forma, su pesadez... Pudo notar cómo los pezones de ella se erguían a través de la tela de la camiseta, respondiendo a su caricia. Presionó ligeramente y los sintió endurecer. ¡Cuántos años habían pasado desde que había sentido algo parecido!

—Harry... —musitó ella, obligándole a abrir los ojos.

Tenía el rostro arrebolado y se mordía el labio inferior con fuerza. Él se centró en ese labio rosa y carnoso y deseó ser quien lo mordiese. Su erección vibró y aumentó de tamaño, provocando que la vista de Sara descendiera y se posase sobre el inequívoco bulto que había bajo la toalla. La sangre comenzó a correr rauda por sus venas y un zumbido de excitación se le instaló en los oídos. Sin poder apartar los ojos del enardecido rostro de ella, recorrió los contornos de sus pechos con algo más de firmeza, deslizando los dedos por ellos y acariciándolos suavemente.

Entonces ella hizo algo inesperado. Se echó hacia atrás y con un rápido movimiento se quitó la camiseta, arrojándola a un lado. El sujetador blanco de encaje no pudo ocultar sus areolas oscuras coronadas por unos pezones de color café con leche. Harry se quedó paralizado, mientras sus manos flaqueaban a escasos centímetros de sus apenas cubiertos montículos. Pero Sara no había acabado. Se llevó las manos a la espalda y se desabrochó el sujetador, los tirantes se deslizaron por sus hombros y la prenda cayó sobre su regazo, dejando, ahora sí, sus senos al descubierto.

Harry alzó la vista. Ella tenía las pupilas dilatadas y parecía algo turbada, a pesar de que trataba de disimularlo. Él soltó un juramento y volvió a mirarle los pechos con avidez. No eran demasiado grandes pero tampoco pequeños. Se preguntó cómo se sentirían en sus manos, sin ningún obstáculo entre su sedosa piel y la de él, más tosca y callosa.

«No te lo preguntes. Tócalos», se ordenó a sí mismo.

Antes de que su segunda voz pudiera acudir a cuestionarle, lo hizo. Alargó las manos y las posó sobre su desnudez, sutilmente pero con firmeza. Se sintió morir... Echó la cabeza hacia atrás y expelió un gemido cargado de placer. La escuchó gemir a ella también e incrementó la presión de sus dedos, masajeando, apretando y cogiendo sus pezones entre los pulgares y los índices y presionándolos. Su corazón se desbocó de tal manera que temió volver a perder la cordura como le había sucedido aquella mañana. Sin dejar de acariciarla, inhaló aire por la boca y lo soltó por la nariz, aguantando las ganas de abalanzarse sobre ella y besarla con rudeza. Su sangre se había convertido en lava y le abrasaba por dentro. Entonces sintió la mano de Sara por debajo de la toalla, serpenteando por su pierna, la que no estaba magullada, ascendiendo y ascendiendo por su muslo. Abrió los ojos de golpe, clavándolos en ella. También tenía problemas para respirar, al igual que él.

Estaba preciosa.

Los femeninos ojos refulgieron cargados de sensualidad. Su mano derecha estaba a punto de rozar su miembro y él pudo notar cómo sus pechos se endurecían bajo sus palmas de forma muy evidente.

De pronto, se sintió mareado y una sensación de terror le asaltó. La misma que le había inundado antes en el baño cuando se había cuestionado si podría satisfacerla. Arrugó la frente, tratando de no pensar en otra cosa que no fuera esa mujer maravillosa que tenía delante y en lo que estaba a punto de suceder..., algo que los dos deseaban. Pero en el mismo momento en que ella le rodeó el pene con la mano y presionó, toda su excitación desapareció como por encanto, barrida por un inesperado sentimiento de culpabilidad. Una especie de niebla oscura descendió sobre él, aplastándole, sofocándole...

y la cara de Sara frente a él se desdibujó y adquirió otros contornos. Cerró los ojos y la pérdida y la pesadumbre le poseyeron.

Tú eres el culpable de todo. Tú tienes la culpa... Ella está muerta por tu culpa.

Comenzó a tiritar.

El aire se le quedó comprimido en los pulmones y el ahogo se intensificó. Y, sin poder evitarlo, el nombre de otra mujer surgió de sus labios.

—Nina...

Nada más pronunciarlo se dio cuenta de lo que había hecho, horrorizado. Abrió los ojos con violencia y apartó las manos de sus senos, recobrando la consciencia.

Sara estaba pálida como la misma sábana en la que se encontraba sentada. La sorpresa y dolor le desfiguraban la cara. Apartó la mano de su miembro y se echó hacia atrás. Sus ojos, que hacía solo unos segundos habían irradiado pasión, se habían apagado. Palpó la cama hasta hallar su camiseta y se la puso con movimientos enérgicos. Guardaba silencio. Silencio que a Harry le pareció peor que cualquier grito o maldición que pudiera haber proferido.

—Sara... —La voz le salió trémula. Carraspeó y volvió a intentarlo extendiendo una mano en su dirección—. Sara...

—No, no digas nada, Harry. —También sonaba extraña como si las emociones le hubieran anidado en la garganta—. No digas nada —repitió.

Él la miró tratando de encontrar las palabras adecuadas. ¿Qué podía decirle? ¿Cómo explicarle que el pronunciar el nombre de su mujer había sido algo inintencionado? ¿Que no había estado pensando en ella? ¿Que la situación se le había ido de las manos? ¿Que todos esos sentimientos que ella despertaba en él le habían superado? ¿Había sido eso, en realidad? No tenía ni idea. Había estado tan centrado en Sara, tan ansioso por complacerla... y, de pronto, su cerebro se apagó y le abandonó. Una neblina opaca le había enturbiado la razón desconectándole de la realidad. ¿Cómo podía explicarle eso? Pensaría que estaba loco, que tenía un trastorno disociativo..., si es que no lo pensaba ya...

Ella se bajó de la cama y cogió el sujetador, se lo metió en el bolsillo de los vaqueros y se alejó camino de la puerta. Se detuvo en el umbral.

—Mejor me voy. Ya hablaremos.

Le temblaba la voz. Mucho. Quizá fue eso lo que terminó por hacerle reaccionar. Se levantó de la cama con rapidez y en un instante se hallaba junto a ella y la sujetaba por los hombros. La atrajo hacia sí, pegando el pecho a su espalda, no dejando que ella avanzara ni un paso más.

—Sara, no te vayas, no te vayas... —Hundió la cara en su pelo y aspiró hondo, dejando que su aroma le envolviese.

—No creo que sea buena idea que me quede —repuso. Estaba rígida. Su anterior predisposición afable y plácida había desaparecido.

—Por favor, por favor... —La estrechó con más firmeza—. Por favor —repitió de nuevo, falto en palabras.

No tenía ni idea de qué le había sucedido para pronunciar el nombre de su mujer. No lo sabía. Tampoco sabía cómo explicarle lo que le había ocurrido, cuáles habían sido sus emociones.

Sara murmuró algo ininteligible y trató de soltarse.

—¡No! —susurró él—. No. No. Lo siento... tanto. No te vayas. Te... necesito.

Ella profirió una breve carcajada llena de amargura que terminó por convertirse en un llanto sofocado. Volvió a forcejear con él.

—Es cierto. Te necesito, Sara. —El desaliento se filtró en sus palabras—. No pensaba en ella... Créeme. Créeme. Ha sido todo demasiado intenso, no sé qué ha pasado, pero créeme, por favor... Te necesito a ti...

Ella dejó de resistirse. La tirantez de su cuerpo pareció disolverse poco a poco y terminó por soltar un suspiro. Harry apoyó la frente en su nuca y la abrazó por el talle, dejando que el calor de su cuerpo le reconfortase.

—Solo pienso en ti. Solo en ti. En nadie más —decía una y otra vez contra su pelo—. Solo te necesito a ti, Sara. Por favor...

Ella no dijo nada, pero su postura se relajó y se apoyó contra él. Su respiración, que hasta el momento había sido agitada, comenzó a ralentizarse.

—Te has convertido en alguien muy especial para mí. Ya no me imagino la vida sin ti, Sara —siguió susurrando él. Tenía la impresión de que ella necesitaba escucharle decir lo que sentía, y él mismo necesitaba decir en voz alta todo aquello que llevaba dentro—. Te he dicho antes que aunque no estuviese preparado para todo esto que nos está sucediendo, lo quería contigo. Y sigue siendo así, lo quiero contigo. Todo.

Ella se retorció y él aflojó su abrazo, permitiéndole que se diera la vuelta. Sus ojos acuosos estaban cargados de incertidumbre. Harry sabía lo que estaba pensando; podía leerlo en su expresiva tez. Se preguntaba si él seguía sintiendo algo por su mujer, si los seis años transcurridos no habían borrado el recuerdo que tenía de ella. Cerró los ojos, mortificado. Si solo pudiese decirle la verdad...

Pero no. Eso solo haría que Sara le despreciara más todavía.

—Harry, no sé si voy a poder con esto, no lo sé —balbuceó—. Pensaba que sí, pero... pero ya no lo sé. —Su mirada se extravió, como si hablara consigo misma—. Solo... solo tengo veintitrés años y esto me queda muy grande... mucho... —Agitó la cabeza y se limpió las lágrimas que se habían desprendido de sus pestañas con las palmas de las manos–. Creo que debo marcharme.

Él sintió como si una mano helada le atenazase el corazón. Quiso protestar, pero ella no le dejó hablar.

–Ahora la que necesita tiempo soy yo –dijo con sequedad–. Necesito estar sola. ¡No puedo pensar cerca de ti!

Él estuvo a punto de gritar, de suplicarle que no se fuera, pero se mordió los labios con fuerza. ¿Quién era él para negarle aquello? Algo que él mismo había pedido hacía unas horas y que ella le había dado. No obstante, un sentimiento de enorme congoja le apresó.

–¿Volverás mañana? –le preguntó en voz baja al tiempo que la liberaba de su abrazo con desgana. Sabía que no tenía derecho a formular esa pregunta, aun así y sin esperanzas, la hizo.

Ella tardó en contestar. Dirigió la vista hacia la ventana. Así, de perfil, sus largas pestañas eran más visibles y sombreaban sus pómulos y Harry tuvo que refrenar el impulso de volver a tocarla. La ansiedad le inundó mientras esperaba su respuesta.

–Lo intentaré –respondió al fin sin querer comprometerse.

Él asintió de manera mecánica y dio un paso atrás. Separarse de ella le costaba un mundo, pero si era lo que Sara quería...

La vio inclinarse y coger las botas que había dejado junto a la puerta. Se las puso deprisa. Luego se incorporó y pareció titubear, mas finalmente le dirigió una mirada por encima del hombro y, sin ningún atisbo de sonrisa en los labios, se despidió.

–Adiós, Harry.

Él no dijo nada, a pesar de que deseaba hacerlo. Se limitó a observar su partida con los dientes apretados y una muda súplica en los ojos. El ruido de sus pisadas bajando las escaleras fue alejándose poco a poco. Luego la puerta principal de la casa se abrió y se cerró.

Y ya no pudo escuchar nada más. Todo quedó en silencio.

Todo menos su interior, allí se había desatado una tormenta.

Profiriendo un hondo gruñido, levantó el puño y lo estampó contra la pared.

Capítulo 24

El teléfono comenzó a sonar sacándola de su ensimismamiento. Alzó la mirada y la fijó en la pared de enfrente donde colgaba el aparato. Estaba tan sumida en sus sombríos pensamientos que no le hubiese sorprendido enterarse de que llevaba un buen rato sonando. Dejó el tenedor en el plato, se acercó y cogió el auricular.

—¿Hola?

—Soy yo. —La voz de Heike llegó con toda claridad hasta ella.

Sara torció el gesto. Había olvidado llamarla la noche anterior como habían convenido. Regresó al sofá y tomó asiento. El elástico cable del teléfono no se lo impidió.

—Se me olvidó llamarte ayer, perdona.

—No pasa nada. Al final llegué muy tarde a casa. La reunión en el *Finkenkrug* duró hasta las tantas. Peter está cada vez más volcado con el puñetero Movimiento y me tuvo allí con todos esos radicales hasta las once de la noche.

Sara sujetó el auricular entre la barbilla y el hombro para poder coger el plato y el tenedor y seguir comiendo su ensalada mientras se ponía cómoda. Se preparó para la retahíla que seguramente vendría a continuación. Y así fue.

Su amiga estaba hasta las narices de reuniones y manifestaciones. Desde que Sara apenas acudía y se mantenía un poco al margen de todo aquello, demasiado ocupada con su historia con Harry, Heike se había involucrado más para apoyar a Peter en su proyecto. Pero el cambio no había sido para mejor. Estaba indignada. Le contó que hacía una semana, asistieron a una manifestación en Colonia para reivindicar la apertura del muro de Berlín, y Peter, después de que todo acabara, se olvidó de ella y la tuvo esperando en un bar más de dos horas hasta que fue a recogerla.

—A ver, yo quiero a Peter un montón, y voy con él donde sea —se quejaba—, pero es que ya no vamos ni al cine, y ni siquiera nos podemos tomar una cerveza con tranquilidad. Siempre estamos rodeados de tipos desgreñados que vienen a informarle de algo de la organización. Es una mierda.

—Ya —murmuró Sara en una de las breves pausas que hizo su amiga.

—Me parece fantástico que Peter esté tan comprometido con algo, vale. Pero es que cada vez pasamos menos tiempo juntos.

—Ya.

—Y no solo eso, es que tengo la impresión de que ya no me trata igual, ¿sabes?

Sara esperó a que Heike continuara. Era una conversación que habían tenido ya un par de veces y sabía que era una pregunta retórica y que su amiga no necesitaba una verdadera respuesta, solo alguien que le prestase atención.

—¿Me estás escuchando?

—Claro —repuso.

Heike resopló al otro lado del teléfono.

—Sé que soy una egoísta y que solo hablo de mí, pero ya está. Ya me he desahogado. Sé que tus problemas son más grandes que los míos. ¿Cómo estás tú? ¿Estás mejor?

Sara titubeó antes de contestar. Había hablado con Heike hacía unos días, contándole lo que había pasado con Harry, mientras lloraba como una imbécil. Seguía igual, teniendo ganas de llorar, pero no se lo iba a decir.

—Estoy mejor —dijo al fin con vaguedad.

—¿Necesitas que vaya? ¿O quieres venir tú y nos vamos al cine? Han estrenado *Footloose*. ¿Llamo a Pifke y a Luise y lo organizo? —propuso con entusiasmo.

Sara dudó. No le apetecía gran cosa ir al cine, pero tampoco podía quedarse en casa lamiéndose las heridas y escuchando música tristona, que era lo que llevaba haciendo toda la mañana. Lanzó una mirada indecisa al tocadiscos en el que giraba un vinilo esparciendo una nostálgica melodía por la habitación.

—Me parece bien. Nos vemos en tu casa en una hora —capituló, sabiendo que era lo mejor que podía hacer.

—Aquí te espero. Y Sara... —Hizo una pausa—. Sabes que puedes contar conmigo, ¿verdad? No estás sola. Puedo mandar a Peter y sus manifestaciones a la mierda y me quedo contigo lo que haga falta.

A Sara se le humedecieron los ojos al oír aquello. Sí, sabía que podía contar con Heike para todo.

—Lo sé, lo sé —carraspeó—. No hace falta que abandones a tu revolucionario por mí. Estoy bien. Voy a colgar y a darme prisa que no me va a dar tiempo.

—Adiós, preciosa. Nos vemos ahora. Nos lo vamos a pasar genial. —Y colgó.

Sara se quedó quieta; el intermitente y monótono pip pip pip que salía del auricular casi le pareció relajante. Terminó por apartarlo de su oreja y dejarlo caer sobre su regazo. Aunque había tratado de sonar animosa por teléfono, en realidad estaba triste. Muy triste.

Dejó el plato en la mesa, subió las piernas al sofá y se abrazó a sí misma con fuerza. Seis días ya sin saber nada de Harry, guardando las distancias y tratando de aclararse las ideas. Mil veces había pasado revista a lo sucedido entre ellos el domingo anterior y, cada vez que lo hacía, le resultaba más y más doloroso. Le había costado tomar la iniciativa como lo había hecho, no era su estilo, pero lo hizo por él, por ambos...

Y entonces pasó *eso*.

Apenas podía soportar recordar el instante en que, mientras se sentía expuesta y vulnerable, él abría la boca y el nombre que surgía de ella no era el suyo. Había sido horrible, como un jarro de agua fría en la cabeza.

El corazón se le había hecho añicos.

Pero por más que lo intentaba tampoco podía enfadarse con él. Era complejo y tenía problemas y demasiadas zonas oscuras en su interior. En realidad, estaba enfadada consigo misma. Había sido una tonta al creer que iba a poder con todo, que, con su ayuda, Harry iba a terminar por salir de su apatía y de su aislamiento, pero después de lo sucedido se había dado cuenta de que no era lo bastante fuerte. Se había equivocado.

Y lo más triste de todo, ¿cómo podía ella competir con el recuerdo de su esposa fallecida? Debía de haber sido una mujer muy especial para que él siguiese rememorándola seis años después. Su amor por ella tenía que haber sido enorme y muy profundo. ¿Qué culpa tenía él de seguir queriéndola?

Su abuela tenía razón. Se había hecho demasiadas ilusiones.

No sabía si volvería a verle. A pesar de que su ausencia le dolía como si le arrancaran el alma, todavía no había tomado una decisión. Le echaba muchísimo de menos y, probablemente, él también la echara de menos ella. Le creyó cuando le dijo que ella era importante, que la necesitaba en su vida. De veras lo hizo. Pero no se sentía capaz de estar con él en esas condiciones… Enamorándose como una tonta mientras Harry la correspondía pensando en Nina, en su mujer.

¡No podría soportarlo! ¡No podría!

Apretó los párpados tratando de contener la tristeza que amenazaba con derramarse de sus ojos. Debería vestirse y marcharse a casa de Heike. Ir al cine le sentaría bien. Sin duda, mucho mejor que quedarse en casa escuchando a Tammy Wynette, pensando en él…

Volvió a mirar el tocadiscos con sentimientos encontrados; seguía sonando muy bajito, llevaba así toda la mañana, reproduciendo la canción favorita de su madre: *Stand by your Man*. Esa canción siempre la tornaba nostálgica porque le traía recuerdos de otros tiempos, del pasado, de su familia…, pero ese día todavía era peor, la letra le llegaba al alma.

"… Stand by your man,
Give him two arms to cling to,
And something warm to come to
When nights are cold and lonely…"[6]

Quédate con tu hombre… decía la canción.

«Será si este te deja y no te aparta de su lado», se dijo con amargura.

Nada más pensar aquello, se regañó a sí misma. Ya se había lamentado bastante y se había autocompadecido en exceso, y eso no la había llevado a ningún sitio. Agitó la cabeza con violencia, ahuyentando esa tonta melancolía que le pesaba sobre los hombros y se acercó al tocadiscos. Levantó el brazo y

---

[6] "… Quédate con tu hombre, ofrécele dos brazos donde resguardarse y algo cálido a lo que regresar en las noches frías y solitarias…"

retiró la aguja, silenciándolo. Luego quitó el vinilo del plato y lo guardó en su funda. Casi aliviada, abrió el armario de debajo de la tele y lo puso en su sitio.

Después cogió el auricular, que había dejado sobre el sofá, lo llevó a la base y lo colgó. Todavía no lo había soltado cuando el aparato comenzó a sonar.

«Heike, otra vez», pensó.

—¿Qué quieres ahora? —contestó con jovialidad.

Hubo un silencio al otro lado de la línea. Sara iba a preguntar de nuevo, pero la voz que surgió del altavoz la detuvo.

—Sara.

¡No podía ser! Tuvo que apoyar la espalda en la pared, ya que le flojearon las piernas. Debía de tratarse de un error, de un fallo en la línea o algo.

—¿Ha... Harry?

—Sí.

Cerró los ojos con tanta fuerza que se hizo daño. Era él. *Harry*. Su voz sonaba todavía más ronca que de costumbre, pero sin duda era él. ¿Cómo era posible que la estuviese llamando? ¿Cómo sabía su número? ¿Desde cuándo tenía teléfono? Cientos de preguntas se agolparon en su cabeza y quisieron acudir a su boca.

—¿Tienes mi número? —logró balbucir.

—Viene en el listín telefónico.

Claro, claro, el listín telefónico. Qué lógico...

—¿Desde cuándo tienes teléfono?

—Nunca di de baja la línea, solo he tenido que buscar el aparato y volverlo a conectar —dijo después de una pausa. A pesar de que trataba de sonar calmado, la tensión era evidente en sus palabras.

Sara se quedó callada. ¿Qué podía decir? Notaba una gran presión en el pecho que comenzaba a ahogarla.

—Te he llamado varias veces, pero no estabas. Ayer y esta mañana.

—He trabajado toda la semana. —Sus pies la llevaron hacia el sofá. Se sentó y se apoyó en el respaldo. Sentía los dedos agarrotados de la fuerza con la que sujetaba el teléfono.

—No... no viniste el lunes —dijo él, y vaciló antes de continuar—. Me hubiese gustado verte y... hablar.

—Yo... he estado... ocupada, la verdad. Tenía cosas que hacer..., además... —se interrumpió y se frotó la frente, nerviosa. No sabía cómo continuar—. Además, todavía no sé... no sé qué hacer...

Él no dijo nada, pero su respiración se aceleró y resonó con más claridad.

—No sabes qué hacer... ¿contigo y conmigo? —preguntó al fin.

—Sí —jadeó.

Hubo un silencio. Otro. Esta vez más largo, tanto, que pareció extenderse hasta el infinito. A Sara se le encogió el estómago y comenzaron a sudarle las manos mientras esperaba a que él dijera algo. Lo que fuese. Cualquier cosa.

—Pensarás que porque juego al ajedrez soy un buen estratega —comenzó Harry con un timbre de voz incierto—, pero contigo me siento como si moviera la torre en diagonal y el caballo en línea recta, como si no conociera las reglas del juego... Perdido.

Ella apenas pestañeó. Temía lo que pudiese venir a continuación.

—La primera vez que te vi fue el treinta de noviembre —prosiguió al cabo de unos instantes. Sonaba lejano, como si se hubiese retirado del altavoz—. Era un miércoles, aunque entonces no lo sabía. La verdad es que no sabía ni qué año era, ni si era invierno o verano..., y tampoco me importaba demasiado...

No sabía adónde quería llegar él con eso que decía, pero le producía una desazón tremenda escucharle. Retuvo el aire en los pulmones, atenta a sus palabras. Había algo extrañamente íntimo en estar allí sentada con los ojos cerrados mientras su voz penetraba con lentitud en su cerebro.

—Tú... has cambiado eso, Sara —continuó con intensidad, conteniendo algo semejante a un suspiro—. Tú has hecho que me importe. Tú has hecho que quiera saber qué día es...

Ella se llevó las manos a la boca y trató de controlar un sollozo.

—Te has metido dentro de mi vida, de mi casa, de mí... y ya no quiero estar sin eso, Sara. Me importas mucho. Mucho. No quiero perderte. Eres lo mejor que me ha pasado en mucho tiempo... En realidad, lo único bueno que he dejado que me pase en mucho tiempo... —Un áspero sonido salió de su garganta—. Y... ya no sé vivir sin ti cerca de mí. Y tampoco quiero.

Sara comenzó a llorar. Seguía en silencio, incapaz de encontrar su voz.

—Cometo errores y voy a seguir cometiéndolos. Lo sé. Soy un desastre y ni siquiera sé si voy a poder mejorar... —Hizo una breve pausa—. No sé si tiene arreglo... esto en lo que me he convertido..., pero... —farfulló—, pero quiero intentarlo... Y te quiero a mi lado..., Sara.

Se encogió sobre sí misma sin poder contener todos esos sentimientos que llevaba a flor de piel y que había tratado de mantener a raya durante toda la semana.

—Vuelve... —suplicó él con la voz rota—. Sé que no tengo ningún derecho a pedirte esto, pero déjame que lo vuelva a intentar. Por favor... por favor... Te prometo... ¡No! —exclamó con sequedad, para continuar exasperado—. No, no te prometo nada porque no sé si podré cumplirlo y quiero ser honesto contigo. Voy a intentarlo... Tú solo... vuelve a mí.

La última sílaba fue casi inaudible. Después de aquello ya no volvió a decir nada más y Sara tampoco esperó que lo hiciera. Demasiado había dicho, demasiado para Harry. Tenía que haberle costado la vida haberla llamado y haberse sincerado así con ella. La vida...

No podía exigirle más.

Agarró el teléfono con firmeza y se irguió en el sofá mientras sorbía con fuerza por la nariz. En sus labios burbujeaba una pregunta, algo que, de forma egoísta, hubiera necesitado saber desesperadamente, algo que él no había mencionado...

¿Todavía quieres a tu mujer?

No obstante, la única frase que salió de su boca fue otra.

—Voy para allá. Espérame.

Capítulo 25

Harry colgó el teléfono. Le había costado pronunciar ciertas palabras, pero no se arrepentía lo más mínimo de nada de lo que había dicho, por el contrario, se sentía liberado. Soltó el aire que había contenido en los pulmones y apenas se permitió un instante de descanso después de hacerlo. La última frase de Sara le había disparado la adrenalina. Se puso de pie e, ignorando los últimos vestigios de dolor que todavía le provocaban ciertos movimientos, se dirigió a la planta superior subiendo los escalones de dos en dos. Cuando se decidió a llamarla, no tenía un plan exacto, ni siquiera había pensado dos veces lo que le iba a decir si le contestaba. Pero ahora que por fin había podido hablar con ella y que su reacción había sido tan esperanzadora para él, el nerviosismo y la euforia le invadieron.

Tras una semana de zozobra y remordimientos, todo volvía a tener sentido. Sara iba a regresar.

La había esperado el lunes, también el martes, mientras su desazón iba en aumento. El miércoles, la idea de llamarla por teléfono comenzó a tomar forma en su mente así que se puso a buscar el puñetero aparato que hacía años había arrancado de la pared y tirado sabía Dios dónde. Nunca le había pedido a Steiner que diera de baja la línea telefónica por lo que suponía que las facturas se seguirían pagando religiosamente todos los meses. El jueves lo encontró por fin, debajo del montón de muebles apilados en el patio, montón que había ido disminuyendo desde que ella llegó a su vida. Esa misma noche hizo un empalme con los cables y lo conectó. El nivel de ansiedad que sintió al llevarse el auricular a la oreja y comprobar que funcionaba solo se podía comparar con el que le producía pensar que ella no atendería sus llamadas. Luego llegó el nuevo problema. ¿Cómo narices iba a averiguar cuál era su número de teléfono? Siempre podía acercarse a casa de su abuela y preguntarle, pero solo el hecho de pensar en ello le paralizaba. Por fin y, después de tener una discusión consigo mismo y haber sufrido un pequeño ataque de pánico, había llamado a su abogado. Si este se sorprendió al escuchar su voz después de seis años, no lo demostró. Con gran profesionalidad se limitó a ofrecerle su ayuda en lo que pudiese necesitar.

El viernes por la mañana, Harry ya tenía el número de teléfono de Sara Cobo en su poder.

La había llamado varias veces, aun a sabiendas de que ella estaría trabajando, pero saber que el teléfono sonaba en su apartamento vacío al otro lado de la ciudad le había hecho sentirse unido a ella. El sábado por la mañana volvió a intentarlo de nuevo en unas cuantas ocasiones. Cuanto más se acercaba la hora en la que calculaba que ella estaría en casa, su incertidumbre iba en aumento.

¿Y si no quería volver a verle más? ¿Y si no había contactado con él porque había decidido tirar la toalla y acabar con su relación? *Relación*. ¡Qué absurdo! La palabra era ridícula y no describía en absoluto lo que había entre ellos.

La mirada que ella le había dirigido el domingo anterior cuando la llamó Nina había sido devastadora. Hasta ese instante no había sido consciente de lo profundos que eran los sentimientos de Sara hacia él, pero al ver todo ese dolor derramándose por sus ojos lo había sabido. Había sido como abrir la puerta de su alma de par en par, que hasta entonces solo había estado entornada, y ver lo que había dentro. Y lo que había dentro del alma de Sara se parecía mucho a lo que había dentro de la suya propia. Mucho.

Solo esperaba que no fuera demasiado tarde, que ella todavía quisiera darle una oportunidad... Si era necesario se arriesgaría y le contaría la verdad sobre él y sobre Nina, a pesar de que eso quizá le granjease su desprecio.

Lo haría.

Pero la conversación que habían mantenido había sido más de lo que se había atrevido a soñar. *Voy para allá. Espérame. Sí*, eso había dicho. Dio unos paseos por su dormitorio y se pasó las manos por el pelo húmedo; se había duchado hacía un rato y no se había molestado en secárselo. Echó un vistazo a su alrededor. La cama estaba hecha, había cambiado las sábanas esa misma mañana y había recogido la ropa que solía tener tirada por todas partes. Se detuvo en medio de la habitación y, de pronto, se sonrojó.

«Has cambiado las sábanas de la cama porque planeas acostarte con ella».

No, *no es verdad. Solo quiero que hablemos.*

«¿A quién pretendes engañar, Harry? Te mueres por ella desde hace semanas. Solo piensas en estrecharla entre tus brazos, en comértela a besos..., en poseerla».

¡No es solo eso! ¡Quiero más que sexo!

«Quizá, pero hoy has planeado llevártela a la cama. No lo niegues. No te la puedes quitar de la cabeza. Recuerdas su cuerpo pegado al tuyo y la sedosidad de sus pechos...».

Se apretó las sienes con fuerza, queriendo acallar esa voz, pero era difícil. Mucho. Era difícil porque todo aquello era cierto. No solo la quería cerca de él para «hablar». Cada vez que la recordaba sentada en su cama, quitándose la camiseta y el sujetador y mirándole con pasión contenida mientras él se deleitaba en los montículos de sus senos, toda la sangre de su cuerpo se agolpaba en un único lugar y el calor se le fijaba en la parte baja de la espalda.

Sí... ¡La deseaba!

Trató de serenarse, pero ya era tarde para eso, la imagen de Sara se le había deslizado dentro y había despertado sus instintos más primarios. Sus ojos se clavaron en su entrepierna que se erguía desafiante dentro del pantalón. ¡Maldición! Era ridículo. Iba a volver a estropearlo todo de nuevo. Se comportaría como un patán y sus mayores temores se harían realidad.

¡Tenía que encontrar el equilibrio!

Respiró hondo mientras alzaba la vista y la anclaba al techo. No tardó ni dos segundos en decidir lo que tenía que hacer. Se quitó la camiseta, los vaqueros y la ropa interior casi con violencia y los arrojó sobre la cama, luego se dirigió al baño y abrió el grifo de la bañera. Mientras esperaba a que la temperatura del agua se regulase, a su memoria acudieron todas las veces que había deseado acostarse con Sara desde que la vio por vez primera.

Aquel día que la rescató de la tormenta y tuvo que quitarle la ropa mojada para descubrir sus bragas de color azul y la tersura de su vientre... La noche del treinta y uno de diciembre cuando se presentó en su casa con ese vestido y esas piernas kilométricas enfundadas en medias transparentes... El cigarrillo y el caramelo compartidos en su jardín y ella bailando al ritmo de aquella canción... La película que habían visto juntos... El primer beso que habían intercambiado en la esquina oscura y solitaria... Y luego el otro beso, ese salvaje y primitivo del que él había huido... Y, por fin, su cuerpo semidesnudo en su cama mientras ella le acariciaba el muslo buscando su erección...

No pudo evitarlo. Su mano temblorosa se aproximó a su miembro poco a poco. La culpa que siempre le invadía cuando pensaba en hacer algo semejante amenazó con desbordarle, pero terminó por endurecer la mandíbula y rodear su rigidez con los dedos.

Presionó con firmeza...

El gemido rebotó contra las paredes de azulejo del baño.

Comenzó a mover la mano adelante y atrás, en un primer momento lentamente, pero no tardó en adquirir velocidad. Tenía los ojos cerrados. Su enardecimiento fue en aumento según iba imaginando otras cosas, cosas que todavía no habían tenido lugar pero que deseaba que sucedieran.

Sara besándole por todo el cuerpo, Sara tocándole por todas partes, Sara dejándose besar y acariciar, Sara entregándose a él, permitiendo que la hiciera suya...

—¡Oh, Dios! —exclamó.

Abrió los ojos súbitamente cuando notó cómo se le contraía el abdomen y el calor le inundaba, paralizándole. Tuvo que apoyar la mano que tenía libre sobre la pared cuando los espasmos de su clímax le recorrieron, dejándole exhausto.

Tardó en recuperarse. Chasqueó la lengua con desdén al ver la prueba de su excitación manchando la pared y el suelo. ¡Qué cretino!, se reprochó, abochornado. Ni siquiera había aguantado más de dos minutos, ni había tenido tiempo de meterse en la bañera... Patético. Al menos se había librado de esa estúpida erección y quizá ahora podría tener una conversación con Sara sin desear abalanzarse sobre ella a la mínima insinuación por su parte, deliberada o no.

Se apresuró a limpiar el desastre que había provocado y luego se duchó por segunda vez en horas. Las heridas ya habían comenzado a cicatrizar por lo que el chorro de agua sobre ellas no le resultó molesto. Se entretuvo más de la cuenta con miles de pensamientos en la cabeza, a cual más descabellado, escribiendo un guion mental de lo que podía decirle a Sara cuando la tuviera delante de él. Guion que reescribió quinientas veces antes de abandonar la bañera.

No se secó el pelo y dejó que los mechones mojados cayeran sobre su cara, refrescándole. Mientras se ataba la toalla a la cadera se convenció de que tendría que improvisar, porque se había quedado en blanco. Ella no tardaría en llegar y comenzaba a ponerse nervioso. Si bien la conversación que habían tenido por teléfono había ido muy bien, encontrarse cara a cara era otra cosa.

Abrió la puerta del baño y se dispuso a abandonarlo.

—Creo que ya hemos estado antes en esta situación.

La voz de Sara le hizo dar un respingo. Estaba sentada en la cama, en el mismo lugar y con la misma postura que hacía seis días, con las piernas cruzadas. Se había quitado los botines y llevaba unos vaqueros y una camiseta azul. A pesar de que se mostraba serena, sus párpados hinchados, su nariz enrojecida y la palidez de sus mejillas eran la prueba inequívoca de que había estado llorando. Una expresión de cautela asomaba a su semblante. Harry se quedó quieto en el umbral de la puerta con el estómago encogido. Saboreó su imagen con los ojos, incapaz de apartarlos de ella. La persiana estaba a medio echar y la claridad se colaba por las ranuras dibujando un geométrico diseño en su cuerpo. Esa mezcla de luz y sombras incidiendo sobre ella le pareció bellísima. Tragó saliva. Sabía que mucho de lo que pasara a continuación dependía de él y de cómo reaccionase.

—Sí... sí... Ya hemos pasado por esto —respondió. Nada más decir aquello se dio cuenta de que sonaba más alterado de lo que había pretendido y trató de calmarse echándose el pelo hacia atrás. Multitud de gotas de agua volaron en todas direcciones—. Pero ten por seguro que las cosas no van a acabar del mismo modo —terminó, con más seguridad de la que realmente sentía.

—¿Y cómo van a acabar? —preguntó con desconfianza.

—Esta vez no vamos a huir... Ni yo, ni tú. Ninguno. Pase lo que pase —dijo.

—Pareces muy seguro. —El escepticismo vibró en su voz, lo que tampoco era tan raro después de su comportamiento anterior.

—Sé lo que quiero y con quién lo quiero —añadió con firmeza.

—¿De veras?

Sonaba tan insegura que Harry no pudo seguir manteniéndose a distancia. Dio unos pasos y se acercó, ávido por reafirmarla. Se detuvo justo frente a ella y alargó la mano que, esta vez y para su regocijo, no le temblaba. Le elevó el mentón con los nudillos. Ella se dejó hacer. Parecía sorprendida.

—Te quiero a ti —susurró—. Tú eres la única que está... aquí dentro. —Se señaló la sien con el dedo índice y luego añadió en voz queda—: Y aquí. —Y se llevó la mano al pecho. Esperó su reacción, expectante.

Los ojos de Sara, preciosos e intensos, se humedecieron. Se incorporó sobre las rodillas y le echó los brazos al cuello, pegando su cara a la de él. Sus alientos se mezclaron. La estrechó por el talle con fuerza, sin apenas poder creer que eso estuviera sucediendo.

—Te he... echado de menos —murmuró ella.

—Yo a ti también —repuso él.

Y sin más preámbulos, la besó.

El beso fue tierno, dulce y húmedo, pero breve, y le dejó con ganas de más. Así que fue a por más y volvió a besarla.

Se apartó apenas unos milímetros para poder verle la cara. Acarició los contornos de su rostro y la curva de su garganta con la punta de los dedos. Ella echó la cabeza a un lado, como si quisiera facilitarle el acceso a cualquier rincón de su cuerpo que anhelara explorar. Y él lo hizo. Deslizó la palma de su mano por su hombro y la parte superior de su torso, trazó los bordes de su seno y siguió por su talle hasta que sus dedos se hundieron en su cadera. La miró embelesado. Hizo lo mismo con la otra mano y terminó por agarrarla con fuerza y pegarla a su cuerpo, que ya comenzaba a mostrar signos de la pasión que los consumía a ambos.

—Hace mucho tiempo de esto —confesó con una mueca de disculpa—. Estoy nervioso...

Ella no respondió. Se limitó a besarle. Primero le recorrió los labios con la lengua y luego se abrió paso al interior de su boca tratando de encontrar la de él, que una vez localizada se enredó con la suya. Ambos gimieron al unísono.

Harry se abandonó al momento y disfrutó de los besos. Casi inconscientemente, introdujo las manos dentro de su camiseta y deslizó las palmas por la piel de su espalda hasta que llegó al broche de su sujetador. Titubeó, incierto. No había nada que le apeteciera más que eliminar la ropa que había entre ellos, pero la escena que había tenido lugar hacía una semana le frenaba.

Sara, como si se hubiera percatado de su cambio de actitud, se apartó y clavó sus ojos en los de él.

—Estoy tan insegura como tú —le dijo en voz baja.

Él apoyó la frente en la de ella.

—No lo creo.

Se quedó quieto, con el cuerpo de ella pegado al suyo, acostumbrándose al contacto físico que no había experimentado desde hacía años. Era simplemente perfecto poder sentir su vibrante figura entre sus brazos. Sara comenzó a acariciarle los hombros y a juguetear con los húmedos mechones de su pelo que se pegaban a su nuca. A él se le escapó un suspiro cargado de placer.

«Quizá no hace falta que vayas más lejos. Quizá es suficiente con que la abraces y la beses».

Eres un imbécil. Estás a punto de estallar y no hay nada que quieras más que llegar hasta el final con ella. No seas estúpido.

«Pero... ¿y si vuelvo a estropearlo todo?».

No lo harás.

Su absurdo soliloquio quedó interrumpido cuando ella se retiró. Una expresión resuelta se pintaba en su cara. No tuvo tiempo de preguntarle por qué se alejaba, sus rápidos movimientos le dieron la respuesta en apenas un instante.

Había comenzado a desprenderse de la ropa.

Primero la camiseta, luego el sujetador de color azul y después los pantalones y las diminutas bragas blancas. Mientras lo hacía, cada centímetro de su cuerpo adquiría un tono sonrosado, como si estuviera turbada, a pesar de que la resolución brillaba en sus ojos. Arrojó todas las prendas a un lado y esperó, agitada.

Harry se había quedado petrificado. Reacio a que sus ojos abandonasen su cara, la periferia de su visión sí se vio asaltada por toda aquella desnudez. Contuvo el aliento y las ganas de explorarla con su mirada. Pero esa ridícula determinación no le duró demasiado y se bebió su imagen con ansias. Sus senos, que ya conocía, hermosos, sensibles y pesados. Su vientre plano, su coqueto ombligo, sus caderas redondeadas, sus muslos firmes... y el triángulo de rizos negros que cubría su sexo...

Por un momento se le olvidó coger aire. Apretó los puños hasta que se clavó las uñas en la carne. Volvió a levantar la vista. Sara parecía estar al borde del colapso. Su pecho subía y bajaba aparatosamente, demasiado deprisa. El color rosa que teñía su cuerpo era mucho más evidente sobre sus mejillas.

A Harry se le había quedado la boca seca. No era para menos. Demasiado tiempo sin ver un cuerpo de mujer, y no de una mujer cualquiera. De ella. De la mujer con la que llevaba fantaseando meses.

Alargó la mano con torpeza, pero la sentía tan trémula que volvió a bajarla. Su miembro palpitaba enfurecido contra la toalla y los ojos de Sara estaban fijos en él, esperando... Las dudas volvieron a asaltarle. ¿Y si no estaba a la altura...?

«¡Basta!», gritó una voz en su interior. Meneó la cabeza con energía.

—Harry... —musitó ella.

Sara había sonado tan insegura que sintió vergüenza de sí mismo. Con serenidad, en parte real y en parte fingida, se llevó una mano al nudo que mantenía la toalla sujeta a sus caderas y lo deshizo. La prenda cayó al suelo dejándole tan desnudo y expuesto como ella. Algunas gotas de agua se desprendieron de su barba, también empapada, y se deslizaron por su pecho y su abdomen. Los ávidos ojos de ella las siguieron al tiempo que se humedecía el labio inferior con la lengua. Él emitió un suave jadeo excitado. Antes de poder arrepentirse o echarse atrás, se encaramó a la cama y se recostó, arrastrándola de la mano para que lo hiciera a su lado, frente a él. Permanecieron quietos, expectantes, esperando a ver quién de los dos hacía el primer acercamiento.

Fue ella.

Comenzó a acariciarle el pecho con delicadeza. Él se limitó a seguir el juego de sus manos sobre su piel conteniendo el aliento. Cuando el roce alcanzó su estómago se tensó. Sus miradas se cruzaron antes de que él cerrase los ojos. La caricia fue aún más lejos y se tornó más íntima..., pero entonces ella se detuvo y dejó la palma de una de sus manos posada sobre su cadera y los nudillos de la otra rozándole el vientre justo unos centímetros por encima de su erección....

Con los nervios a flor de piel, Harry comenzó a explorar el femenino cuerpo a ciegas, deslizando sus dedos por cada curva, montículo, pliegue y contorno que encontró. Apretó los párpados con fuerza cuando la escuchó gemir al acercarse a la parte baja de su abdomen, y su miembro se sacudió de manera incontrolada. Se pegó más a ella y la abrazó, rodeándola con sus brazos, sus piernas, su torso... y ella se adhirió a él como si fueran dos partes de un todo que encajaban con precisión.

—Solo tú —le susurró al oído, embargado por mil sensaciones—. Eres la única persona en la que puedo pensar desde que llegaste a mi vida. Solo estás tú... y no hay nadie más.

La sintió temblar entre sus brazos, y la besó. Lentamente.

Ella no pronunció palabra y él tampoco dijo nada más. Tampoco creía poder hacerlo aunque lo intentara. Las emociones se le habían disparado y notaba el estómago encogido. A pesar de eso, percibía cómo todos los miedos desaparecían, arrastrados por su mirada y el latido de su corazón.

Ella se giró, mostrándole su espalda, y él se recreó en sus hombros y la estrechez de su cintura. Con los dedos, primero, le recorrió la columna vertebral, desde la nuca hasta su parte más baja, donde se detuvo brevemente. A ella se le puso la carne de gallina y él volvió a ascender, con lentitud. Lo hizo de nuevo, pero esa vez con los labios, depositando ardientes besos sobre cada vértebra para luego dejar que los mechones de su mojada melena fuesen enfriando el camino que su boca trazaba. La respiró mientras lo hacía, lleno de su aroma, y ella se retorció, jadeante. El sonido que salió de su garganta le pareció el sonido más bello del mundo.

Siguió acariciándola con las manos, con la boca, con su piel y con los ojos. Y, de pronto, aunque ninguno de los dos lo planeó ni hubo ningún acuerdo, se encontraron frente a frente, y el cuerpo de Sara se abrió, invitando al suyo.

No hubo más preámbulos.

Se hundió dentro de ella y todo a su alrededor desapareció. El aire salió de sus pulmones en una suerte de estertor extraño, al tiempo que notaba cómo la temperatura le subía varios grados —aunque quizá eso solo fuera producto de su imaginación—. Su visión se volvió borrosa y temió marearse incluso.

—Es... es... No sé lo que es... —farfulló contra su boca. Se sentía arder por dentro—. ¡Dios!

Entonces ella le abrazó y enlazó las piernas a su talle, rodeándole por completo y haciendo que la penetración fuera más profunda y que todas las sensaciones se multiplicasen. Luego enterró la cara en su cuello y él pudo sentir la dulzura de sus labios y su aliento caliente sobre el lóbulo de su oreja.

—Harry... —musitó—. Todo está bien...

Y eso fue demasiado para él.

Al sentir el calor recorriéndole por dentro y notar cómo su cuerpo se tensaba, se aferró a ella con desesperación, emitiendo una exclamación ahogada.

«¡No, no, no! ¡Así no! Nada está bien», fue el último pensamiento coherente que acudió a su cabeza antes de derramarse en su interior.

Capítulo 26

A pesar de que Harry estaba delgado, el peso de su cuerpo desmadejado la estaba sofocando. Aun así no se atrevía a moverse ni a apartarle. Seguía estrechándole con firmeza con los brazos y las piernas. Él tenía la cara hundida en la almohada justo al lado de su mejilla y murmuraba algo. Ella agudizó el oído para entenderle.

—Nada... está... bien... Nada.

Sara apretó los dientes al escucharle decir aquello. No era imbécil y sabía lo que debía de estar pensando él. Harry se mortificaba. Se mortificaba por lo que acababa de suceder. Por no haber sido capaz de contenerse, por no haber podido aguantar más de unos segundos dentro de ella. Estaba tan claro como el agua. Ella había intuido que algo así podía pasar. Después de las dos breves experiencias íntimas que habían tenido, había sospechado que las cosas podían acabar así. No hacía falta ser un psicólogo para saberlo. Harry estaba demasiado dañado para que todo transcurriese con normalidad.

Él trató de apartarse, apoyando los codos sobre el colchón.

—No —protestó, abrazándole con más fuerza.

Él apretó la mandíbula y se quedó quieto, presentándole solo su perfil. Su rostro estaba sonrojado y tenía la frente húmeda. Una gota de sudor le resbaló por la sien y aterrizó en los pelos de su poblada barba.

—Deja que me vaya —masculló en voz baja, al tiempo que movía sus caderas y se retiraba.

Sara sintió cómo su miembro, ahora flácido, se deslizaba fuera de ella. Se ruborizó, pero no tardó en recuperarse.

—No quiero que te vayas. Antes has dicho que no íbamos a huir, pasase lo que pasase. —Sonaba abatida—. Lo has dicho —repitió.

Él la miró. Había tanta vergüenza y pesar en sus ojos que ella estuvo a punto de soltar un sollozo, mas se sobrepuso con rapidez. Sabía que eso era lo último que él necesitaba..., que ambos necesitaban.

—Me he... comportado... como un... como un... —se le quebró la voz—. Te he fallado...

No le dejó seguir hablando. Enredó los dedos en su barba y le selló los labios con los pulgares.

—No —exclamó con firmeza—. No me has fallado. No te has comportado como nada. Y todo va a ir bien, Harry. Créeme.

Él negó y se liberó de sus manos, alzando la barbilla.

—Quería que todo fuera perfecto contigo, Sara. Lo quería de veras. —Su voz reflejaba un hondo remordimiento.

—Lo será —le aseguró con convicción.

Él guardó silencio con la vista perdida. La tristeza le nublaba el semblante. Se apartó con mucha lentitud y ella, esta vez, no se lo impidió. Le siguió con los ojos mientras él se sentaba en el borde de la cama dándole la espalda. Contempló, acongojada, cómo apoyaba los codos en las rodillas y hundía la cara en las manos. No sabía cómo enfrentarse a esa situación. No tenía ni idea de qué palabras utilizar para que Harry no se sintiera como lo hacía. ¿Qué podía decir que le aliviara? Él permanecía inmóvil, como una estatua, y ella continuó mirándole, insegura. En esa postura, las vertebras de su columna destacaban todavía más que de costumbre y esa imagen la enterneció. Tras un breve instante de vacilación, se incorporó sobre las rodillas, alargó la mano y la posó con ligereza sobre su nuca, haciendo a un lado los mechones de su pelo. Él se estremeció bajo su contacto, pero no se alejó. Delineó esas protuberancias que le habían llamado la atención con la punta de los dedos. Él no dijo nada, pero todos sus poros se erizaron al contacto de su roce.

Sara, desechando las palabras, decidió pasar a los hechos. Se aproximó y le envolvió con su cuerpo. La transpiración se había secado sobre su piel y su tacto era fresco, y cuando ella le abrazó, se agitó imperceptiblemente. Cruzó los brazos sobre el masculino pecho y apoyó la barbilla en su hombro. Luego cerró los ojos y aspiró hondo, llenándose de su olor, una mezcla a gel de ducha y a sexo... Él tardó en reaccionar, pero acabo por relajarse y entrelazó sus brazos con los de ella, luego echó la cabeza hacia atrás y dejó que sus mejillas se rozasen.

—No voy a huir.

A pesar de que su voz no sonaba demasiado convencida, ella supo que lo decía en serio.

—Todo va a salir bien. Créeme.

—Te creo —dijo pasado un breve lapso de tiempo. La apretó con más fuerza.

Sara pestañeó unas cuantas veces, emocionada. Escucharle decir eso la llenaba de optimismo. Cuando le aseguraba que todo iba a ir bien, ni ella misma estaba del todo convencida, la situación era complicada. Pero si Harry depositaba esa confianza en ella y la creía, entonces las cosas solo podrían salir bien. Sí. Lo conseguirían juntos.

Permanecieron así unos minutos, abrazados en silencio, hasta que la propia Sara se desasió.

—Tengo que ir al baño —se disculpó. Notaba los muslos pegajosos y se sentía incómoda.

Harry la soltó. Ella cogió la sábana y se cubrió antes de abandonar la cama. No era pudorosa en exceso, pero tampoco se sentía muy confiada. Notó sus ojos sobre su cuerpo mientras se alejaba camino del aseo.

Cerró la puerta y apoyó la espalda en ella, estaba nerviosa. Delante de él se esforzaba por irradiar confianza, pero a solas y en la intimidad se podía permitir reconocer su vulnerabilidad. Iba a tener que tomar las riendas de la situación y, si era sincera consigo misma, no sabía si estaba lista. Se tapó la cara con las manos. En toda su vida solo se había acostado con Holger y con Jörg, un chico con el que estuvo unos cuantos meses después de romper con Holger. ¡Y Harry decía que se sentía torpe e inseguro! Ella no solo se sentía así, ¡es que lo era! Por más versadas que Heike y ella estuvieran en la teoría —no tenían pelos en la lengua a la hora de hablar de sexo—, en la práctica no dejaban de ser dos chicas jóvenes sin demasiada experiencia.

Terminó por dejar caer la sábana al suelo y se dirigió a la bañera.

—Él merece la pena, Sara —dijo en voz alta mientras el chorro de agua caliente se llevaba cualquier rastro de su encuentro—. Él merece la pena y todo va a ir bien —repitió un par de veces.

Revivió mentalmente el encuentro que acababa de tener lugar entre ellos y se estremeció. Todo había sido tan maravilloso... tan perfecto... Cómo la había tocado, cómo la había besado y acariciado con sus manos, con sus ojos, con su pelo... La había hecho sentir amada y... muy mujer.

Apenas se entretuvo bajo la ducha, lo justo para enjabonarse y aclararse. Se apresuró a secarse deseando que hubiera un espejo sobre el lavabo. Le hubiese gustado ver su reflejo y comprobar si en verdad parecía tan intranquila como se sentía o si conseguía disimularlo. Se pellizcó las mejillas, luego se cubrió con la sábana y alargó la mano hacia el picaporte, presa de los nervios.

Sabía lo que iba a suceder a continuación.

* * *

Harry había tratado de convencerse de eso que ella le había repetido tantas veces, que todo iba a salir bien. Una parte de él lo creía de veras, la otra, se negaba en redondo a hacerlo. Y así llevaba varios minutos, desde que ella se había marchado, sumido en una especie de singular dicotomía, discutiendo consigo mismo como un demente. La vergüenza se apoderaba de él cada vez que recordaba cómo había perdido el control sobre su cuerpo en el mismo instante en que había sentido las ardientes paredes de su sexo rodeando su miembro. Y solo dos segundos después se había derramado dentro de ella como un adolescente imberbe. ¡Qué patético! La lógica le decía que no era tan extraño, seis años sin una mujer, sin permitirse a sí mismo sentir nada parecido, ahogando y aplastando cualquier estímulo o impulso sexual..., ese final había sido predecible, por más que se hubiera masturbado con anterioridad.

Se puso de pie y contempló la puerta del baño con los ojos entornados y el estómago encogido. El agua de la ducha seguía corriendo. Ella no tardaría en volver y él seguía sin saber si iba a estar a la altura de la situación.

En el pasado, había sido un buen amante. Aunque quizá eso no fuera verdad. La imagen que tenía de sí mismo era la de un hombre fogoso y ardiente en la cama, a ratos insaciable. Pero también egoísta, y mucho... Si bien era cierto que sus parejas no terminaban insatisfechas ya que sabía lo que les gustaba a las mujeres, en realidad siempre se había preocupado primero por sus necesidades..., por sí mismo. En más ocasiones de las que deseaba recordar, solo él había sido importante y su compañera, algo secundario de lo que extraer placer..., nada más.

Un regusto amargo acudió a su boca al pensar en el pasado. ¡No quería volver a ser ese hombre!

Y menos todavía con Sara. Ella se merecía algo mejor.

—Todo va a ir bien —lo dijo en voz alta, como si de aquella manera se convirtiese en algo más cierto.

La ducha eligió ese instante para enmudecer. Y solo el sonido de los latidos de su corazón embalado llenó el silencio.

Volvió a sentarse en la cama y se agarró con fuerza al borde del colchón mientras observaba la puerta del baño. No iba a huir, no, aunque su rígido cuerpo pareciese dispuesto a saltar a la mínima ocasión. Su mirada nerviosa captó el ligero movimiento del picaporte cuando ella lo giró desde dentro y se envaró.

Sara apareció ante él. Se sujetaba la sábana con firmeza contra el pecho, que le cubría desde la parte superior de los senos hasta las pantorrillas, y su expresión era una mezcla de incertidumbre y de serenidad. Pareció vacilar, pero terminó por acercarse a él. Sin atreverse apenas a respirar vio cómo ella se detenía a escasos centímetros, se liberaba de la sábana y la dejaba caer al suelo, para acto seguido, apoyar las palmas de las manos en sus hombros y sentarse a horcajadas sobre su regazo.

El inesperado tacto de su piel le dejó descolocado.

Ella acercó la cara a la suya y, mientras se abrazaba a su cuello, comenzó a besarle con suavidad en los labios. Harry agradeció que no hubiese preguntas ni explicaciones y la rodeó con sus brazos, correspondiendo al beso con la misma fruición. Se obligó a dejar la mente en blanco y a disfrutar de ella, sin pensar más allá del momento en el que ambos se encontraban. Un beso se convirtió en muchos y las caricias también. Pronto, su masculinidad despertó y se clavó en el femenino vientre. Ella se pegó más a él. No tardó en empujarle y hacerle caer de espaldas sobre el colchón. Le miró desde su posición más elevada con un brillo resuelto en los ojos. Parecía tan dispuesta a darlo todo que él se sintió cautivado.

—¿Confías en mí? —le preguntó en voz baja.

Él asintió con vehemencia. ¿Cómo no hacerlo?

Entonces se echó sobre él y continuó besándole, pero de manera más arrebatada, imprimiendo más pasión en todos y cada uno de sus besos. Y Harry la imitó. Sus extremidades se enredaron y terminaron al otro lado de la cama, esta vez él sobre ella. Alzó la cabeza unos centímetros y, maravillado, contempló el cruce de colores de sus cabellos, que se habían mezclado sobre la almohada, apenas se podía distinguir cuál era el de él y cuál el de ella. Sin saber muy bien por qué, esa imagen le conmovió y le llenó de ternura. Volvió a besarla con voracidad.

Rodaron el uno sobre el otro y Sara volvió a situarse encima. Sus respiraciones eran trabajosas y parecían acompasarse. Ella deslizó la mano por su torso y su vientre hasta alcanzar su objetivo. Harry contuvo el aliento al notar cómo agarraba su endurecido y sensible miembro, que al sentir su roce vibró incontrolado. Con agónica lentitud lo guio dentro de ella.

Había soñado con aquello en multitud de ocasiones desde que la conocía, imaginando que iba a ser especial, y solo hacía un rato que había echado a perder la oportunidad que se le había presentado en su primer encuentro. Esta vez iba a ser diferente, se prometió a sí mismo. Podía engañarse y decirse que todo eso que ella le hacía sentir era porque llevaba años sin acostarse con una mujer, pero no era así. Con Sara, la necesidad y el anhelo iban de la mano y eran enormes. No solo su cuerpo se llenaba de ella, también lo hacía su alma.

Ella se movía cargada de sensualidad. Se había echado hacia atrás, presentándole sus magníficos pechos cuyos pezones se habían endurecido debido a la excitación. Él se sintió algo torpe, pero pronto comenzó a adquirir más confianza y la agarró por las caderas, adecuando los movimientos de ambos. A medida que los segundos avanzaban y el ardor entre ellos alcanzaba cotas inesperadas, iba recordando exactamente lo que tenía que hacer y cómo hacerlo. El símil era estúpido, pero era como montar en bicicleta, por mucho tiempo que pasara, al cabo de unos minutos de pedalear uno sabía lo que tenía que hacer.

Y él sabía muy bien lo que había que hacer.

Se echó a un lado, sorprendiéndola, y la arrastró con él, con cuidado de que el nexo que unía sus cuerpos no se rompiese. Se situó sobre ella, recorriéndole el rostro con la mirada al tiempo que le retiraba un mechón húmedo de la mejilla.

—Eres... —dijo sin apenas voz— tan preciosa...

Ella le sonrió antes de soltar un jadeo.

Harry cerró los ojos. Sentir el cuerpo de Sara debajo del suyo era algo indescriptible..., algo con lo que apenas se había atrevido a soñar y, sin embargo, allí estaba. Comenzó a moverse con parsimonia, alentado por sus gemidos, que le acariciaban las mejillas y los labios y le apremiaban a ir más rápido, pero no iba a fallarle. Incluso a través de la niebla de pasión que poblaba su cerebro era muy consciente de que esta vez las cosas iban a ser distintas.

Él iba a ser distinto.

Deslizó la mano por la sudorosa piel de ella hasta que alcanzó su objetivo, la unión de sus cuerpos. No necesitó abrir los ojos, se limitó a buscar el centro neurálgico de su sexo con la yema del pulgar. Sara emitió un pequeño grito de deleite y eso le animó a seguir. Tratando de ignorar su propia excitación, que iba en aumento cuanto más profundas se hacían sus embestidas, se concentró solo en ella, que no tardó en arquear la espalda y tensarse. Sin poder refrenarse, bajó la cabeza, la apoyó sobre su pecho y frotó su poblada mejilla contra uno de sus senos mientras aspiraba el dulce aroma de su piel.

—Sara, Sara, Sara... —No dejaba de repetir una y otra vez de un modo casi ininteligible mientras seguía acariciándola con frenesí—. No sabes lo que significa esto para mí —murmuró, desbordado por los sentimientos—. No te... lo imaginas...

Ella no respondió, solo se agarró con fuerza a sus hombros; un instante después, las convulsiones la recorrieron de arriba abajo y expelió unos jadeos entrecortados. Las paredes de su sexo le aprisionaron sin piedad y él apretó la mandíbula mientras se esforzaba por mantenerse quieto. Poco después las sacudidas se calmaron del todo y el cuerpo de Sara se relajó, quedando laxo debajo del suyo. Ignorando su miembro que pulsaba dentro de ella, ávido por alcanzar su propio clímax, la miró a los ojos. Estaban empapados y tenía las pupilas dilatadas. Un par de lágrimas habían rodado por sus sienes y se habían perdido en su pelo.

—Oh, Harry... —susurró y no dijo nada más. Nuevas lágrimas empaparon sus pestañas y terminaron por desprenderse de ellas.

Él le sujetó las mejillas con ambas manos y posó sus labios sobre los de ella poniendo todo su ser en el beso, con las emociones a flor de piel.

—Sara... —musitó contra su boca—. Sara...

Ella le abrazó con más fuerza.

Entonces él se apartó del todo. Abandonó su sexo con lentitud, aun cuando su erección continuaba dura como una roca y pensar solo en huir de todo ese calor que le envolvía le resultase casi insoportable.

«¿Qué estás haciendo, imbécil? No has acabado. ¡Sigue adelante!».

Ella ya ha terminado.

«Pero tú no, idiota».

Ella es la que importa aquí.

«¿Y tú? No me digas que no quieres correrte dentro de ella. ¡Estabas a punto!».

No es lo que necesito ahora. Necesito que ella sepa que me importa. Que esto es algo más que sexo.

«Eres un imbécil».

¡Basta! Cállate ya. ¡No lo necesito!

Esas últimas palabras con las que zanjó la discusión consigo mismo eran ciertas. No era eso lo que necesitaba. Su cuerpo, su mente e incluso su alma querían algo más... mucho más. Se tumbó de espaldas y tiró de ella para acoplarla a su cuerpo.

—Pero, pero... tú no... —farfulló perpleja, alternando la vista entre su cara y su entrepierna erguida.

—No es eso lo que quiero ahora —le dijo con la voz ronca y teñida de sentimiento, abrazándola con firmeza—. Te necesito a ti... así, a mi lado...

Ella entreabrió los labios como si quisiera protestar, pero él ignoró su expresión desconcertada y comenzó a depositar besos febriles sobre su frente, sus sienes y su coronilla. Y mientras la abrazaba con desesperación, cerró los ojos que habían comenzado a arderle.

«Te necesito... No me dejes...», repitió una y otra vez dentro de su cabeza como un mantra.

Y siguió besándola.

Capítulo 27

Había despertado hacía un rato, pero no se había movido. Quizá para no molestar a Harry, que dormía a su lado, quizá porque hacía tiempo que no se sentía tan feliz y no deseaba romper el instante. Emitió un suspiro cargado de satisfacción y se arrebujó en la sábana que los cubría a ambos, pegándose todavía más a él. Alzó la barbilla y, de nuevo, como había hecho en innumerables ocasiones desde que despertó, contempló el rostro que tenía a escasos milímetros de su cara. Ni siquiera dormido se relajaban sus rasgos. Todavía le quedaban unas trazas de color violáceo alrededor de los párpados, prueba de la paliza que había recibido hacía una semana, pero el resto de las magulladuras había desaparecido.

Paseó los ojos por sus facciones. Sus labios no eran muy gruesos y parecían firmes −bueno, no solo lo parecían, lo eran−, lo había comprobado de primera mano cuando la besó. Y sus pómulos sobresalían prominentes y afilados, como si hubieran sido esculpidos con un cincel. La nariz era recta, algo más ancha en el puente, y su ceño estaba dividido por unas profundas arrugas verticales que competían con las que adornaban su frente, también hondas y muy marcadas. Sus cejas, de un tono más oscuro que su cabello, eran bastante pobladas y se curvaban ligeramente hacia abajo. Y sus pestañas, negras y largas, cuando tenía los ojos abiertos, eran el marco perfecto para su increíble mirada azul. El resto de su cara quedaba oculto por la espesa barba castaña salteada de canas. Sara se preguntó, no por primera vez, qué aspecto tendría debajo de todo aquel vello facial. Con seguridad, aparentaría menos edad de los treinta y tantos que tendría.

Dejó que su memoria volara, por enésima vez, hacia el instante en que él la había abrazado como si fuese la cosa más preciosa del mundo. Cada vez que lo recordaba se emocionaba y tenía que controlarse para no gritar llena de júbilo. No entendía muy bien por qué Harry había reaccionado así, apartándose de ella sin haber llegado hasta el final, pero lo que había pasado después solo podía calificarse de... mágico. Nunca antes se había sentido tan amada por nadie. Nunca. Ni Holger, al principio de su relación la había hecho sentirse tan... adorada. La manera en la que la había abrazado y besado, como si fuera lo más importante de su existencia... era... era... era... no tenía palabras para expresarlo...

Si había dudado de sus sentimientos hacia él, en ese instante de entrega más absoluta, había comprendido sin ningún atisbo de duda que le quería. Se había enamorado de él sin mesura, sin razón, sin vuelta atrás... Y estaba segura de que él también sentía lo mismo por ella.

—Te quiero —susurró.

Como si la hubiese escuchado, sus ojos se agitaron detrás de sus párpados, pero solo había sido una falsa alarma, siguió durmiendo con algo semejante a una sonrisa dibujada en los labios. Sara le devolvió la sonrisa inconscientemente. Se sentía pletórica.

Su estómago le recordó que solo había comido una ensalada en todo el día. Las sombras del crepúsculo hacía un rato que habían sumido el dormitorio en penumbra y aunque todavía no era noche cerrada, no tardaría en serlo. Con sumo cuidado para no despertarle, comenzó a reptar hacia atrás, liberándose de su abrazo y de la calidez de su cuerpo. Él no se inmutó; su respiración seguía siendo pesada y regular. Abandonó la cama y se puso la ropa interior y la camiseta. Después de visitar el aseo, de puntillas, se dirigió al piso inferior. Estuvo a punto de dar un respingo cuando sintió algo restregándose contra sus pantorrillas en el oscuro pasillo, pero al descubrir que se trataba de Kárpov ahogó una risa nerviosa.

—Hola, preciosidad. —Se agachó para acariciarle.

El minino empezó a ronronear mientras seguía frotándose en su pierna desnuda. Se entretuvo un rato toqueteándole hasta que él resolvió que ya tenía suficiente cariño y se marchó con su delgada cola oscilando en el aire. Ella se encaminó a la cocina y, con rapidez, se preparó un sándwich de jamón y queso, que no tardó en devorar sin finura alguna. Una sonrisa se le dibujó en la cara cuando pensó que si tenía tanta hambre era debido al sexo. Eso decía siempre Heike, que el sexo abría el apetito. Hacía tanto tiempo que no se había acostado con nadie que ya no lo recordaba. Apoyó los codos sobre la mesa y enterró la cara en las manos. ¡Había tenido sexo con Harry! ¡Y había sido ella la que había tomado la iniciativa! ¡Y había sido una experiencia maravillosa! Apenas podía creérselo, pero así era. El silencio de la estancia se vio roto por su risita jubilosa.

¡Se sentía tan dichosa!

Mientras recogía lo poco que había ensuciado, comenzó a tararear una canción sin ser muy consciente de ello. Impaciente por volver a estar con él, terminó por desandar el camino que había hecho hacía solo unos minutos y regresar al dormitorio. A la pálida luz de la luna que entraba por la ventana pudo ver que el pequeño maestro de ajedrez le había robado el sitio que ella había dejado vacante hacía un rato. Se había acurrucado en la almohada al lado de Harry, que seguía durmiendo profundamente. Le contempló unos minutos, tentada a despertarle, pero se lo pensó mejor y le dejó descansar. Parecía necesitarlo.

Regresó a la planta inferior y encendió el televisor con el volumen muy bajo. Estaban poniendo un episodio de *Derrick*. No le interesaba gran cosa, pero lo dejó. No creía que fuera capaz de concentrarse en nada más; se encontraba en las nubes. En realidad en una nube, la suya particular que se llamaba Harry. Volvió a rememorar todos los deliciosos momentos de aquella tarde. ¡Cómo iba a olvidarlo jamás! Su forma de mirarla, cómo la había tocado y besado, cómo había pronunciado su nombre... ¡Era un sueño! La felicidad le burbujeaba en el pecho y se lo apretó con las manos al tiempo que una exclamación gozosa se abría paso a través de su garganta y atravesaba sus labios.

—Sara y Harry. Harry y Sara —canturreó, agitando los pies en el aire, a sabiendas de que se estaba comportando como una quinceañera tonta.

Consumida por la impaciencia de estar con él, que le impedía estarse quieta, apagó el televisor y se aventuró por el pasillo. Comenzó a recorrerlo deslizando los dedos por las paredes desnudas. Seguía tarareando la misma melodía de antes. Se detuvo de pronto y se escuchó a sí misma. Era *Te amaré*, una canción de Miguel Bosé. Su prima Irene, la hija de su tío Miguel, siempre le enviaba paquetes llenos de casetes con música española, así era como había conocido a Mecano, a Alaska y los Pegamoides, a Radio Futura, a Nacha Pop, y a Miguel Bosé, que tenía esa balada preciosa que ahora no paraba de rondarle por la cabeza porque era así como se sentía con Harry.

—Por ser algo no perfecto, te amaré —repitió una de las frases que más le gustaban en voz alta, y una sonrisa se perfiló en su boca.

Siguió cantando en voz queda mientras subía a la planta superior. No se escuchaba nada. Esperanzada, echó un vistazo al dormitorio, pero Harry seguía dormido, así que se alejó. No había estado en esa planta con mucha frecuencia, solo un par de veces, pero conocía todas las habitaciones, vacías todas ellas. Abrió una de las ventanas del corredor y dejó que la brisa entrase por ella. No hacía frío. En solo tres semanas llegaría el verano y las temperaturas ya habían comenzado a ascender. Se entretuvo contemplando el jardín y aspirando los olores de las peonías y las campánulas silvestres que crecían en el parterre y que Harry y ella habían plantado hacía cosa de un mes. Lentamente, seguida por el aroma de las flores, se dio la vuelta y sus pies, ociosos, la dirigieron hasta la escalera que llevaba a la buhardilla. La subió, agarrándose a la barandilla de madera que había pegada a la pared. Cuando alcanzó el último escalón buscó el interruptor a tientas. Lo encontró y la mortecina luz de una bombilla amarillenta iluminó la estancia.

Sus ojos se posaron sobre las cajas de cartón que había apiladas contra la pared derecha. Sentía una enorme curiosidad por saber qué contenían, pero no le parecía correcto husmear en ellas. Se quedó mirándolas un buen rato. Quizá encontrase respuestas a las miles de preguntas que danzaban en su cabeza y que no se sentía capaz de plantearle a Harry, se dijo. O quizá no hubiese nada interesante, quizá sí... A lo mejor había fotos de sus hijos y del propio Harry.

O de su mujer...

En el momento en que ese pensamiento acudió a ella, el interés por conocer el contenido de las cajas creció de manera desproporcionada, pero la inseguridad también. Muy dentro de ella no podía olvidar que él, solo hacía una semana, la había llamado Nina.

«Es mejor que regreses por dónde has venido».

Se dispuso a marcharse, atendiendo a su lógica advertencia, pero volvió a dirigir su atención a los cartones, indecisa.

—No deberías —se aconsejó a sí misma en voz alta—. Si Harry te encuentra hurgando en sus cosas es probable que se moleste.

Sí, todo aquello sonaba muy racional, mucho, pero la curiosidad pudo con ella. Con rapidez, mirando furtivamente por encima del hombro, se dirigió hacia las cajas. Abrió la tapa de la que se encontraba encima de las demás y echó un vistazo al interior. Estaba llena de papeles, carpetas y, como había sospechado, unos álbumes de cuero marrón. Los cogió y se sentó en el suelo, con ellos en el regazo. Dirigió un vistazo nervioso hacia las escaleras antes de abrir el primero de ellos.

Las caras de dos niños aparecieron ante ella. No pudo evitar llevarse una mano a la boca para contener una exclamación, mezcla de sorpresa y de pesar.

«Jens y Michael», pensó.

Recorrió con el dedo índice los contornos de sus rostros. Era fácil reconocerlos a ambos incluso con la somera descripción que Harry había hecho de ellos. Jens tenía el pelo casi blanco y un hoyuelo se dibujaba en su mejilla derecha. Los ojos de Michael, aunque sonreía, eran más serios. Pasó las páginas y decenas de fotos de los niños, desde que eran bebés hasta los que debían de haber sido sus últimos meses, se sucedieron. Jugando, sentados en un sofá, nadando en una piscina, gateando por el suelo, comiendo un helado, Michael leyendo y Jens con sus canicas... Sintió un aguijonazo en el pecho al verlos así, tal y como él los había descrito... Tuvo que hacer una pausa y cerrar los ojos antes de seguir pasando hojas. Respiró hondo y trató de serenarse. ¡Qué injusta era la vida! ¿Cómo era posible que quien gobernase sus destinos hubiera decidido llevarse a esos pequeños...? Todo era una mierda...

Siguió mirando las fotos hasta el final. Le sorprendió que solo hubiera de los niños; en ninguna aparecían ni Harry ni su mujer. Cerró el álbum y abrió el otro. Nada más hacerlo, un sobre, que debía de haber estado entre sus páginas, cayó al suelo. Lo cogió. En la parte delantera, con una caligrafía cuidada, redonda y muy femenina, se hallaba escrito un nombre: *Howard.* Lo observó con el ceño fruncido, pero terminó por dejarlo a un lado y abrir el álbum de fotos.

Y ahí estaba Nina.

La primera de las imágenes era de Harry y su mujer el día de su boda. Con el estómago encogido los examinó a ambos. Nina era preciosa, rubia y con los ojos claros, muy alta, casi tanto como Harry, y muy delgada. El vestido de novia que llevaba era muy sencillo y sin mucho adorno, sin mangas pero cerrado en el cuello, y lucía una guirnalda de flores blancas en el pelo, muy al estilo de los setenta. Parecía tan elegante... Sin poder evitarlo, se comparó con ella... Ella era bastante más bajita, más curvilínea, no tenía ese porte refinado ni esa delicadeza... Un poco bienvenido regusto amargo acudió a su boca.

Celos...

«No puedes estar celosa de una muerta», se recriminó en silencio.

Era cierto, no obstante, un desagradable malestar se le concentró en el estómago. Sus ávidos ojos recorrieron la figura de Harry; llevaba un traje oscuro, una camisa blanca y una pajarita negra. No tenía barba y su pelo, aunque algo descuidado, era mucho más corto que en la actualidad. Tenía un rictus de satisfacción en la cara y no se podía negar que estaba guapo.

Mucho más que guapo. Y era tan joven..., pero no se parecía al Harry que ella conocía. Su Harry no tenía nada que ver con el de la foto. Ese tenía una pose arrogante y fría de la que el suyo carecía. Su Harry era mil veces más cálido...

«¿Tu Harry? ¿Desde cuándo se ha convertido en tuyo?», se cuestionó.

Negándose a contestar a su propia pregunta siguió pasando hojas. Descubrió reuniones familiares, muchas risas, cumpleaños de los niños, todos reunidos delante de un árbol de Navidad, comidas con más personas, una fiesta en un jardín, Harry y Nina juntos, Harry y Nina abrazados, Harry y Nina sonriéndose, Harry y Nina de la mano...

Cerró la tapa del álbum de golpe. No necesitaba ver más. No *quería ver más.*

Era una tonta. ¿Qué necesidad tenía ella de torturarse con esas fotos? A pesar de que Harry le había asegurado que solo pensaba en ella, los miedos y las inseguridades seguían ahí.

Sus ojos se posaron sobre la carta que había dejado antes en el suelo. La cogió, preguntándose de nuevo quién sería el tal Howard. Sin pensarlo demasiado, sacó el folio que había dentro del sobre, lo desdobló y comenzó a leer:

Aprovecho que has vuelto a marcharte a tu despacho para escribirte estas palabras. No tengo mucho que decirte, la verdad. Hace tiempo que ni tú ni yo tenemos mucho qué decirnos. Solo había una cosa que nos mantenía unidos y ya no está. Se han ido. Y yo me voy también. No puedo soportar seguir existiendo sin ellos. Es demasiado. Solo el hecho de levantarme cada mañana y coger aire me duele. No quiero seguir. Cuando llegues a casa yo ya no estaré. Me habré ido con mis hijos, con los niños más especiales del mundo. Esos niños que no te merecías y que han muerto por tu culpa. Tú eres el responsable de que esto haya sucedido, Howard.

Ni siquiera sé si debería despedirme de ti cuando hace tanto que te fuiste, pero quiero que sientas todo el dolor que siento yo, que te levantes también por las mañanas y te sea imposible respirar, abrir los ojos o dar un solo paso. Quiero que te rompas por dentro y se te desgarre el alma cuando pienses en ellos. Sí. Eso quiero. Quiero que sufras como he sufrido yo.

El día que Jens y Michael desaparecieron fue el día que supe que todas esas horas que pasabas en tu despacho no eran por motivo de trabajo. Ese día me enteré de que esas noches que me llamabas para decirme que ibas a llegar tarde a casa las pasabas con tu secretaria en un hotel del centro. ¿Te sorprende? Yo también me sorprendí. Apenas podía creerlo. ¡Qué tonta fui creyendo todas tus excusas! Nos habíamos jurado fidelidad, Howard, pero tú solo sabes serte fiel a ti mismo. Nunca te ha importado nada, solo tu trabajo, ese maldito trabajo que te absorbe y no te ha dejado tiempo para nada más. Ni yo ni los niños hemos sido una parte importante de tu vida, salvo meros accesorios que quedaban bien. La familia que todo el mundo esperaba que un arquitecto de tu talla tuviese. Mera apariencia.

Pues bien, ya no tienes familia. De todos modos nunca te has comportado ni como un padre ni como un marido. Has fracasado.

Quiero que sepas que te hago responsable de todo lo que ha pasado. De todo. Si no me hubieras traicionado clavándome un puñal en las entrañas no habría estado distraída y fuera de mí aquella tarde. No habría perdido a los niños de vista dejando que salieran del jardín.

¡Tú y solo tú eres el culpable! ¡Mientras nuestros hijos se ahogaban en el río tú te estabas follando a esa zorra!

Intenta ahora ser feliz sabiendo que todo es culpa tuya. Inténtalo. Sigue acostándote con ella y con todas las que quie-

ras. Seguro que no es la primera. Sigue viviendo tu vida, si pue-
des. Solo. Ahora no vas a tener nada. Me resultas tan patético
cuando te veo con esa falsa tristeza. ¿Tú? ¿Triste? ¿A quién pre-
tendes engañar?

Tú no sabes lo que es la tristeza. Nunca has querido a Jens y
a Michael. Nunca. Siempre te molestaban, eran un estorbo para
ti. No sabes lo que es querer a nadie, Howard. También dudo de
que alguna vez me hayas querido a mí.
Te odio y espero que te pudras en el infierno.

La mano que sostenía el papel le temblaba tanto que lo dejó
caer al suelo. Parpadeó para que las lágrimas que se le habían
acumulado en los ojos cayeran y dejaran de emborronarle la
vista. Estaba petrificada.

¡Dios Santo! ¿Esa era la carta que había dejado Nina antes de
suicidarse? ¡Cuánta inquina y cuánto odio había allí concentrado en esas palabras! Hacía responsable de todo a Harry...
¡Era espeluznante! ¿Y por qué se refería a él como Howard?
No entendía nada.

Un movimiento apenas perceptible al otro lado de la estancia llamó su atención. Levantó la mirada... y, a través de sus
ojos acuosos, pudo ver a Harry.

Estaba de pie, al borde de la escalera. Solo llevaba puestos
unos vaqueros. El pecho le subía y le bajaba como si hubiera
corrido kilómetros.

Su cara reflejaba pura angustia.

Capítulo 28

El ronroneo de Kárpov cerca de su oreja fue la causa de que se despertara. Nada más hacerlo echó de menos el calor del cuerpo de Sara. Giró la cabeza con sobresalto, pero al ver sus pantalones y sus botines negros en el suelo junto a la cama, se relajó. Se estiró y fijó la mirada en el techo. Hacía tiempo que no dormía tan profundamente. Una sonrisa satisfecha le curvó los labios al recordar lo que había sucedido en esa cama solo unas horas antes. Sara y él... ¡Dios! La sonrisa se hizo más amplia.

Con más vitalidad de la que había mostrado hacía tiempo, se levantó y se dirigió al armario. Sin encender la luz, a pesar de que la oscuridad no dejaba ver mucho, abrió un cajón y sacó unos vaqueros. Se los puso, sin molestarse en buscar ropa interior. Descendió las escaleras con rapidez, buscándola. Se sentía eufórico, como un niño el día de Navidad. Tenía la imperiosa necesidad de estrecharla entre sus brazos y besarla.

No estaba en el salón ni en la cocina. Se asomó al patio y al jardín, pero no había ni rastro de ella. Entornó los ojos, contrariado, y regresó al piso superior. No tenía ningún sentido que Sara estuviese en una de las habitaciones vacías, ¿verdad?

No obstante, las revisó. Abrió puerta tras puerta y se asomó a todas ellas, pero nada. Había llegado casi al final del pasillo cuando sus ojos se vieron atraídos por una ventana que se encontraba abierta. Se dirigió hacia allí con curiosidad y fue cuando se percató del pequeño haz de luz que se reflejaba en el suelo de madera. Provenía de la buhardilla.

Se quedó paralizado.

«No, no, no...».

Lo repitió una y otra vez, atormentado, mientras se obligaba a acercarse a la escalera enmoquetada que conducía a la última planta.

«Por favor, que no la haya encontrado, que no la haya leído...».

Una horrenda sensación opresiva le cortó la respiración. Subió los escalones con lentitud, como si retrasar sus pasos fuera a servirle de algo si ella había descubierto la carta. Esa maldita carta que lo revelaba todo...

Según avanzaba, la vista se le iba nublando y el ritmo de sus pulsaciones aumentaba. La subida se le hizo eterna, a pesar de que no había más de veinte peldaños. Cuando posó el pie en el último de ellos y la vio, sentada en el suelo, con dos álbumes de fotos al lado y... *la carta* en la mano, se creyó morir.

Literalmente.

La sensación de ahogo fue tan intensa que tuvo que agarrarse a la barandilla con fuerza para no desplomarse. Su visión se estrechó y la escena llegó hasta él como a través de un túnel oscuro y profundo.

«La ha encontrado... la ha encontrado...».

Apretó los puños a los costados mientras trataba de respirar con regularidad, algo imposible, teniendo en cuenta que se sentía como un caballo de carreras después de haber recorrido cien kilómetros al galope. Su mirada se clavó en las manos de Sara que temblaban violentamente y que acababan de dejar caer la carta al suelo.

Sintió cómo se le encogía el estómago de manera muy dolorosa.

Entonces, ella levantó la vista y le vio.

Contempló con impotencia el horror que se reflejaba en su cara y las gruesas lágrimas que rodaban por sus mejillas. Un gruñido sofocado rompió el silencio que reinaba en el desván y, aturdido, se dio cuenta de que había surgido de su propia garganta. La presión de su pecho se intensificó.

«Vete. Huye. No te expongas a su desprecio», se ordenó a sí mismo.

Y eso hizo.

Se dio la vuelta con precipitación y bajó las escaleras a trompicones, apoyándose en la pared mientras sentía que todo daba vueltas a su alrededor.

—¡Harry! —El grito de Sara le hizo detenerse cuando ya había alcanzado la planta inferior. El sonido de sus pisadas, a su espalda, llegó hasta él con claridad, incluso a través del zumbido sordo que retumbaba en sus oídos.

«¡Vete. Huye!».

Pero sus pies no querían moverse y permanecieron enraizados al suelo. Con los nervios a flor de piel y cayéndose a pedazos por dentro, esperó a que ella se acercase. No iba a poder soportar ver la repulsión reflejada en esa mirada que solo hacía unas horas había estado llena de amor y promesas... No. No iba a poder resistirlo. ¡No! Cuando sintió su presencia a solo un paso y el brazo de ella rozó el suyo, cerró los ojos. Podía oler el aroma de su piel, tan delicado y tan suyo..., ese que se le había metido dentro y que no iba a olvidar jamás... Paralizado por la ansiedad, esperó su siguiente movimiento, preparándose para lo inevitable... su rechazo.

Sara había encontrado la carta. Sara sabía que Nina le odiaba. Sara sabía que había sido un mal padre y un esposo miserable. Sara lo sabía todo...Sara sabía que toda la culpa era suya...

«No podías ocultarle para siempre quién eres en realidad y lo que pasó».

Pero no tenía que haberse enterado así. Así no. Y menos hoy. No estoy preparado...

«Demasiado tarde para lamentaciones, Harry. Ella ya lo sabe...».

Repentinamente, sintió sus brazos alrededor de su talle y el peso de su cabeza sobre su torso. Un estremecimiento le recorrió de arriba abajo mientras expelía un sonoro jadeo de sorpresa. Eso era lo último que había esperado de ella. Lo último. Sin saber cómo reaccionar, se quedó envarado y quieto, pero terminó por alzar sus brazos y rodearla con ellos.

No entendía nada.

—Lo siento tanto, Harry. —Su aliento le acarició la piel.

—¿Lo... lo sientes...? —La estupefacción le hizo abrir los ojos de golpe.

—Sí... Es horrible...

Apretó los labios y asintió, dándole la razón en silencio. Todo lo que ponía en la carta de Nina era cierto. Todo. Sus infidelidades, su indiferencia, su egoísmo, su apatía y su falta de cariño... Había sido una mala persona y se había comportado como un miserable. Le resultaba incomprensible que Sara le abrazase como si quisiera... consolarle. No tenía sentido.

—Sí —admitió—. Yo... me comporté... Era... Soy —se corrigió— un hombre horrible.

—No, tú no —exclamó ella alzando la barbilla—. Esa carta es horrible.

A pesar de que solo una tenue luz llegaba desde el piso superior, era suficiente para poder distinguir sus rasgos. Le sostuvo la mirada, desconcertado. No había desprecio alguno en ella, quizá un atisbo de dolor o de enfado, pero estaba tan confundido que no supo interpretarlo.

—Todo lo que pone en ella es verdad —le confesó. La aferró con firmeza como si quisiera impedirle que se alejase. Al darse cuenta de lo que hacía aflojó el abrazo.

—No lo creo. —Negó ella con energía.

—¡Lo es! —le rebatió—. Aquel día, cuando todo pasó..., yo estaba con otra mujer en un hotel... Es la pura verdad. —Hizo una pausa—. Y no solo fallé como marido... También fui un fracaso como padre... —Una mezcla de tristeza y desdén se destiló en sus palabras.

—Dudo mucho que no te interesasen tus hijos, Harry. Seguro que no eras un padre perfecto y que cometiste errores, pero tengo claro que los querías —dijo ella con seguridad—. Solo me has hablado de ellos una vez, pero es evidente que los adorabas.

Él trató de separarse de ella, de poner distancia entre ambos. Cada vez que oía hablar de sus hijos, el dolor era indescriptible, le partía por la mitad... ¡No podía hacerlo! Pero Sara no le permitió alejarse; le agarró la cara con las manos y le obligó a inclinarse hasta que sus frentes chocaron.

—Harry, eres un buen hombre, generoso y atento... —le dijo con convicción.

—¡No soy así! —soltó una risa amarga, alzando la cara con incredulidad manifiesta.

—Así es como yo te veo.

Tardó en reaccionar. Aquello que Sara decía era incongruente. *Un buen hombre, generoso y atento...* ¡Era ridículo!

—Me gustaría ser ese hombre que ven tus ojos —terminó por decir con la voz quebrada al tiempo que negaba una y otra vez—, pero no soy yo.

—Quizá ese hombre no eras tú en el pasado, pero ahora sí lo eres. ¿Crees que no veo cómo te comportas con Kárpov? Cómo le cuidas, cómo se te ilumina la cara cuando se tumba en tu regazo o te ronronea al oído; lo preocupado que estás por él y cómo has cambiado incluso tus costumbres para que se sienta a gusto... Lo veo, Harry —hablaba con algo de exaltación y sus dedos se hundieron más en la carne de sus mejillas—. ¿Y cómo me tratas a mí? Soy muy consciente de que me dejas ganar al ajedrez porque crees que eso me agrada, o que siempre tienes en cuenta lo que yo quiero y tratas de adelantarte a mis deseos... o cómo me escuchas y prestas atención a todo lo que digo aunque solo sean tonterías... —Sus movimientos afirmativos de cabeza eran la antítesis de los negativos de él—. Y... y lo que ha pasado antes... en tu dormitorio... —Sonaba azorada, pero se sobrepuso con rapidez y continuó—. No intentes venderme que eso es algo que haría un hombre egoísta. No encaja, ¿sabes? Te has... preocupado más por mí que por ti.

Él se revolvió, incómodo. Así como Sara lo decía, tenía lógica, pero él no era así, no era ese dechado de virtudes que ella describía. ¡No lo era!

—Harry, tú sabes que te quiero, ¿verdad?

Se quedó quieto. No porque le sorprendiera su confesión. En el fondo lo sabía. Ella lo llevaba escrito en la mirada desde hacía tiempo. Sí, sabía que Sara le quería. No terminaba de entender por qué, pero lo sabía. Al igual que él la quería a ella.

—Sí —admitió en un jadeo.

—Cuando he leído esa carta he sentido una pena enorme... —dijo con la voz entrecortada—. ¡Pero me he angustiado por ti! Por cómo tuviste que sentirte tú al leerla después de... de la tragedia. No voy a dejar de quererte por algo que sucedió en el pasado, Harry, y de lo que creo que no tienes culpa alguna. —Hizo un gesto, señalando hacia arriba—. Esa es la carta de una mujer despechada y rota por el dolor. No te merecías leer algo así por más que fueras un esposo miserable. ¡No lo merecías!

Él apartó la vista. Demasiados años cargados de reproches, desprecio, culpa y odio para que ahora y, en cuestión de un minuto, todo desapareciera barrido por sus palabras. Había pasado mucho tiempo pensando lo peor de sí mismo...

—No sabes lo qué dices... No me conoces... —replicó con obstinación.

—Sí lo hago. Y no me importa cómo o quién fueras en el pasado. ¡Me importa quién eres ahora! —exclamó con fiereza.

Él guardó silencio sin terminar de creer que eso que ella decía pudiera ser cierto.

«No te la mereces. Es perfecta».

A *lo mejor sí*.

«No. No lo haces. Mírala. Es fuerte y se merece a un hombre que también lo sea. Y tú eres débil».

—No te merezco —farfulló, llevándose las manos a las sienes. La voz que residía en su interior tenía toda la razón del mundo. Él no era hombre para Sara—. ¡No te merezco! ¡No lo hago!

—¡No digas eso! —gritó ella agarrándole de los antebrazos y tirando de ellos—. ¡Ni se te ocurra decir eso! —amenazó.

Harry contempló impotente como las lágrimas abandonaban sus ojos color miel. Trató de limpiárselas con los dedos torpemente.

—No llores, por favor..., no llores... —le suplicó.

—¡No llores tú! —replicó con la voz rota.

Sorprendido, se llevó la mano a la cara y se dio cuenta de que ella tenía razón. Sus mejillas estaban húmedas.

—¿No ves que te quiero? —sollozó ella tirando de sus muñecas y obligándole a abrazarla—. ¿No lo ves?

Él dejó que sus cuerpos se fundieran en un abrazo y asintió con desesperación.

—¿Tú me quieres? —le preguntó entonces ella en voz baja dando un paso atrás y rompiendo el contacto.

A pesar del desorden que reinaba en su cabeza y de toda su incertidumbre, esa era una de las pocas cosas de las que sí estaba seguro.

—¿Acaso lo dudas? —murmuró con ardor—. No sabes cuánto.

—Entonces no vuelvas a decir que no me mereces —susurró, y luego alzó la mano y le perfiló el contorno de la cara para terminar acunándole la mejilla.

Él se perdió en sus ojos, esos tan expresivos que siempre le habían seducido. Estaban tan llenos de amor que se sintió sobrepasado... No podía ser que se sintiera tan feliz y tan desgraciado al mismo tiempo. ¡Dios! Abrió y cerró los puños compulsivamente, invadido por el desasosiego. Momentos como ese eran la prueba de que no estaba cuerdo, de que algo fallaba... Sintió la absurda necesidad de darse media vuelta y recurrir a esa acción rutinaria que tanto le calmaba... cavar.

¡Mierda!

«Concéntrate», se dijo. Bajó los párpados y trató de centrarse en su caricia, pero los pensamientos que anidaban en su cabeza eran muy incoherentes y se sucedían con demasiada rapidez.

—¿Por qué Howard? —La pregunta le sacó del caos en el que su mente amenazaba con perderse.

Parpadeó varias veces hasta que su visión se aclaró.

—Por Howard Roark, el personaje principal de *El Manatial*. Ella... me llamaba así cuando estaba molesta conmigo.

Sara arqueó las cejas sin comprender.

—El protagonista es un arquitecto, como yo —suspiró con fatiga—. Hay ciertas voces críticas que consideran esa novela como la representación de la supremacía del ego y a Howard un ególatra obsesionado por su trabajo... Esa era la visión que tenía Nina del libro... y de mí... Por eso Howard... —terminó con reticencia.

Ella frunció el ceño, pero no replicó ni le preguntó nada más. Se limitó a acariciarle la cara con la vista perdida.

—Yo te amo, Harry —dijo al cabo de un breve lapso de tiempo con solemnidad—. Y siempre voy a estar aquí. Que no se te olvide.

Él cerró los ojos, impregnándose de sus palabras mientras inhalaba profundamente.

—No lo voy a olvidar... Nunca.

Ella se recostó contra su torso y le estrechó con firmeza entre sus brazos, como queriendo protegerle. La ternura le invadió. Aunque ya había sido testigo con anterioridad de la enorme fortaleza y seguridad que ella destilaba, seguía sorprendiéndole que fuera capaz de mostrase tan serena teniendo en cuenta su juventud.

Era perfecta.

El equilibrio para su locura.

Su roca, su pilar, su sostén. Tan necesaria como un contrafuerte adosado al exterior de un muro, en el punto exacto en que este recibe el mayor empuje.

Se aferró a ella, hundiendo las manos en su pelo.

—No quieres seguir hablando de esto, ¿verdad? —le preguntó ahora con suavidad.

Él dirigió la mirada hacia el piso superior donde estaban las cajas, los álbumes llenos de fotos de sus hijos y la carta llena de odio de su mujer...

—No —respondió negando con violencia—. Duele demasiado... —añadió entre dientes.

—Entonces, vámonos de aquí —repuso ella tajante, cogiéndole de la mano y tirando de él.

Y él la siguió.

Capítulo 29

Ese año de mil novecientos ochenta y cuatro el verano llegó casi por sorpresa junto con una fuerte tormenta estival que tornó el cielo plomizo y empapó el jardín llenando el ambiente del olor a tierra mojada. Los pensamientos que pasaban por la cabeza de Sara también eran grises y tormentosos. Se hallaba sentada en el sofá del salón de Harry y se abrazaba las piernas mientras apoyaba la barbilla en ellas. Ignorando la música que sonaba en la radio, su mirada se perdía en el exterior, donde él se afanaba en cortar con un hacha la pesada rama de un árbol que había caído justo en medio del caminito de piedra que llevaba a la casa. A pesar de que había dejado de llover hacía un rato, él llevaba un impermeable negro con la capucha subida.

Hacía semanas del episodio de la carta, y no habían vuelto a hablar de ello, a pesar de que a Sara no se le iba de la cabeza, pero las cosas entre ellos habían mejorado tanto que no quería sacar el tema. A él cada vez le costaba menos sonreír y su aplomo, cuando estaban juntos, crecía día a día. Se había abierto y le había hablado sobre su familia, sus padres que vivían en Hamburgo y sus hermanos, Walter, el mayor, y Miriam, la pequeña.

Atesoraba con gran celo cada segundo que pasaban juntos. En esas semanas habían vivido momentos maravillosos. Cosas tan prosaicas y pequeñas como poner la mesa, hacer café o sentarse a tomar limonada en el jardín se habían convertido en algo mágico. Se compenetraban a la perfección. Cada uno sabía exactamente lo que tenía que hacer. Si ponían la mesa, él era el encargado del mantel y las servilletas y ella de los cubiertos y los vasos. Si hacían café, ella sacaba las tazas y él lo servía. A veces, cuando sus pasos se cruzaban, se sonreían y dejaban que sus manos entraran en contacto, suavemente... Cuando se sentaban en los escalones del porche a beber limonada, siempre lo hacían del mismo modo, en el mismo escalón y apenas separados por unos centímetros, con los vasos entre las piernas de él en un escalón inferior. Podían estar horas allí, sin hablar, lanzándose miradas de soslayo de tanto en tanto... Volvieron también a compartir algún que otro cigarrillo. Se lo intercambiaban dejando que sus ojos y sus dedos se rozasen, recordando, sin duda, ese primer pitillo de aquella tarde de marzo.

Habían creado tantos recuerdos inolvidables...

Esa misma mañana y, mientras afuera llovía a mares, ella se había acomodado en el sofá y le había conminado a sentarse entre sus piernas, en el suelo. Se entretuvo en desenredarle el pelo, primero con los dedos, dejando que sus mechones se deslizasen por las palmas de sus manos mientras cerraba los ojos y disfrutaba con su tacto. Luego se lo cepilló. Él no había protestado, más bien al contrario, relajado, echó la cabeza hacia atrás, apoyándola sobre su vientre y dejó que hiciera su voluntad. Sara no pudo resistirse a la tentación de tenerle tan cerca a su entera disposición y sucumbió. Le exploró la cara, los brazos y el torso con las manos, pero terminó por inclinarse e inspeccionarle también con sus besos... Primero por encima de la ropa, después por debajo... Pronto, ambos se convirtieron en un nudo de brazos y piernas sobre el sofá, mientras la lluvia golpeaba los cristales.

Inhaló hondo cuando esas imágenes acudieron a ella. Cada segundo a su lado era más intenso que el anterior...

Pero...

Sí, había un pero.

A pesar de todos esos preciosos momentos compartidos y su aparente mejoría, algo no terminaba de funcionar. Una sombra oscura se cernía siempre sobre Harry, una sombra que, de vez en cuando, se apoderaba de él y tomaba el control. Lo había visto en varias ocasiones. No sabía cuál era el detonante, pero, a veces, él se envaraba, comenzaba a sudar y las manos le temblaban. Trataba de disimularlo, de ocultárselo, pero ella estaba tan pendiente que cualquier pequeño gesto le resultaba muy evidente. Había intentado abordar el tema en más de una ocasión, pero él le restaba importancia y no la dejaba continuar. La besaba con fruición y acallaba sus preguntas.

Ella sabía que era una maniobra de distracción, sin embargo, le seguía el juego.

Y de un tiempo a esa parte le notaba todavía más triste que de costumbre, se retraía con más frecuencia y sus silencios se prolongaban en el infinito. Había acudido a Heike y le había expresado sus preocupaciones, pero al igual que ella, tampoco sabía qué pensar. Su amiga, en un arranque de lucidez, había expresado en voz alta algo que se había dicho a sí misma en muchas ocasiones. Mientras que Harry no estuviera dispuesto a enfrentarse a sus temores y a encarar su tragedia, esta siempre viviría con él y su pasado seguiría condicionando su presente. Era obvio. Enterrar las emociones siempre terminaba pasando factura.

Recordaba una historia que había leído en una revista en la sala de espera de un médico, hacía tiempo. Por aquel entonces, el pequeño texto que trataba de explicar algunos desórdenes mentales le pareció anecdótico y solo le llamó la atención por la fotografía que lo ilustraba: un camello en el desierto. Ahora, aquellas palabras leídas casi por casualidad y de manera apresurada cobraban sentido.

Todas las noches, el dueño ataba al camello a una palmera para que no pudiera escaparse. Y todas las mañanas lo liberaba, pero el camello, aunque libre, no trataba de huir. ¿Por qué no lo hacía? Porque su mente estaba atrapada en el recuerdo de la noche anterior cuando todavía se encontraba atado.

Sara llevaba días dándole vueltas a aquel artículo y había llegado a la conclusión de que a Harry le sucedía lo mismo que al camello. Estaba atrapado en su pasado. Y, hasta que no aceptara que nada le retenía, no lo superaría.

No sabía cómo ayudarle, no tenía ni idea de qué más podía hacer. Sentía que había llegado al límite de sus posibilidades con Harry. Él necesitaba ayuda, y ella no tenía muy claro que la suya fuera la más adecuada. Se sentía tan impotente...

¡Qué complicado era todo!

Le quería tanto..., tanto que le dolía.

Cuando estaba a su lado era la mujer más feliz del mundo. Su simple presencia hacía que todo lo demás pareciese borroso y superfluo. Se había convertido en la pieza más importante de su vida y solo imaginarse sin él hacía que se sintiera mareada y vacía. Pese a eso, una pequeña parte de ella se cuestionaba si esa peculiar relación que tenían los dos —enclaustrados en su casa y sin mantener contacto con nadie— les iba a llevar a alguna parte y si había algún futuro para ellos más allá de la burbuja donde vivían...

¡Ella quería que todo el mundo supiera que estaban juntos! Poder gritar a los cuatro vientos que amaba a Harry Wolf y que Harry Wolf la amaba a ella. Deseaba que el resto de la gente viera lo maravilloso que era él, que lo descubriesen.

Mas solo pensar en algo así la dejaba exhausta.

Era una utopía...

Al ver que él se acercaba al porche con una carga de trozos de madera debajo del brazo, parpadeó para ahuyentar las lágrimas que amenazaban con entorpecer su mirada. Se incorporó con rapidez, se pintó una sonrisa enorme en los labios y fue a su encuentro.

Los ojos de Harry se iluminaron al verla.

—Espera —le susurró con esa voz tan suya. Dejó la leña en el suelo y levantó la mano, deteniéndola con un gesto.

Ella, que había estado a punto de lanzarse a sus brazos, se frenó en seco.

—No quiero que te mojes —le explicó, quitándose el impermeable y regalándole una sonrisa rápida. Lo dejó caer al suelo y luego se acercó de dos zancadas.

En el mismo instante en que sus cuerpos se encontraron una chispa prendió entre ellos. La alzó en el aire y ella se aferró a él con fuerza, enredando los brazos en su cuello y las piernas en su cintura. Le miró con intensidad, sabedora de que todo lo que sentía por él se le derramaba por los ojos.

Él la contempló con afecto y un pequeño atisbo de tristeza. Esa tristeza que últimamente siempre parecía estar presente en su interior. Sara bajó los párpados para no ver aquella mirada. Le besó en los labios, recreándose en su tacto, en su sabor y en su olor, tratando de ignorar esa aflicción que no entendía.

—No tardo nada en acabar aquí —murmuró él contra su boca—. Y luego hacemos lo que te apetezca.

Ella le delineó las arrugas que se le formaban en la frente con los pulgares, luego hizo lo mismo con sus cejas y terminó por acariciarle los afilados pómulos. Sus pupilas se dilataron y Sara pudo notar que sus manos, que la sujetaban con firmeza por las caderas, se crispaban, y que sus dedos se hundían en su carne. Otra parte del cuerpo masculino despertó también; pudo sentir su dureza clavándose en su entrepierna a través de la fina falda de tela y su sexo correspondió al estímulo como acostumbraba, humedeciéndose.

—Lo que me apetece es que me hagas el amor, Harry. Ahora. —Había sonado algo apremiante y nada más decirlo el calor la inundó. Su pudor seguía intacto, al parecer.

Él la miró con los ojos entornados, indeciso. No obstante la indecisión no le duró mucho. Con ella en brazos, echó a andar hacia el interior de la casa. Sara escondió la cara en su cuello. Olía a lluvia y a Harry. Olía a deseo, a dulzura, a afecto y a ternura.

Habían hecho el amor muchas veces después de la primera, y no siempre había sido algo perfecto. A veces, sus encuentros eran demasiado precipitados, otras, infinitamente pausados, pero él siempre se esforzaba por que ella llegara hasta el final. Incluso a costa de su propio placer. Sara había comenzado a pensar que tanta entrega y abnegación por su parte se debían a una extraña y enfermiza forma de expiación. Era como si Harry se sintiera culpable... constantemente... y tratara de enmendar con ella sus errores del pasado.

Quizá por lo que sucedió con su mujer...

No se atrevía a preguntarle. Sabía que él no le daría ninguna respuesta.

La depositó sobre la cama y procedió a quitarle la falda y la blusa sin apartar la mirada de cada trozo de su desnudez que iba dejando al descubierto. Hizo lo mismo con su ropa interior hasta que ninguna prenda se interpuso entre ella y sus hambrientos ojos azules. Luego se incorporó y se desvistió mientras Sara se humedecía los labios con la lengua. Apenas la había tocado y ya se encontraba en un estado febril, ardiendo de deseo. No la hizo esperar demasiado. Se tendió sobre ella, cubriéndola, y cuando sus pieles entraron en contacto todo lo demás dejó de importar. Harry era parco en palabras y, en momentos como ese, incluso mudo, pero no necesitaba acudir a sus cuerdas vocales para expresar todo lo que sentía y Sara eso lo sabía bien. Él prefería dejar hablar a sus manos, sus labios, sus ojos...

Y podía decir tantas cosas...

Se sucedieron los besos suaves y se intercambiaron caricias tiernas. Sus callosas manos dibujaron el mapa de su piel mientras sus ojos se trababan en los de ella. Refulgían con fiereza y con algo de aflicción y Sara se perdió, excitada y confundida a la vez, incapaz de descifrar la miríada de emociones que se reflejaban en ellos. Se aferró a él con ansia y cuando se deslizó dentro de ella, dejó escapar la respiración que había estado conteniendo, superada por sus sentimientos.

—Te quiero —exclamó.

Él no dijo nada, pero se hundió más profundamente en su interior y la abrazó con una suerte de descontrolado delirio, enterrando la cara en su cuello mientras empezaba a moverse con parsimonia.

—Te quiero —volvió a repetir casi sin aliento—. Te quiero, te quiero...

Él siguió guardando silencio, pero dejó hablar a su cuerpo, como solía hacer, y Sara se sintió amada de una forma casi imposible. El pecho le quiso estallar de felicidad y los sentidos se le nublaron. Le abrazó con fuerza y se dejó llevar.

Hicieron el amor con calma, como si todo el tiempo del mundo estuviera en su poder. Cuando ella arqueó la espalda y echó la cabeza hacia atrás, mientras las sacudidas de placer la recorrían, pudo sentir cómo él también se tensaba. Los músculos de su espalda, a la que ella se aferraba, se endurecieron como el acero y un rugido bronco se liberó de su garganta.

Alcanzaron el clímax al mismo tiempo.

Harry se dejó caer sobre ella, dándole pequeños besos sobre las mejillas y tratando de ocultar, tras una sonrisa, la pesadumbre que teñía sus facciones, pero ella se percató. Sintió un tirón en la boca del estómago y buscó de nuevo su mirada, pero él la rehuyó. A pesar de que su cuerpo estaba pegado al suyo, sus ojos se habían distanciado y Sara tuvo la sensación de estar perdiéndose algo. No era la primera vez que sucedía eso. Antes de que tuviese tiempo de reaccionar, él se retiró con rapidez y se tumbó a su lado, luego la agarró con firmeza por el talle y la atrajo hacia sí, pegando el pecho a su espalda y enredando sus piernas con las de ella.

—Te voy a querer siempre. Siempre. No lo olvides... Te necesito como necesito el aire —le susurró al oído.

El corazón de Sara se encogió y un escalofrío le recorrió la espalda. No quiso girarse y mirarle a la cara, tenía miedo de lo que pudiese encontrar allí. Las palabras de Harry habían sonado tan definitivas... Como si fuese la última vez que las iba a pronunciar.

Como una despedida.

A lo lejos, en la radio del salón, se escuchaba *Only the Lonely* de Roy Orbison.

"... Only the lonely
Know this feeling ain't right
There goes my baby
There goes my heart

They're gone forever
So far apart..."[7]

Presa de la desazón, se acurrucó en sus brazos y dejó que su calor la envolviera.

---

[7] "... Solo los solitarios conocen este sentimiento tan terrible. Ahí va mi chica, ahí va mi corazón. Se han ido para siempre. Muy lejos..."

Capítulo 30

Sara,

Creo que esto es lo más difícil que he hecho en mi vida, sentarme ante un papel en blanco y tratar de decirte todo lo que siento, lo que me pasa por la cabeza. No es sencillo. Créeme.

Lo primero y más importante de todo es que quiero que sepas que te amo. Nunca antes he amado a nadie como te amo a ti. Jamás.

Aunque nunca hablemos de ello supongo que, después de leer su carta, ya habrás adivinado que no me casé con Nina por amor. Había afecto, eso no lo voy a negar, pero nunca un amor como el que siento por ti. Empezamos a salir siendo muy jóvenes y, apenas llevábamos seis meses juntos, cuando ella se quedo embarazada y una cosa llevó a la otra. Por aquel entonces un matrimonio nos pareció lo mejor. Estábamos equivocados. Jamás fui un buen marido ni me esforcé demasiado por que aquello funcionara.

Y luego sucedió todo lo demás...

Ni siquiera a solas conmigo mismo y delante de esta hoja soy capaz de hablar de ello y de lo que pasó. A veces creo que nunca podré hacerlo. Me gustaría poder mirar al pasado y no dejar que mis recuerdos me definiesen o me coartasen. ¿Recuerdas la noche de la paliza? Esa fue la primera vez que he podido hablar de mis hijos en voz alta. En seis años. Todavía estoy lo suficientemente cuerdo como para comprender que eso no es normal, Sara. No es lógico que después de tanto tiempo cada vez que pienso en ellos me bloquee y sienta la necesidad de irme al patio a cavar. ¡A cavar! Esos no son los impulsos de un hombre normal, Sara, y lo sé.

Antes de que llegaras a mí, no me planteaba nada de esto. Me limitaba a dejar que la vida pasase de largo. Así de simple. Después de una época terrible en la que me sumergí de lleno en el alcohol y traté incluso de suicidarme (tú viste la cicatriz de mi muñeca) mi mente se quedó en blanco por fin, y cuando mis pensamientos se volvían demasiado erráticos y el dolor amenazaba con escaparse de donde lo tengo guardado, me iba a cavar esos estúpidos agujeros. Eso se convirtió en una rutina mecánica, en algo a lo que aferrarme, al igual que esas interminables partidas de ajedrez. ¡Cuántos días he pasado ideando estrategia tras estrategia para derrotarme a mí mismo! Patético.

Pero desde que tú llegaste, muchas cosas han cambiado, Sara. Tú me has hecho verlo todo de otro modo. Ya no quiero que la vida pase de largo y no quiero refugiarme en el patio y ponerme a cavar cada vez que amenazo con colapsar. ¿Sabes que mantengo conversaciones conmigo mismo? Lo hago. No me importaba demasiado antes, pero desde que estás en mi vida esos soliloquios me aterran. A veces siento como si hubiera dos personas en mi interior en continuo conflicto. Y no quiero eso.

¿Crees que quiero que te entierres en vida en esta casa junto a mí? ¿Junto a un hombre que está más desequilibrado que cuerdo? ¿Sin salir? No.

Podría engañarme y engañarte a ti convenciéndome de que todo va a ir bien, como tú siempre me dices, de que todo se va a solucionar de una manera u otra, pero no sería justo. Te amo, pero creo que el amor no es suficiente en este caso, Sara. Te mereces un sinfín de cosas más. Y no pienses que ahora te voy a decir que renuncio a ti para que encuentres un hombre mejor. No, soy demasiado egoísta y te quiero para mí. Pero quiero poder estar contigo como un hombre normal. Quiero que podamos salir a la calle y hacer todas esas cosas que sé que quieres hacer. Sé que adoras ir al cine, sé que te encanta estar con tus amigos, ir a conciertos o a esas manifestaciones pacifistas. Y yo quiero compartir todo eso contigo. No hay nada que desee más que poder acompañarte a ver una de esas películas que tanto te gustan, o que me presentes a tu amiga Heike y me lleves a ese bar donde os reunís tantas veces. Sé que uno de tus sueños es viajar y conocer mundo. Yo quiero que podamos hacer realidad ese sueño y todos los demás. Juntos.

Pero ahora no puedo. Por más que quiera ofrecerte todo eso, no puedo.

Lo he intentado, pero cada vez que pienso en dar un paso adelante se me encoge el alma y me paralizo. Supongo que es porque he pasado demasiado tiempo aislado sin relacionarme con nadie, pero solo pensar en tener que ver a otras personas o ir a otros lugares, me angustia, me deja sin fuerzas. He intentado sobreponerme, de veras que lo he intentado. Cuando tú no estás salgo de casa y ando hasta el final de la calle, pero ese es mi límite. No puedo ir más allá y eso me llena de pánico. No sé si podrás entenderlo, ni yo mismo lo hago, solo sé que sucede. Es algo físico y muy real y no sé cómo vencerlo, por más que me digo a mí mismo que soy fuerte y que voy a superarlo. Siento terror sin que haya razón alguna. Me falta el aire, me duele el pecho, tengo mareos y ganas de vomitar y no puedo parar de temblar. Es como una agonía mortal que nunca termina.

No quiero ser así ni que mi cuerpo reaccione de esa manera, pero se escapa a mi control. Quiero ser ese hombre que tú te empeñas en ver en mí. Quiero ser ese Harry. No hay nada que desee más que ser el hombre que te mereces y dártelo todo.

Mas ahora no lo soy.

Me siento como si solo fuera la mitad de algo. Antes, esa mitad era suficiente para mí, para sobrevivir, pero ya no lo es. No quiero ser un hombre a medias. Te lo debo y me lo debo. Nos lo debo a ambos. Quiero estar completo para poder estar contigo.

Necesito reconciliarme conmigo mismo.

No puedo controlar mis sentimientos, pero sí mis actos y es por eso que he decidido marcharme y buscar ayuda. Necesito que alguien con experiencia me oriente, que me guíe. Y a pesar de que el simple hecho de pensar en alejarme de ti me desgarra por dentro, sé que es lo correcto para los dos.

Voy a añorar tantas cosas que son tan tú... cómo cierras los ojos cuando empieza a llover para disfrutar del sonido de la lluvia... y cómo remueves el café una y otra vez a pesar de que ya se ha disuelto el azúcar... y la forma en que te recoges el pelo detrás de la oreja cuando estás sentada a mi lado y quieres apoyar la cabeza en mi hombro... Son tantas y tantas cosas las que amo de ti... cómo me miras, cómo me tocas, cómo me besas...

No quiero que veas esta carta como una despedida porque no lo es. Voy a volver. Te juro que volveré a por ti. En cuanto sepa que puedo ofrecerte el Harry que mereces, volveré a buscarte. No lo dudes.

Espérame.

Quizá te estoy pidiendo demasiado, ya que no sé cuánto tiempo tardaré en regresar. Quizá cuando vuelva hayas decidido que no merecía la pena y hayas rehecho tu vida y me hayas olvidado (solo imaginármelo me parte el alma). No podría reprochártelo si esa fuera tu decisión. Pero también te prometo que vuelva cuando vuelva y estés donde estés, como si es en el mismo infierno, lucharé para recuperarte, porque de una cosa estoy seguro, sin ti nada tiene sentido, Sara. Nada. Una lucha no se puede ganar si uno no tiene nada por lo que luchar. Y yo te tengo a ti. Tú lo eres todo para mí. Todo.

He contactado con mi hermano Walter y le he pedido ayuda. No quiero que te preocupes por mí. No estoy solo en esto. Hay gente que me apoya aunque realmente no me lo merezco después de tanto tiempo, pero así es.

No hay mucho más que decir. Todos los «te quiero» del mundo se quedan cortos para expresar de verdad lo que siento por ti. Eres la mujer de mi vida.

Siempre tuyo, Harry

PS. Me he llevado a Kárpov. No te preocupes por él, estará bien atendido.

Capítulo 31

Siete semanas y media. Cincuenta y tres días sin noticias de Harry. Y el desconsuelo era igual de profundo que al principio, no se había suavizado por más tiempo que hubiera pasado. Cerró los ojos tratando de pensar en otra cosa, pero era inútil. Si ya de por sí su ausencia le causaba un dolor insoportable, las visitas a su abuela lo intensificaban. La casa de al lado, ahora vacía, solo le provocaba una inmensa pena. Demasiados recuerdos.

Tragando saliva para disolver el nudo que se le había formado en la garganta, se concentró en la tarea que tenía entre manos: secar los platos.

—No hace falta que lo hagas, puedo encargarme yo. ¿Por qué no os vais al cine Heike y tú? —preguntó su abuela a su espalda.

—Siempre te ayudo a fregar cuando me quedo a comer.

«Solo tienes que mantener la vista en el fregadero y no mirar por la ventana y ver... su casa», se dijo.

—Eres cabezota.

Sara no replicó. Todos los fines de semana, desde que él se había ido, se repetía la misma escena o similar. Ella seguía viniendo a casa de su abuela a comer —la mayor parte de las veces acompañada por una preocupada Heike— y, después de terminar, insistía en fregar los cacharros como había hecho siempre, tratando de ignorar que la ventana de la cocina daba al patio de la casa contigua, a ese patio lleno de estúpida tierra removida aquí y allá... El primer domingo después de su marcha, había roto a llorar mientras se hallaba de pie frente al fregadero. No había podido evitar desmoronarse ante los ojos de su abuela y de su amiga. Ahora, semanas después, ya podía controlar el llanto, al menos en apariencia. Por dentro, los sollozos nunca cesaban.

Le echaba tanto de menos...

—¿Cuando acabes nos vamos al cine? —La jovial voz de Heike, desde la puerta, la sobresaltó.

Dejó el paño que había usado a un lado y se giró. Fingió una sonrisa que estaba segura no engañaría a ninguna de sus acompañantes y asintió.

—¿Qué película vais a ver? —preguntó su abuela.

—Ayer estrenaron *Indiana Jones y el templo maldito* en el *Filmforum* —repuso Heike, sentándose a la mesa y cogiendo su taza de café que había dejado a medias antes de ir al baño—. Es de aventuras.

—Seguro que os divertís muchísimo.

Sara las observó en silencio mientras hablaban de películas. Tenía suerte de tenerlas. Desde el mismo día en que descubrió que él se había marchado y el mundo se derrumbó a su alrededor, habían estado a su lado, apoyándola.

Recordaba muy bien la mañana en que había llegado a casa de Harry para encontrársela vacía. Le extrañó que la puerta estuviera abierta. Había recorrido las estancias con una mueca sorprendida en la cara. Al principio no había terminado de comprender qué era lo que estaba pasando, mas poco a poco fue siendo consciente de la realidad. Las cosas de Kárpov habían desaparecido y, en el dormitorio, la mayoría de la ropa de Harry tampoco estaba. Le buscó por todas partes, incluso subió a la buhardilla, pero no había ni rastro de él. Finalmente, encontró la carta que llevaba su nombre en el sobre. No sabía por qué no la vio antes si estaba a plena vista sobre la mesa de la cocina. Los nervios.

Apenas pudo terminar de leerla. Ya en el segundo párrafo y antes de llegar a la parte en que él se despedía, supo a ciencia cierta que se había ido. Sus piernas cedieron, incapaces de sostenerla, y se dejó caer al suelo mientras el corazón se le hacía pedazos.

Había sospechado que algo pasaba, que Harry le ocultaba algo. ¡Lo había sabido! Pero jamás hubiera imaginado que fuese algo tan drástico, y que desaparecería de la noche a la mañana sin despedirse.

Pasó horas tendida en el frío suelo de la cocina, su cuerpo sacudido por los sollozos, mientras sus manos agarrotadas sostenían la carta sin soltarla. Horas. Hasta que se puso en pie y, tambaleándose y rota de dolor, consiguió llegar hasta la casa de su abuela, que la acunó en sus brazos como cuando era un bebé.

Desde aquel día, había releído la carta tantas veces que se la sabía de memoria, tratando de asimilar todas y cada una de sus palabras, de comprender su motivación. Y lo hacía. Entendía que él se hubiese marchado, pero no por ello la angustia y la pena eran menores. Si al menos le hubiera dicho lo que estaba planeando... Había tantas cosas que hubiera deseado decirle... quizá darle un último abrazo, un último beso...

Su abuela reaccionó muy bien a la partida de Harry. Le dolía que ella estuviera sufriendo, por supuesto, pero pensaba que era lo correcto y lo mejor para ambos. Incluso se había referido a él como «un hombre que se viste por los pies». A Heike, más impulsiva, le costó algo más perdonarle. Se enfadó muchísimo y estuvo un par de semanas llamándole «el cobarde», pero había terminado por ablandarse y le ofreció su apoyo incondicional, decidiese lo que decidiese.

—Sé que no os lo digo lo suficiente —dijo ahora dirigiéndose a las dos—. Muchas gracias por estar conmigo y por no dejar que me hunda.

—Bueno, eres mi nieta favorita.

—Soy tu única nieta —le sonrió.

—Y mi amiga del alma —intervino Heike. Se levantó, fue hacia ella y la abrazó con fuerza.

Ella correspondió al abrazo con el estómago encogido. Heike era su ancla, la que le daba fuerza. Si no fuera por ella, que la animaba a seguir adelante, se pasaría todo el día encerrada en su casa escuchando canciones tristes y ahogándose en lágrimas.

—Dice Peter que la película es una pasada. Fue ayer con sus amigos y le encantó.

—Peter tiene que estar harto de mí. Pasas más tiempo conmigo que con él —dijo algo avergonzada, apartándose.

—Así nos cogemos con más ganas —repuso guiñando un ojo—. Disculpe, señora Montes, usted no ha oído nada.

Su abuela sonrió.

—Tu tío Miguel ha escrito —dijo, sacándose una carta del bolsillo de la falda y poniéndose las gafas de cerca.

—¿Están todos bien? —preguntó Sara, acercándose a la mesa y cogiendo su café, que ya estaba frío. Hizo una mueca al darle un sorbo y comprobarlo.

—Sí, todos muy bien. Tu prima Irene ha terminado lo que estaba estudiando y ya ha encontrado trabajo. Y tu primo Óscar empieza la universidad este año.

Sara asintió distraída. Su tío Miguel era el hermano menor de su madre. Y a pesar de que no había lazos de sangre entre él y su abuela, los dos tenían una muy buena relación. Ella solo le había visto una vez, cuando acudió al funeral de su madre, hacía ya muchos años. La única con la que mantenía contacto era con su prima Irene, quizá porque eran de la misma edad y tenían gustos musicales parecidos.

—Tu tío dice algo aquí que a lo mejor te interesa. La verdad, no lo hubiese pensado, pero quizá te venga bien.

Sara la animó a continuar con un gesto.

—Dice que se ha quedado una vacante en el departamento comercial de los grandes almacenes donde él trabaja. Buscan una chica que hable idiomas y que sepa manejarse en una oficina y que escriba a máquina, y ha pensado en ti.

—¿En mí? Pero si yo ya tengo trabajo y no me conoce —repuso extrañada.

—Bueno, es que quizá yo le haya comentado que estabas pasando por una situación difícil... —dijo su abuela alzando la vista de la carta y sonrojándose.

Sara sacudió la cabeza, fatigada.

—Abuela, estoy bien. No necesito ayuda, no de ese tipo...

—¿Dónde sería el trabajo exactamente? —intervino Heike.

—En Madrid, en los grandes almacenes donde él trabaja. En la Gran Vía. Es una de las arterias principales de la ciudad —añadió al ver que Heike ponía cara de no entender.

—¿De secretaria?

—Eso creo.

—Suena interesante.

—Eso mismo pienso yo.

Sara arrugó la nariz. ¿Iban en serio? ¿De verdad estaban considerando que ella pudiera dejarlo todo y marcharse a Madrid? ¿Alejarse de... Harry?

—No me interesa —zanjó el asunto—. Ya tengo un trabajo aquí. Y mi apartamento. Y toda mi vida. Y mis amigos... Nunca he estado en España.

—Lo de tu trabajo es relativo. No te gusta nada. Y tu apartamento es de alquiler, puedes dejarlo cuando quieras. —Heike sonaba entusiasmada—. Y tampoco vas a perder a tus amigos ni te vas a ir para siempre.

—¿Estás loca? —Sara meneó la cabeza—. No puedo largarme así... a otro país... de la noche a la mañana.

—¿Por qué no? —inquirió su amiga arqueando las cejas con exageración.

—Porque no.

—Yo no creo que sea mala idea. Quizá te venga bien cambiar de aires —dijo su abuela asintiendo. La miraba con mucha fijeza como si pretendiera leer lo que había dentro de ella.

—¡No... no puedo!

—¿Qué te lo impide?

Sara cerró los ojos, atormentada. ¿Que qué se lo impedía...? ¿Acaso no estaba claro? No podía marcharse. Tenía que quedarse y esperarle... ¿Y si él regresaba y ella no estaba? Pensaría que había renunciado a él como ponía en la carta. No. No podía irse.

—¿Es por Harry? —preguntó Heike con serenidad, verbalizando sus pensamientos.

Abrió los ojos que se le habían llenado de lágrimas. Asintió.

—Escúchame bien, Sara —intervino su abuela alargando el brazo y cogiéndole la mano—. Harry va a regresar, y cuando lo haga da igual dónde estés, irá a buscarte, de eso no me cabe la menor duda. Estés aquí o en España o en América —habló con mucha convicción—. Y tú también lo sabes. Lo que no sabes es cuándo vendrá, si será antes de que acabe el año o el año que viene. Y me niego a verte así, destrozada y sufriendo cada vez que vienes a comer y la vista se te va hacia su casa... Esta no eres tú.

Sara se mordió el labio inferior. Sabía que aquello era cierto. Si Harry regresaba y ella no estaba, iría a buscarla. Se lo había prometido. No obstante, pensar en marcharse de allí, en alejarse de todo lo que le resultaba conocido la asustaba.

—Tu abuela tiene razón —dijo Heike tomando su otra mano y apretándola con fuerza. Sus ojos azules habían comenzado a chispear como siempre que tenía alguna idea descabellada o se le metía algo en la cabeza.

—Pero...

—¡No hay peros! —exclamó—. Tú ya has decidido que vas a esperar a Harry tarde lo que tarde en venir a buscarte. Lo hemos hablado mil veces. Entonces, ¿qué más da dónde le esperes? Al menos, en España estarás distraída. Aquí todo te recuerda a él. ¡El otro día te pusiste a llorar porque alguien mencionó a Superman!

Sara bajó los párpados, abochornada. Era verdad. Estaban en el *Finkenkrug*, cuando llegaron unos chavales y se sentaron en la mesa de al lado. Al rato sacaron unos cómics de Superman y empezaron a hablar del superhéroe. Fue como si hubiese recibido un golpe en el pecho. La imagen de los ojos azules de Christopher Reeve, tan similares a los de Harry, se instaló en su mente y, presa de la congoja, huyó al baño donde se dejó arrastrar por el llanto.

—Necesitas despejarte —continuó Heike—. ¡Mírate ahora! Has perdido peso y estás pálida. El sol español te va a venir bien. ¡Y podrás comer paella y beber sangría todo el rato! ¡Y bailar flamenco! Y yo iré a visitarte a la playa...

Muy a su pesar, Sara sonrió al escuchar aquello. Como todos los extranjeros, su amiga pensaba que en España las mujeres iban por la calle ataviadas con el vestido de faralaes y los hombres con el traje de luces.

—En Madrid no hay playa —repuso con tibieza.

—Eso es lo de menos. Iremos en otra ocasión, entonces. Piénsalo. Esta es una oportunidad única y es lo que necesitas.

—¿Y mi trabajo...?

—Encontrarás otro.

—¿Y el Movimiento?

—¿El Movimiento? —resopló—. ¿Desde cuándo te importa tanto, Sara? Pero si apenas acudes ya a las reuniones y cada vez participas menos... Eso son excusas —replicó Heike.

—¡No puedo dejarte sola! —Se dirigió a su abuela con un hilo de voz—. Solo nos tenemos la una a la otra..., y si yo me voy...

—Pero, ¿qué dices, niña? Sabes que tengo muchas amigas y mil cosas que hacer.

—Si te preocupa que esté sola, yo vendré a visitarla con frecuencia —intervino su amiga con entusiasmo.

Sara intercambió una mirada con su abuela que asentía sonriente.

—¿Y si no me gusta? —Hizo un último intento—. ¿Y si quiero volver?

—Pues vuelves —intervino su abuela con dulzura—. Aquí estaremos.

Se frotó la frente. ¿De verdad estaba barajando la idea de marcharse? Se puso de pie y les dio la espalda. Se dirigió hacia la ventana y apoyó las manos en la encimera. Su vista se posó sobre el muro que separaba las dos propiedades y la melancolía pudo con ella.

Habían pasado tantas cosas al otro lado de ese muro...

«Oh, Harry...».

Respiró hondo.

Terminó por girarse y clavó la mirada en ambas, que la observaban expectantes.

—Llama al tío Miguel.

Capítulo 32

Madrid, 31 de diciembre de 1984

Sara desconectó la máquina de escribir y la cubrió con la funda. Recogió unos papeles que tenía desperdigados por la mesa y los apiló en un montón. Después cogió su abrigo y su bolso del perchero y abandonó la oficina. En la puerta se cruzó con Lola, su compañera.

—Yo también me voy. Tengo a Javi en casa con los niños y ya es tarde —le dijo— ¡Feliz año!

—¡Feliz año! —respondió.

Habían celebrado una especie de fiesta en la sala de reuniones. Por ser el día que era, el negocio había cerrado sus puertas al público unas horas antes de lo habitual, y todos los empleados habían sido invitados a unirse a la pequeña reunión, que tenía lugar en el piso superior. Sara brindó con todos, fingiendo una alegría que para nada sentía, pero en cuanto pudo escaparse, lo hizo, inventándose una excusa. La Navidad no era su época favorita del año.

Había llegado a España hacía cuatro meses ya y, aunque al principio todo le había resultado muy diferente de Alemania, no había tardado en aclimatarse y rápidamente había dejado de sentirse como una forastera, quizá porque hablaba un español casi perfecto, quizá porque desde pequeña tanto sus padres como su abuela le habían contado muchas cosas sobre su patria. Solo una semana después de aterrizar en Madrid, empezó a trabajar en el departamento comercial de los populares almacenes de la capital, y lo cierto era que estaba contenta. Se ocupaba de tratar con los proveedores extranjeros. El trabajo le gustaba —bastante más que el que realizaba en la agencia de viajes— y la gente con la que compartía oficina era encantadora.

Echaba de menos a Heike y a su abuela. Mantenían el contacto y no había semana que Sara no recibiese una carta o dos de alguna de ellas, a las que contestaba sin dilación. E incluso, en dos ocasiones, a pesar de que las llamadas internacionales eran carísimas, habían hablado por teléfono.

Ignorando la algarabía que llegaba hasta ella desde la sala donde la mayor parte de sus compañeros seguían reunidos, se apresuró a atravesar el largo corredor que llevaba a los ascensores. Pulsó el botón y esperó. Por el ventanal que ocupaba la parte izquierda de la pared se colaban los reflejos de las luces navideñas que teñían los edificios de la Gran Vía de azul, amarillo, rojo y verde. Giró la cabeza con brusquedad y clavó los ojos en la puerta metálica que tenía frente a ella, tratando de ignorar la tristeza que llevaba haciendo mella en ella desde principios de diciembre, desde que la ciudad se había engalanado para recibir la Navidad. Cosa harto difícil, teniendo en cuenta que trabajaba en el centro neurálgico de la misma y que cada centímetro cuadrado de los grandes almacenes brillaba por las alegres tiras de lucecitas parpadeantes. Sin contar con el enorme árbol que se erguía en el centro de la sala principal de la galería, de cuyas ramas colgaban bolas de colores y espumillón plateado.

La puerta del ascensor se abrió y ella accedió al interior de la cabina. Pulsó el botón de la planta baja y, justo en ese momento, fue consciente de la canción que emergía a través de los altavoces.

«¡No, por favor! ¡No!».

Apoyó la espalda en la pared de espejo y clavó la vista en el fluorescente del techo.

"... Last Christmas, I gave you my heart
But the very next day you gave it away
This year, to save me from tears
I'll give it to someone special..."[8]

La estúpida letra le taladró el cerebro. ¡No podía soportarlo! Llevaba días escuchando esa melodía de Wham!, de la que era imposible substraerse. Era la canción de moda ese año. Estaba por todas partes: en la radio, en la televisión, ¡en el hilo musical del ascensor! Y cada vez que la oía, se le encogía el estómago y sentía que se ahogaba, como le sucedía en ese instante.

Imágenes de las Navidades pasadas, esas en las que había conocido a Harry, comenzaron a danzarle por la cabeza sucediéndose con gran rapidez...

La cara que él puso cuando se presentó en su casa de improviso aquella noche del treinta y uno de diciembre...

Harry y ella comiendo pasas y bebiendo Sekt a la luz anaranjada de una estufa...

Los fuegos artificiales coloreando el cielo de múltiples tonalidades mientras ellos los contemplaban desde la ventana...

¡Malditos recuerdos! ¡Malditos!

---

[8] "... La pasada Navidad te entregué mi corazón, pero al día siguiente lo regalaste. Este año, para ahorrarme las lágrimas, se lo daré a alguien especial..."

Las puertas del ascensor se abrieron por fin y ella lo abandonó a toda velocidad, tambaleándose y boqueando, huyendo de la voz aterciopelada de George Michael. Estuvo a punto de caerse sobre Braulio, uno de los vigilantes nocturnos que ya había comenzado su ronda.

—¿Está bien, señorita Cobo? —La sujetó por el brazo, preocupado.

—Sí, sí —repuso nerviosa, irguiéndose y lanzándole una trémula sonrisa —. He tropezado.

—Que tenga una buena entrada de año —le dijo llevándose la mano a la gorra de plato que completaba su uniforme.

—Igualmente, Braulio. Qué pena que tenga usted que trabajar en una noche como esta.

—No se crea. Ya estoy acostumbrado.

Se despidió de él con la mano y se dirigió a la parte trasera, a la puerta de servicio. La principal llevaba ya unas horas cerrada. Rodeó el edificio por la calle adyacente y salió a la Gran Vía. A pesar de que muchos de los comercios habían cerrado antes de la hora acostumbrada, la calle estaba llena de gente. Mujeres y hombres con bolsas de plástico, adolescentes correteando y cantando villancicos desafinadamente, padres con niños de la mano que se detenían para ver las luces navideñas, grupos de jóvenes no demasiado sobrios que con toda probabilidad anduviesen haciendo tiempo antes de dirigirse a la Puerta del Sol donde tomarían las uvas de Fin de Año. Agarró el bolso con firmeza y echó a andar hacia la Plaza de Callao, que no estaba lejos de allí, para alcanzar la boca de metro. Caminaba deprisa, esquivando a la gente e ignorando las luces de colores que se reflejaban en las caras festivas de los transeúntes.

Tanto el andén como el vagón del metro de la línea amarilla estaban a reventar y no pudo sentarse. Al menos solo eran cuatro paradas hasta la estación de Palos de Moguer, donde se encontraba el piso en el que vivía con su prima Irene y una amiga de esta, Lucía. Cuando llegó a Madrid, le había parecido la solución ideal, ya que los alquileres estaban por las nubes y su sueldo, aunque no estaba mal, solo daba para vivir de modo frugal. De esta manera, las tres chicas compartían gastos y tenían dinero de sobra para sus caprichos. Era un piso antiguo, pero estaba reformado y cada una disponía de su propio dormitorio.

Se sintió aliviada cuando al introducir la llave en la cerradura se dio cuenta de que estaba echada una vuelta doble, señal de que no había nadie. Irene ya se habría ido a casa de sus padres, donde también se la esperaba a ella. Y Lucía estaba fuera, en León, con su familia.

Colgó el bolso y el abrigo en la percha del recibidor y se encaminó al salón, sin molestarse en encender la luz. Era un primer piso y las farolas iluminaban la estancia tenuemente. Se quitó las botas y las dejó en el suelo, luego se sentó en el sofá. Su mirada se posó sobre el ejemplar de *El Manantial* que reposaba sobre la mesa. Recorrió la tapa de arriba abajo con el dedo índice antes de abrirlo por el primer capítulo y leer el comienzo con avidez:

Howard Roark se echó a reír.

Estaba desnudo, al borde de un risco. Abajo, a mucha distancia, yacía el lago. Las rocas se elevaban hacia el cielo sobre las aguas inmóviles, como una explosión de granito que se hubiese helado en su ascensión. El agua parecía inmutable; la piedra en movimiento. Pero la piedra tenía la detención que se produce en ese breve momento de la lucha en que los antagonistas se encuentran y los impulsos se detienen en una pausa más dinámica que el movimiento. La piedra relucía bañada por los rayos del sol. El lago era solamente un delgado anillo de acero que cortaba las rocas por la mitad. Las rocas continuaban, inalterables, en la profundidad. Comenzaban y terminaban en el cielo. De manera que el mundo parecía suspendido en el espacio, semejando una isla que flotara en la nada, anclada a los pies del hombre que estaba sobre el risco.

Su cuerpo se recortaba contra el cielo. Era un cuerpo de líneas y ángulos largos y rectos, pues cada curva se quebraba en planos. Estaba de pie, rígido, con las manos colgándole a los costados y las palmas vueltas hacia afuera. Tenía la sensación de que sus omóplatos estaban estrechamente juntos, sentía la curva de su cuello y percibía el peso de la sangre en las manos. Sentía el viento atrás, en el hueco de la espina dorsal. El viento agitaba sus cabellos contra el cielo. Su cabello no era rubio ni rojo; tenía el color exacto de las naranjas maduras.[9]

Acarició la página con afecto antes de cerrar el libro. Lo había leído muchas veces desde que se lo había comprado. De alguna manera, cada vez que lo hacía, se sentía más cerca de él y mucho menos sola.

Veintiséis semanas. Ciento ochenta y cuatro días sin noticias de Harry.

Se sentía como uno de aquellos jarrones de porcelana que se caen al suelo y se rompen en mil pedazos. De alguna manera, aunque se recuperen todos los trocitos y se peguen con cola o pegamento y el jarrón parezca arreglado, si uno se acercaba y lo observaba con detenimiento se podía apreciar que las fisuras eran visibles y que su aparente perfección era meramente superficial.

Así era como se sentía.

Sara Cobo era como un jarrón ensamblado.

El dolor de su ausencia seguía igual de presente que al principio solo que ahora lo llevaba por dentro y apenas si dejaba

---

[9] Ayn Rand, *El Manantial*, Barcelona, 1958, pág. 7.

que se asomara al exterior, a pesar de episodios como el del ascensor de hacía un rato. La distancia y el tiempo habían puesto las cosas en perspectiva y, aunque la aflicción seguía allí, al menos ya no se sentía en carne viva cada vez que pensaba en él. Irene y Lucía la habían ayudado mucho, respetando sus silencios y sus ganas de hablar −cuando las tenía−.

Y el cine... No sabía qué habría sido de ella si no hubiera podido contar con la evasión que le proporcionaban las películas. Madrid era una ciudad maravillosa. Todas las semanas había nuevos estrenos en las múltiples salas del centro, y ella se convirtió en una espectadora habitual. Así, mientras vivía otras vidas y se adentraba en otras historias, no pensaba en la suya.

Y la espera se hacía más soportable.

A veces, pero solo a veces y en momentos de debilidad extrema, se preguntaba si él habría rehecho su vida en otra parte. Otras, se enfadaba y le reprochaba que no se hubiera despedido o que no hubiese tratado de contactar con ella en todos esos meses. Algunas noches se despertaba con el estómago encogido y su nombre en los labios, pensando que quizá la hubiese olvidado. Pero esos absurdos pensamientos eran descartados de pleno. Tenía el férreo convencimiento de que él iría a buscarla en cuanto estuviese mejor. Confiaba en ello ciegamente.

Tenía que hacerlo...

Se miró el reloj, eran las ocho menos cuarto. No iba a tener tiempo de ducharse y arreglarse. Llevaba días preparándose para esa noche, sabiendo que no le iba a resultar fácil estar rodeada por su familia mientras que, en su interior, solo iba a poder pensar en él. Se le pasó por la cabeza llamar a sus tíos y excusarse. Sabía que lo entenderían. Desde que había llegado la trataban con pies de plomo y mucha delicadeza, como si estuviese convaleciente de alguna enfermedad espantosa. A saber qué les habría contado su abuela... Ella solo se había sincerado con Irene y con Lucía, que a falta de Heike, eran lo más parecido a mejores amigas y confidentes.

Suspiró y se obligó a incorporarse del sofá. Iba camino del baño cuando el teléfono empezó a sonar.

«Seguro que es Irene, a ver si ya he salido», se dijo, dando media vuelta y desandando lo andado.

Levantó el auricular y respondió:

—¿Sí?

No hubo respuesta.

—¿Dígame? —insistió.

—Sara.

Se llevó una mano al pecho. La voz se le quedó atascada y fue incapaz de pronunciar palabra. ¡Era él! ¡Era él! El suelo desapareció de debajo de sus pies y tuvo que agarrarse al respaldo del sofá para evitar desplomarse.

—Sara, soy yo.

Algo parecido a un sollozo que salió de su propia boca rompió el silencio de la estancia.

—Harry... —articuló de forma casi ininteligible.

Hubo una pausa al otro lado de la línea que ella no supo cómo llenar. Estaba desbordada por las emociones.

—¿Estás bien? —preguntó él. Sonaba tan calmado... y ella era un puro manojo de nervios.

—Sí, sí... ¿Có... cómo has conseguido mi teléfono? —Fue lo primero que se le ocurrió.

—He llamado a tu abuela. Ella me lo ha dado.

Sara cogió aire y trató de serenarse. Había tantas cosas que quería saber, que quería preguntarle...

—Te llamé a tu antiguo apartamento, pero el número ya no funciona, por eso he llamado a tu abuela. Me ha dicho que llevas unos meses viviendo en Madrid.

—Sí, sí —balbuceó como una tonta.

—Y que trabajas en unos grandes almacenes...

—Sí —volvió a repetir, asintiendo con la cabeza como si él pudiera verlo.

Se produjo una pausa.

—¿Eres... feliz? —preguntó él al fin. Sonaba tenso.

—Yo... estoy bien —respondió con un encogimiento de hombros. ¿Feliz? ¿Cómo iba a ser feliz? Sobrevivía, sin más—. ¿Y tú? ¿Estás bien? ¿Dón... dónde estás? —Las palabras salieron de su boca con cierto reparo. No sabía si él querría hablar de ello.

—Sí, estoy bien. Estoy en Hamburgo. —Pareció vacilar—. En... una clínica. Llevo aquí desde que me marché.

Sara se dejó caer al suelo aferrando el auricular con fuerza contra su oreja. Se había imaginado ese momento mil veces y ahora que por fin estaba sucediendo lo que tanto había ansiado, no sabía qué decir. Hablaban como dos desconocidos. Quería gritarle que le amaba, que le necesitaba, que le echaba de menos, que la espera se le estaba haciendo eterna. Quería pedirle que volviera ya. Pero de sus labios solo salió la más prosaica de todas las preguntas:

—¿Y Kárpov?

—Kárpov está con mi hermano y su familia. No te preocupes por él.

Y luego el silencio, de nuevo.

El corazón de Sara latía tan fuerte que durante un absurdo instante llegó a pensar que él podría oírlo.

—Sara, yo... —se detuvo. Antes había sonado tan sereno y, de pronto, su voz se oía entrecortada.

Apoyó la frente en las rodillas que tenía flexionadas y se las abrazó con el brazo que tenía libre. Así, hecha un ovillo, esperó sus siguientes palabras con impaciencia. ¿Qué quería decirle? ¿Por qué la había llamado? ¿Acaso había cambiado de opinión sobre ella? Quizá deseaba decirle que no iba a volver...

La desazón comenzó a reptar por todo su cuerpo, invadiéndola por completo.

—¿Sigue... todo... igual entre nosotros? —preguntó al fin—. ¿Como antes de marcharme? ¿Entre tú y yo?

—Sí, por supuesto...

El suspiro aliviado que él emitió llegó hasta ella con claridad a pesar de los dos mil kilómetros de distancia que los separaban.

—Te echo de menos —murmuró entonces él.

Toda la tensión que la mantenía agarrotada abandonó sus miembros como por encanto.

—Yo a ti también...

—Escúchame —dijo él en voz baja, casi en un susurro—. Todavía no puedo irme de aquí, pero créeme cuando te digo que estoy mucho mejor. No... no está siendo fácil, pero cada día voy un paso más allá. Estoy poniendo todo de mi parte para ir a buscarte cuanto antes, Sara. —Hizo una pausa que llenó con un nuevo suspiro que a ella le llegó al alma. Contuvo la respiración mientras él seguía hablándole en ese tono íntimo y cargado de promesas—. No hay día que no piense en ti, eres lo primero que me viene a la cabeza cuando me levanto y lo último que me llevo conmigo cuando me acuesto. Tú me das fuerza. Te lo dije en mi carta, pero te lo vuelto a decir ahora. Una lucha no se puede ganar si uno no tiene nada por lo que luchar... Y yo te tengo a ti. ¡Lo eres todo para mí! —La última frase la pronunció con ardor.

Sara se llevó la mano a la boca y se la cubrió. Las lágrimas huyeron de sus ojos sin control alguno.

—No sé cuánto tiempo voy a necesitar para estar bien del todo, Sara —continuó él—, y sé que es pedirte demasiado, pero...

—Te esperaré, Harry. Te esperaré... —le interrumpió.

—No sabes lo que significa para mí que me digas eso... —Su voz cada vez sonaba más áspera y ronca—. Ha sido difícil no poder comunicarme contigo en todo este tiempo..., no escuchar tu voz, no saber si todavía seguías sintiendo lo mismo por mí... Ha habido días en los que he llegado a dudar..., pero... pero no he podido llamarte antes. Lo siento. No podía hasta no estar seguro de que me iba a recuperar. —Guardó silencio y solo se oyó su respiración apresurada—. Ahora lo sé. Voy a salir de esta y voy a ser ese hombre que mereces. Y entonces voy a ir a buscarte, Sara —terminó con convicción.

El calor recorrió su cuerpo de arriba abajo al escucharle decir aquello.

—Hay muchas cosas que quiero decirte, tengo tanto que contarte... tanto... —continuó él—, pero lo más importante es que te quiero. Te quiero con toda mi alma. No lo dudes nunca.

Apenas había acabado de hablar cuando la voz de otro hombre llegó hasta ella. Sonaba impaciente.

—Tengo que colgar —habló con rapidez—. Solo se nos permiten cinco minutos y hay mucha gente esperando para hablar. ¡Ha sido increíble poder escuchar tu voz! Saber que sigues ahí y que me estás esperando. Me has dado la vida... ¡Tú me das fuerza! No lo olvides, amor, iré a buscarte. Te quiero, Sara...

Miles de frases cargadas de emoción se le agolparon en la garganta, pero no le dio tiempo a articular ninguna. Se escuchó un clic al otro lado de la línea y luego el molesto sonido de la comunicación interrumpida.

Él ya no estaba, había colgado.

—¡No! —exclamó y, aferrando el auricular como si le fuera la vida en ello y con la voz temblorosa, musitó aquello que no había podido decirle antes—: Yo también te quiero, Harry...

Luego soltó el teléfono, que cayó al suelo con un golpe sordo y se quedó muy quieta, llorando con la cara oculta en las rodillas. El frío de las losetas del suelo terminó por traspasarle la ropa y llegarle hasta la piel, haciendo que se estremeciese y sacándola de su letargo. Poco a poco, el llanto fue perdiendo intensidad. Alzó la barbilla y una, en principio, tímida sonrisa fue curvando sus labios. Sonrisa que se hizo más amplia según transcurrían los segundos y adquiría verdadera conciencia de lo que acababa de suceder.

¡Harry la había llamado!

¡Le había dicho que la quería!

¡Que era todo para él!

¡Iba a venir a buscarla!

Su risa, algo histérica, resonó en la estancia. Se incorporó con precipitación apoyándose en el sofá. De pronto, toda la pesadez que llevaba sintiendo tantos días se convirtió en ligereza. Se le expandió el pecho y se llevó las manos al cuello, a la cara, al pelo... Se apretó las mejillas con fuerza y se dio cuenta de que le ardían. Se sentía febril. De nuevo, una pequeña carcajada emergió de su boca. Las mariposas en su estómago se empeñaron en ejercitarse de manera descolocada, sin ritmo alguno, y la excitación le recorrió las venas.

Hacía mucho tiempo que no se había sentido tan viva como en aquel momento.

Haciendo un curioso paso de baile, se agachó, cogió el teléfono y lo colgó. Luego dio unas vueltas sobre sí misma y volvió a reírse como una tonta. Se acercó con rapidez a la pared y encendió la luz. El feo espejo de marco dorado que colgaba sobre la mesa de comedor y, que ya estaba allí cuando alquilaron el piso, le devolvió la imagen de una persona a la que hacía tiempo no veía. Era ella misma, pero su versión feliz, con los ojos brillantes y el rostro enrojecido. Era la Sara de antes.

—¡Va a venir! ¡Va a venir! ¡Harry va a venir!—exclamó en voz alta, y la chica del espejo le regaló una sonrisa deslumbrante.

Cerró los ojos y su mirada azul le acudió a la memoria con fuerza provocándole una sacudida en el abdomen. Harry, Harry, Harry... Pletórica, se dirigió al tocadiscos. Se había traído sus discos favoritos de Alemania cuando se mudó. No dudó y cogió el vinilo que sabía era el más adecuado para cómo se sentía... *Flashdance*. Le pareció escuchar la voz de Heike, diciéndole que para cada ocasión había una melodía. Sin duda esa era la ocasión ideal para escuchar a Irene Cara. Puso el disco en el plato y colocó la aguja sobre el surco del inicio de la canción.

La música inundó la estancia y ella comenzó a moverse al compás, deslizándose por la habitación, esquivando el sofá, las sillas y la mesa, y canturreando en voz baja, dejando pasar las estrofas hasta que llegó el estribillo.

Y entonces comenzó a girar en círculos y a cantar a voz en grito mientras sentía cómo la felicidad se derramaba por todos los poros de su cuerpo.

"...What a feeling
Bein's believin'
I can have it all
Now I'm dancing for my life
Take your passion
And make it happen
Pictures come alive
You can dance right through your life..."[10]

---

[10] "... Qué sentimiento, ver para creer. Puedo tenerlo todo. Ahora estoy bailando por mi vida. Toma tu pasión y haz que ocurra. Las imágenes se vuelven reales. Puedes bailar a través de tu vida..."

Capítulo 33

El calor en esa ciudad era asfixiante. Uno respiraba hondo y el fuego le entraba por la nariz y le iba a parar a los pulmones directamente, y esa sensación de quemazón no era muy agradable. Al menos, ahora corría un poco de brisa y el sol ya no calentaba como hacía horas, aun así, sentía los vaqueros y la camiseta pegándose a su cuerpo de forma incómoda. Harry cambió de postura sin quitar la vista de las enormes puertas de los almacenes de enfrente. Se encontraba al otro lado de la calle, junto al escaparate de una enorme librería llamada *Casa del Libro*, apoyado en la pared de piedra.

Sara estaba a punto de salir.

Se miró el reloj con nerviosismo, al igual que llevaba haciendo cada minuto en el último cuarto de hora. Casi eran las ocho.

Había llegado ese mismo día a Madrid, hacía unas horas. Después de dejar sus cosas en un hotel cercano a donde ella trabajaba, había comido algo en una cafetería y se había dedicado a hacer tiempo paseando por la zona. La ciudad era muy cosmopolita y la amplia avenida bullía de gente y de tráfico. No le gustaban demasiado las aglomeraciones ni los lugares en exceso ruidosos, y los españoles eran muy bulliciosos, como había podido comprobar de primera mano desde su llegada, pero lo aguantaba con estoicismo.

Por Sara...

¿Qué aspecto tendría? ¿Habría cambiado mucho en ese año que llevaban sin verse? ¿Cómo le recibiría? ¿Cuál sería su reacción? No podía evitar sentirse inquieto mientras esas y otras tantas preguntas le daban vueltas por la cabeza. Sabía que había dejado pasar mucho tiempo y, a pesar de que la única vez que hablaron por teléfono, ella le dijo que le esperaría, era difícil desprenderse de la desconfianza y de cierta inseguridad.

Había pasado ocho meses en el hospital psiquiátrico en Hamburgo, donde se internó voluntariamente para intentar volver a ser un hombre completo, sin miedos y sin traumas. Ocho meses de terapia intensiva que se le habían hecho eternos, avanzando, retrocediendo y volviendo a avanzar. No había sido fácil aceptar su pasado y poder hablar de él sin desmoronarse ni colapsar, como le había sucedido al principio de su tratamiento. Los primeros meses habían sido los peores. Tardó mucho tiempo en poder pronunciar el nombre de Nina en voz alta sin sentirse despreciable. Había sido muy arduo desprenderse de la culpa que llevaba dentro por la muerte de ella y de sus hijos, y que le carcomía no dejándole vivir. Había sido un camino intrincado, pero finalmente consiguió pasar el duelo que llevaba años enquistado en su interior y aceptar la realidad. Aquella breve llamada a Sara en Navidad fue el último empujón que necesitó y que le dio fuerzas para enfrentarse a todo.

Después de abandonar el hospital, pasó los meses restantes intentando establecerse y convertir su vida en la vida de una persona normal. Durante ese tiempo, tuvo que morderse las ganas de llamarla, quería que todo fuera perfecto antes de volver a hablar con ella. Él, Harry Wolf, tenía que ser el hombre que Sara se merecía.

Toda su familia, con la que había restablecido el contacto, se había volcado en ayudarle todo lo posible. Sus padres y sus hermanos habían estado con él, apoyándole incondicionalmente. Vendió la enorme casa que tan ingratos recuerdos guardaba dentro, alquiló un apartamento y consiguió un nuevo trabajo que le gustaba.

Cierto era que todavía no había dejado de medicarse, y que seguía un tratamiento para controlar la ansiedad, pero en su última visita al psiquiatra este le había dicho que pronto le iba a suspender los fármacos, que le veía muy capaz de valerse por sí mismo sin necesidad de pastillas.

Y ese había sido el detonante. Solo unos días después de aquello había cogido un avión y había venido a buscarla. Y por fin, ahí estaba, a escasos metros de ella.

Se pasó la mano por el mentón y se lo acarició, pensativo. Desde que se había afeitado la barba se sentía un poco desnudo, vulnerable incluso, pero al menos ahora sabía vivir con esa vulnerabilidad. También se había cortado el pelo, ya no le caía sobre la frente cada dos por tres. A veces hasta lo echaba de menos. Sonrió de lado. ¿Qué opinaría ella de su nuevo aspecto? No solo se había librado de la melena y la barba, también había engordado unos cuantos kilos y ahora presentaba una musculatura más acorde a su complexión. En la clínica se había acostumbrado a pasar mucho tiempo al aire libre y a hacer ejercicio. No se parecía demasiado al Harry que ella había conocido, pero tampoco era el hombre que fue. Se había convertido en una persona diferente.

Y no solo en apariencia.

Volvió a centrar su atención en el reloj. Las ocho en punto.

Se irguió y la tensión se centró en sus hombros. Dos mujeres jóvenes pasaron por delante de él y le sonrieron. Él no les devolvió la sonrisa. Estaba demasiado pendiente de las puertas de enfrente y de la gente que entraba y salía por ellas.

Transcurrieron un par de minutos, cinco quizá.

Y entonces...

Sara.

Allí estaba, despidiéndose del guardia de la puerta con una sonrisa enorme. Llevaba un vestido verde entallado en la cintura, unas sandalias negras y su pelo oscuro, tan largo como él recordaba, suelto sobre los hombros. La recorrió con avidez con la mirada. Había adelgazado y su piel blanca estaba más bronceada de lo habitual. Desde la distancia no podía apreciar mucho más, pero la inclinación de su cabeza y su postura confiada mientras hablaba con el de seguridad denotaban que se sentía cómoda en su piel.

Harry se quedó sin aliento... Estaba preciosa. Más que hacía un año.

Echó a andar como impulsado por un resorte. Un hormigueo de excitación le recorrió la columna vertebral mientras iba en pos de ella.

* * *

Sara se despidió de Ramón y se alejó andando con tranquilidad. Tenía tiempo de sobra. Había quedado con Irene y con Lucía en la puerta del cine en veinte minutos y el edificio estaba solo a trescientos metros de distancia, en la Plaza de Callao. A pesar de la gente que paseaba por la amplia acera y que le cortaba el paso aquí y allá, no tardo mucho en llegar hasta la entrada. Estaba de buen humor y se permitió el lujo de tararear, un poco perdida en su mundo. Era viernes y no tenía que trabajar hasta el lunes. Además, hacía un día precioso. Al principio le había costado acostumbrarse al calor seco del verano madrileño, mas ya no lo notaba. Debían de ser sus genes castizos.

Se detuvo junto a una de las gruesas columnas que había delante de la puerta. En la taquilla se había congregado una cola de personas que daba la vuelta a la esquina, y en silencio agradeció haber hablado con Irene y que esta le confirmase que había comprado las entradas en su pausa del almuerzo. La película que se estrenaba ese viernes era *Lady Halcón*, una historia fantástica de un amor imposible ambientada en la Edad Media. Sara tenía unas ganas enormes de verla; lo que había leído sobre ella en la revista *Fotogramas* le recordaba a su propia historia con Harry... dos personas que se amaban pero que no podían estar juntas... ella, condenada a ser un halcón de día, y él, condenado a ser un lobo de noche. *Un lobo...* ¿casualidad?

Cabeceó ligeramente para desterrar la melancolía que la poseía cuando pensaba en él. Desde las Navidades pasadas y su llamada, todo había cambiado. Cualquier rastro de duda había desaparecido y estaba muy segura de que él vendría y, de algún modo, sentía que no iba a tener que esperar mucho más.

Paseó la mirada por la plaza deteniéndose en el edificio que tenía frente a ella; ese coronado por el enorme y popular letrero que en ese momento estaba apagado, pero que no tardaría en iluminarse en diferentes colores, cuando anocheciera. La primera vez que lo vio se quedó boquiabierta, pero ahora se había acostumbrado tanto a Madrid que ya nada le resultaba inusual ni le llamaba la atención. Era una madrileña más.

Le echó un vistazo al reloj; no creía que Irene y Lucía tardaran mucho en llegar. Su prima trabajaba en una oficina a solo unas calles de allí y salía a la misma hora que ella, y su amiga estaba terminando la universidad y no tenía clases por la tarde.

Una ligera brisa le agitó el cabello y se lo arremolinó sobre la cara. Se lo apartó con los dedos y lo colocó detrás de su oreja... y en ese preciso instante, el aire pareció cambiar a su alrededor, esa brisa que acababa de jugar con su melena, se tornó extraña y pesada. Una sensación peculiar se le alojó en la boca del estómago y los pelos de la nuca se le erizaron.

Y lo supo. Lo supo incluso antes de verle o de oírle.

Estaba ahí.

—Sara...

Su nombre, dicho con aquel acento alemán en el que las erres se asemejaban a ges y de aquella manera tan ronca, llegó hasta ella desde muy cerca. Casi pudo sentir su aliento acariciándole la parte superior de la cabeza. Y como si se encontrase en un vórtice más allá del tiempo y el espacio, todo se detuvo. El tráfico se paralizó, las personas desaparecieron y los sonidos enmudecieron.

Solo él, a su espalda, pareció existir.

Toda su piel se cargó de electricidad y las emociones se derramaron por ella. Cerró los ojos y aspiró profundamente, esperando un roce, una caricia, otra palabra... No se atrevía a darse la vuelta por miedo a que todo aquello fuera un espejismo. Ya le había sucedido antes, aunque no con tanta intensidad. Se había imaginado que él aparecía de pronto a su lado y que la abrazaba y le decía que venía a buscarla. Siempre había resultado ser producto de su fantasía.

Hasta ese momento.

Sintió la encallecida palma de su mano sobre su hombro desnudo y la respiración que había estado conteniendo se liberó de sus labios como un jadeo. Las piernas le flaquearon y le cedieron, pero él la sujetó por los hombros y la atrajo hacia su pecho.

—He venido a buscarte como te prometí —le susurró al oído—. Siento haber tardado tanto.

Ella se llevó las manos a la cara y se la cubrió, incapaz de asimilar que aquello estuviera ocurriendo de verdad, pero su cuerpo pegado contra su espalda y sus brazos rodeándola eran muy reales..., esos brazos, tan conocidos y tan extraños al mismo tiempo.

«¡Es él! Es Harry y ha venido a buscarte», le decía su atolondrada mente.

Se giró con precipitación no pudiendo esperar ni un segundo más para verle. Sus ojos se clavaron en los ojos más cautivadores que había visto jamás, esos azules y profundos que tanto había echado de menos. Sí, eran los ojos de Harry.

—Harry... —dijo con la voz convulsa—. Estás aquí...

Él asintió. Una sonrisa se pintaba en su boca.

Sara no pudo refrenar el impulso de tocarle. Le recorrió los brazos y el torso con frenesí como si no pudiera creer que fuese de carne y hueso y estuviera delante de ella. A él parecía sucederle lo mismo, ya que también le exploraba el rostro, el cuello y los hombros con las manos. Maravillada, advirtió los cambios en él. No tenía barba y llevaba el pelo muy corto. Sus facciones, esas que ella solo había podido adivinar, ahora se mostraban en todo su esplendor. Sin el vello facial sus afilados pómulos se ponían más de manifiesto y su boca resultaba más carnosa y suave. Tenía las mejillas algo hundidas pero sin duda no era debido a su delgadez ya que al menos había engordado diez o doce kilos. Seguía siendo un hombre delgado, pero ahora los músculos rellenaban su camiseta negra y sus pantalones vaqueros. También el color de su piel era más saludable y bronceado.

Este Harry Wolf que se erguía frente a ella era un hombre muy atractivo, decidió. Más que atractivo. Guapo. Y también parecía más joven a pesar de las hebras plateadas que salpicaban su cabello. Ahora sí que podía afirmar que se asemejaba bastante a Christopher Reeve.

—Estás... estás muy cambiado. —Le acarició la cara, que se sentía extraña sin barba bajo las yemas de sus dedos. Él sonrió y un hoyuelo apareció en su mejilla derecha para deleite de ella, que lo rozó con su pulgar.

—Tú no. Estás igual de preciosa, Sara...

Cada vez que él pronunciaba su nombre ella se derretía. Apenas podía creerse que aquello estuviera sucediendo. Le recorrió el rostro con los ojos buscando más cambios en él y los halló. Esa sombra que siempre le había acompañado antes y que se había reflejado en su mirada ya no estaba. Ahora esta era limpia y directa.

—¿Estás... bien? —le preguntó.

—Sí. Y verte a ti me hace sentir todavía mejor. —Le sujetó la cara entre las manos—. No sabes lo mucho que necesitaba estar a tu lado para poder abrazarte, tocarte, besarte...

Ella se estremeció, conmovida por sus palabras. No tuvo tiempo de contestarle ni de decir nada más porque él se inclinó y tomó posesión de su boca. ¡Cómo le había añorado! Los ojos le ardieron detrás de los párpados cerrados al sentir la calidez de sus labios sobre los suyos. Harry la besaba con una ternura infinita poniendo el alma en ello. Se abandonó al calor de su beso y a sus brazos, que la cogieron por la cintura. ¿Qué más daba que estuviesen a plena luz del día, en medio de la calle y rodeados de gente?

¡Harry la estaba besando! El resto dejó de importar.

—Un año sin ti ha sido demasiado tiempo.

—Un año y doce días —le corrigió.

—¿Tú también contabas los días? —Se apartó unos milímetros—. Me hubiese gustado venir antes, pero no estaba preparado. Lo siento muchísimo. —La última frase salió de su boca en un suspiro.

Ella quería decirle tantas cosas, pero las emociones le habían cerrado la garganta y solo pudo asentir como una tonta. Luego hundió la cara en el hueco de su cuello y le agarró fuertemente por la camiseta.

—No vuelvas a dejarme. Nunca —jadeó al tiempo que frotaba la mejilla contra su hombro. ¡Era un sueño tenerle allí delante de ella!

—Jamás —exhaló él entre dientes junto a su oído—. Te necesito tanto como necesito el aire, ¿recuerdas?

El corazón de Sara se encogió de la emoción al rememorar el momento en que él le dijo aquello. Fue la última noche que pasaron juntos.

—Tú eres mi aire, Harry —replicó—. Y sin ti me estaba ahogando.

—Pues respira, Sara... Ya estoy aquí —dijo en voz baja y luego, en un arranque inesperado, la alzó en el aire sin esfuerzo y la hizo girar.

—Estás loco —dijo ella sin aliento, una vez que él se detuvo.

—No. Ya no. Estoy muy cuerdo y sé lo que quiero —habló con vehemencia. La depositó en el suelo y entrelazó los dedos de sus manos con los de ella—. Quiero que empecemos de cero. Tú y yo.

Sara se quedó sin palabras y solo pudo mirarle con los ojos muy abiertos. El hombre que tenía enfrente era mucho más locuaz que el que ella recordaba. También se mostraba más confiado y audaz.

—Bien... De cero, entonces. —Por fin encontró su voz. No sabía muy bien dónde quería ir él a parar.

Sus ojos azules se mostraban decididos y la expresión de su rostro se tornó grave.

—Soy Harry Wolf —comenzó solemne—. Tengo treinta y siete años y soy arquitecto. Vivo en un apartamento en Duisburgo que comparto con mi gato, Kárpov. Me gusta jugar al ajedrez, leer y he descubierto que me encanta dar paseos bajo la lluvia. —Una rápida sonrisa curvó sus labios y le marcó ese atractivo hoyuelo de nuevo—. Solo necesito a la mujer que amo a mi lado. Y esa eres tú, Sara —musitó—. ¿Qué me dices? ¿Quieres venir conmigo y compartir mi vida?

Después de aquello no dijo nada más. Tampoco era necesario. Los labios de Sara se curvaron en una enorme sonrisa. Terminó por soltar una carcajada feliz que se mezcló con las lágrimas que comenzaron a rodar por sus mejillas en forma de torrente.

—No hay nada que desee más. —Enroscó los brazos en torno a su talle—. Llevo mucho tiempo esperando esto, ¿sabes?

—Se acabaron las esperas. Te amo, Sara. A ti y solo a ti —le susurró.

—Yo a ti también. —Enterró la nariz en su pecho y aspiró hondo. Su aroma la inundó. Era tan inconfundible, tan Harry...

—¿Sara?

La voz sorprendida a su espalda le hizo girarse. Irene y Lucía la miraban boquiabiertas a solo unos metros de distancia. Se secó la humedad de los ojos con el dorso de la mano y se apartó de él.

—Hola —dijo, y no pudo evitar que una risa se le escapara de la boca. Ambas parecían muy sorprendidas—. Perdonad, este es Harry. —Y luego, cambió al alemán y le dijo a él—: Son mi prima y su amiga. Había quedado aquí con ellas para ir al cine.

—¿Harry? ¿Tu Harry? —La sonrisa de Irene adquirió proporciones épicas.

—Sí. Mi Harry. —Sara volvió a reírse.

Le miró de reojo. Él le pasó un brazo por los hombros mientras saludaba a las recién llegadas con una inclinación de cabeza, a la que ellas correspondieron de igual manera, con cierta timidez. Sara trató de verle a través de los ojos de Irene y Lucía. Tan alto, tan atractivo... Se notaba a la legua que no era español y, además, les sacaba unos cuantos años a todas. Tenía una presencia imponente.

—Doy por hecho que no vienes al cine con nosotras —dijo Lucía.

—Sí, así es.

—¡Espera! —intervino Irene—. ¿Por qué no vas tú al cine con él? Sé que te hacía ilusión ver esta peli... Y a nosotras nos da igual, ¿verdad? Podemos venir mañana.

Lucía asintió.

—No creo que... No sé. —Sara elevó la barbilla y buscó los ojos de Harry—. Están proponiéndome que vayamos al cine tú y yo. Nos ceden las entradas. Sé que es una tontería y que no querrás...

—Acepta —la interrumpió él—. Es una de las cosas que siempre soñé hacer contigo. Ir al cine.

—Ni siquiera vas a entender la película —protestó ella con tibieza. En el fondo, aquello que acababa de decir la había emocionado.

—No me importa. Quiero que empecemos a cumplir sueños juntos. Este será el primero de muchos —lo dijo con convicción.

Ella volvió a notar cómo se le estrechaba la garganta. ¡Dios Santo! ¿Cómo era posible que fuera tan perfecto? Sabía qué decir en cada momento para hacer que se sintiera la mujer más afortunada del mundo.

—Está bien —repuso carraspeando, y se dirigió a su prima—. Aceptamos.

En apenas dos segundos tenía las entradas en la mano. Irene y Lucía se despidieron de ellos sonriendo. Mientras se alejaban se iban dando codazos. Sara las observó partir divertida.

—¿Entramos? —propuso él, agarrándole la mano.

Ella asintió. Echó a andar a su lado mirándole a hurtadillas. Él parecía tan normal, tan diferente al Harry de hacía un año... No pudo contener el suspiro de felicidad que brotó de sus labios.

¡Iban a entrar al cine, juntos!

Nunca antes una película había sido tan especial para Sara. No solo la historia de amor de los protagonistas la transportó a otro mundo y la emocionó sobremanera. También el hombre que estaba sentado a su lado en la oscuridad del cine y que no soltó su mano en ningún momento convirtió aquella experiencia en algo mágico. De vez en cuando, cuando no había diálogos, él se inclinaba y le decía al oído lo feliz que era y lo mucho que la había echado de menos. En varias ocasiones sus ojos se encontraron a la tenue luz que despedía la enorme pantalla.

Se habían sentado en el extremo de una fila, junto a la pared, por lo que gozaban de cierta privacidad. En el descanso, mientras el resto de los espectadores abandonaban sus asientos para ir al baño o salir al vestíbulo a comprar palomitas, él le habló de lo que había hecho durante aquellos meses que estuvieron separados y le contó lo difícil que le había resultado reconciliarse consigo mismo y aceptar el pasado. En voz baja, le confesó lo mucho que le había ayudado saber que le estaba esperando.

—Te hubiera esperado mucho tiempo más —le dijo ella justo cuando volvían a apagarse las luces.

—Eso es lo mejor de todo, Sara, que lo sabía —repuso él y se llevó su mano a los labios depositando un beso sobre sus nudillos.

El final de la película, con esa maravillosa escena de Rutger Hauer levantando en brazos a la preciosa Michelle Pfeiffer le arrancó unas cuantas lágrimas. Se las secó con disimulo, pero él, a pesar de la oscuridad, ya las había visto. La besó en la mejilla y se las limpió con los labios.

—Tú y yo somos como ellos —le dijo.

—Cómo Navarre e Isabeau —musitó Sara, dándole la razón. No podía tratarse de una mera casualidad que Harry hubiera venido a buscarla el día del estreno de *Lady Halcón*. Había sido el destino, sin duda.

—Sí. También nuestra historia parecía imposible, y sin embargo...

Mientras los títulos de crédito aparecían en la pantalla, las luces se encendieron, iluminando el rostro de él. Los ojos le brillaban con intensidad. ¡Cuántas cosas se podían leer en ellos!, pensó Sara, emocionada. Entonces la agarró por la nuca con firmeza enredando los dedos en su pelo, y acercó la boca a la suya. Su cálido aliento fue como una caricia sobre sus labios. Ella, con el corazón martilleándole en el pecho, esperó al beso que estaba por llegar.

—Nosotros también tenemos nuestro final feliz. Aunque en realidad, esto no es un final, es un comienzo —murmuró él justo antes de besarla.

Epílogo

Duisburgo, 9 de noviembre de 1989

—Estoy embarazada.

«¡No! Suena fatal. Como si no te alegraras».

—Estoy embarazada. —Esta vez la voz le salió demasiado temblorosa.

«¡Por Dios! ¡Qué desastre! Tampoco es tan difícil, Sara».

Se pasó las manos por el pelo con nerviosismo y comenzó a dar paseos por el salón, esquivando los muebles. Kárpov le dirigió una mirada de aburrimiento gatuno desde el sofá.

—No me mires así —le dijo en voz baja—. Es normal estar un poco alterada. Son las hormonas. Me lo ha dicho el médico.

¿A quién pretendía engañar? ¿Las hormonas? ¡Menuda estupidez! Lo que la tenía en vilo era que Harry estaba a punto de llegar y no tenía ni idea de cómo reaccionaría ante la noticia. Ella se había alegrado muchísimo cuando aquella misma tarde el doctor al que había acudido para confirmar sus sospechas, se las había ratificado. Había abandonado la consulta exultante de felicidad. Pero según transcurría el tiempo, y la hora de tener que hablar con Harry se acercaba, cada vez se encontraba más insegura. Quizá era una tonta por sentirse así, pero a pesar de llevar cuatro años viviendo juntos y haberse casado hacía tres, nunca habían hablado de tener hijos. No era un tema tabú, mas no lo habían hecho. Y aunque él ya no tenía ningún problema a la hora de mencionar a Jens y a Michael, de repente y de manera absurda, Sara se hacía muchas preguntas y la incertidumbre la embargaba.

¿Y si todavía no estaba listo para volver a tener hijos? ¿Y si hubiera preferido esperar unos años más? Demasiado tarde, desde luego, pensó mientras se acariciaba su todavía plano vientre con abandono. Eran cerca de las ocho y Harry no tardaría en entrar por la puerta.

Solía llegar antes a casa, pero desde hacía dos meses trabajaba en una obra en Münster, a unos noventa kilómetros de donde vivían, por lo que su horario se había visto trastocado. Ya hacía años que había cambiado la comodidad de un estudio de arquitectura por «el mancharse las manos en la verdadera construcción» como él lo llamaba. Era el jefe de obras de una empresa constructora y la mayor parte de su jornada laboral la pasaba fuera de la oficina con un casco sobre la cabeza, la ropa manchada de polvo y suciedad y las manos llenas de cortes.

Y feliz.

Sara solo podía sonreír cuando él llegaba a casa por las tardes, la abrazaba y le contaba mil pequeños detalles de su día a día con la voz cargada de entusiasmo. Disfrutaba escuchándole hablar aunque la mitad de las cosas que él mencionaba ni siquiera las entendiese. Daba igual, el simple hecho de ver al, en otro tiempo, taciturno y silencioso Harry desbordando euforia, era lo más maravilloso del mundo para ella.

Una vocecita interna le dijo que era una boba por preocuparse inútilmente por la reacción de Harry. Él la amaba con fiereza, al igual que le sucedía a ella. Y aunque no hubieran hablado de ser padres, estaba claro que él se iba a alegrar muchísimo con la noticia. Era inconcebible que fuese de otra manera.

Había estado a punto de llamar a Heike o a su abuela y hablar con ellas para que la tranquilizasen y le dijeran que era una tonta. Sobre todo Heike le hubiera dado un buen baño de realidad con toda seguridad, pero quería que fuera Harry el primero en enterarse, por lo que no lo había hecho. Ya las informaría al día siguiente. Tenía que ver a Heike de todos modos, habían quedado para unirse a una protesta que iba a tener lugar en el centro.

Meneó la cabeza, algo enfadada consigo misma por dudar. Qué estúpida. Se sentó en el sofá al lado de Kárpov y se quedó mirando los billetes de avión que estaban sobre la mesa y que había recogido aquella tarde en la agencia de viajes. Eran dos vuelos a Lisboa para dentro de tres semanas. Cada cierto tiempo solían hacer un viaje, algunos a lugares cercanos como París o Londres, pero también habían estado en Nueva York y en Sidney. Sí, sus sueños de conocer mundo se habían hecho realidad. Con él. Casi inconscientemente volvió a llevarse las manos al vientre. Con un bebé en camino tendrían que anular el viaje que habían reservado para el verano siguiente a la India...

«No adelantes acontecimientos», se dijo, cabeceando exasperada.

Para hacer tiempo hasta que él llegara, puso el televisor. La musiquita que precedía al informativo vespertino rompió el silencio de la estancia. La primera frase que apareció en la pantalla al lado del locutor la dejó boquiabierta. *DDR öffnet Grenze*. O lo que era lo mismo, la República Democrática Alemana abre la frontera. Se apresuró a subir el volumen. Al parecer, un miembro del SED, el Partido Socialista Unificado de la República Democrática Alemana, Günther Schabowski, en una conferencia de prensa que había tenido lugar esa misma tarde, había dado a conocer una nueva norma en la que se permitía salir del país a los ciudadanos sin requisitos previos. Y la nueva medida iba a entrar en vigor de inmediato.

Sara se llevó las manos a la boca con incredulidad. Hasta solo hacía unos días aquello parecía imposible de conseguir. Había acudido a tantas manifestaciones reivindicando eso mismo... ¡La última solo hacía dos días con Harry!

El sonido de la llave en la cerradura hizo que se irguiera precipitadamente. Se puso de pie y fue a buscarle, presa de la agitación. Olvidada quedó su preocupación por el embarazo. Él estaba cerrando la puerta y le daba la espalda por lo que no la vio acercarse. Iba vestido con unos vaqueros oscuros y un jersey azul debajo de su cazadora de cuero. El pelo había vuelto a crecerle y unos mechones sobresalían por el gorro de lana negro que llevaba, rizándose en su nuca. Dejó la mochila que llevaba al hombro en el perchero que había junto a la puerta y se dio la vuelta. Cuando la vio, allí parada en medio del pasillo, la expresión de su rostro que hasta ese momento había sido seria, incluso adusta, se suavizó y una mueca de contento se mostró en él, al tiempo que sus ojos azules comenzaban a brillar de regocijo.

Pero ella no le dio tiempo a reaccionar, se acercó con rapidez y, sin dejar que se quitara el abrigo o el gorro, tiró de él y le arrastró hasta el salón.

—¿A qué vienen esas prisas? —preguntó con la voz cargada de sorpresa—. ¿Y mi beso?

—Tienes que ver esto, Harry. —Le señaló el televisor.

Él miró la pantalla sin entender. Solo unos segundos después su expresión perpleja se tornaba en una de asombro. Se despojó del abrigo y del gorro y los dejó caer al suelo, luego se sentó en el sofá y la cogió de la mano para que se sentase junto a él. Kárpov huyó, cediéndoles el sitio.

Desde hacía meses, desde la apertura de las fronteras de algunos países del bloque comunista, como Hungría, muchos alemanes del Este habían huido a través de esa ruta y buscado asilo en las embajadas. El gobierno de la Alemania Oriental, molesto, había endurecido sus políticas sobre la circulación en la frontera. En respuesta a eso, miles de ciudadanos habían comenzado a manifestarse en muchas ciudades de la Alemania Oriental, protestando contra esas nuevas directrices. La situación había ido escalando hasta llegar a un punto insostenible y el gobierno de la República Democrática había tenido que ceder. Al parecer, y como repetía el presentador del informativo, el paso hacia el Oeste estaba permitido.

Harry le apretó la mano y ella le devolvió el apretón. La noticia era algo del todo inesperado y muy bienvenido. A pesar de que ellos vivían en la parte Occidental, a cientos de kilómetros de Berlín, donde se alzaba el muro de la vergüenza, nadie que hubiera nacido y se hubiese criado en Alemania podía sustraerse a la tragedia de un pueblo partido en dos o a la alegría de saber que aquello estaba a punto de cambiar. Después de veintiocho años de división, las dos Alemanias iban a unificarse. Era una noticia maravillosa.

Sara solo podía ver el perfil de Harry. Tenía una expresión de profunda concentración en la cara, pero al mismo tiempo una tenue sonrisa le curvaba los labios.

«Díselo ya. Es el momento».

Sin poder contenerse, alargó la mano y la enredó en las guedejas del pelo de su nuca, disfrutando de su suavidad. Él giró la cabeza.

—¿No es fantástico? ¿A cuántas manifestaciones has ido pidiendo esto? El mundo está cambiando —le dijo él sonriendo.

Ella respiró hondo.

—El nuestro también va a cambiar.

Él le lanzó una mirada interrogadora.

—¿El nuestro? ¿A qué te refieres?

«Sin vacilar, Sara».

—Estoy embarazada.

La sonrisa con la que le había obsequiado antes se le borró de la cara. Sara le contempló expectante. Él pestañeó varias veces, pero los segundos pasaban y seguía sin decir nada. El murmullo del noticiario de fondo comenzó a ponerla nerviosa, así que alargó la mano y cogió el mando, bajando el volumen. El silencio que se produjo fue ensordecedor. Incapaz de soportarlo ni un minuto más, se puso de pie con precipitación. Harry se levantó con la misma rapidez que ella. El estómago de Sara se encogió, de repente. La expresión de él era inescrutable.

—¿No... no vas... a decir... nada? —farfulló comenzando a preocuparse de veras. Odiaba sonar tan insegura, pero su mutismo y su falta de reacción la confundían.

Como si despertara de un singular letargo, él comenzó a asentir con lentitud. Entreabrió los labios apenas y, de ellos, con esa voz chirriante que le salía en ocasiones sobre todo cuando estaba alterado, surgió una frase.

—Vamos a tener un niño... —Su mirada se dirigió brevemente a su vientre para volver a subir hasta su cara.

—¿No... te alegras? —insistió ella cada vez más asustada. Se había agarrado el bajo del jersey y lo estrujaba con ambas manos.

Entonces él alargó los brazos y los posó sobre sus hombros.

—¿No alegrarme...? Sara, me haces el hombre más feliz del mundo... —murmuró con emoción.

Al escucharle decir aquello, se dejó caer sobre su torso soltando un grito sofocado. Y él la estrechó con fuerza y comenzó a darle besos sobre la coronilla, la frente y las sienes.

—No lo esperaba —le susurró, jadeante—. Y cuando lo has dicho casi no podía creerlo. No sabes lo que he deseado que llegara este momento. Escucharte decir que estás esperando un hijo mío... —Una risa ronca y algo nerviosa le brotó del pecho—. No hay nada que desee más en el mundo que tener un hijo contigo... Nada... —Volvió a besarla en el pelo.

Los labios de Sara dibujaron una enorme sonrisa y se aferró a él con firmeza mientras los latidos del masculino corazón repiqueteaban con rapidez debajo de su oreja.

—Por un instante he tenido miedo —confesó.

—¿Miedo? —Le levantó la cara con el dedo índice. Una arruga de incomprensión se había formado entre sus cejas.

—Has tardado tanto en reaccionar... y como no lo habíamos hablado...

—¿Qué hay que hablar? Tú eres la mujer de mi vida, Sara. ¿Cómo no voy a alegrarme si me dices que estás embarazada? —Hizo una pausa y negó antes de apartar la vista y posarla sobre la muda pantalla de televisión—. Un niño... —murmuró de nuevo. Ahora, un curioso timbre anhelante sonaba en su voz—. Durante mucho tiempo y después de lo que pasó con Jens y Michael no creí que esto pudiese sucederme... Tener un hijo... —Sus ojos estaban húmedos.

Sara le observaba emocionada. Se soltó de su talle y subió los brazos para poder acariciarle la cara. La piel de sus mejillas se sentía tan bien bajo las palmas de sus manos...

—Sí, vamos a tener un hijo —asintió—. Nuestro.

Él emitió un pequeño suspiro. Luego bajó los párpados y una lágrima furtiva rodó por su cara. Entonces y, antes de que ella pudiera reaccionar, se arrodilló y la agarró con firmeza por las caderas, apoyando la frente sobre su estómago. Sara jadeó sorprendida, pero terminó por enterrar las manos en su pelo. Sus ojos también se humedecieron.

—Soy el hombre más afortunado del mundo —dijo, y ella, a pesar de la ropa que separaba la boca de él de su abdomen, pudo sentir su aliento traspasándola.

Si alguien se merecía ser feliz era Harry. Él, que tanto había sufrido y que tantos años de su vida había desperdiciado, se lo merecía todo, pensó Sara mientras le abrazaba.

Él depositó un beso sobre su vientre antes de alzar la barbilla y contemplarla con adoración.

—Te quiero tanto...

Sara no pudo evitar que las lágrimas salieran libremente de sus ojos.

—Vas a ser un padre maravilloso.

Cinco años después

—¿Podemos ver las fotos?

La aguda voz de Emma llegó a través de la ventana hasta el jardín, al que Harry acababa de acceder.

—¿Otra vez? Pero si las hemos visto esta mañana. —Fue la respuesta de su mujer.

—Sí, por favor, mamá.

Era imposible negarse a esa petición efectuada con el tono suplicante que empleó su hija de cuatro años, y Harry vio confirmadas sus sospechas cuando escuchó a Sara.

—Está bien. Pero solo si te bebes el zumo y dejas a Kárpov en el suelo. Ven, vamos a verlas.

Él sonrió. Se detuvo en el porche, sentándose en el banco de madera que había junto a la entrada y se quitó las botas de trabajo, que traía llenas de barro. Caía la tarde y aunque soplaba algo de brisa, hacía calor. Se secó el sudor de la frente con el antebrazo y se quedó allí quieto disfrutando de la puesta de sol y de la conversación que estaba teniendo lugar a solo unos metros de distancia, dentro de la casa.

Se habían mudado hacía unas semanas a esa vivienda unifamiliar a las afueras de Düsseldorf. El apartamento de un dormitorio en el que habían residido hasta entonces se les había quedado pequeño ahora que Emma ya quería su propia habitación. Era una vivienda de dos plantas con un coqueto jardincito en la parte delantera, que además estaba muy cerca del colegio al que iban a llevar a su hija y del nuevo trabajo de Sara en el Consulado Español. Se enamoraron de ella nada más verla. Según decía su mujer, le recordaba a la casa de su abuela Julia, a la que seguían visitando casi todos los fines de semana. Así que habían llegado a un acuerdo con el dueño y la alquilaron. A pesar de no ser nueva, estaba en muy buenas condiciones y apenas tuvieron que arreglar nada. Aunque ahora y, desde esa posición, Harry se dio cuenta de que tendría que pintar la valla. La pintura estaba un poco descascarillada aquí y allá. Lo haría al día siguiente, se prometió a sí mismo. Era sábado y no trabajaba. En solo una semana su familia quería venir a hacerles una visita desde Hamburgo. Mejor que la casa estuviera presentable.

—Yo tengo el pelo como él. —Las palabras de Emma le sacaron del ensimismamiento en el que se encontraba.

—Solo un poquito más oscuro —la corrigió Sara.

—¡No! —replicó con obstinación la pequeña—. Es igual.

Harry sintió un pinchazo en el pecho. Sabía a quién se refería su hija.

Jens. Su pequeño de sonrisa fácil.

Conjuró la imagen de sus hijos. Hacía mucho tiempo que no le dolía hacerlo. Por el contrario, pensar en ellos se había convertido en algo que le traía paz y no sufrimiento. Emma era una curiosa mezcla de ambos. Con el pelo muy claro y los ojos azules como los de Michael. Se reía todo el tiempo como Jens, pero le encantaba que su madre o él le leyeran historias todas las noches. Su favorita era *Emilio y los detectives*.

Emma... Su pequeña a la que amaba con tanto fervor que a veces le resultaba incluso doloroso. Cuando se acercaba a él y extendía los brazos para que la alzara en el aire se sentía invencible, el hombre más poderoso del mundo. Si había necesitado a Sara para estar completo, la llegada de Emma a sus vidas había sido la pieza final para que todo encajase. Era casi imposible de creer, pero lo tenía todo. Absolutamente todo. No necesitaba nada más.

—Cuéntamelo otra vez, mamá.

—Jens siempre estaba alegre —comenzó Sara—. Y le encantaba pintar. Su color favorito era el azul.

—¡El mío también! Eso es porque somos hermanos.

Una sonrisa nostálgica curvó los labios de Harry.

—También coleccionaba canicas y le gustaba mucho el helado de limón. —La voz de Sara era suave y dulce y Harry la amó todavía más por ello, por referirse así a sus hijos aunque nunca los hubiera conocido.

—A mí me gusta más el de chocolate —repuso Emma con pesar.

—Bueno, no pasa nada. Aunque seáis hermanos no es necesario que os gusten las mismas cosas.

—¿Y Michael? Dime que soy como Michael y que me gustan los mismos libros —insistió la pequeña.

—Tienes los mismos ojos que Michael, mira esta foto y lo verás. Y su libro favorito era *Emilio y los detectives*, como el tuyo.

—Cuéntame que están en el cielo y que me cuidan desde arriba y que me quieren mucho porque soy su hermana pequeña.

Harry se aferró con firmeza al banco de madera y dejó caer la cabeza hacia delante. Aspiró hondo con el corazón latiéndole deprisa en el pecho.

—Pero si ya te lo hemos contado muchas veces, Emma —dijo Sara.

—Otra vez —insistió.

Y mientras Sara le hablaba a su hija de sus hermanos y de lo mucho que la querían, Harry cerró los ojos. Tenía un nudo en la garganta, pero no era de tristeza, era de la felicidad más absoluta. Sin duda era el hombre más afortunado del mundo. Tenía la mujer y la hija perfectas y él vivía tratando de ser el marido y el padre perfecto para ambas.

Se quedó un rato más allí, escuchando sus voces mientras hacían comentarios y pasaban páginas del álbum de fotos que

Emma ya se sabía de memoria. De pronto, quiso ser partícipe de la escena y compartirla con ellas. Se puso de pie y echó a andar hacia la entrada. A pesar de que no llevaba botas, algún ruido debió de hacer, porque se escuchó un revuelo dentro de la casa.

—¡Es papá! —chilló Emma.

No había tenido tiempo de acercarse a la puerta cuando esta se abrió bruscamente y un pequeño terremoto rubio con un vestido amarillo se lanzó a sus brazos. Él la alzó en el aire.

—¡Papá! ¡Papá! Estamos viendo las fotos y me he bebido todo el zumo —le dijo casi sin aliento, aferrándose a él con firmeza y plantándole un húmedo beso en la barbilla mientras le sujetaba las mejillas con sus manitas.

—Veo que has sido muy buena, entonces —replicó fingiendo seriedad.

—Muchísimo —asintió con brío—, ¿verdad, mamá?

Sara apareció en el umbral con una amplia sonrisa. Llevaba unos vaqueros y una camiseta roja y el pelo recogido en una coleta alta. Estaba tan bella como hacía diez años, como aquella noche en su jardín, cuando el viento le arrancó la capucha del ridículo abrigo rojo, y él pudo verle la cara por primera vez. Fue entonces cuando ella le robó el corazón aunque ninguno de los dos lo supiera hasta mucho después.

Sara Wolf, su esposa. La mujer más maravillosa del mundo.

Sus miradas se cruzaron por encima del hombro de Emma.

—Hola, amor —le saludó ella, acercándose y poniéndose de puntillas para darle un beso al que él correspondió de buena gana.

—Hola —repuso—. Conque se ha portado bien...

—Sí —corroboró ella.

Emma soltó una risita de suficiencia.

—Pues entonces habrá que darte un premio —dijo él dirigiéndose a su hija—. A lo mejor te mereces un helado...

—¡Sí! ¡Sí! ¡De chocolate! —Palmeó entusiasmada.

—Deja que me ponga las zapatillas y vamos a la heladería. —Depositó a la niña en el suelo, que comenzó a hacer cabriolas por el jardín y se acercó a Sara para besarla en condiciones.

—La malcrías —le regañó en tono de broma mientras le abrazaba y se dejaba besar.

—Sí —respondió con una mueca de fingido arrepentimiento.

—¿Para mí no hay helado? —preguntó.

—Para ti todo lo que quieras —susurró contra su boca.

—Yo solo te quiero a ti, señor Wolf —repuso ella con voz suave.

—Ya me tienes, señora Wolf. —Y volvió a besarla.

Después la soltó brevemente para calzarse mientras ella cerraba la puerta a su espalda. Sara le agarró por el talle e introdujo su mano en el bolsillo trasero de su pantalón. Él le pasó el brazo por encima de los hombros. Se miraron un instante. A Harry el corazón se le expandió en el pecho al recordar todo el amor que había desprendido la voz de ella al hablarle a Emma de Jens y Michael solo hacía unos segundos.

—Te adoro, ¿lo sabes? —le dijo en voz baja.

Ella le sonrió.

—Es recíproco.

Él le devolvió la sonrisa.

—Han estrenado esa película que querías ver, *Cuatro bodas y un funeral*.

—Me temo que como mucho podremos ir a ver *Pulgarcita*. —Sara señaló a su hija.

—La semana que viene están aquí mis padres. Creo que estarán encantados de hacer de niñeros.

—Me gusta tu línea de pensamiento, señor Wolf.

—Bueno, ya sabes, yo siempre pensando en hacer tus sueños realidad... —La besó en la sien con ternura.

Luego echaron a andar detrás de Emma que iba delante de
ellos, saltando a la pata coja.

Fin

Nota de la autora

Esta novela, si bien no está basada en un caso real, sí está inspirada en uno.

Hace muchos años, cuando vivía en Alemania, oí hablar de un hombre que, después de perder a su familia en un trágico accidente, decidió recluirse en su casa y no volver a tener contacto con nadie, más que el estrictamente necesario. Yo misma pude verle de lejos en una ocasión, aunque nunca supe cómo se llamaba.

Durante mucho tiempo pensé que la vida de ese hombre —del que no he vuelto a saber nada— se merecía un final feliz. Por lo que decidí escribírselo. Primero fue un relato, que salió publicado hace unos años, pero de alguna manera, esos escasos folios me parecieron insuficientes. Sentía que no era bastante, que mi Harry Wolf se merecía algo más.

Y por eso este libro.

Todo mi agradecimiento a mis lectoras cero, Mayte, Maribel y Nerea. Sin ellas esta historia no habría sido posible. Tengo una suerte infinita de poder contar con las tres. Sois las mejores.

Quiero dar las gracias especialmente a mi amiga, Julia Carlavilla, psicóloga y Máster en EMDR (Desensibilización y

Reprocesamiento por los Movimientos Oculares), que ha trabajado durante más de diez años con pacientes que padecen TEPT (Trastorno de Estrés Postraumático), y con la que he mantenido charlas muy interesantes perfilando el personaje de Harry, cosa nada sencilla. Ella fue también la que puso en mis manos el libro de la reputada psiquiatra Anabel González: *No soy yo. Entendiendo el trauma complejo, el apego, y la disociación: Una guía para pacientes y profesionales*, que me ayudó muchísimo a la hora de construir al protagonista.

Ante todo y, dentro de que es una obra de ficción, esta novela pretende ser realista y mostrar lo profundos que pueden llegar a ser algunos traumas y lo lejos que pueden llevar a las personas que los han sufrido, cambiándolas por completo.

Esta novela es una novela que quiere mostrar también −como dice Harry en su carta− que, a veces, solo el amor no es suficiente.

Y está dedicada a todas aquellas personas que pasan su vida intentando salvar a alguien que no desea ser salvado... y que fracasan.

Sobre la autora

Laura Sanz aprendió a leer antes que a hablar y a escribir antes que a andar. Así que después de largos años de no saber qué hacer con su vida, además de irse al extranjero y aprender idiomas, trabajar en sitios diversos y escribir compulsivamente en servilletas de bar... decidió publicar.

Todos sus libros tienen #happyending garantizado.

Actualmente vive en Madrid con su marido y sus tres gatos.

Le encanta recibir mensajes de sus admiradores y detractores. Por favor contactad con ella en: info@laurasanzautora.com

Probablemente conteste :)

Si queréis saber más sobre ella y sus próximos lanzamientos, visitad: www.laurasanzautora.com

Además la podéis encontrar en:

Facebook: @laurasanzautora
Twitter: @laurasanzautora
Instagram: @laurasanzautora

Otras novelas de la autora:

La chica del pelo azul
La historia de Cas (Landvik #1)
La lucha de Jan (Landvik #2)
La culpa de Till (Landvik #3)

Mitchell, Joni. (1969). Both Sides Now. En *Clouds* [Disco de vinilo]. Estados Unidos: Reprise.

Tyler, Bonnie. (1983). Total Eclypse of the Heart. En *Faster than the Speed of Night* [Disco de vinilo]. Reino Unido: Columbia.

Eurythmics. (1983). Sweet Dreams. En *Sweet Dreams* [Disco de vinilo]. Reino Unido: RCA Records.

Bowie, David. (1983). Let's Dance. En *Let's Dance* [Disco de vinilo]. Reino Unido: EMI Records.

Lauper, Cindy (1983). Girls Just Want to Have Fun. En *She's So Unusual* [Disco de vinilo]. Estados Unidos: Portrait Records.

Gaynor, Gloria (1978). I Will Survive. En *Love Tracks* [Disco de vinilo]. Estados Unidos: Polydor Records.

Falco. (1982). Der Kommisar. En *Einzelhaft* [Disco de vinilo]. Alemania: GIG Records.

BAP. (1984). Deshalv Spill' Mer He. En *Zwesche Salzjebäck Un Bier* [Disco de vinilo]. Alemania: Capitol Music.

Creedence Clearwater Revival (1970). Have You Ever Seen the Rain? En *Pendulum* [Disco de vinilo]. Estados Unidos: Fantasy.

Nena. (1983). 99 Luftballons. En *Nena* [Disco de vinilo]. Alemania: EMI Records.

Benatar, Pat. (1980). Treat me Right. En *Crimes of Passion* [Disco de vinilo]. Estados Unidos: Chrysalis.

Mecano. (1981). Perdido en mi Habitación. En *Mecano* [Disco de vinilo]. España: CBS Columbia.

Wynette, Tammy. (1968). Stand by your Man. En *Stand by your Man* [Disco de vinilo]. Estados Unidos: Epic Records.

Bosé, Miguel. (1980). Te amaré. En *Miguel* [Disco de vinilo]. España: CBS Columbia.

Orbison, Roy. (1960). Only the Lonely. En *Lonely and Blue* [Disco de vinilo]. Estados Unidos: Monument Records.

Wham! (1984). Last Christmas. En *Music from the Edge of Heaven* [Disco de vinilo]. Reino Unido: Epic Records.

Cara, Irene. (1983). Flashdance... What a Feeling. En *Flashdance: Original Soundtrack from the Motion Picture* [Disco de vinilo]. Estados Unidos: Casablanca Records.

www.ingramcontent.com/pod-product-compliance
Lightning Source LLC
Chambersburg PA
CBHW071645260626
47170CB00001B/241